숨은 꽃들의 귀환

숨은 꽃들의 귀환

초판 1쇄인쇄 2020년 10월 26일
초판 1쇄발행 2020년 10월 31일

저 자 강태근
발행인 박지연
발행처 도서출판 도화
등 록 2013년 11월 19일 제2013－000124호

주 소 서울시 송파구 중대로34길 9－3
전 화 02) 3012－1030
팩 스 02) 3012－1031
전자우편 dohwa1030@daum.net
인 쇄 (주)현문

ISBN ㅣ 979－11－90526－24－1*03810
정가 18,000원

*이 책은 세종특별자치시와 세종시 문화재단의 지원을 받아 발간되었
 습니다.

도화道化, fool는
고정적인 질서에 대한 익살맞은 비판자,
고정화된 사고의 틀을 해체한다는 뜻입니다.

숨은 꽃들의 귀환

강태근 중편 소설집

도화

차 례

작가의 말

목신의 오후 · 15

김처선전 · 127

그 여자의 겨울 · 239

우리 곁에 살다 간 나옹 선사 · 307

출구 없는 비상구 · 407

작가의 말 ——————————————————

해설을 대신하여

너무나 오랜 세월을 부질없는 헛것과 싸웠구나! 탄식이 절로 나온다.

유신정권의 연장 수단으로 제정된 '교수재임용법'의 올가미에 걸려 수십 년 동안 시간을 탕진하는 사이, 민망하리만큼, 나의 문학의 들녘은 황폐해졌다. 참담하다. 아픈 상처가 할퀴고 간 들녘에는 제대로 자란 곡식이 없다.

세상에 속는 것보다 자신의 무지에 속는 것이 더 아프다는 것을 절감한다. 뒤늦게나마 장편 『잃은 사람들의 만찬』과 『이제 일어나서 가자(1,2권)』로 황량한 들녘을 정리하고 난 후, 다섯 편의 중편을 불러 모아 재출정식을 갖는다.

「목신의 오후」, 「김처선전」, 「그 여자의 겨울」은 어두운 70년대와 80년대에 햇볕과 자양분을 제대로 공급받지 못하고 숨죽이며 숨어있던 꽃들이다. 「우리 곁에 살다 간 나옹 선사」, 「출구 없는 비상구」는 최근에 『한국 문학인』과 『한국 소설』의 청탁을 받고 발표한 작품인데, 「출구 없는 비상구」는 중편 분량의 이 작품이 원본이다.

「목신의 오후」와 「우리 곁에 살다 간 나옹 선사」. 이 두 작품에 대해서는 아무래도 그 창작 배경이랄까 동기를 좀 언급해야 할 것 같다.

「목신의 오후」는 이문열 씨의 출세작이기도 한 「새하곡」을 탄생시킨 동아일보 중편소설 모집에 응모했던 작품이다. 이호철 선생과 유종호 교수께서 심사를 하셨는데 최종 결선에 올랐다. 이 작품에 대한 심사평은 단 한 줄이다. "이렇다 할 결점이 없는 것이 결점이다." 지금 돌이켜 보면, 결점이 없는 것이 아니라, 그 어두운 시절에 이 작품을 당선시키기에는 너무도 많은 시한폭탄 같은 결점이 내재해 있었던 게 아닌가싶다.

황순원 선생님께서 아시고 어느 날 술을 사주시면서 "신춘문예에 뜻이 있어서 그러느냐? 신춘문예 심사를 많이 하지만 심사위원의 보는 눈이 서로 다를 때가 많고 다분히 요행이 따르기도 한다. 나도 신춘문예로 등단의 길을 택했다면 어려웠을 것이다. 이제 시작해 봐라. 봇물처럼 터져 나올 것이다"라는 요지의 말씀을 하셨다. 대학 2학년 때 창작론 시간에 과제로 제출한 소설 「신정읍사」를 보시고 추천하시겠다는 것을 사양하면서 뜸을 들였기 때문에, 특별히 불러서 그 같은 말씀을 하신 것이다. 그 당시 최인호 씨도 조선일보 신춘문예에 당선하고 황순원 선생님께 다시 추천을 받았는데, 지금 생각하면 세상 물정을 몰랐다고 해도 이만저만 어리석고 오만한 처신이 아닐 수 없다. 그러나 오만은 결코 아니었다. 나름대로 깊은 생각이 있어서였다.

　　황순원 선생님의 문하에 경희대 문예장학생으로 입학하여 접한 문학의 현장은 내가 꿈꾸었던 것과 달리 그렇게 화려한 것이 아니었다. 남의 집 단칸 셋방을 전전하며 동생들의 학업을 희생시켜가면서 나에게 기대를 모으고 있는 가족들의 염원에 다소라도 부응하기에는 문학은 너무나 나약한 것이었다. 매일이다시피 찾아와서 술이나 먹어가며 생활의 쇠사슬에 묶여 신음하고 있는 저 촉망받는다는 선배 시인이나 작가들…. 그것이 그대로 나의 모습이 된다는 것은 솔직히 찬성하고 싶지 않았다. 그들의 모습을 보면서 문학에 대해 깊은 회의에 빠져들었다. 강의실의 찬 바닥에서 도둑잠을 자며, 이 원의 버스표 값이 없어서 매일 시오리의 서울 길을 걸어 다니면서 내가 체득한 것은 생활과의 간교한 타협이었다. 나는 나의 생활의 뒷다리에 살이 오를 때까지 잠시 문학과 결별하고 언제고 때가 오면 다시 문학과 뜨거운 해후를 해야겠다고 내심 갈등하고 있던 중이었다.

문예장학생 동기들이 열심히 글을 써서 문단의 제도권에서 권위 있는 문학상도 받고 문명을 날릴 때, 나는 나름대로 학업에 충실하여 졸업하고 나서 바로 교사가 되었고, 박사 학위 과정을 밟아 삼십대 초반에 일찍 전임교수가 되었다. 그러나 대학에서 중요 보직을 맡아 학문 활동을 하다가 보니 소설 쓰는 일과는 점점 멀어져 갔다. '생활이 가까워지면 예술이 멀어지고, 예술이 가까워지면 생활이 멀어진다'라는 말을 절감하는 나날이었다. 그러다가 유신정권의 연장 수단으로 제정된 '교수 재임용제'의 올가미에 걸려 22년 동안 법정 투쟁을 벌이며 지난한 질곡의 터널을 빠져나와야만 했다.

다시 「목신의 오후」의 얘기로 돌아가자. 황순원 선생님께서 낙선작인 「목신의 오후」를 추천하시겠다며 '이제 창작에 전념해 보라'고 하셨다. 분에 넘치는 격려와 배려를 또 사양하였다. 황 선생님의 진노는 이만저만이 아니셨다. 다시는 앞에 나타나지 말라며 안양역 광장에서 소리를 지르며 진노하셨다. 하지만 해직 당하고 고통 받고 있었을 때 누구보다도 분노하며 안타깝게 나를 응원해 주신 분이 선생님이시다. 그 때의 상황은 이미 황순원 문학촌에서 발행하는 『소나기 마을』 홍보 잡지에 청탁을 받고 상세히 언급했으므로 줄이기로 한다.

『우리 곁에 살다 간 나옹 선사』는 실명소설이다. 시 부문 문예장학생 동기인 조영호가 살다 간 삶의 이야기이며, 한수산 씨의 필화사건에 억울하게 연루되어 비참하게 생을 마감한 박정만 형의 이야기이고, 한국 문단의 이면사이다. 문예장학생으로 입학한 지 50주년이 되는 날, 정호승, 박해석, 이

철영 그리고 일모의 부인과 함께 일모一毛 조영호의 위패가 봉안되어 있는 가평 '대원사'를 찾았다. 그날 우리는 조영호의 유별났던 삶에 대해 이야기하며 감회에 젖었는데, 나는 그 자리에서 언젠가 조영호의 삶을 실명소설로 쓰겠다고 했고, 모두 내 뜻에 동의해 주었다.

국민 시인이라고 불릴 만큼 시인으로 문명을 날리고 있는 정호승은 원래 평론 부문에 김우종 선생님의 선選으로 문예장학생이 되었다. 조병화 선생님의 선으로 시 부문에 문예장학생이 된 것은 조영호였다. 서예에도 일가를 이룬 조영호는 일찍이 고교 시절부터 신석정 선생님의 각별한 사랑을 받았던 학생 문사였다. 그는 평생 시를 썼지만 문단의 제도권을 기웃거리지 않았고, 내놓고 지면에 시를 발표하지도 않았다. 아니, 대학 일 학년 때 단 한번 서울신문 신춘문예에 응모한 적은 있다. 그런데 최종심에서 박정만 형과 우열을 가리다가 조병화 선생님이 한 학년 위인 박정만 형을 당선시키자, 동료나 후배들의 시를 손보아 신춘문예나 신인상에 당선시켜 문단에 내보내면서도, 정작 그 자신은 문단을 외면해 버렸다. 그리고 임종 전 시인이 된 딸 운하에게 그가 쓴 시를 한 편도 남기지 말고 모두 불태워버리라고 했다. 호승이와 함께 그의 유고시집을 내주려고 운하에게 뜻을 비쳤더니, 운하가 그렇게 말하며 난색을 표했다.

나머지 작품에 대해서는 사족을 붙이지 않는다. 출판사 측에서 서명힌 평론가를 거론하며 말미에 해설을 붙이자고 제안을 하는데 거절했다. 어려운 시도 아니고, 읽으면 이해할 수 있는 소설에 장황한 해설을 붙인다는 건 기실 '스님 머리에 핀을 꽂으려는' 우매함이거나 '대머리에 참빗질 하는' 허례의 절차가 아닐 수 없다.

작품은 본래 그 속성이 두 번의 창작과정을 거친다. 제 1 창작자가 작가이고 독자가 제 2 창작자이다. 작자가 자신의 작품에서 A의 내용을 독자에게 전달하려고 글을 썼어도 독자는 그것을 자신의 경험과 지식을 토대로 A나 $A+\pi$, $A-\pi$로 재창조해서 받아들인다.

평론가도 독자의 범위를 벗어날 수 없다. 따라서 작자의 의도와는 달리 엉뚱한 방향으로 작품을 곡해해서 작자의 눈살을 찌푸리게 하는 경우도 비일비재하다. 오죽하면 도스또예프스키가 '비평가는 쇠파리와 같이 작자에게 귀찮게 기생하는 존재'라고 했겠는가. 실제로 몇 가지 사례를 들 수 있다.

세간에 알려진 것처럼, 『안나 카레리나』는 톨스토이가 실패작이니 사장시키라고 한 작품인데 세기의 명작으로 많은 독자를 가지고 있다. 허만 멜빌의 『백경』이나 에 밀리 브론테의 『폭풍의 언덕』은 작자의 생전에는 인정받지 못하다가 사후에 명작의 반열에 오른 작품이다. 김승옥의 「무진기행」역시 그런 후일담을 가지고 있는 소설이다. 황순원 선생님께서도 생전에 「소나기」를 대표작으로 말하면 서운한 감정을 여과 없이 드러내셨다. "왜들 '소나기' 얘기만 하는 거야! '움직이는 성'은 읽어보지도 않고 들!" 하시면서.

작품집의 해설이 '주례사 비평'으로 통용되고 있는 문단의 현실에서 구구하게 무슨 장광설이 더 필요할까. 김관식 시인이 한국문인협회 출판기념회에 갔다가 "이런 것도 작품이라고 출판을 하는 세상이 되어버렸어요!"라고 기념사를 했는데, 그런 비평가를 더는 찾아볼 수 없기도 하고.

시간의 저 편에 숨어 있다가 귀환한 꽃들아! 지하에 누워 있는 김관식 시인이 벌떡 일어나 "왜 이따위 이월상품을 명품이라고 백화점에 들고 나와서 볼썽사납게 설쳐대는 거야!"라는 치도곤이나 맞지 말거라! 제발!

목신의 오후

1

존경하옵는 의사 선생님! 아니 존경이라는 말은 취소할래
요. 선생님을 존경하지 않는다는 의미에서가 아니구요. 아무
리 상투적인 세상이긴 하지만 솔직히 선생님에 대해서 잘 알
지도 못하면서 서슴없이 〈존경〉 어쩌구 하면 선생님께서 제
가 드리려는 말씀조차도 상투적이고 의례적인 넋두리로 흘
려 넘기시지나 않을까 염려가 되거든요. 쬐금은 아부의 냄새
도 풍기구요. 아부의 길은 멀고도 험난하니라…왈, 우리 국
어 선생님 말씀이세요. 세상 걱정을 몽땅 다 하시느라구 아
직 서른둘이 되도록 장가를 안 가시는지 못 가시는 건지 모

르지만, 저희들 열아홉 순정으로는 선생님의 그 세상 걱정이 언제까지고 끝나지 않기를 바라는 청일점 총각선생님이신데요, 선생님은 말끝마다 그런 말씀을 잘 쓰세요.

죄송해요, 선생님! 쓸데없는 수다만 늘어놓아서요. 우선 제 소개부터 드릴게요. 전 여고 삼 학년, 민경미예요. 얼마 전에 선생님 병원에서 퇴원한 민태원이라는 환자를 기억하세요? 바로 그분의 딸이에요. 아빠가 입원해 계시는 동안 몇 번 선생님의 병원에 찾아갔었구, 딱 두 번 선생님을 뵈었어요. 한 번은 바삐 회진하시는 모습을 병원 복도에서 뵈었어요. 아무튼 식구들은 선생님의 고명하신 의술에 힘입어 아빠가 일찍 퇴원하실 수 있었던 걸 얼마나 고마워했는지 몰라요.

그런데요, 선생님! 그 아빠가 어떻게 되신 줄 아세요? 돌아가셨어요! 십이 층 아파트 베란다에서 부나비처럼 몸을 날리셨어요. 오늘이 아빠의 삼우제예요. 지금 제 방 유리창엔 아직 잠들지 못한 도회의 불빛이 서성거리고 있고, 전 이제껏 아빠의 가없은 영혼이 잠든 도회의 하늘을 떠돌고 있는 것만 같아서, 잠들지 못하고 괴로워하다가 선생님께 편지를 쓰기 시작한 거예요.

선생님! 선생님의 진단대로라면 병은 고쳐졌지만 결국 사람은 죽고 만 셈이 아닌가요? 어쩐지 전 자꾸만 아빠의 병은 고쳐진 것이 아니라 오히려 만들어 가지고 나온 것이 아닌가 하는 생각이 들어요. 그렇다고 선생님을 원망하거나 오진을 하셨다는 말씀을 드리려는 건 아네요. 오진이라니요? 제가 뭘 안다고 함부로 지껄일 수 있겠어요. 물론 아빠가 정신병원에 입원한 이후 그 방면의 서적을 읽어보기는 했지요. 선생님의 진료실 서가에 꽂혀 있었던 〈일조각〉의 『현대정신의학』두 권도 서점에서 사서 읽었어요. 책값이 비싸서 할 수 없이 엄마한테 거짓말을 하구 돈을 타내서 샀지만요. 제가 그처럼 정신병에 관심을 보인 건 아빠의 병을 이해하려고 하는 갸륵한 생각보다, 아빠가 정신병환자라는 사실이 싫었고, 도대체 어떻게 생겨 먹은 병이길래 우리 아빠같이 선량한 사람이 정신병자가 될 수 있단 말인가 하는 반발심이 더 앞섰다는 걸 말씀드리구 싶어요. 그런데 전 그 책을 읽고 있는 동안 제 자신이 정신병자가 아닌가 하는 착각이 들었어요. 거기에 기록된 정신병의 제 증상대로라면 해당되지 않는 사람이 과연 몇 사람이나 될까 하는 의문마저 들었으니까요.

선생님! 선생님께서 진단하신 아빠의 〈편집성인격장애〉라는 병명만 해도 그래요. 편집성인격장애의 기본적인 양상은 일반적으로 말해서 다른 사람들에 대한 지속적인 의심과 불신에 있다고 하는데 지금 이 시대에, 그리구 아빠의 연령쯤 된 세대에, 세상은 온전히 믿을 만한 것이구 정의로움만으로 가득 차 있다고 믿는 사람들이 과연 얼마나 될까요? 그리고 부당한 불신에 대한 구체적인 기준의 항목에, 남들이 자기를 해코지 하거나 속이려는 것이라는 예상, 지나친 경계심, 부정행위 수집 및 외부로부터의 위협의 징조에 대한 계속적인 탐색, 방어자세, 당연한 비판도 받아들이려 하지 않는 것, 다른 사람들의 성실성에 대한 만성적인 의심 등이 있는데 개인이건 집단이건 타인에 의해 부당하게 침해를 받았거나 받아왔다는 피해의식을 가지고 있는 사람치고 이런 기준의 사고를 하지 않는 사람이 있을까요? 자신의 성실성을 부당하게 훼손당한 사람치고 세상과 인간에 대한 불신과 자기방어적 경계심을 갖지 않는 사람이 있을까요, 선생님?

죄송해요, 선생님. 쪼그만 기집애가 잘 알지도 못 하면서 쪼금 어깨너머로 넘겨다본 걸 가지구 당돌하게 말씀드려서요. 하지만 선생님, 전 아빠가 얼마나 성실하게 정상적인 삶을 살아왔는가를 말씀드리구 싶어요.

선생님께서도 아시다시피 아빠 근무하시던 회사에서 이

십일 년이나 뼈 빠지게 일하셨어요. 가내수공업 같은 보잘것 없는 봉제공장에서부터 이 지방 굴지의 섬유회사가 될 때까지 아빠는 회사를 위해 열심히 일하셨어요. 아빠는 거의 일요일도 없으셨어요. 새벽 일찍 도시락을 싸들고(이것도 아빠의 성실성을 증명하는 것이 될는지 모르겠지만 아빤 하루도 거르는 일 없이 거의 매일 도시락을 싸가지고 다니셨어요) 회사에 나가시면 밤늦게야 귀가하시는 날이 많았어요. 때로는 일이 밀려서이기도 하겠지만 아빤 회사의 자질구레한 일을 도맡아 하기를 즐겨하셨던 것 같았어요. 뿐만 아니라 남이 하기 싫어하는 야근도 자청하다시피 하시곤 했어요. 전 아빠의 그런 성실성을 민망스러울 정도로 아빠에게 퍼부어대는 엄마의 불평 속에서 감지할 수 있었어요. 엄만 아빠가 그렇게 열심히 일하는데도 이십일 년이나 근무해서 겨우 여공 스무 명 남짓 되는 작업 감독밖에 되지 못했다는 것에 대단한 불만을 가지고 있었거든요. 아빠가 승진을 못 한건 순전히 아빠의 융통성이 부족한 고지식한 성품 때문이라고 엄만 생각하고 있었어요. 그렇지 않고서야 아빠보다 나중에 들어온 같은 조건의 사람들도 다 과장 이상 승진을 하였는데 코흘리개 골목대장마냥 작업 감독이 뭐냐는 거였어요. 아빤 그럴 때마다, 자신의 작업반에서 일하는 여공들이 하루에 열다섯 시간씩 일해서 받는 돈이 얼마나 되는지 아느냐고, 거기에 비하면 자신이 받는 보수는 너무 많다고 일축해버리시는 거였어요. 엄만 그러면 당신보다 적게 근무하고 나중에 들어와서 일찍 승진한 사람들의 보수에 비해 당신의 봉급이 얼마나 보잘 것 없는지 아느냐고 닦달을 해대는 거였어요. 아빤 그럴 때마다 그 사람들은 다 나보다 능력이 있는 사람들이니까, 하고 힘없이 말꼬리를 감추시곤 하셨어요.

그런데 그 일이 일어났어요. 선생님도 아실 거예요. 하도 기가 막히고 기이한 일이라 신문에도 났었지요. 하긴 그즈음 신문이라는 것이 기이한 일일수록 보물찾기마냥 쬐끄맣게 나는 것 같았으니까 어쩜 선생님께서는 모르구 계실는지도 알 수 없네요. 또 영원히 용서하지 않을 것처럼 흥분하던 일들도 시간이 지나면 언제 그랬느냐 싶게 까맣게 잊어버리는 것이 요즘 사람들의 속성인 것 같기도 하고요. 제가 아는 대로 설명을 드릴게요. 한동안 회사들이 극심한 불경기였잖아요. 물건은 팔리지 않구 임금은 줘야 하구… 그래서 회사마다 감원선풍이 일었지요. 아빠 회사에서도 궁여지책으로 감원을 할 수밖에 없었나봐요.

근데, 선생님, 그 방법이 아주아주 재미있어요. 사원들에게 쪽지를 한 장씩 나눠 주고, 회사에서 필요한 사람과 필요 없다고 생각하는 사람을 두 사람씩 쓰라는 엄명이 사장님으로부터 내리신 거예요.

전 아빠가 당하셨을 곤욕을 쬐금은 이해할 수 있어요. 선생님께선 그런 경험이 있으신지 모르지만 전 초등학교 다닐 때 그와 비슷한 경험을 했어요. 저희 반에서 한 아이가 소풍비를 잃어버렸는데 담임선생님께서 아무리 설득을 해도 범인이 자백을 하지 않자 의심이 가는 사람을 한 사람씩 적어내라고 한 거예요. 아, 아, 그때의 당혹스러움과 불안함을 선생님께 뭐라고 말씀드릴 수 있을까요! 누구를 써내야 할지 막막할 뿐 아니라 혹시 다른 아이들이 내 이름을 적어 넣지나 않나 하는 불안감에 가슴이 콩당콩당 뛰는 거였어요. 그러자 반 아이들이 모두 의심스러워지기 시작하고 혹시 안 적어내면 내가 의심을 받지 싶어서 하는 수 없이 가슴을 두근거리며 평소에 짓궂은 짓을 잘 하는 고아원에 다니는 남학생 이름을 써넣었어요. 담임선생님께서는 쪽지를 걷어서 일일이 다 보시고는 우리를 뚫어져라 하나하나 찬찬히 둘러보시고 나서 범인이 누군가를 알았으니 조용히 교무실로 찾아 와서 용서를 빌라는 거예요. 선생님의 차가운 시선이 제게 머무는 순간 전 간이 콩알 만해지면서 숨이 멈출 것 같았어요. 그날 밤 집에 돌아와서 한잠도 이룰 수가 없었어요. 불안감도 불안감이지만 막연한 예측만으로 범인이라고 지목한 고아원 애가 불쌍하기도 하구, 한없는 양심의 가책에 이튿날 학교에 가서 그 애의 얼굴을 대할 일이 끔찍스럽기까지 했어요. 이튿날 학교에 갔을 때 잃어버린 돈은, 돈을 잃어버린 애가 학교에 올 때 집에 있는 책갈피에다 끼워놓고 착각을 한 걸로 판명이 났지만요. 제가 경험한 아이들에 대한 불신감이나 불안감은 다른 아이들도 모두 마찬가지였을 거예요.

선생님, 어른의 세계에서 맞부딪치게 된 아빠의 그와 같은 경험은 훨씬 더 곤혹스럽고 심각했던 것 같아요. 아빠 누굴 모함하거나 의심할만한 성품이 못 되셔요. 오직 자신의 일에만 충실한 분이셔요. 그런 아빠가 자신의 지목으로 어느 한 가정이 파산해버릴지도 모르는 끔찍스러운 일을 어떻게 태연히 해낼 수 있었겠어요. 아빠가 후에 약주에 취하셔서 제게 한 말씀이지만, 아빠 고민 끝에 필요한 사람이구 아니구를 가릴 것 없이 당신 자신의 이름을 써넣으셨대요. 그런데 유기명으로 이름을 써넣게 된 탓인지 그게 오히려 말썽이 된 모양이예요. 아빠 경영진에 불려가서 그런 식의 인간미는 당신만 가지고 있느냐고, 회사에 대해서 불만이 있는 것이 아니냐고 그렇지 않으면 군말 말고, 지시한 대로 다시 쪽지를 써오라고 치도곤을 맞았대요. 아빠 하는 수 없이 우리들 다섯 식구의 목숨 때문에 은전 삼십 냥에 예수를 판 유다처럼, 이 시대의 유다가 된 거예요. 아빠 몹시 괴로워하셨어요. 회사를 위해 피땀 흘려 일해 온 사람들을 그런 졸렬한 방법으로 안면몰수하고 거리에 내팽개쳐서 버린 회사나, 자신이 끼어들지 않았다는 안도감만으로 태연자약하며 다시 누군가의 지목을 받지 않기 위해서 적당히 처신해 나가는 회사 사람들처럼 그렇게 생활하시면 될 텐데, 아빠 그 일이 있고 나서 차츰 성격이 이상해져갔어요. 아빠 또 한 사람, 자신이 이름을 써넣은 감원당하지 않는 사람에게도 굉장한 심리적 부담을 느끼셨나 봐요. 엄마 말씀이 아빠 꿈속에서도 가끔 그건 아빠가 한 게 아니라고 고함을 치곤 하셨대요. 그러면서 회사 사람들이 어쩐지 자꾸 아빠를 따돌리는 것 같다고 불안해하는 말을 자주 하셨대요.

아빠 제가 보기에도 확실히 성격이 이상해져 갔어요. 아빠 원래 약주를 잘 하지 않으시는데 가끔 술이 억병으로 취해가지고 오서서, 회사 사람들이 아빠를 싫어하고 작업반의 아가씨들도 아빠를 다치게 하려고 일부러 기계를 고장내놓고 골탕을 먹이는데, 아빠가 그렇다고 끄떡이나 할 사람 같으냐고 흥분하시곤 했어요. 아빤 따돌림을 당할까 무서워 의도적으로 술자리에 끼어들곤 하셨던 모양이에요. 그런데 술에 약하신 아빠가 평소에 회사 사람들에게 품고 있었던 그와 같은 의심이나 감정을 술 힘을 빌어서 폭발시키는 일이 많았던가 봐요. 그러다 보니 자연적으로 회사 사람들과 다투는 일이 많아지고 아빤 사람들로부터 따돌림을 받게 되신 모양이에요.

아빠 집에서도 차츰 잔소리가 많아지고, 편안히 앉아 있거나 누워 있지를 못 하시고, 이것저것 일을 만들어 바쁘게 움직이셔야 마음이 편하신 것 같았어요. 아빠 또 사람들이 집에 찾아오는 것을 싫어하게 되고 엄마가 딴 사람 집에 놀러가면 안절부절 못하시는 거예요. 그리고는 급기야 저희들까지를 의심하기에 이르셨어요. 저희들이 아빠를 우습게 안다는 거지 뭐예요. 그뿐이 아니었어요. 엄마가 아빠 몰래 외간 남자와 정을 통하고 있다는 거예요. 그렇지 않고서야 전에 없이 아빠를 쌀쌀하게 대할 리가 없지 않느냐는 거지요. 제가 보기에는 특별히 엄마가 아빨 쌀쌀하게 대하시는 것 같지는 않았고, 다만 아빠가 전과 달리 술을 자주 하시고 더러 억지를 부리고 하니까 짜증이 나시는 것 같았어요. 아빠의 감정은 참으로 종잡을 수가 없었어요. 아빤 엄마가 좀 친절하게 대해 주시면 이번에는 그런 식의 친절로 엄마의 부정을 감추려고 하고 있지만 아빠가 속을 것 같으냐고 코웃음을 치시는 거예요. 아빠는 엄마의 정부가 대략 누구인지 짐작은 하고 있다며 은근히 같은 동 십이 층 끝 호에 사는 황 씨 아저씨를 지목하고는 회사에서 몇 번씩 집으로 전화를 거는 것은 물론, 엄마가 없으면 황 씨 아저씨네 집으로 찾아가기도 했어요. 황 씨 아저씨는 작년에 아주머니를 교통사고로 사별하고, 재혼도 하지 않고 어린 남매와 할머니와 홀로 사시는 분이예요. 엄마가 가끔, 어쩌면 젊은 남자가 마누라가 죽으면 남자들은 변소에 가서 웃는다는데 죽은 아내를 그렇게 못 잊어서 그 고생스러운 생활을 하고 있는지 모르겠다고, 황 씨 아저씨 같은 남자도 없다고 동정어린 말씀을 하신 건 사실이지만, 제가 생각해도 그건 참 아빠의 어처구니없는 망상이아닐 수 없어요.

아빤 병원에 입원하실 무렵에는 엄마가 해주시는 밥도 몰래 약을 넣었을 거라고 엄마더러 먼저 먹어보라고 하는가 하

26

면, 저를 포함한 언니와 남동생이 엄마와 짜고서 아빠를 내쫓으려고 한다고 억지를 부리셨어요. 전 그런 아빠를 지켜보면서 울고 싶은 심정이었어요. 도대체 무엇이 선량한 아빠를 그 지경으로 만들었나 하는 분노를 누를 수가 없었어요. 아빠는 회사 측에서 그래도 눈곱만한 양심은 살아 있었던지 시한부 휴직을 승낙해 주어서 입원을 할 수 있었어요.

선생님, 아무튼 선생님의 훌륭하신 의술과 심려 덕분에 아빠는 의외로 빨리 회복이 되셨어요. 아빠가 빨리 정상인으로 퇴원할 수 있었던 것은 정말 선생님께서 각별하게 신경을 써 주셨기 때문이라고 생각해요.

그런데요, 선생님! 정작 아빠의 외로움과 방황은 사고가 정상으로 돌아옴으로 해서 시작됐어요. 회사에 다시 나가게 되자 사람들은 아빠를 이번에는 정말로 정신병자를 대하듯 했어요. 아빠가 비정상이었을 때는 정상인으로 대하다가 막상 정상인으로 돌아왔을 때는 선입견을 가지고 아빠를 신용하려 들지 않았던 모양이에요.

더욱이 민주화의 바람과 함께 밀어닥친 노사분규는 아빠에게 새로운 충격을 주었어요. 어제까지만 해도 감원선풍에 벌벌 떨면서 사장님의 헛기침에도 경기驚氣를 일으키던 노동자들이 이제는 경영진들을 땅바닥에 꿇어앉히고 누가 더 극열하게 단죄하느냐로 인간적인 순수성을 평가받는 세상이 되어 버린 거예요. 쬐그만 계집애가 겁도 없이 경망스럽게 좋알대는 건지는 모르지만 〈민주〉니 〈열사〉니 하는 명칭들을 목적에 부합되기만 하면 바겐세일 하여, 그 의미를 음미해 볼 겨를도 없이, 아무나의 이름 앞에 성급하게 훈장처럼 붙여 주는 세상으로 바뀐 거지요. 아빠 역시 그런 호사스런 훈장을 가슴에 붙일 대상이 아닌데도, 노동자들은 이제까지 아빠를 경원시하던 태도를 우호적으로 바꾸면서, 악덕 기업주에게 희생당한 산 증인으로서 그들의 편에 서주기를 은근히 부추겼던 모양이에요. 하지만 아빤 오히려 그들의 그런 극렬한 행동을 못마땅하게 여기셨어요. 아무리 세상이 바뀌더라도 인간이 지켜야 할 기본적인 테두리를 벗어나서야 그게 어디 인간이겠느냐는 생각이셨던가 봐요. 그 결과 아빤 그들에게 완전히 비정상적인 인간으로 낙인이 찍히게 되구요.

아빤 원래 말수가 적은데다 아주 말이 없어졌어요. 아빤 직장에 근무할 의욕이 없어진 탓인지 동료들의 쟁의와는 상관없이 퇴근 시간이 되면 일찍 귀가해서는 방에 누워 말없이 천정만 우두커니 바라보고 계시거나, 십이 층 아파트 유리창 밖으로 멍하니 도회의 풍경을 오래 동안 굽어보시거나 하셨어요. 어쩌다 한밤중 베란다 같은 데서, 어둠 속에서 졸고 있는 도회의 불빛을 하염없이 내려다보고 계신 아빠의 뒷모습을 발견하게 되면 저마저도 고독감이 엄습해 올 정도로 아빠가 한없이 쓸쓸해 보였어요. 엄마와 우리들은 아빠가 또 혹시 이상해지시는 것이나 아닌가 해서, 아빠의 신경을 가급적 거슬리려하지 않으려고 함께 하는 시간을 피하며 대화를 줄였는데, 그게 더욱 아빠를 견딜 수 없는 허탈감 속으로 몰아넣었던 모양이에요.

언젠가 한밤중 화장실에 가다가 전 또 아빠가 불도 켜지 않은 채 응접실 소파에 앉아 유리창 밖으로 도회의 불빛을 멀거니 내려다보고 계신 것을 발견하고는 아빠 곁에 다가가 이야기를 나눈 적이 있어요. 그때 아빤 저에게, 음습한 동굴 저 깊숙한 곳에서 울려나오는 듯한 공허한 목소리로, 경미야, 너도 아빠가 이상해졌다고 생각하니, 아빤 요즈음 자꾸 몸이 공중으로 떠오르는 것처럼 가벼워지는구나. 한 마리 새처럼 날아오를 수 있을 것 같은 느낌이 드는구나. 최면술에라도 걸린 것 같아, 최면술에도… 하고 금방 울음이라도 터뜨릴 것 같은 쓸쓸한 표정을 지으시는 거예요.

그래요, 아빠 정말 최면술에라도 걸린 사람처럼 그로부터 며칠 후 아파트 십이 층 베란다에서 아빠의 고독한 비행을 결행하신 거예요. 사람들은, 아니 엄마마저도 아빠가 정신착란을 일으켜 실족하신 거라고 믿는 모양이지만, 전 아빠가 분명히 이 고독한 도시를 탈출하려고 비행을 단행하신 거라는 걸 알아요.

선생님, 아까도 말씀드렸지만 아빠 어쩐지 오히려 병원에서 만들어 가지고 나온 관념의 병 때문에 돌아가신 것이 아닌가 하는 생각이 들어요. 아빠가 정상으로 돌아왔음에도 광기에 대한 타인들의 비정상적인 통념에 의해, 이번에야 말로 어떤 의술로도 치유할 수 없는 병마에 아빠를 빠뜨려버린 것이 아닌가 하는 의문이 들어요.

선생님, 그리고 전 그 광기에 대한 규정부터가 애매하다고 생각해요. 얼마 전에 별세한 〈프랑스〉의 철학자 〈미셸 푸코〉가 광기에 대한 규정은 시대와 사회에 따라 다르다고 말한 걸 읽었어요. 가령 중세 유럽에선 일하지 않거나 일할 능력이 없는 자, 통상적인 가족관계를 맺지 못하거나 이상한 언어를 사용하는 자, 그리고 신을 모독하거나 종교적인 축제에서 제외되는 자들을 가리켰다고 해요. 오늘날 신을 모독하고 축제에 나가지 않는다고 정신질환자로 보지는 않잖아요? 그러나 굳어진 사회통념에서 벗어나면 광기로 몰린다는 점만은 동일해요. 그런데요 선생님, 狂氣의 반대개념인 正氣란 과연 무엇이며, 누가 정하느냐 하는 의문이 들어요.

어쩌면 우리들의 사회통념이 정말로 狂氣에 휩쓸려 들어가고 있는 것이나 아닌지요? 현대인들은 도덕관이나 가치관조차도 자기들의 편리에 따라서 통념화해 가는 것이 아닐까요? 아니 이건 제 얘기가 아니에요. 앞에서 말씀드린 우리 국어 선생님 말씀이세요. 그분은 지금 우리가 살고 있는 시대가 牧神의 시대래요. 현대인은 절대적 존재인 신마저도 자기들의 이익이나 편리에 따라서 자기들 나름대로 양육하면서 살고 있대요.

선생님, 선생님의 병원에 입원해 있는 환자 가운데 이런 통념으로 마름질 당한 사람은 없을까요? 그들은 다만 피해자이고 우리들 가운데 더 심각한 정신질환을 가지고 있는 비정상적인 가해자는 없는 것일까요. 자신들의 더 깊은 병은 보지 못하면서 그들의 병을 걱정하고 있는 우스꽝스런 꼬락서니를 하고 있는 것은 아닐까요? 선생님, 죄송해요. 쓸데없는 넋두리로 선생님의 마음을 어지럽혀 드렸다면 용서하세요.

선생님, 새벽이 오고 있나 봐요. 우리들이 살아야 할 하루 치의 일상이 배급되고 있나 봐요. 산다는 것이 왠지 두려운 생각이 들어요. 이제 얼마 있으면 졸업이에요. 지금 형편으로는 대학이라는 델 갈지 어떨지 모르지만, 오늘날의 대학이라는 곳이 더 좋은 빵을 얻는다는 의미 외에 참으로 인간을 더 아름답게 향상시킬 수 있는 곳인지 의문이 들어요.

지금 사람들은 정의를 외치고 있어요. 새롭게 일고 있는 바람으로 이 척박한 땅에 자유와 민주의 꽃나무를 심고 의로움의 자양을 공급해야 한다고 외치고 있어요.

하지만 선생님, 두려워요! 무서워요! 새롭게 불어오는 저 바람들이 또 얼마나 많은 사람들을 새로운 관념의 자로 마름질하여 선생님의 병원 신세를 지게 하려는지 생각만 해도 끔찍해요. 물론 저의 이 생각이 부질없는 기우기를 바라지만요.

새벽이 오고 있어요, 선생님! 우리들의 의지와는 상관없이 새벽이 오고 있는 거예요.

제 앞에 열릴 미지의 새벽은 부디 신의 이마를 간질이는 삽상한 미풍처럼 아름답고 건강하게 열리기를 바라요. 선생님에게두요. 그리구 우리 아빠 같은 사람들도 당당하게 설

자리가 마련 될 수 있는 세상이 되기를 바래요.

　내내 안녕하세요.

시 월의 마지막 밤에 미지의 새벽을 열며

민경미

'아, 죽다니….'

　형준은 읽고 있던 편지 뭉치를 내던지듯이 테이블 위에다 놓았다. 그 편지는 정말 뭉치라고 표현해도 좋을 만큼 스무 장이 넘는 편지지에 여고생 특유의 깨알같이 잔글씨로 빼곡히 채워져 있었다.

　형준은 잠시 미간을 모았다. 애써 여고생의 모습을 떠올려 보려 해도 전혀 생각이 나지 않았다. 당연한 일이었다. 벌써 일 년도 더 전에, 환자도 아니고, 잠시 스쳐 지나간 관심 밖의 환자 가족을 일일이 기억하려다가는 노이로제에라도 걸릴 일이었다.

　민태원, 대신 환자였던 그녀의 아버지에 관해서는 병상 기록까지 똑똑히 기억이 되살아났다. 그 환자와 별다른 일이

있었기 때문은 아니었다. 정신병원을 찾는 환자의 병의 증
례證例에는 별의별 증상이 다 있기는 하나, 그 여고생의 말마
따나, 민태원이 병원에 입원하게 된 과정이 그에게도 얼마간
은 충격이었다. 아무리 비정상적인 인간들로 해서 밥을 먹고
산다고는 해도 살고 있는 세상이 자꾸만 비정상으로 흘러가
고 있다는 것은 그로서도 결코 기분 좋은 일이 될 수 없었다.
그는 그렇다고 그 일로 해서 오랫동안 심각하게 마음을 쓰지
않았다. 그는 이미 불혹不惑의 고개를 넘어선 나이였다. 마흔
하나면 세상의 구접스런 일을 볼 만큼 보아 왔고 겪을 만큼
겪어왔다. 그는 잠시 식탁에 올랐던 인상 깊은 메뉴를 대하
듯 그 일을 머릿속에 머물게 했다가 타성의 여과를 거쳐 망
각의 늪 속으로 떠밀어 넣어버린 것이다.

   그런데 그 민태원이 죽었다는 게 아닌가? 자연사가 아니
라 자살을 감행했다지 않은가? 형준은 한 인간의 죽음 앞에
서 전에 없이 심한 심리적인 동요를 일으키고 있는 자신이 잘
납득이 되지 않았다. 그는 평소 죽음에 대해서 심각하게 생
각하고 있지 않았다. 죽음에 형이상학적인 특별한 의미를 부
여하고 있지도 않았다. 어쩌면 그것은 의사라는 직업의식에
서 얻어진 부산물인지도 몰랐다.

사실 의사들은 육신의 기능이 정지되거나 망가져서 일어나는 수많은 죽음을 지켜보면서, 인간의 죽음이라는 것도 결국 마모된 장난감 기계의 운동의 정지 정도로 가볍게 여기게끔 의식화 되는 건지도 몰랐다. 형준만 해도 그랬다. 의과대학 시절 해부학 시간에 시체실에서 〈포르말린〉에 절은 열네 구의 시체를 대하면서 처음 죽음의 구체적인 실상과 만났다. 여자가 여섯, 남자가 여덟인 그 시체들은 얼굴이 흰 천으로 가려져 몸의 털이란 털은 다 깎인 채 해부대에 뉘어져 있었다. 그는 그 시체들을 대하는 순간 심한 충격과 함께 전신의 힘이 발가락 사이로 술술 빠져나가는 듯한 허탈감이 주체할 수 없이 밀려들었다. 행려병자行旅病者이거나 보호자에 의해서 몇 푼의 돈에 팔려졌을 그 대부분의 불행한 삶을 마감한 그들의 생존 시의 모습이 갖가지 형태로 연상되면서, 도대체 인간이 동물과 다른 것이 무엇인가 하는 의문이 꼬리를 물고 일어났다. 해부학 교수는 실습에 들어가기에 앞서, 살아있는 인간을 대하듯 존엄하게 대할 것이며, 인류의 더 나은 행복을 위해서 자신의 육신을 내어놓은 그들의 뜻에 경의를 표해줄 것을 당부했지만 그로서는 존경스러운 생각이고 뭐고 삶에 대한 허망스러움뿐이었다. 정말 인간에게 영혼이라는 게 있어서 육신은 한낱 그 영혼을 담는 그릇에 불과하다면 모르거니와, 그렇지 않다면 그 해부대에 누워 있는 시체들이 푸줏간의 좌판에 늘어 놓여있는 동물의 시체와 뭐 다를 게 있나 하는 절망적인 회의가 그를 붙들고 놓아주지 않았다. 그는 그날 시체의 피부를 절단하여 신경을 찾는 신경 해부학 실습을 마치고 친구들과 함께 께름칙한 기분을 떨쳐버리려고 술집에 가서 안주로 내온 수육을 보자마자 구토가 치밀어 올랐다. 포르말린에 절인 시체의 피부 단면과 삶아져 나온 돼지의 삼겹살이 그렇게 같을 수가 없었다.

그러나 일 년쯤 지나자 그의 의식은 완전히 바뀌고 말았다. 그는 차츰 그 시체들이 단순한 실험용 동물 정도로 인식이 되어졌다. 그의 동료들도 학습용 두개골을 가방에 넣고 다니며 그것으로 막걸리를 따라 마시면서 "아 영혼의 그릇에 담긴 이 감로주야 말로 그대들의 영혼을 맑고 빛나게 할진저!" 어쩌고 하면서 능청을 떨 정도였다. 여학생들도 마찬가지였다. 간호과 학생 중 하나가 첫날 해부학 실험을 마치고 하루 종일 정원의 버드나무 아래 벤치에 앉아서 하염없이 눈물을 흘리다가 며칠째 온다간다 말도 없이 모습을 감춘 후 나중에 열차에서 투신자살한 사건이 일어났었다. 그 사건은 학생들 사이에 대단한 파문과 충격을 던져주었다. 그러나 얼마의 시간이 지나자 그 충격도 말끔히 가셔졌다. 여학생들은 남학생들과 농담 중에 짓궂은 남학생이 시체실 해부대에 누워 있는 한 사내의 기립자세를 취하고 있는 장대한 페니스를 연상시키며 "아, 그 최후의 순간에도 포기하지 않았던 남성의 표상이여, 경배 받을 지어다!"하면 눈썹 하나 까딱하지 않고 "그대, 이승에서 못 다 발휘한 한 저승에서나 푸시옵소서!"하고 대담하게 능쳐버릴 정도였다.

형준에게 있어서 죽음이란 이렇듯 심각한 것이 될 수 없었다. 그는 또한 내세를 믿는 영혼주의자도 아니었다. 그는 다만 육체의 기능으로써의 정신을 믿는 정신과 의사로서 주어진 현실에만 충실하려고 애썼다. 그에게 있어서 삶은 열심히 살아야 할 대상이지 회의의 대상은 아니었다. 그런데 어째서 현실적 상황에서 얼마든지 일어날 수 있는 한 사내의 죽음이 그의 무디어진 감성을 자극하는 것인지 알 수 없었다. 그는 어쩌면 자신이 지금 무허가 싸구려 의약품 사건으로 물의 대상이 되고 있는 탓에 심경이 다소 나약해진 것인지도 알 수 없다는 생각이 들었다.

'빌어먹을… 하긴 지금 여고생의 감상적인 편지에 주접이

나 떨고 있을 땐가!'

형준은 의자가 삐걱거릴 정도로 자리에서 벌떡 일어났다. 아직 환자들이 몰려오기에는 이른 시각이었다. 여덟 시 사십 이 분. 진료실의 맞은편 출입구 위에 걸려 있는 벽시계의 시 침이 8자를 조금 넘어서고 있었다. 내과나 외과는 환자들이 병원 문을 열기 전에도 문을 두드리는 일이 허다하지만, 정 신질환자야 금방 분초를 다투는 병도 아니므로 보통 열 시가 넘어야 환자가 찾아온다. 더욱이 그 사건이 터지고부터 환자 가 눈에 띄게 줄었다.

〈함형준 신경정신과, 환자들에게 부정 의약품 사용〉

D일보 사회면의 머리기사가 다시금 그를 괴롭혔다. 벌써 보름째 그를 괴롭히고 있는 기사였다. 사(四)단으로 비교적 크게 취급되고 있는 그 기사는 그동안 그가 저지른 비리의 내용이 과장되게 기록되어 있었고, 그의 병원 말고도 S의원 과 P산부인과, H병원 등 상당수의 병원이 이 사건과 관계된 것으로 추정되며, 검찰이 사건의 전모가 밝혀지는 대로 구 속 수사할 방침이라는 내용을 보도하고 있었다. 기사의 내 용으로 보아 약품을 제조하는 녀석들이 기자에게 덜미를 잡 힌 것 같았다.

'병신 같은 자식들! 덜미를 잡혔으면 지들끼리 구워 먹든지 삶아 먹든지 할 일이지 왜 나까지 끌어넣어! 덜 떨어진 자식들!'

그는 덜 떨어지기는 자기도 마찬가지라는 생각이 들었다. 그 사건이 기사화되기 얼마 전 평소 광고비 같은 것으로 귀찮게 구는 기자로부터 전화가 걸려왔다. D일보에 개업광고를 낸 이래로 광고비 문제로 여러 차례 실랑이를 벌였다. 이쪽의 의사와는 상관없이 일방적으로 광고를 실어 놓고 광고비를 요구해 오는 것이었다. 물론 그도 신문사의 고충을 모르는 바 아니었다. 매일 쏟아져 나오는 그 광고 난의 여백을 고정고객이 얼마간 확보되지 않고서는 지방 신문이라는 약점을 가지고 감당할 수 없으리라는 것을 이해할 수 있었다. 그의 형편은 〈이 지방의 신문을 이 지방의 뜻있는 분들이 후원해 주시고 아껴 주지 않으면 누가 아껴 주겠느냐〉는 신문사 측의 요구를 그대로 받아들일 입장이 못 되었다. 병원을 짓는데도 준공을 해가는 과정에서 자꾸 욕심이 생겨 무리를 하여 빚이 많았다. 예상대로 환자가 많이 몰려들어서 다행이지 한 달에 이자로 나가는 액수만도 상당했다.

그 기자는 전화에다 대고 능글 맞은 목소리로 "함 박사님,

병원에서 쓰시는 약이 싸구려 무허가 의약품이라는 소문이 있습니다… 염려가 돼서요….” 어쩌구 하면서 그의 신경을 긁었다. 그는 녀석이 또 무슨 꿍꿍이속이 있구나 싶었지만 태연히 “헛소문으로 폐까지 끼쳐 드리게 되는군요. 염려해 주서서 고맙습니다” 하고 일축해버렸더니 그 기자가 더욱 능글맞은 목소리로 “헛소문이라니 다행이로군요. 아무튼 만수무강을 빕니다” 하고 전화를 끊어버렸다.

형준은 전화를 끊고 나서 기분이 개운치 않았다. 사실 그는 무허가 제조회사의 싸구려 약을 쓰고 있었다. 〈클로로프로마진〉 같은 밀가루 값밖에 나가지 않는 싸구려 약은 유명회사의 제품과 가격이 별로 차이가 없지만 〈하이비날〉이나 〈셀레네이즈〉, 〈디아제팜〉 등의 약품은 무허가 제조품과 상당한 차이가 있었다. 그렇다고 약효에 큰 차이가 있다거나 환자에게 부작용을 일으키거나 하는 것도 아니었다. 〈베네트로빈〉이나 〈활로페리돌〉 같이 꼭 필요한 주사약은 유명회사의 제품을 쓰고 있었다. 또한 정신질환의 치료약이라는 것이 주로 신경안정제 계통이어서 약의 성분이 다 그렇고 그런 유사성을 띠고 있었다. 그렇기 때문에 상당수의 개인병원에서 다소의 차이는 있을지언정 알게 모르게 싸구려 무허가 제

조품을 쓰고 있는 실정이었다. 그렇기로서니 그것이 세상에 공개할 만큼 아름다운 일이 못 된다는 것쯤은 그도 충분히 알고 있었다. 아니, 소문이 새나가지 않도록 허점을 땜질하지 않으면 안 된다는 것은 상식에 속했다. 그는 그 상식을 상식으로 처리하지 못한 것이 잘못이었다는 걸 뒤늦게 깨달았다. 그는 그의 병원만이 유독 적나라하게 공개되고 다른 병원은 P니 S니 하는 부호로 표기된 것만 보아도 자신이 얼마나 기민하지 못했던가를 절감하였다.

'이 무슨 망신인가… 여자가 도대체 욕심이 많아!'

형준은 짜증이 났다. 아내에 대한 불만이 슬그머니 고개를 들었다.

이번 일도 따지고 보면 아내의 욕심 때문에 자초한 일이었다. 서당 개 삼 년이면 풍월을 한다고 실제적인 운영을 맡아보며 병원 일에 눈을 뜬 아내가 실리에 급급하여 부정 의약품을 반입해 들인 것이다. 환자들에게 해로운 것도 아니잖아요. 남들도 다 쓰고 있는데요, 뭐. 대신 환자들에게 다른 걸로 더 신경 쓰시면 되잖아요. 아내가 내키지 않아 하는 그에게 통고하듯이 일방적으로 그렇게 결정해버렸다. 아내는 매사에 말은 당신의 뜻에 따른다면서도 거의 모든 결정권을 그녀가 행사했다. 그것은 아내의 경영수완에 대한 그의 오랜 신뢰감에서 비롯된 묵계이기는 했다.

아내의 경영수완은 참으로 놀라웠다. 결혼하면서 바로 임대 건물일망정 개업한 것도 그녀 덕분이었다. 그녀가 그녀 아버지의 사랑을 최대로 선용하여 개업자금을 끌어댔을 뿐 아니라, 그 후 몇 차례 투기의 물결을 탄 끝에, 정신병원으로서는 이 지방 유일의 최신 설비를 갖춘 큰 병원으로 도약하게 된 것 또한, 그녀의 탁월한 경영수완이 가져온 결과였다. 그도 그것이 결코 기분 나쁘지 않았다. 그것은 바로 그가 꿈꾸어 오던 바였다. 그가 어쩔 수 없는 운명의 갈림길에서 그녀를 선택하게 된 것도 그런 미래에 대한 계산이 크게 적용했기 때문이었을 것이다.

이번 사건을 수습하는 과정에서도 아내는 그녀의 수완을 십분 발휘했다. 아내는 고등법원 판사인 그녀의 오빠와 상의하여 사건이 원만이 해결되도록 동분서주하고 있는 중이다. 그는 검찰에 출두하여 심문을 받는 과정에서 아내가 시키는 대로, 병원을 운영하는 운영권자로서 사회의 물의를 일으킨 것은 책임을 통감하여 양심에 가책을 느끼나, 의약품을 구입하는 일은 아내가 도맡아 하고 있어서 반입과정에서 경로가 잘못된 것 같다고 진술했다. 그는 아내의 말대로 사건의 추이에 상관하지 않고 불구속 입건된 상태에서 환자들의 고장난 정신을 고치는 일에만 주력하고 있었다.

형준은 천천히 창가로 걸어갔다. 사 층은 살림집으로 쓰고, 이 층과 삼 층은 입원실, 일 층은 진료실로 쓰고 있었으므로 창가에서는 바로 밖이 내다보였다. 그의 병원은 비교적 도심지에 위치해 있는데다 네거리에 면해 있어서 시끄러운 편이었다. 그러나 정신병원의 진료실이 바로 거리에 면해 있다는 점을 감안하여 방안의 특수방음 장치가 되어 있어 창문만 닫으면 소음이 거의 들리지 않았다.

형준은 이중창문을 열었다. 십일 월 초순의 스산한 아침 바람에 실려 거리의 소음이 방안으로 쏟아져 들어왔다. 갖가지 차림을 한 사람들이 신호등의 지시에 따라 네거리 양편 건널목에서 장난감 태엽 인형처럼 멈춰서기도 하고 바삐 걸어가기도 하면서 하루치의 일상을 시작하고 있었다. 그들은 누군가의 조종에 의해서 자신들의 의지와는 상관없이 엉뚱한 방향으로 열심히 움직이고 있는 장난감 인형 같다는 생각이 들었다. 그 역시 그가 계획한 생에 오차만 생기지 않았다면 그의 삶은 지금과는 전혀 다른 색깔로 채색되었을 것임에 틀림없었다. 아내 순옥이와의 결혼을 후회하는 것은 아니었다. 그와 결혼할 당시 순옥은 모든 것을 줄 수 있는 신기루와도 같은 존재였다. 그가 현숙을 쉽게 단념할 수 있었던 것도 그 신기루에 강렬하게 현혹되었기 때문이었다.

"불쌍한 여자…."

그는 벌써 십사 년 전에 영원히 남남이 되어버린 장현숙을 생각했다. 대학시절의 아릿아릿한 향수와 함께 가슴이 저려왔다.

장현숙은 같은 의과대학 구내에 있는 간호학교 학생이었다. 그와 그녀가 처음 만난 것은 해부학 실습시간이었다. 그녀는 그의 조에 다섯 명의 여학생과 함께 소속이 되었다. 그녀는 시원스런 눈이라든가 얼굴의 부드러운 윤곽이 상대방의 마음을 퍽 편하게 해주는 인상이었다.

간호학교 학생들의 해부학 실습은 주로 의대생이 실습을 진행하는 동안 실습과정을 지켜보는 정도의 현장학습과정이었다. 그들이 다루고 있었던 시체는 젊은 여인의 시체였다. 그가 여인의 유방을 절단하려고 하자 옆에서 지켜보고 있던 현숙이 갑자기 무슨 생각이 들었는지 그러지 않아도 슬픔을 가득 담은 듯한 큰 눈에 서글픈 표정을 띠면서, 이 여자한테

아이들은 없었을까요, 하고 그에게 물었다. 그는 그녀의 질
문이 마치 무슨 작품 전시회라도 구경하러 온 사람처럼 엉뚱
한데다 답변할 말이 없어서 한동안 묵묵히 그녀를 응시하고
있는데 옆에 섰던 진태가 나서며 평소의 짓궂은 성격대로,
네에, 이 여자는 아이가 적어도 둘쯤은 있었던 게 틀림없습
니다, 라고 정색을 하고 대답했다. 그러자 옆에 있던 다른 여
학생이 그걸 어떻게 아느냐고 물었다. 진태는 그러니까 더욱
진지한 표정을 짓고 털이 말끔히 깎여진 여인의 성기를 가리
키며 여기를 보십시오, 이 입구가 검은 빛깔이 나는 여자는
남자관계가 많은 여잡니다. 특히 외음부가 늘어져 있는 여자
는 아이를 낳은 여자에 틀림없습니다, 하고 자랑스럽게 늘어
놓았다. 여학생들은 벌에라도 쏘인 것처럼 얼굴을 찡그렸고
형준은 진태에 대한 분노를 엉뚱한 장현숙에게 터뜨렸다. 그
는 좀 험악한 표정으로 아시겠지만 해부실에서 사담은 금물
입니다. 하고 냉랭하게 말했다. 현숙은 더욱 당황하여 기어
드는 목소리로 죄송하다고 말했다.

그 후 현숙은 교정에서 그와 마주치게 되자 그에게 다가
와 또 죄스러운 표정을 짓고, 지난번에는 정말로 미안했다
고 거듭 사과를 했다. 그도 계면쩍어서 사실은 그 말은 친구

녀석을 의식하고 한 소리라고 기분이 나빴다면 이해해 달라고 말했다. 그녀는 또 어두운 표정이 되면서 사실은 저도 그런 질문을 하지 않으려고 했는데 엄마가 일찍 돌아가셨거든요. 아주 어렸을 때 저만 낳구요. 산후 조리를 잘못했다나 봐요. 하고 금방 그 큰 눈에서 눈물이라도 방울져 떨어져 내릴 것만 같았다. 그는 그녀와 몇 번 만나는 사이 그녀가 계모와 떨어져 할머니와 함께 살고 있다는 것을 알았고, 그 이상으로 생활에 충실하며 편부슬하의 불균형한 가정에서 자란 여자답지 않게 성격도 원만하고 마음씨도 착하다는 것을 알 수 있었다. 그녀는 그의 자취방에 스스럼없이 드나들 즈음, 어느 비바람이 몹시 부는 가을 밤, 생활의 군색한 때가 덕지덕지 묻어 있는 그의 자취방에서 그가 비집고 들어갈 틈을 수줍게 내주었다.

그녀는 그에게 눈물겹도록 헌신적이었다. 그녀는 그녀의 아버지에게서 지급되는 넉넉하지 않은 생활비를 쪼개어 정성들여 그의 구멍 난 생활을 기워주곤 했다. 그녀는 졸업하고 나서 바로 병원에 근무하면서 그의 뒷바라지에만 전력을 기울였다. 그는 그녀와 더불어 그들에게 배당된 생의 양피지에 조촐하지만 아기자기하게 행복을 수놓을 수 있을 것 같은 느낌이 들었다. 그런데 운명은 예기치 않은 방향으로 자리바꿈을 하고 말았다.

그녀가 교통사고를 당하여 왼쪽 다리를 절단하고 전신마비가 오다시피 한 것은, 그가 긴 생활의 고된 항해를 끝낼 무렵인 본과 4학년 겨울이었다. 졸업을 두 달 남겨 놓고 있었다. 그녀는 그날 야근을 하고 돌아오는 도중 빙판이 박힌 건널목에서 브레이크 고장을 일으킨 과속 트럭에 치인 것이었다. 그가 연락을 받고 병원에 허겁지겁 달려갔을 때 그녀는 혼수상태에서 왼쪽 다리의 절단수술을 받고 있는 중이었다. 그의 절망감도 절망감이지만 그녀의 처절한 좌절은 차마 눈뜨고 볼 수 없었다. 그녀는 그에게 자기와의 관계를 없었던 걸로 해달라고 애원하다시피 했다. 그녀의 착한 마음에서 우러나오는 아픈 호소였다.

형준은 그녀를 결코 버릴 수는 없다고 생각했다. 그는 그의 마음에 교만한 생각이 비집고 들려고 할 때 가차 없이 채찍질을 했다. 그러나 모교의 병원에 레지던트로 있으면서 일년 쯤 지나자 그의 심경에도 차츰 변화가 일기 시작했다. 결혼은 인생의 먼 항해이므로 신중히 생각해야지 감상으로 처리할 일이 아니라는 주위의 권고에 마음이 흔들리기 시작했

다. 그에게 결정적인 영향을 준 것은 그의 지도교수이자 의
대 학장인 김형섭 교수의 말이었다. 김 교수는 결혼은 절대
로 동정에서 해서는 안 되며 내키지 않는 기분이 일 프로만
들어도 벌써 불행의 소지를 안고 들어가는 것이라면서 은근
히 자신의 조카딸과 결합하기를 종용하는 눈치였다. 지금의
아내 순옥이었다.

순옥은 당시 미술대학을 졸업한 올챙이 화가지망생이었
다. 그는 유복한 집안에서 자란 막내딸답게 성격이 활발하
고 구김살이 전혀 없었다. 또 용모도 그녀가 캔버스에 그려
넣고 있는 오 월의 장미꽃처럼 화려했으며 싱싱한 아름다움
을 지니고 있었다. 현숙이와 대조적이면서도 그에게는 전혀
새로운 이미지였다. 그리고 생활에 찌들어만 온 그에게 어
쩔 수 없이 관심이 가는 것은 그녀의 탄탄한 집안환경이었
다. 그녀의 아버지가 이 지방에서는 아는 사람들은 다 알아
주는 중소기업의 사장이라는 것과 그녀의 큰 오빠가 약관의
나이에 사법고시에 합격한 장래가 촉망되는 젊은이라는 사
실 등이 그에게는 신기루를 대하는 듯한 느낌을 주었다. 그
는 신기루 앞에서 방황했다. 고민했다. 그러나 그의 방황과
고민을 알아차린 현숙이 언제나 그에게 희생적이었던 것처

럼 그에게서 허망한 한 줌의 바람처럼 훌쩍 자취 없이 떠나
버렸다.

현숙의 자살은 그에게 또 한 번 깊은 충격과 상처를 주었
다. 상처는 어차피 아물기 마련이었다. 시간이라는 묘약은
그의 상처를 곧 아물려 주었고 순옥이 그 상처의 부위에 새
살이 돋아나도록 도와주었다. 얼마 후, 그는 별 죄책감 없이
그의 손이 가 닿을 수 없을 것 같은 신기루를 붙잡았다. 그
러나 차츰 세월이 흐르면서 신기루란 어차피 허상일 수밖에
없다는 것을 깨닫기 시작했다. 그는 아내를 통해 그가 원했
던 거의 모든 것을 얻었다. 외형적으로 그는 행복한 사람임
에 틀림없었다. 그렇지만 그는 늘 무엇인가 텅 비어가는 느
낌을 떨쳐 버릴 수 없었다. 그는 끝을 모르는 아내의 욕망에
이끌려, 치밀한 계산에 의해 더 많은 것을 얻으면 얻을수록,
정말 아껴야 할 소중한 것을 잃어버리고 있는 듯한 허전함에
서 놓여나지 못했다.

형준은 문득 뻔뻔스럽게도 환자들의 고장 난 정신을 고쳐
보겠다고 호객을 하는 뚜쟁이처럼 거리를 기웃거리고 있는
자신이 처량한 생각이 들었다. 그는 정말로 부끄러움으로 얼
굴이 붉어졌다. 경찰의 조서를 받는 과정에서 새파랗게 젊은

검사가 비아냥거리는 어조로 그에게 "정신과 의사가 그런 정신 나간 짓을 하면 어떻게 환자를 고치요? 치료를 받을 사람은 바로 당신 아냐?" 하고 호통을 치던 말이 그의 부끄러움을 건드렸기 때문이었다. 여고생의 편지 가운데 한 대목이 또 틈을 주지 않고 그의 부끄러움을 공략해 왔다.

〈선생님의 병원에 입원해 있는 환자들 가운데 우리들의 이 비정상적인 통념에 의해 정신질환을 앓고 있는 사람은 없을까요? 그들은 다만 피해자이고 우리들 가운데 더 심각한 정신질환을 가지고 있는 비정상적인 가해자는 없는 것일까요. 자신들의 더 깊은 병은 보지 못하면서 그들의 병을 걱정하고 있는 우스꽝스런 꼬락서니를 하고 있는 것은 아닐까요?〉

형준은 창문을 닫았다. 피곤한 세상과 절연하고 싶었다. 문을 닫자 일시에 세상의 소음이 차단되었다. 그는 얼마간 마음이 안정되는 것 같았다. 그는 다시 진료테이블로 와서 의자에 앉았다. 그는 책상 오른쪽 모서리에 놓인 탁상일기를 잡아당겼다. 하루의 일과계획을 메모해 놓기 위해서였다. 그는 오늘 날짜의 메모난에 이미 한 가지 일정이 기록되어 있는 것을 발견했다.

윤—9시

그는 곧 그저께 경화의 전화를 받고 약속 날짜에다가 메
모를 해놓은 것을 기억해 냈다. 윤경화는 그와 일 년 가까이
관계를 맺고 있는 여자였다. 그녀는 형준에게 수수께끼 같은
여자였다. 바닥을 알 수 없는 수렁이었다. 쉽게 건너뛸 수 있
으리라고 대들었다가 점점 헤어날 수 없는 깊이로 빠져 들어
가게 되는 수렁이었다. 그렇다고 그녀는 남자와 육체적인 관
계를 맺은 것을 빌미로 남자에게 심리적 부담감을 주는 여자
도 아니었다. 우린 자유예요. 전 남자가 싫증을 느끼기 전에
제가 먼저 떠나요. 제가 좋아서, 선택한 것처럼. 그와 처음 관
계를 갖던 날 그녀는 그의 귓전에 대고 그렇게 속삭였다. 그
녀는 최근 거의 한 달째 소식이 없었다. 그는 그녀의 말대로
그에게서 떠나간 것이 아닌지 몹시 궁금해 했다. 그런 참에
그녀로부터 난데없이 전화가 왔다. 평범한 전화가 아니라 오
늘 저녁 아홉 시 이후에 그녀의 아파트로 찾아와 달라는 내
용이었다. 그녀가 그에게 아파트를 정식으로 일러주고 방문
을 허락하기는 처음이었다. 그녀는 아파트에 혼자 살면서 학
생들을 상대로 피아노 교습을 하고 있었다. 그는 가급적 저
녁을 먹지 말고 오라는 그녀의 말로 미루어 생일초대인지도

모른다는 생각이 들었다.

형준은 일순 낭패감에 젖었다. 저녁 일곱 시에 갑자기 저녁 식사 약속이 생겼기 때문이었다. 아내가 아침 식탁에서 오늘 그가 해야 할 중요 일과 한 가지를 통고해 왔다. 오늘 저녁 일곱 시 반에 〈미가도〉에서 편집국장하고 오 기자를 만나세요. 다독여 놓는 게 좋아요. 오빠 얘기도 그래요. 제가 다 연락해 놓았어요. 방도 어제 예약해 놨구요. 당신하고 상의하고 결정할까 하다가 그러지 않아도 당신 심경이 복잡하신데 그런 것까지 신경 쓰게 해드리고 싶지 않아서 제가 결정해버렸어요. 형준은 아내의 그 같은 일방적인 결정에 타성이 붙어버렸으면서도 화가 치밀어 부아를 터뜨릴까 하다가 곧 단념해 버렸다. 결국은 아내의 결정대로 따를 수밖에 없는 일. 화를 낸다는 것은 정신과 의사답지 않은 어리석은 행동이라고 자조를 씹고 말았다. 경화와의 약속은 저녁 식사를 가급적 일찍 끝내고 좀 늦게 찾아가면 어떠랴 싶기도 했다.

'이건 전화도 안 되니 원….'

경화는 전화도 놓지 않고 살았다. 생활을 쓸데없이 침해당한다고.

형준은 경화와의 약속을 메모해 놓은 밑에다 〈미가도(7

시〉〉라고 적어 놓고 자리에서 일어섰다. 그는 병실을 돌아보기 위해 진료실 문을 밀고 환자대기실로 나갔다.

2

"안녕하세요, 원장님."

형준이 대기실로 나가자 진료실 출입구 옆에 붙어 있는 접수구 안에서 오더리(ordery) 미스터 박이 인사를 했다. 간호원 오 양과 이 양은 그가 아까 진료실로 내려올 때 접수구 안에 있었다. 그의 병원에는 오더리가 두 명 있었다. 남자 간호원이라고 불러도 좋을 그들의 임무는 난폭한 환자들을 물리적으로 제어하는 일이지만 주로 하는 일은 병원의 관리인 역할이었다. 한 명은 운전사인 미스터 김을 활용하고 있었다.

"김 군은 아직 안 내려 왔나?"

그는 야근을 하고 이 층 관리실에서 자고 있을 운전사 미스터 김을 두고 물었다. 만약의 사태에 대비해서 오더리 둘이 한 사람씩 번갈아가며 야근을 하고 있었다.

"좀 전에 사모님 모시고 나갔어요. 시내에 나갔다 오신다구요."

오 양이 접수구 문을 열고나오며 말했다.

아내는 '마지막 마무리'를 지으러 나갔는가 보았다. 생각보다 출혈이 심해요. 그래도 오빠가 힘을 써서 그만 정도로 넘어가기 다행이에요. 오늘 한 바퀴 돌고 나면 대강 마무리가 끝날 거 같아요. 하기야 정작 처벌을 받을 작자들은 약품을 만들어 파는 작자들이지 우린 벌금을 물기만도 억울해요. 당신은 신경 쓰실 거 없어요. 환자들한테나 더 신경 쓰세요. 환자가 너무 줄었어요. 정말 출혈이 심해요. 당신이 염려하실까 봐 미주알고주알 말씀을 안 드렸지만 출혈이 이만저만이 아네요. 아내는 아침 식탁 머리에서 출혈이 심하다는 말을 달고 또 달았다. 출혈이 심하면 수혈을 해야 하는 것이 순서인데 수혈원인 환자가 줄고 있다는 게 아내한테는 더욱 심각한 고민일 것은 너무도 당연했다.

형준은 또 여고생의 편지 가운데 한 구절을 생각해내고 얼굴을 붉혔다. 〈새롭게 불어오는 저 바람이 또 얼마나 많은 사람들을 새로운 관념의 자로 마름질하여 선생님의 병원 신세를 지게 하려는지 생각만 해도 끔찍해요.〉 그런데 자기나 아내는 여고생이 우려하고 있는 그 끔찍스러운 일이 더 좀 빨리, 더 좀 많이 일어나기만을 학수고대하고 있는 꼴이 아닌가.

형준은 쓴웃음을 금치 못하며 이 층 계단 쪽으로 걸음을 옮겼다.

"회진을 하시게요?"

오 양이 그의 뒤를 따랐다.

"밤새 별일은 없었지?"

형준은 별일이 없었기 때문에 그도 편안히 잠을 잘 수 있었다는 걸 알면서도 물었다.

"네, 203호 실의 이미숙 환자가 옆에 있는 환자가 이모로 변장해 들어와서 자기를 목 졸라 죽이려고 한다고 좀 소란을 피웠지만 곧 조용해졌어요… 참 안 됐어요… 얼굴도 차암 이쁜데…."

"예쁜 여잔 항상 위험한 거야… 미스 오도 조심해…."

"아이, 차암 선생니임두…."

오 양은 곱게 눈을 흘기며 얼굴을 붉히면서도 그의 농담이 싫지 않은 모양이었다.

밤에 소란을 피웠다는 스물일곱 살의 그 처녀는 피해망상과 환청 등으로 이십 일째 입원해 있었다. 어제 그녀의 어머니가 면회를 왔는데 그녀는 어머니를 보자 갑자기, 너는 내

어머니가 아니다. 어머니로 변장하고 있다면서 자기를 해치러 왔다고 심한 흥분상태를 나타냈다. 간호원이 어머니보고 그게 무슨 말이냐고 했더니, 얼굴이라든지 체격, 음성은 꼭 우리 엄마와 같지만 현대는 무엇이든지 할 수 있는 시대니까 변장 같은 것은 얼마든지 감쪽같이 쉽게 할 수 있지 않느냐고 하면서 이 여자를 앞으로는 면회 오지 못하게 하라고 고래고래 소리를 지르고 어머니가 가져온 내의와 간식도 일체 받지 않겠다고 거절하였다. 면회 후에도 계속해서, 지금 온 여자는 흉내는 그럴듯하게 내고 있지만 가짜임에 틀림없다. 나한테 아양을 떨고는 가져온 음식에 독약을 넣어 먹이려고 했던 게 틀림없다고 완강하게 주장했다.

환자의 어머니는 첩으로 살면서 환자와 동생을 낳았고 따라서 환자는 어린 시절부터 어머니의 존재를 몹시 부끄럽고 수치스럽게 느꼈다고 하며, 더구나 간혹 다른 남자와 바람까지 피우는 어머니에 대해 심한 갈등적 태도를 지녀왔다는 것이다.

부모와 자식 간의 신뢰감의 붕괴에서 발생하는 이런 류類의 환자들이 의외로 많이 병원을 찾아오고 있었다. 그가 관찰해 온 바로는 달러를 벌고 수출을 늘리기 위해 해외의 인력

파견과 함께 향락주의와 가정파괴의 문제가 야기되면서부터 이런 환자들이 급격이 늘어나고 있는 추세였다. 수십 년이나 지켜온 가정을 하루아침에 헌신짝처럼 내던지는 여인들에게는 가정도 자식도 편의주의의 한 방편일 뿐이었다. 이같은 세태 앞에서 오로지 자기를 희생하며 인고로써 청정을 지켜온 모성애는 교과서 속으로나 숨어버릴 수밖에 없는 노릇이었다.

어머니의 반평생은 자식들을 위한 고난의 가시밭길이었다. 손바닥만 한 농토를 가지고 삼 형제를 가르치며 살림을 꾸려나가자니 그 어려움이 말이 아니었다. 어머니는 쪽박을 차도 배워야 끝이 있다면서 자식들을 모두 도시로 내보내 상급학교에 진학시켰다. 그러나 어머니의 피나는 고생도 보람 없이 두 동생은 중학교를 마치고 학업을 중단했다. 바로 밑의 동생은 친구를 잘못 사귀어 곁길로 나가버렸고, 막내 동생은 진학시험에 실패한 후 어린 소견에 돈에 대한 한이 뼈에 사무쳤던지 자청해서 선반공장의 견습공으로 들어가 버렸다.

어머니의 실망은 대단했다. 오직 일생의 보람을 자식들에게 걸고 있었던 어머니로서는 당연한 실망이었다. 그렇지만 어머니에게는 그가 남아 있었고 그 역시 어머니의 기대를 무너뜨리지 않았다. 그의 성적은 월등했다. 그는 자신이 성공하는 것만이 가정을 살리는 길이라는 어머니의 말대로 학업에만 열중했다. 그는 당시 몇 안 되는 도비 장학생으로 고등학교를 마치고 지방 국립 의과대학에 수석으로 합격했다. 그는 입학해서도 내내 장학금을 놓치지 않았다. 어머니는 그가 대견스러우면서도 한편으로는 소박한 걱정을 가지고 있었던지, 〈했다더라니〉의 이야기를 그에게 자주 들려줬다. 이전에 어떤 가난한 집안에서 아들을 뼈 빠지게 뒷바라지해서 대학까지 가르쳤다더니라. 뼈 빠지게 대학까지 보냈더니 한번은 방학 때 제 친구가 찾아와서 두엄을 치고 있는 아버지를 보고 누구냐고 물으니까, 꾀죄죄한 행색이 창피했던지 머슴이라고 대답했다더니라. 나중에 그 친구가 알고, 너 같이 부모도 모르는 놈은 친구가 될 수 없다고 의절을 해버렸고, 다른 사람들한테도 따돌림을 받았다더니라.

어머니의 〈했다더니라〉의 요지는 대강 그러했다. 그는 그이야기를 들을 때마다 저절로 미소가 흘러나왔다. 그는 어머니의 바람이 무엇인가를 알고 있었으므로 펄쩍 뛰면서 그런 녀석도 사람이냐고 조금만 참고 기다리면 어머니를 호강시켜 드리겠다고 장담을 했고, 어머니는 그때마다, 말이 헤프기는… 어디 금방석이래두 앉혀 줄래, 하고 눈물이 글썽해졌다. 그리고 동생들한테도 성만 잘되면 느덜도 다 괜찮은 거, 큰 나무 그늘에서는 여러 사람이 쉴 수 있는 거, 하고 용기를 북돋아주는 것을 잊지 않았다.

그러나 정작 그가 어머니와 동생들을 위해서 베풀어 줄 수 있었던 것이 무엇이 있었단 말인가. 어머니의 심적 고통은 오히려 전보다 더 하면 더 했지 못하지 않았다. 생활이 어려운 두 동생 때문에 어머니의 근심은 떠날 날이 없었다. 그가 어머니를 모셔 오려 해도 한사코 사양했다. 이대루가 좋다, 요새 시상에 지 부모두 싫어하는디 시부모 섬기기 좋다는 며느리가 워디 있냐. 그라구 니 동생들 때매두 안 돼. 내가 너한테 얹혀 있구 태준이 갸가 자꾸 와서 귀찮게나 해봐 속 터질 사람은 너하구 나밖에 웂써! 아예 말어! 시상이 달라졌어! 어머니는 그에게 두 말도 더 꺼내놓지 못하게 했다.

"어머님이 편찮으시다더니 괜찮으신가?"

형준은 우울한 상념을 떨어버리며 오 양에게 물었다.

"노환이신 걸요 뭘… 협심증이 심하신데 특별한 치료방법도 없다나봐요."

그들은 이 층 첫 번째 201호실 앞에 이르렀다.

"그래도 잘 모셔야지…."

형준은 입원실 문의 손잡이를 돌리며 한숨 섞어 말했다.

201호실에는 세 명의 남자환자가 입원해 있었다. 스물 세 살의 분열정서형 분열증 환자와 쉰셋의 편집장애 환자와 십 팔 세의 단기반응성 환자 들이었다.

형준이 문을 열고 안으로 들어가자 쇠창살이 거미줄처럼 쳐져 있는 창문에 붙어 서서 밖을 내다보고 섰던 고등학생과 침대에 누워 있던 다른 두 명의 환자가 일제히 그에게로 시 선을 돌렸다. 쉰셋의 전직 공무원이었던 환자가 자리에서 벌 떡 일어나 앉으며 형준을 반갑게 맞이했다.

"선생님, 제 누명은 완전히 벗겨졌나요?"

형준은 직업상의 잘 훈련된 미소를 띠며 그에게로 다가 갔다.

"염려하지 말아요. 관계기관에도 다 이해가 됐어요. 그동 안 선생님을 오해해서 정말 미안하게 생각한다고 방금 전화 도 왔어요… 다들 어때요? 뭐 불편한 점이라든가 아픈 데는 없나요?"

형준은 나머지 두 환자에게 시선을 주었다. 그들은 말없이 그를 건너다보았지만 잔뜩 불만스러운 표정들이었다. 자신들의 진실을 몰라주고 퇴원시켜 주지 않는다는 불만일 것이었다.

"그럼 전 집으로 돌아가겠군요?"

전직 공무원이 또 물었다. 형준은 얼른 그에게 시선을 돌리고 자상한 어조로 대답했다. 편집성 환자들에게는 절대로 소외감을 느끼지 않게 하는 것이 중요했다.

"오늘은 어려울 것 같습니다. 그쪽하고 정리해야 할 서류상의 문제가 남았으니까요."

일순 환자의 눈빛에서 실망이 어렸다. 형준은 그의 어깨에 부드럽게 손을 얹었다.

"인제 다 끝났어요. 모든 게 다 정상으로 돌아온 겁니다. 단지 서류상의 문제만 남았다니까요. 확약을 확실히 받아 두는 일만 남았어요… 선생님께서도 그걸 원하고 계시잖아요? 그쪽의 확인서가 필요 없다면 지금이라도 당장 돌아가셔도 좋겠습니다만…."

형준은 환자의 마음속을 다 꿰뚫어보고 있으면서도 일부러 그렇게 말했다. 환자는 그의 예상대로 펄쩍 뛰었다.

"아닙니다! 확실하게 문서상으로 확약을 받아 둬야지요!

어쩌면 그 놈들이 술수를 쓰고 있는지도 몰라요! 선생님은 절대로 녀석들의 수법에 말려들어선 안 돼요! 얼마나 간교한 놈들인데….”

“염려 마십시오. 저도 그쪽의 속셈을 이미 다 파악했으니까요.”

형준은 그러면서 마음속으로 이 환자는 빨리 호전이 된다고 하더라도 한 달 안에는 퇴원이 불가능할 거라는 계산을 세웠다. 환자는 입원한 지 일주일이 경과했는데 병세가 많이 호전되어 가고 있었다. 문제는 환자의 부인이었다. 그녀는 남편의 정신적 이상을 이제는 어느 정도 이해하면서도 아직 편견을 버리지 못하고 있었다.

전직 공무원이었던 환자는 그의 형님과 동생에게 억지로 이끌려서 병원에 오게 되었다. 환자는 병원에 와서도 자기는 이상이 없다고 우기면서 물어보는 말에도 일일이 의심하고, 그런 것은 무엇 때문에 묻느냐고 더 이상의 면담조차 완강하게 거부했다.

형제들의 말에 따르면 환자는 평소에도 과묵하고 비타협적이고 고집이 센 편으로 남을 잘 믿지 않는 성격이라고 했다. 젊어서 결혼한 부인과 슬하에 애도 없이 단둘이서만 생활해 왔는데 환자의 성격상 형제간의 왕래도 별로 없었다고 한다. 그러던 중 얼마 전 환자의 부인이 형님 댁으로 찾아와 울면서 자기 남편이 너무 불쌍하고 억울하니 도와달라고 하며 다음과 같은 엄청난 이야기를 털어놓더라는 것이다. 몇 개월 전부터 남편이 평시보다 술을 많이 마시고 들어오는 횟수가 더욱 많아지면서, 자신이 6·25때 어쩔 수 없이 빨갱이들에게 일시 협조한 것을 근거로 관계기관에서 자기를 빨갱이로 의심하고 일거일동을 감시해서 괴롭다고 하더라는 것이다. 자기를 미행하고 있다. 자기 전화나 대화가 녹음되고 도청당하고 있다. 자기를 괴롭히기 위해서 별의별 짓을 다 한다는 등 남편이 괴로운 호소를 매일같이 되풀이하는 동안, 아이도 없이 남편만을 인생의 기둥으로 믿고 살던 부인으로서는 남편이 너무 억울한 일을 당하고 있는 것이 불쌍해서 견딜 수 없었지만, 어떻게 할 방도가 없었다는 것이다.

얼마 전 남편은 급기야는 사직서를 내고 집에서만 칩거를 하고 있는데, 남편이 누가 자기 집을 감시한다고 나가 살피라고 해서 몰래 문틈으로 밖을 내다보니, 아닌 게 아니라 낯선 젊은이 둘이서 집을 찾느라고 두리번거리더라는 것이다. 또한 남편이 자기를 감시하고 소음으로 괴롭히려고 그 누군가가 날려 보낸다는 헬리콥터도 일정한 시간마다 집 상공을 통과하고 있다는 것이다. 너무나 어처구니없는 이야기에 환자의 형님이 집으로 찾아가 보았더니 동생인 환자는 물론 그 부인까지도 전혀 현실에 맞지 않는 이상한 생각들에 지배되어 은둔생활을 하고 있기에 억지로 환자를 병원으로 데리고 왔다는 것이다.

환자의 부인은 거의 매일 병원에 찾아와서는 자기 남편이 말하는 것은 자기의 경험으로 보아도 틀림이 없는 사실이라고 우기면서 상황을 잘 모르는 환자의 형님이 공연한 사람을 억지로 입원시켰으니 퇴원시켜 달라고 요구하면서, 억울하게 의심받게 된 남편의 누명을 벗겨 주어 더 이상 억울한 피해를 받지 않게 해 주는 것이 유일한 해결 방법이라고 주장하곤 하였다.

환자의 부인도 공유성편집장애를 일으키고 있음이 분명했다. 공유성편집장애는 확고부동한 편집성장애를 갖고 있는 사람과 밀접한 관계를 가지고 있는 사람이 편집성망상체계의 증후를 나타내는 경우를 말한다. 이 두 환자 중 앞의 사람은 고정된 망상을 가지고 있는 지배적인 위치에 있는 사람이며, 뒤의 경우는 의존적이며 피암시성이 강한 사람으로서 지배적 위치에 있는 사람의 망상적 체계를 자기의 것으로 내면화 하게 된다. 가장 흔히 볼 수 있는 경우는 자매간이며, 그 다음으로는 부부간, 형제간의 순위로 잘 나타난다.

형준은 환자의 부인과 같이 자기 자신이 망상적 체계에 오염돼 있는지도 모르고, 합리화의 늪에 빠져 꼭두각시적인 삶을 사는 사람들이 얼마나 많을까 하는 생각이 들었다. 불현듯 경화의 말이 가슴을 스쳐 갔다.

〈선생님은 틀림없이 절 좋아하시게 될 거예요… 그, 왜 체홉의 소설이었던가요… 정신과 의사가 환자를 치료하다가 나중에 가서는 자기도 미쳐버리는… 선생님도 결국 저한테 동화되시고 말거예요. 비정상적인 것에 오염되어 정상적인 것이 비정상적인 것으로 통용되는 게 사회의 속성인데 적어도 솔직하게 살려는 저를 선생님이 싫어하실 까닭이 없을 테니까요. 저는 누구보다 저한테 배당된 삶을 사랑해요. 저는 제 자신의 삶의 자로 순수하게 생을 마름질하고 싶어요. 함부로 타인의 자로 제 생이 마름질 당하는 것을 거부해요. 그런 의미에서 우린 서로를 구속하지 말아야 해요. 우린 자유예요, 우린…. 제가 선생님이 될 수 없는 것처럼, 선생님이 제가 될 수 없는 것처럼.〉

형준이 생각하기에 경화는 아무리 퍼내도 줄지 않는 깊디 깊은 샘과 같은 여자라는 느낌이 들었다.

형준이 처음 그녀를 알게 된 것은 그와 동기동창인 이기 섭을 통해서였다. 술집에서였다. 기섭은 산부인과 의사들이 대개 술을 좋아하는 속성대로 단골 술집이 몇 군데 있었는데 그 가운데 한 집이었다. 조용한 분위기를 즐기려는 손님들이 찾는 맥주와 양주를 파는 지하 술집이었다.

그와 기섭은 자주 어울렸다. 병원이 서로 멀리 떨어져 있 지 않을 뿐 아니라 대개 의사들은 의사들끼리 어울리기 마련 이었다. 그가 경화를 알게 되던 날도 기섭이 그에게 토요일 저녁이고 하니 별다른 일이 없으면 같이 한잔 하는 게 어떠냐 고 제안을 해왔다. 사실 그는 토요일에 다른 날보다 일찍 병 원 문을 닫는대야 별로 할 일이 없었다. 아내는 평일보다 무 슨 모임이 그렇게 많은지 휴일이 더 바빴고, 초등학교 6학년 짜리와 4학년짜리 사내 녀석들은 피아노 학원이다, 미술학 원이다 해서 집에 붙어 있는 시간이 별로 없었다. 아이들이 집에 붙어 있어도 저희들끼리 어울리면 어울렸지 그에게 곰 살갑게 감쳐오는 잔정도 거둬가 버린 지 오래였다. 그는 더 러, 스스로 어떤 견고한 벽을 쌓고 자신을 가두고 있는 듯한 느낌이 들기도 했다.

형준이 조용한 술집을 안내하겠다는 기섭을 따라 〈백작〉에 들어선 것은 저녁 9시가 조금 넘은 시각이었다. 형준은 실내로 들어서면서 따은 〈백작〉이라는 이름에 걸맞게 한껏 고상한 분위기를 자아내려고 꽤나 신경을 썼구나 하는 생각이 들었다. 벽에 치장한 장신구니 조명 하나 하나가 어느 술집과 전혀 다른 분위기를 풍기고 있었다. 젊은 아가씨가 피아노를 직접 연주하는 것도 이색적으로 비쳤다. 홀의 한 구석에 바닥보다 약간 높게 마련된 무대 위에서 그곳에만 밝게 부어지는 불빛을 받고 피아노를 연주하는 아가씨가 바로 윤경화였다. 불빛에 검게 번들거리는 피아노의 몸체 위로 마주 바라보이는, 레이스가 달린 흰 칼라의 속옷을 받쳐 입고 검은색 양장차림을 하고 있는 그녀의 얼굴은, 오밀조밀 균형이 잡혀 있으면서도 꽃잎처럼 작은 입술에다 짙은 눈썹 등이 첫눈에도 강한 개성이 풍기는 특징 있는 모습이었다.

그들은 룸에 들어가지 않고 홀에 앉아서 진토닉을 시켜놓고 어둑한 조명이 던져주는 아늑함과 피아노의 밝은 선율이 흐르는 실내의 분위기를 음미하였다. 그가 경화 쪽에 한참 시선을 고정시키고 있자 기섭이 저 여자 어떤가, 정신과 의사 눈에는 문제성 있는 여자로 비치지 않나, 하고 말을 던져왔다. 그는 무슨 뜻이냐는 표정으로 말없이 기섭을 바라보았다. 기섭은 그의 그런 표정에는 아랑곳없이 재미있는 여자지, 하고 혼잣말처럼 중얼거리고서는 그녀를 향해 손을 흔들었다. 그러자 그녀가 미소를 띠어 보이며 고개를 끄덕였다. 기섭이 또 그에게, 저 여자 조금 있다 이리로 올 거야. 아마자네의 연구대상이 될 만할 거야. 우리 선진조국이 탄생시킨여자지, 하고 말하며 자조적으로 웃었다.

형준은 기섭이 하는 말의 저의를 몰라 한동안 어리둥절했다. 형준은 경화가 피아노 연주를 끝내고 합석을 했을 때야비로소 그 말의 의미를 어느 정도 어림할 수 있었다. 경화는기섭으로부터 형준을 소개받자마자 구면인 것처럼 행동했다. 그녀는 거리낌 없이 담배를 빼어 물고 맛있게 피우는가하면 속이 좋지 않아서 전 슬로우진으로 할래요, 하고 술을제멋대로 시켜놓고 그들의 대화에 스스럼없이 끼어들었다. 스물여덟 살 먹은 처녀의 행동치고 매우 건방진듯하면서도그녀의 그런 행동 하나 하나가 전혀 어색해 보이지 않았다. 그녀의 몸에 썩 맞는 복장처럼 자연스러워 보였다.

기섭은 단순히 경화를 자유분방하고 개성이 뚜렷하다는

이유만으로 선진조국 운운한 모양이지만 그것은 경화를 전적으로 잘못 파악한 것이라고 형준은 생각했다. 기섭의 말에 의하면 그녀는 가정도 유복하다고 했다. 그녀의 아버지는 이제 정년퇴임을 했지만 고급 공무원을 지냈고, 출가한 그녀의 언니들이나 오빠들도 모두 다 상류계층이라는 것이었다. 그런데도 그녀는 가정을 뛰쳐나와 아파트에서 홀로 살고 있다는 것이었다. 그러면서 기섭은 어디까지나 그녀의 말은 절반 이상 그대로 받아들이면 그렇다는 것이니까 다 믿을 수 있겠느냐고 마치 경화를 불량 여고생 취급을 하는 어투로 말했다. 형준은 그 점이 바로 기섭이 경화를 잘못 보고 있는 태도라고 생각했다. 형준도 처음에는 그의 상식으로는 쉽사리 납득이 가지 않는 경화의 생활 태도에 그런 생각을 전혀 하지 않은 것은 아니었다. 그러나 형준은 그녀와 깊이 사귀면서 차츰 그녀가 너무 투명해서 잘 드러나 보이는 것 같으면서도 보이지 않는 그녀만의 진실을 가지고 있다는 것을 알게 되었다.

그는 언젠가 그녀와 육체관계를 가지면서, 그녀의 첫사랑에 대해서 물은 적이 있었다. 경화는 그때 보일 듯 말 듯 한 장난꾸러기 같은 웃음을 입가에 매달고 그를 뚫어지게 바라보면서 말했다. 역시 선생님도 보통 남자시네요. 남잔 최초의 여자이기를 바라고, 여잔 최후의 남자이기를 바란다지요. 원하신다면 말씀드리지요, 그 불쌍한 남자를. 자기 안에 내재해 있는 조그만 세계가 얼마든지 더 넓고 소중할 수 있다는 것을 모르고 더 넓고 큰 것에 대한 갈망 때문에 초로 만든 욕망의 날개를 달고 태양을 향해 위로만 위로만 날아오르려고 하다가 바다에 추락한… 우리들의 도시를 만들어낸 그 현대판 〈이카루스〉 소년의 비극에 대해서요. 그 남자는 한 여자와의 사랑보다도 세상의 개혁이니 진보니 하는데 더 관심이 많은 사람이었어요. 소위 말하는 운동권 학생이었지요. 그 남잔 감옥에는 가지 않았지만 대신 군대에 강제 징집당해 갔어요. 그리고 어처구니없게도 거기서 분신자살했어요… 제 뱃속에는 그때 그 사람의 씨앗이 자라고 있었구요… 저는 충격 탓도 컸지만 뱃속에서 아이가 자라고 있어서 고민하다가 부모님한테 들켜 야단법석이 나고, 수술시기를 놓친 아이를 병원에서 사산했어요. 집안에서는 가문에 먹칠한 절 징그러운 뱀을 바라보듯 했지요. 결국 몇 번의 가출 끝에 가족들로부터 독립해 나왔어요… 왜 자유에는 피의 냄새가 섞여 있는가 따위의 시 구절이나 암송하고 다니는 그런 남잘 전 사랑할 수 없어요. 아니 그런 시 구절이나 읊조리게 하는 우리들의 이 도시를 사랑할 수 없어요. 형준은 그때 애써 웃음 짓는 경화의 눈가에 맺히는 이슬방울을 가슴 서늘하게 바라보았다.

경화는 거의 한 달째 〈백작〉에도 모습을 나타내지 않고 있었다. 그녀는 다른 날은 집에서 피아노 교습을 하고 수요일과 토요일에 두 번씩 저녁 7시부터 〈백작〉에 나와 피아노를 연주하고 있었다. 주인의 말로는 어떤 일이 생겨서 〈백작〉에는 못 나오게 될 것 같다고 했다는 것이다. 도대체 무슨 일이 생겼단 말인가. 그렇다면 자질구레하게 그동안의 정분을 끌어대지 않더라도 자기에게는 귀띔이라도 있어야 할 게 아닌가. 형준은 경화의 전화를 받기 전까지 혼자 여러 번 속을 태웠다.

형준은 경화에 대해 그토록 깊이 천착하고 있는 것은 어쩌면 그녀의 말대로 자신이 공유성편집장애를 일으키고 있는 까닭이나 아닌지 모르겠다고 실소를 깨물었다.

"선생님! 잘못했어요! 용서해 주세요! 제가 악한 생각을 했어요!"

형준은 갑자기 고등학생이 그의 앞에 무릎을 꿇고 울음을 터뜨리는 바람에 경화에게 몰입해 있던 상념에서 깨어났다.

"아, 아, 민태씨! 일어나요, 일어나… 민태씨가 착하다는 걸 다 알아요."

오 양이 얼른 환자의 팔을 잡았다.

"성 군은 곧 집에 돌아갈 건데 뭘 그래… 성 군이 모범생이라는 건 이제 다 알게 됐어요. 자, 자, 그만…."

형준은 가볍게 환자의 등을 두드려 주었다. 그때 분열정서형분열증 환자가 나서며 그에게 말했다.

"선생님, 안 돼요! 저 자식은 미친 자식이에요! 저 미친놈을 그냥 내보내면 안 돼요! 아까도 또 타잔 흉내를 내면서 〈육백만 불의 사나이〉라고 태권도 발차기를 하면서 지랄을 했어요!"

"지가 미쳐 놓구 지랄하네!"

고등학생이 울다 말고 분열정서형분열증 환자에게 한 마디 쏘아 붙였다. 전직 공무원이 침대에 누운 채로 안타깝다는 듯이 혀를 찼다.

"어쩌다 젊은 놈들이 저렇게 됐는지… 세상이 참 말세여…."

형준은 늘 접해오는 일이면서도 그 광경을 보자 갑자기 우울한 생각이 들었다. 형준은 그의 앞에 꿇어앉아 있는 고등학생의 눈동자를 물끄러미 내려다보았다. 초점이 불안하기는 해도 픽 선량해 보이는 눈빛이었다. 대체적으로 정신병원을 찾는 환자들 가운데는 자기 일에 충실하며 소심하면서도 선량한 인성을 가지고 있는 사람들이 많았다. 그들은 도덕성이 배제된 갑작스런 경제성장과 복잡한 산업사회가 도처에 매복시켜 놓고 있는 혼돈의 덫에 걸린 사람들이었다.

단기 반응성 정신질환으로 입원한 이 환자는 갑자기 횡설수설 안절부절못하고, 술 취한 사람 같은 행동을 해서 가족들에게 이끌려 응급 입원되었다.

가족들 말에 의하면 환자는 평상시 쾌활하면서도 온순하고 겁이 많은 편인데 대인관계는 원만했다고 한다. 고등학교 일 학년 때부터 태권도를 해서 학생 지도부원으로 있으면서, 이 단의 실력으로 학교 체육관에서 학생들에게 태권도를 가르치기도 했다고 한다. 그런데 읍내 음료수 가게에서 불량배들이 행패를 부리는 것을 보고 지도를 하려고 하다가 칼로 오른쪽 복부를 찔렸다는 것이다. 다행히 가벼운 자상으로 판명되어 피부 봉합만 하고 경과를 보기 위해 입원하였는데 저녁 때 심심해서 병원 옥상에 바람 쏘이러 올라갔다가 남자 입원 환자가 어떤 여자와 성행위를 하는 것을 목격하게 되었다는 것이다. 그날 밤 우연히 병원 복도에서 그 남자 환자와 마주

치자 갑자기, 그 환자가 칼을 휘둘러 나를 죽이려고 한다며 놀라 달아났다. 그 후부터 무선교신 하는 소리가 들린다고 횡설수설하며 자전거를 번쩍 들고 내가 태권도 삼단이다, 모든 놈 다 덤벼라, 하며 흥분해서 소리를 지르기도 하고, 동네 어른을 보고 ○○○씨 귀하 하면서 경례를 붙이기도 하는가 하면, 밤새껏 잠도 안 자고 지리멸렬한 행동을 보여 억지로 병원으로 데리고 왔다는 것이다.

"모두들 염려 말고 있어요."

형준은 환자들을 조용히 타이르고 201 호실을 나왔다. 그는 오 양에게 처방을 내리는 것을 잊지 않았다.

"쟤 또 심하게 발작을 부리거든 〈세레네이즈〉 오 미리그램 놔줘. 김 군이 언제 들어오는지 모르니까 박 군 혼자 안 되거든 나를 부르구."

"예… 인제 말은 잘 들어요."

형준은 다음 202 호실로 들어갔다. 그 병실은 마흔 여섯 살의 전직 대학교수가 입원해 있었다. 그는 부인과 늙은 부모에 이끌려 병원에 올 때부터 자기는 절대로 정신병자가 아니라고 외쳐대면서 다른 환자와 같이 병실을 쓰는 것을 완강히 거부했다.

형준이 들어가자 창문가에 서서 밖을 내다보고 있던 환자가 그쪽으로 몸을 돌렸다. 환자는 대단히 불쾌하고 못마땅한 표정으로 형준을 쏘아보았다.

"이보쇼, 의사 선생! 언제까지 나를 불법감금할 거요? 이건 분명히 사형私刑이요, 사형! 하긴 이놈의 세상 자체가 교묘히 법을 빙자해서 끔직한 위법을 저지르고 있으니까… 당신, 역사의 심판이 두렵지 않거든 더러운 권력의 주구 노릇은 하지 마쇼! 이 시대의 지성이라는 것들이 다 저 모양이니… 도대체 누가 어용인데 누굴 보고 어용이라는 거야….'

형준은 부드러운 미소를 지으면서 태연히 그의 앞으로 다가갔다.

"구 박사님, 마음을 편하게 가지세요. 구 박사님같이 훌륭한 분을 부당하게 괴롭힐 사람은 아무도 없습니다. 구 박사님이 너무 신경이 예민해지신 겁니다. 우리들이 살고 있는 세상이 그렇게 구 박사님이 생각하고 계신 것처럼 불건강하지만은 않으니까요.'

환자가 그의 말에 더욱 흥분했다.

"아무리 당신이 내숭을 떨어도 난 다 알아요. 당신이 정보기관의 끄나풀이라는 걸….'

형준은 더 이상 말이 나오지 않았다. 그는 현 단계로써 환자를 논리적으로 설득시킨다는 것이 불가능하다는 것을 알고 있었다. 환자는 체계적이고 정교화 되어 있는 만성적 피해망상을 제외하고는 환각, 지리멸렬증 또는 사고의 이완 등을 발견할 수 없었다.

형준은 환자의 이병罹病환경을 토대로 한 면담형식의 정신요법은 증상의 진단 이외의 치료에 별 도움이 되지 못한다는 것을 잘 알고 있었다. 환자 하나하나를 일일이 붙들고 많은 시간 씨름해야 하는 노력에 비해 효과를 기대하기 어려울 뿐 아니라, 정신병에 대한 태도는 심리적 이해의 측면에서보다 뇌척수액의 비정상에서 오는 유전 등의 생물학적 이해 측면에서 바라보려는 견해가 지배적이었다. 따라서 치료방법도 전기충격요법에 대부분 의존하고 있고, 정신요법은 자주 형편이 어려운 환자들에게나 사용하는 밀가루 값밖에 나가지 않는 〈클로로프로마진〉의 효력만큼도 효능을 인정하고 있지 않았다.

"이 세상에서 가장 정직한 건 시간이에요, 시간! 역사란 말요! 시간이 흐르면 모든 진실은 다 밝혀져요! 역사를 두려워할 줄 알아야지… 이 세상을 다 감옥으로 만들어 보쇼! 절대로 당신들의 뜻대로 안 될 테니까!"

"아, 아, 그렇게 흥분하시지 말고 박사님께서 마음속에 만들어 놓고 있는 마음의 감옥부터 허물어 보도록 하세요. 박사님을 감옥에 가두어 놓고 있는 것은 박사님 자신입니다… 세상이란 어떤 마음의 안경을 끼고 바라보느냐에 따라서 긍정적으로도 부정적으로도 비친다는 사실을 박사님께서 너무 잘 알고 계시는 일 아닙니까?"

"그런 설익은 논법으로 나를 회유할 수 있을 것 같소… 꼭 즈네들의 저급한 의식 수준에 맞춰 국민들의 의식 수준을 얕잡아보는 위정자들의 꼬락서니 같구려!"

환자는 기가 찬다는 듯이 비웃음이 가득 어린 눈으로 형준을 바라보았다. 형준은 후회하였다. 우수한 두뇌를 가진 체계적이며 정교화 되어 있는 피해형편집반응의 환자들에게 설익은 논리의 전개로 설득하려든다는 것은 어려운 일이었다. 더구나 이 환자는 편집성허위사회의 증상으로까지 발전될 단계에 돌입하고 있는 것이 틀림없다.

대학생활을 늦게 시작한 환자는 7개월 전까지만 해도 모 대학의 조교수로 봉직하고 있었다고 한다. 다른 동료들에 비해 호봉이 뒤떨어진 것 때문에 항상 불만이 많았고 자기만 옳다고 하는 성격 때문에 직장에서의 인간관계도 원만치 못했다. 일 년 전부터 환자는 집에 와서 걸핏하면, 학교 내에서 자기를 모함하는 집단이 있다. 고의적으로 내 비행을 날조하여 학장에게 일러바치고 있다. 내 담당과목을 수강 신청하는 학생까지도 방해하여 학생들로부터 외면당하게 하고 있다는 등, 있을 것 같지도 않은 이야기를 되뇔 때가 많았다.

학교에서도 자기 담당시간의 강의만을 제외하고는 자기 방에 틀어박혀 일체 다른 사람과의 접촉을 피하고 지냈으나 강의 시간 배당표가 부당하다든가 하는 문제로 흥분해서 교무과에 가서 대판 싸움을 벌인 적은 자주 있었다고 한다. 입원하기 오 개월 전부터는 학교에서 나쁜 놈들이 자기를 빨갱이로 몰아 데모 학생들과 연결시키려고 한다는 등의 말을 하면서 고의로 피해를 받고 있다는 내용의 진정서를 총장 및 교육부 관계자에게 여러 통 발송한 일도 있다. 과에서 야유회를 간 일이 있는데 자신은 가고 싶지 않았지만 혹시 자기가 불참한 사이에 또 어떤 모함을 받지 않을까 해서 마지못해 참석을 했다고도 했다. 며칠 후 야유회에서 자신이 하품하는 장면을 찍은 사진을 과 직원이 주자 자신을 모독하고 망신시키기 위해 악의적으로 이런 장면을 찍었다고 격렬한 홍분과 분노 끝에 사진을 찢어버리고 사표를 내고 집으로 왔다는 것이다. 집에서도 계속 가족을 들볶고 걸핏하면 아무 말 없이 집을 나가곤 했는데, 집에 돌아와서는 정보기관원이 자기를 미행한다고 하면서 하루에도 몇 번씩 창문 밖을 유심히 살폈다는 것이다.

형준은 환자가 봉직하고 있었던 대학이 작년에 극심한 데모의 열기로 가득 찼던 것을 기억하고 있었다. 거의 일 년 내내 학생들은 총장의 퇴진을 요구하면서 학교의 기물을 때려 부수고 총장실을 점거하여 단식 농성을 벌였다. 학생들이 거리로 뛰쳐나와 경찰의 최루탄 가스가 죄 없는 시민들에게 눈물을 강요하기도 하였다. 결국 학생들에게 화형식을 당한 총장이 물러나고 배후 조종의 혐의를 받은 교수도 몇 학교를 떠나가는 것으로 학교는 조용해지는 듯싶었으나 금년에도 데모는 산발적으로 일고 있었다.

형준은 어느 책에선가 〈대학교수가 설 땅이 없다〉는 제목 하에 교수는 학생으로부터도 무능하다고 불신을 받고 있으며, 교수는 이 땅의 지성의 최고 전당에서 민족의 미래를 담당할 책임자라는 자부심이 인정돼야 하는데 교수의 긍지와 사명감이 학생에게서도 당국에 의해서도 무시되는 마당에 그들이 설 땅이 어디에 있으며, 신분적 보장에만 급급한 상황에서 무슨 교권이 서겠느냐는 내용의 격앙된 글을 읽은 기억이 났다. 또 형준 자신의 대학생활을 회상해 보아도 육 년을 다니는 동안 한 해도 데모 없이 평온하게 지낸 적이 없었다. 형준은 휴교령이 내려진 교문 앞에서 결코 무너질 것 같지 않은 견고한 성처럼 버티고 서 있는 무장군인들의 저지를 받으며 발걸음을 돌릴 때마다 비감에 젖곤 했다.

"한국적이라는 특수 처방이 있기는 하지! 한국적 민주주의, 한국적 특수상황… 한국적이라는 접두사가 붙어서 합리화 안 되는 불치의 병은 없으니까. 하하하…."

환자가 냉소하며 형준을 쏘아보았다. 형준은 〈지금 바깥세상은 구 박사님이 안 계신 동안 많이 달라지고 있어요〉하고 대꾸하려다가 왠지 허탈한 생각이 들어서 잘 훈련된 미소만을 환자에게 선사하고 병원을 나왔다. 그는 우울했다. 환자가 편집성허위사실의 증상을 보이고 있는 것은 사실이나 환자의 근본적인 병은 약으로 처리될 성질이 아닌 듯한 생각이 들었다.

"세상에는 별것을 다 가지고 걱정하는 사람도 있어요…
대학교수면 별로 불만스러울 것도 없을 텐데…."

오 양이 혼잣말처럼 말했다. 형준이 농담 삼아 물었다.

"그럼 오 양이 걱정하는 별것은 무엇인가?… 애인이 너무 많아서 누구를 골라잡을까 하는 행복한 고민인가?"

"아이 선생님두… 전 일억 원짜리 복권이 언제 당첨되나 하는 게 문제에요… 한 천만 원짜리래두 됐음 좋겠어요. 그 거라두 안 되면 전 매일 요 모양 요 꼴이지 별수 없을 테니까요."

"오 양의 꼴이 어때서? 왜 근무하는데 불편한 점이라도 있나?"

"아니에요, 선생님! 정말 그건 절대로 아니에요, 선생님!"

형준은 오 양이 하도 정색을 하고 부정하는 바람에 다소 낭패한 기분이 들었다. 형준이 별 의미 없이 물은 말이 그녀에게는 근무에 불만스럽다면 해고라도 시킬 것처럼 들렸단 말인가. 중학교를 졸업하고 학원을 나와 간호보조원 자격으로 개인병원에서 간호원을 대행하는 자신의 직업에 그녀는 만족할 리가 없고, 요 모양 요 꼴이라는 말은 바로 그런 자신의 처지를 두고 하는 말일 것인데도 애써 전전긍긍 형준의 말을 부인하려 드는 그녀가 왠지 측은한 생각마저 들었다.

형준은 땡감이라도 씹은 떨떠름한 기분으로 나머지 병실

을 돌았다. 이 층 병실과 삼 층 병실에는 삼십 육세의 전기공인 분열형인격장애자와 술집에 나가는 삼십 세의 연극성인격장애자, 사업을 하다가 실패한 오십 사세의 알콜금단섬망 환자, 그리고 밤에 소란을 피웠다는 스물일곱의 체계적인 피해망상과 환청으로 입원한 환자가 모두였다. 환자가 입원해 있는 병실보다 빈 병실이 배도 더 되었다. 형준은 의례적인 절차에 따라 입원환자들의 병실을 건성으로 들여다보고 빈 병실을 지나치면서 의식하지 않으려고 해도 아내의 말이 자꾸 뇌리를 파고들었다. 출혈이 이만저만이 아네요. 환자들한테 각별히 신경 쓰세요. 환자가 너무 줄었어요. 형준은 삼십 세의 연극성신체장애자와 같은 병실을 쓰고 있는 스물일곱 살의 피해망상과 환청으로 입원해 있는 환자를 각각 딴 방을 쓰라고 지시하고 일 층 대기실로 내려왔다. 환자는 아직 한 사람도 보이지 않았다.

　형준은 무거운 기분으로 진료실로 들어왔다. 형준은 진료의자에 털썩 주저앉다가 맞은편 벽에 걸려 있는 〈히포크라테스선서〉와 시선이 마주쳤다. 이제 의업에 종사할 허락을 받으매 나의 생애를 인류 봉사에 바칠 것을 엄숙히 서약하노라.

형준은 얼른 시선을 피해 벽시계를 바라봤다. 아홉 시 사십분을 조금 넘어서고 있었다. 그는 환자가 몰려들 시간이 가까웠다고 생각하면서 초조하게 진료실의 출입구 쪽으로 눈을 주었다.

3

형준은 다른 날보다 삼십 분 일찍 진료를 끝내고 사 층 거실로 올라왔다. 평상시에는 오전 아홉 시에 진료를 시작해서 오후 일곱 시에 진료를 끝마쳤다. 더 기다려봤자 환자가 올 낌새도 보이지 않았다. 그리고 진료를 끝낼 시간이 다가오자 오 기자를 만날 불쾌감도 불쾌감이지만 경화에 대한 상념이 떠나지를 않았다. 그는 그녀에 대한 갖가지 상념에 골몰했다. 그녀가 왜 전에 없이 그를 자신의 아파트로 초청하는 것인지, 왜 되도록 저녁은 안 먹고 왔으면 좋겠다고 하는 것인지, 모두가 의문투성이였다.

경화는 그녀의 아파트에 그림자도 얼씬거리지 못하게 했다. 그는 내심 처녀가 나쁜 소문이라도 날까봐 그러려니 하는 생각이 들었지만 딱히 그 까닭만은 아닌 듯도 했다. 그녀

는 일부러 아파트를 찾아가겠다고 채근을 대는 그에게 어린
아이를 타이르듯 말하곤 했다. 서로가 아끼고 싶은 사람들일
수록 최후의 내밀한 비밀을 한 구석쯤은 아껴 두어야 한다고
생각해요. 이런 말을 하면 저답지 않다고 웃으시겠지만, 우
리네 옛 여인 가운데 항상 남편보다 먼저 잠자리에서 일어나
자신의 흐트러진 잠든 모습을 결코 남편에게 보이지 않았다
는 자세를 전 퍽 좋아해요. 아름답게 살기 위한 나름대로의
법칙에 자신을 예속시킨다는 것, 그건 자신의 삶을 아름답게
살아가는 하나의 방법이라고 생각해요. 저도 저 나름대로의
삶의 법칙에 충실하고 싶어요.

경화는 그와 근 일 년 가까이 관계를 갖는 동안 그녀 나
름대로의 법칙에 충실했다. 그녀는 그와 육체를 나누는 어떤
경우에라도 아침까지 함께 있지를 않았다. 그녀는 새벽 2시
를 넘기지 않고 반드시 집으로 돌아가곤 했다. 그가 그럴 때
마다 씁쓸하게 웃으며, 그 이조의 여인을 흉내라도 내느라고
그러느냐고 물을라치면 아무 이유도 없어요, 왜 태어나서 사
는지 이유를 모르는 것처럼, 하고 가볍게 받아 넘겼다. 그리
고는 한 마디 한숨처럼 토를 다는 것이었다. 미명 앞에 내던
져져 있는 자신의 초라한 몰골과 아침이 주는 그 허망을 감

당하기도 어렵구요.

사 층은 현관을 들어서면 응접세트가 놓여 있는 대청이 있으며, 주방과 목욕탕을 사이에 두고 양쪽으로 살림방이 두 개씩 붙어 있었다. 형준이 현관문을 밀고 들어가자 양산댁과 함께 주방에 있던 아내가 대청으로 나왔다.

"벌써 진료가 끝나셨어요?"

형준은 아내의 말을 건성으로 들으며 피곤한 얼굴을 하고 소파로 가서 힘없이 앉았다.

"환자도 없구 해서… 좀 일찍 끝냈지."

아내가 걱정스러운 표정으로 그의 맞은 편 소파에 앉았다.

"그래도 시간은 지키셔야지요… 그러고 보니까 낼이 또 은행이자 낼 날이네요… 이렇게 등 터지는지 들두 모르구…."

아내는 무엇이 그렇게 못마땅한지 미간을 찡그리며 감정을 안으로 삭이는 눈치였다.

"왜 그래? 무슨 일이 또 생겼소?"

"무슨 일은 무슨 일에요. 근영이 아빠 말고 또 누가 우리 속을 터치는 사람이 있어요… 오백만 원만 또 해 달래요. 집을 옮겨야겠대요."

"왜? 지금 사는 집에서 나가라나?"

형준은 자기도 모르게 신경이 곤두섰다.

"누가 알아요. 그 속을… 비위 좋게 또 꿔 달래요. 가져가면 함흥차사지 언제 미안하다는 소리 한 마디 해봤나! 원 참 기가 막혀…."

근영이 아빠라면 형준의 바로 아래 동생인 태준이었다. 아내는 동떨어진 환경에서 자라났고 이질적인 의식구조 속에서 살고 있는 그의 형제들을 평소에도 못마땅하게 생각하고 있었다.

그 역시 같은 형제이기는 해도 동생들의 생활방식이라던가 사고방식에 문제가 있음을 인정하지 않는 것은 아니었다. 선반공장에서 기계주임을 하며 나름대로 생활을 꾸려나가는 막내 동생은 그래도 나은 편이었다. 공사판 십장 노릇을 해가며 술타령이나 일삼고 시비나 일삼는 태준의 무절제한 생활태도는 실상 아내를 대하기에도 미안할 정도였다. 그는 혀를 내두르는 아내를 달래서 몇 번 동생이 요구하는 구멍가게 밑천이라는 걸 대주기도 했으나 밑 빠진 독에 물 붓기였다. 그는 아내가 아이들이 듣는 데서도 예사로 그런 형제는 차라리 없는 게 낫다고 투덜대는 것을 묵묵히 귓전으로 흘러버리곤 했다.

"이런 소릴 당신 듣는 데서 또 하면 화를 내겠지만 무엇보다 남 보기에 창피해 죽겠어요… 마치 우리가 놀부네처럼 쌓아 놓고 심술 사납게 굴기나 하는 것처럼 생각하는 거 같애서요!"

"당한 녀석 심정이야 오죽하겠소."

형준은 아내의 말을 그 정도에서 막음하고 싶어서 아내를 구슬리듯이 부드럽게 말했다. 아내가 또 습관처럼 한 마디 덧붙였다.

"정말 당신은 돌연변이에요. 당신네 집안에서 어떻게 당신 같은 사람이 나왔는지…."

형준은 아내의 그 말이 무엇을 의미하는지 알고 있었다. 아내는 그의 품격에 맞지 않는 그런 형제를 가지고 있다는 사실이 수치스러운 것이다. 부끄러운 것이다.

형준은 주방 입구에 걸린 그림으로 눈을 주었다. 아내가 바다를 배경으로 하여 그린 십 호짜리 풍경화였다. 십 년도 훨씬 더 된 그림이었다. 아내의 가슴 속에서 그 아름다운 바다는 이미 떠나고 없었다.

"당신이 좀더 생각을 너그럽게 가져요."

"절더러 얼마나 부처님 가운데 토막이 되라는 거에요? 당신의 아내라는 이유만으로 언제까지나 그런 수모를 받고 살 순 없어요!"

"수모라니?"

형준은 자기도 모르게 발끈했다. 그의 아내도 지지 않았다.

"수모가 아니구요? 술 먹고 찾아와 자기 비위에 거슬리면 저한테 퍼붓는 걸 못 들어서서 그래요… 사람 팔자 시간문제라느니 아주머니는 형님 같은 좋은 남편을 두어 호강하시니 좋은 형님을 둔 나도 덕 좀 보자느니… 젤로 양산 댁 보기가 안 됐어요… 무엇 때문에 제가 그런 수모를 받고도 너그럽기만 해야 되나요? 언제 제 친정 식구가 찾아와서 당신을 괴롭힌 적이 있나요?"

"당신 꼭 그런 식으로 얘기해야 되겠소?"

형준은 솟구쳐 오르는 감정을 주체하지 못하고 버럭 고함을 질렀다. 아내의 말이 틀린 말은 아니었다. 아내의 계산은 언제나 그토록 정확했다. 형준은 오늘따라 아내의 그 계산이 그렇게 얄미울 수가 없었다. 아내는 계산 바른 여자답게 더 이상 다퉈보아야 이익이 될 게 없다는 것을 안 탓인지 이내 표정을 부드럽게 바꾸었다.

"왜 소리는 지르구 그러세요? 당신답지 않게….."

그때 아이들이 공부방에서 나왔다. 큰 녀석과 작은 녀석이 모두 잔뜩 불만스런 표정이었다. 그와 아내가 다투는 소리를 듣고 나온 모양이었다. 초등학교 육 학년과 사 학년 아이들인데도 영양상태가 좋아 훌쩍 큰 키와 떡 벌어진 어깨가 사춘기 소년들 같았다.

"아빠 나빠요! 작은 아빠가 너무 하잖아요! 비겁하게 왜 남한테 의지하고 살려고 그래요! 아빠 아빠구 작은 아빠 작은 아빠잖아요?"

큰 아이의 불만에 작은 아이가 합세하고 나섰다.

"작은 아빠 치사해요! 자기가 잘못 해 놓구 왜 우리한테 와서 그래요!"

형준은 아이들의 주장도 옳다고 생각했다. 저희들의 생일 파티에 얼마나 비싼 선물을 사왔느냐 하는 것으로 우정을 가늠하려 드는 세대의 아이들이 봄 판의 허기진 배를 밀 서리나 보리 서리로 채우며 풋풋한 웃음으로 견뎌냈던 혈육의 정 같은 걸 이해할 리가 없었다.

"어서 들어가지 못해! 애들이 어른들 말씀하시는데 나서는 게 아냐"

아내가 현모양처답게 아이들을 꾸짖었다. 아이들은 잔뜩 불만스러운 시선으로 그와 아내를 번갈아보았다.

"어서 들어가지 못해!"

아내가 또 호통을 쳤다. 아이들은 딴에는 제 엄마 편을 든다고 나섰다가 도리어 꾸중을 듣게 되어 몹시 못마땅한 표정이었다.

"치이, 엄만 괜히 그래….."

아이들은 뾰로통해져서 슬그머니 저희들의 방 쪽으로 몸을 돌렸다. 형준은 착잡한 심정으로 아이들의 뒷모습을 바라보았다.

그는 문득 어린 시절 그의 형제들과 함께 아버지에게 치도곤을 맞던 일들이 떠올랐다.

그의 형제들은 자주 싸움을 하면서 성장했다. 싸움의 발단은 대개 형제들 간의 시샘이 원인이었다. 가난하다보니 입고 먹는 기본적인 것부터가 넉넉할 리가 없었다. 옷은 대개 장남인 그에게서부터 밑으로 대물림하기 마련이었고, 색다른 음식이 배분되면 서로 상대방 것이 많다고 승강이질이 붙었다. 그러면 그때마다 아버지의 불호령이 떨어졌다. 아버지의 호령은 대개 육두문자로 시작해서 육두문자로 끝이 났다. 이

개돼지만도 못한 자슥들 같으니! 즈 성제끼리 콩 한쪽도 노나 먹을 생각은 않구 싸움질이나 처부서! 천하 순, 인정머리라구는 쇠털만큼도 읎는 자식들 같으니라구! 어여 그거 한 볼텡이 더 처먹어서 순 살루 가것다, 살루 가것어! 그래도 눈치 없이 형제들 끼리 티격태격이면 그 다음은 아버지의 가차 없는 우악스런 매질이었다. 아버지는 방문을 걸어 잠가 놓고 아버지의 말마따나 콩 타작을 하듯 자식들을 인정사정 두지 않고 매질을 했다. 아이들이 숨이 다 넘어가도록 비명을 질러대도 아버지의 매질이 그치지 않으면 어머니는 방문 밖에서 저 양반이 저러다 애들 다 쥑여, 읎는 게 죄지 불쌍한 애들이 뭔 죄가 있어, 하고 고함을 질러댔다. 일이 그쯤 진행되면 항용 그 다음 순서는 어머니와 아버지의 부부싸움이었다. 부부싸움이랬자 아버지는 살림살이를 부수는 일이었고 어머니는 아버지의 허리춤에 매달려 차라리 자기를 죽이라고 외치며 아버지를 만류하는 일이었다. 한 차례 폭풍이 지나가면 어머니는 부엌아궁이에 쪼그리고 앉아 코를 팽팽 불어가며 치마꼬리로 눈물을 찍어내기에 바빴고, 아버지는 툇마루에 앉아 먼 산을 바라보며 한숨을 발등이 꺼지라고 쉬어대며 연방 죄 없는 담배만 태워 물었다. 그의 형제들은 한쪽 구석에 등을 기대고 앉아 흐느끼다가, 또 서로 발로 툭툭 건드리며 너 때매 그랫 마, 아녀 성 때매 그랫 마, 하고 티격태격이면 아버지는 혀를 끌끌 차고는 더 이상 못 봐주겠다는 표정으로 자리를 털고 일어나 휭 하니 사립문 밖으로 나가곤 했다.

아버지는 그런 날이면 으레 술이 거나해져서 식구들이 잠든 집으로 돌아왔다. 아버지의 손에는 대개 그날 때려 부순 밥그릇 같은 세간과 명태 한 코가 들려 있기 마련이었다. 누구네 집에선가 또 변을 내서 멀지 않은 장터에 나가 주점에서 신세 한탄을 하다가 사들고 왔음에 틀림없었다. 아버지는 먼저 등을 돌리고 누워 있는 어머니를 향해 퉁명스럽게 말을 던졌다.

"자는 겨?"

어머니의 대꾸가 있을 턱이 없었다. 아버지는 말없이 식구들이 누워 있는 머리맡에 앉았다. 그리고는 담배 한 대가 손끝에까지 타들어가도록 가물거리는 등잔불 밑에서 연기를 내뿜어대다가 등잔 바탕에 담배를 비벼서 끄고 잠들어 있는 아이들의 이불을 뒤집어 젖혔다. 아버지는 시퍼렇게 피멍이 진 아이들의 아랫도리를 하나하나 점검해 가며 침을 발라 주었다. 아버지는 부르튼 상처에는 담뱃진이 밴 침이 특효라는 믿음을 가지고 있었다. 아버지는 그 일이 다 끝나고 나면 다시 아이들의 이불을 꼭꼭 여미어 주고 한숨을 몇 번 쉰 다음 등잔불을 입으로 불어 끄고 어머니의 옆으로 들어가 누웠다.

한동안 어둠 속에서 침묵은 계속되었다. 형준은 선 잠결에 의식이 또렷또렷 살아나는 가운데 이따금 먼 마을의 개 짖는 소리를 아련히 들었다.

"정말 자는 겨?"

이윽고 아버지의 목소리가 가만가만 들렸다. 아버지가 어머니의 어깨라도 잡아당기는지 어머니가 다시 몸을 홱 돌리는 것이 이불 스치는 소리로 감지되었다.

"인제 평생 얼굴은 안 보고 살라는 감….."

"믿을 거라구는 달랑 XX 두 쪽배끼 웁는 사람이 변돈은 잘은어… 임시 먹기는 꼬감이 달다구 빚 좋아하다 그나마 죽두 밥두 안 되는 줄은 모르구…."

아버지도 어머니의 속이 좀 풀어진 것이 안심이 되는지 부드럽게 말을 받았다.

"그럼 어쩌… 당장 손바닥이다 밥을 퍼 먹어?"

"낼이면 또 때려 부실 걸 사면 뭘 햐… 왜 그라구 죄 웁는 살림살이는 때려 부시는지 모르것어… 여편네를 아주 죽여

버리든지 하지….”

“살림은 또 사면 되지만 마누라야 어디 그려.”

“쐐 터진 게 여잔디 새장가 들면 되지….”

“워디 임자만한 여자가 혼칸디….”

“어이구, 입술이다 침이나 바르구 해유… 그라구 왜 애덜
한티 그르캐 모지락스럽게 해유… 한참 날뛸 때는 꼭 우들깽
이 같다니깨애.”

“속 모르는 말 말어… 자식 귀한 정이야 내가 왜 임자만 못
혀서… 애덜은 혼날 때는 뜨겁게 혼나가면서 커야 햐… 오냐
오냐 키운 자식 어디 잘 되는 거 봤어… 낼 아침, 알배기 황태
루 사왔으니께 무수나 좀 늫구 한 그릇씩 퍼 앵겨.”

밤의 두께가 더해 갈수록 아버지와 어머니의 음성은 나긋
나긋 안으로 잦아지면서 숨소리에 충이 져 갔다. 형준은 비
몽사몽간의 잠결에서 아버지와 어머니의 숨소리가 고르게
포개어지는 소리와 함께 감미로운 잠 속으로 떨어져 들었다.

생각해 보면 어려운 살림 가운데서도 그들이 행복할 수 있
었던 것은 그런 정 때문이었던 것 같았다. 그는 지금 그때와
는 비교할 수도 없을 만큼 물질적으로 여유를 가지게 되었고,
지성을 갖춘 아내와 함께 살고 있지만 가족 사이에 그런 살가

운 정이 흐르고 있는가 하는 회의가 들었다.

아이들의 방에서 갑자기 텔레비전의 볼륨이 높아졌다. 아이들은 제 어머니에게 꾸중을 들은 화풀이를 애꿎은 텔레비전에다가 하고 있는 모양이었다.

"…서방의 전문가들은 한국인이 이룩한 민주화 과업을 높이 평가하면서도 대통령 선거를 앞둔 작금의 시류에 많은 우려를 표명하고 있으며 일부 서방의 언론은…."

아이들은 뉴스에 흥미가 없는지 다른 채널로 바꿔 틀었다. 음악이 요란하게 쏟아져나왔다… 도옥도는 우리 땅. 도옥도는 우리 따앙….

아내가 또 점잖은 목소리로 아이들을 타일렀다.

"애들아, 엄만 지금 노래를 듣고 싶지 않아요."

아이들은 아내의 말이 떨어지기 무섭게 아예 텔레비전의 스위치를 꺼버렸다. 형준은 잔뜩 화가 나서 신경질적으로 텔레비전의 스위치를 눌러 껐을 큰 아이의 표정이 보지 않아도 선연했다. 아내는 교양 있는 어머니답게 품위 있게 아이들을 타이른 것과 아이들이 품위 있는 가정의 자녀답게 순순히 자신의 뜻에 따라 준 것이 퍽이나 만족스러운 표정이었다.

형준은 팔목시계를 들여다보았다. 일곱 시를 조금 넘어서고 있었다. 일곱 시 반의 약속 시간에 대려면 서둘러 나가야 할 시각이었다. 오 기자의 능글맞은 얼굴이 떠올랐다. 이 고장에서는 악명 높은 편집국장 안진영의 거들먹거리는 돼먹지 않은 얼굴도 떠올랐다. 싫은 생각이 들었다. 그들과 만나서 마음에도 없는 구역질나는 연출을 해야 한다는 것이 죽기보다 싫었다. 형준은 경화를 만나러 간다는 기대로 조금이나마 위안을 삼았다.

형준은 다시 한번 팔목시계를 들여다보며 자리를 털고 일어섰다.

"〈미가도〉로 가기만 하면 되는 거요?"

아내가 따라 일어서며 그의 말뜻을 알아차리고 재빨리 대답했다.

"가시면 안내할 거예요. 인사는 제가 다 해 놨으니까 식사나 하시면서 서로 감정이나 푸세요."

"당신이 인사를 했으면 됐지 나까지 그 돼먹지 않은 녀석들한테 그렇게까지 할 필요가 뭐 있어…."

"세상이 그게 아니잖아요… 당신은 더러 엉뚱한 고집이 있어서 탈이예요… 어린애두 아니면서…."

"차라리 아무것도 모르는 어린애였으면 좋겠어."

형준은 아내의 말을 건성으로 받으며 현관으로 걸음을 옮겼다.

"저녁 진지가 다 됐는디 워디를 가신대유?"

양산 댁이 주방에서 따라 나오며 끼어들었다. 아내가 형준 대신 대답했다.

"밖에서 하신대요."

형준은 현관에서 신발장을 열고 구두를 새것으로 내 신었다. 아내가 세심한 여자답게 물었다.

"양복은 다른 것으로 갈아입지 않아도 되나요? 코트는요?"

"뭐 선을 보러 가는 것도 아닌데…."

형준은 말을 그렇게 하면서도 가슴이 조금 뜨끔했다. 경화를 만나러 간다는 일이 마음에 잡혔기 때문이었다. 그는 순간적으로 자신을 합리화했다. 가정을 파괴시키자는 것은 아니니까. 내가 가정에 충실한 만큼 나에게 할당된 삶의 자유도 누릴 권리가 있으니까. 추잡한 정욕을 채우기 위해서 경화를 만나러 가는 것은 아니니까. 어디까지나 인간적으로… 인간적으로….

"약주는 조금만 하세요."

"안녕히 댕겨 오세유."

형준은 탈출하듯이 아내와 양산 댁의 인사를 등 뒤로 받으며 현관을 빠져나왔다.

4

일식집 〈미가도〉는 병원에서 그리 멀지 않은 시내의 중심부에 위치하고 있었다. 요정 비슷한 고급 음식점이었다. 형준은 차를 타지 않고 〈미가도〉가 위치해 있는 아세아 백화점 쪽으로 천천히 걸어 내려갔다. 거리는 러시아워로 붐볐다. 그는 백화점 앞 네거리 횡단보도에서 신호가 떨어지기를 기다렸다. 횡단보도 양편에 사람들이 꾸역꾸역 밀리는데도 신호는 좀처럼 떨어지지 않았다.

"아니, 이거 함 박사 아닌가?"

누군가 형준의 왼쪽 어깨를 툭 쳤다. 형준이 돌아다보니 금방 알만한 얼굴이 그의 곁에 서서 웃고 있었다.

"아니 인구 아닌가?"

여인구. 그는 의과대학 입학 동기였다. 그는 삼 학년 때 당시 한창 가열되었던 학생 데모의 주동자로 제적당했다.

'3·24데모'로부터 '6·3계엄사태'로 이어지는 그 당시 학생 데모는 그 최대의 이슈가 한일회담 반대였다. 데모 학생들의 주된 이슈는 굴욕외교 반대였으나, 그 밑바탕에는 5·16 이후 군정 동안에 목격해온 비리와 학원사찰에 대한 반발 감정이 쌓여 있었다. 그는 현실에 적당히 안주하려는 의대생들의 보편적인 기질과는 달리 YTP(Youth Tought Party)와 같은 학원공작기관의 회유를 거절하고 끝까지 버티다가 〈학원을 폐쇄하거나 반영구적으로 교문을 닫고서라도 데모만능의 폐풍을 기어이 뿌리 뽑아야겠다〉는 집권층의 의지에 따라 학교를 떠나고 말았다. 그는 곧 군대에 징집되었고 제대 후 복학의 기회도 주어졌으나 포기하고 D시 근교에 있는 그의 고향으로 들어가 농사꾼이 되어 버렸다. 그는 타고난 농사꾼처럼 두문불출 농사일에만 전념했다. 그는 세월이 흐르고 가정을 이루면서부터 가끔 D시에 나와 옛 친구들과 술자리에 어울리기도 했다. 형준은 한 삼 개월 쯤 전에도 기섭과 함께 그와 어울려 술판을 벌인 적이 있었다.

"원수는 외나무다리에서 만난다더니 그러지 않아두 자네한테 전화나 걸까 하던 참이었네."

인구는 참으로 반가와 하는 표정이었다.

"뭐 나한테 볼일이라두 있나?"

"이 사람, 대답이 뭐 그래… 볼일이야 큰 볼일이 있지… 자네 그동안 주량이 줄지나 않았나 하는… 자, 건너세."

그때 파란 불이 들어왔으므로 그들은 사람의 물결에 휩쓸려 횡단보도를 건넜다. 인구가 횡단보도를 건너며 그에게 물었다.

"기섭이도 별일 없겠지? 하긴 요새 해 먹을 게 병원치고 산부인과 말고 또 뭐가 있겠나만… 언젠가 그 친구 얘길 듣자니까 걔네 병원에서만 아이를 떼러 오는 여자가 하루 평균 삼십여 명이라던데, 한 사람 앞에 십만 원씩 잡아두 얼만가 그게… 나 같은 농사꾼 셈속으로야 어디…."

"뭘 그러나… 시 구역이 확장되면서 자네네 마을의 땅값이 올라 톡톡히 재미를 보게 됐다는 소문인데…."

"요즘 억대 거지들이 어디 한 둘 태어나나?"

"억대거지?"

형준은 횡단보도를 다 건너왔으므로 걸음을 멈추며 물었다.

"싯가루야 얼마네 하지만 묶여 있어서 매매가 거의 안 되고 생활은 빚에 쪼들릴 대로 쪼들린다는 말일세… 간덩이들만 잔뜩 붓게 만들구… 그렇더라도 내가 자네들한테 술을 얻어먹을 처지는 아니니까 어디 억대 거지 술 좀 먹어 보겠나?"

형준은 잠시 망설였다. 모처럼 반가운 친구를 만났으니 하다못해 차라도 한잔해야 할 형편이었다. 형준은 팔목시계를 보았다. 일곱 시 이십 분이 가까워지고 있었다.

"왜 약속이라두 있나?"

"응… 일곱 시 반에 누굴 만나기로 돼 있어."

"그으래?… 오던 날이 장날이로군… 아주 중요한 약속인가?"

인구가 그냥 헤어지기가 못내 아쉬운 표정으로 물었다,

"그렇게 중요한 약속은 아니야… 지난 번 좀 시끄러운 일이 생겨서… 신문사 기자 녀석들하구 식사나 할까 하구….'

형준은 그러면서 머릿속으로 인구와 같이 가면 어떨까 하는 생각을 했다. 인구가 괜찮다면 오히려 그에게는 그편이 자연스러울 것 같기도 했다. 어차피 긴밀한 밀담이나 정담을 나눌 것도 아닌 바에야 술 잘 먹고 임기응변에 능한 인구 같은 인물이 동석해 준다면 덜 거북스러울 것 같았다. 더구나 그쪽도 곁다리로 한 사람이 더 끼지 않았는가. 어쩌면 일찍 자리를 파할 구실도 될지 모르고.

형준은 더 망설일 것도 없이 인구에게 함께 갈 것을 제안했다.

"어떤가? 자네만 괜찮다면 같이 갔으면 하는데?"

인구가 의외로 그의 제안을 선선히 받아들였다.

"방해만 되지 않는다면 내야 뭐… 그러지 않아도 걱정이 되던 참이었는데… 그럼 어디 그 뻔뻔스런 친구들 낯짝이나 구경 좀 할까… 어딘가 장소가?"

"〈미가도〉라고, 요 아세아 백화점 뒤네."

"〈미가도〉? 존 델세 그려… 매미도 벤벤한 것들이 많구… 술 맛 나겠는데…."

인구도 〈미가도〉를 잘 알고 있는 낌새였다. 형준은 인구의 활달한 성격을 모르는 바 아니었으나 새삼 그의 시원스런 성격이 마음에 들었다.

그들은 아세아 백화점 뒷길로 꺾어 돌았다. 몇 걸음 떼어 놓지 않아서 바로 〈미가도〉의 요란한 아크릴 형광 간판이 보였다.

〈미가도〉의 현관 유리문을 밀고 들어가자 카운터에 앉아 있던 여주인이 일어나며 반갑게 맞아 주었다.

"어서 오세요! 원장니임! 아래 층 죽실을 잡아놨어요. 임

언니이이, 함 원장님 오셨어!"

여인이 아래 층 지하실 입구를 향해 소리쳤다. 지하에는 방이 여러 개 있었다. 일반 손님은 위로 받고 대개 특별한 술 손님은 지하로 받았다.

"손님이 오면 안내해요."

형준은 여주인에게 일러두고 인구와 함께 지하로 내려갔다. 죽실에서 그와 낯이 익은 임 양이 화사한 한복 차림으로 그를 맞아들였다.

"위언장니임, 그렇게 무심하시기예요? 기다리다가 눈 빠지겠어!"

인구가 임 양에게 종주먹을 대는 시늉을 했다.

"입술에다 침이나 바르구 거짓말을 해라, 요, 앙큼한 매미야!"

"어머머, 별꼴이셔… 누구 순정을 모독해도 분수가 있으시지…."

임 양이 싫지 않은 표정으로 인구에게 곱게 눈을 흘겼다. 형준도 기분을 좀 풀어 보려고 인구에게 가세했다.

"야, 눈물 나오겠구나… 또 왜 하필 죽실이냐? 정말 지조래도 지켜보겠다는 거냐?"

"정말 왜들 이러세요? 이래 봬도 순정만은 이십 사 금이라 구요… 안 되겠어요 꼬집어 줘야지!"

임 양은 형준의 옆구리를 꼬집는 시늉을 했다.

"아! 알았다. 알았어!"

병풍이 안쪽으로 둘러쳐져 있는 방안은 제법 아늑한 분위기를 풍겼다. 방 한가운데 놓여 있는 자줏빛 교자상이 불빛을 받고 번들거렸다. 임 양이 교자상 양편에 학이 수놓아져 있는 방석을 깔아주었다. 형준은 인구가 그와 마주보고 앉으려는 것을

"우리가 이쪽으로 앉지."

하고 옆 자리를 가리켰다. 인구가 순순히 그의 지시에 따랐다.

임 양이 따라 앉으며 물었다.

"몇 분이나 더 오세요?"

"두 사람."

"아가씨도 몇 더 들라고 해야겠네요."

"일러 무삼하리요… 그럴듯한 화상으로 골라 들여."

인구가 말을 받자 임 양이 또 그에게 곱게 눈을 흘겼다.

"꽤나 밝히셔…."

그때 지하실 입구 쪽에서 발소리와 함께 낯익은 목소리
가 들려왔다.

"누가 같이 있는 모양인데….''

오 기자였다. 오 기자는 소속은 사회부로 되어 있지만 D일
보 사장과 인척간인 안진영 밑에서 부서의 구별 없이 열성을
다 하는 충성파였다. 자신과 회사의 이해관계가 얽힌 일이라
면 무슨 일에나, 어느 곳이나, 샅샅이 헤집고 다녔다. 그는 형
준의 병원에도 심심치 않게 찾아왔고, 이번 부정의약품 사건
기사도 그의 작품이었다. 아무리 형준의 아내가 세상물정에
빠르다고 하더라도, 그의 됨됨이를 간파하고 있을 만큼, 오
기자나 안 국장이나 소문이 나 있는 인물들이었다.

오 기자가 능글맞게 빙글빙글 웃으며 모습을 드러냈다. 그
옆에 희극적으로 벗어진 대머리가 거구와 함께 고릴라를 연
상케 하는 편집국장 안진영이 서 있었다.

임 양이 반색을 했다.

"오머머! 국자앙니임, 오 기자님… 빨랑 들어오셔요.''

형준은 떨떠름한 기분을 누르고 마음에도 없는 농을 걸
었다.

"하두 오랜만에 뵈니까 눈물이 앞을 가립니다.''

"…뭘 이렇게까지 황공스럽게… 미운 자식 떡 하나 더 주기십니까?"

오 기자가 계면쩍은 표정으로 신을 벗고 방안으로 들어섰다. 안 국장이 뒤따라 들어오며 말을 받았다.

"살다보면 다 그렇구 그런 거지 뭘 그래."

임 양이 재빠르게 그들의 발밑에다 방석을 밀어놓았다. 그들은 심드렁한 표정으로 앉아 있는 인구에게 주의 깊게 시선을 주며 맞은 편 자리에 앉았다.

"어이, 여 사장 인사 드려… D일보 안 국장님하고 오 기자서… 그리구 이쪽은 제 친굽니다. 오랜만에 찾아온 절친한 친군데다 워낙 사람이 좋아서 합석해도 괜찮을 것 같아서 함께 왔습니다."

형준은 서로 인사를 시키자 인구가 "사장은 무슨…." 하고 말을 받았다.

"농사꾼입니다! 미천한 흙 두더지가 주책없이 끼어들어 분위기나 조져 놓는 거 아닌지 모르겠습니다."

"원, 천만의 말씀을… 신문쟁이가 어디 사람 가리는 거 봤습니까? 만나서 반갑습니다!"

"굉장히 재미있는 분이신 거 같습니다… 나, 안진영이 올시다."

안 국장이 거드름을 피며 인구의 앞으로 손을 내밀었다. 인구가 그의 손을 잡았다.

손님들이 자리를 잡고 앉자 임 양이 형준에게 물었다.

"약줄 하셔야죠? 식산 나중에 하시구."

"물론이지… 술은 무얼로 하시겠습니까? 생선에는 양주가 어떨까 싶습니다만….."

형준이 오 기자와 안 국장을 번갈아 보면서 물었다.

"좋죠, 양주! 국장님은 어떠십니까?"

"술꾼이 술을 가려? 오대 불구도 몰라? 처자 불구, 생사불구, 청탁불구, 염치불구, 원근불구….."

임 양이 환성을 질렀다.

"역시 안 국장님은 멋지셔! 정말 무슨 술인들 못 드실 게 있으세요… 씹기를 하나요, 가시가 있나요, 넘기면 그냥 넘어가는 부드러운 음식인데… 〈골드〉 브이·아이·피로 가져올게요… 애들두 오라구 하구요."

인구가 너털웃음을 쳤다.

"허허허… 그년 참 말 한번 입맛 나게 하네! 니가 아주 통장 반장 다 해라! 대신 조개두 부드러운 걸루 올리는 거다,

알았지?"

"싫어요… 사장님한테는 상어 이빨 달린 걸루 올릴래요… 자기 년인가 이년 저년 하게….'

"상어 이빨 아니라 고래 이빨 달린 걸루 가져와 봐라….'

"치이… 입으루 양기 오른 남잔 문전만 더럽히더라!"

오 기자와 안 국장이 와아 웃음을 터뜨렸다. 형준도 저절로 웃음이 터져나왔다.

"정말 이빨 값 물어 달라는 소리는 안 하겠지?"

인구가 웃지도 않고 능청을 떨었다. 임 양이 짐짓 새침한 표정을 짓고 응수했다.

"잠깐 기다리세요. 틀니 가지구 올께요."

임 양이 인구에게 한쪽 눈을 찡긋 해 보이고는 음식을 시키러 밖으로 나갔다.

한바탕 농담이 오가자 좌중의 서먹한 분위기가 가셔졌다. 안 국장이 경계의 빛을 풀며 인구에게 말을 건넸다.

"와이담이 대단하십니다!"

"워낙 무식한 놈이라 천박해서 탈이지요."

"와이담이라는 것이 그렇지, 팔자수염이 달린 점잖은 와이담도 있습니까?"

곧 술상이 들어왔다. 임 양과 함께 여자가 셋 더 들어왔다. 왼쪽 입술에 점이 있는 아가씨와 쌍꺼풀이 진 아가씨는 임 양보다 훨씬 앳되어 보이는 이십대 초반이었고, 얼굴이 길고 눈썹이 짙은 아가씨는 나이가 좀 들어 보였다.

여자들은 쟁반의 안주들을 부지런히 상 위에 늘어놓았다. 안주는 생선회를 중심으로 해물이 많았다. 음식은 정갈해 보였다.

임 양이 형준의 곁에 앉으며 아가씨들의 자리를 배치했다.

"막내야 너는 안 국장님 품으로, 송 양은 오 기자님, 그리고 이빨이 튼튼한 장 양은 저 사장님 곁으로 가."

임 양의 지시에 따라 쌍꺼풀은 안 국장에게, 왼쪽 입술에 점이 있는 아가씨는 오 기자에게, 눈썹이 짙은 아가씨는 인구 옆에 각각 앉았다.

"자, 인사이동이 끝났으면 신고를 해야지."

오 기자가 호기를 부렸다.

"인사드리겠어요. 송 양이라구 해요."

점박이 아가씨가 술잔을 얼른 오 기자에게 권하며 말했다.

"전 심 양이구요."

"전 장 양이에요."

안 국장이 소리쳤다.

"자, 자, 엉터리 족볼랑 그만 꿰구 술들이나 따라!"

아가씨들이 엄명대로 손님들의 앞에 놓여 있는 술잔에다 술을 따랐다. 안 국장이 술잔을 높이 치켜들었다.

"자, 함 원장님의 무궁한 발전을 위하여!"

"위하여!"

아가씨들이 옆에서 덩달아 소리를 쳐주고, 그들은 술잔을 서로 가볍게 부딪치고 나서 제가끔 술을 입안으로 부어넣었다. 형준은 목구멍이 따끔거려 술을 반쯤 마시고 잔을 상 위에 놓았다. 오 기자가 핀잔을 했다.

"건배한 첫 잔을 다 베어 잡수십니까? 제 잔 받으십쇼!"

형준은 하는 수 없이 오 기자의 잔을 받고 그의 잔을 비워 오 기자에게 다시 건네 주었다. 임 양이 냉큼 잔에 술을 부었다.

"우리 둘이 건배하십시다! 구원은 풀으시고….'"

오 기자가 잔을 마주 들었다.

"앞으로나 잘 부탁드립니다."

형준은 그의 잔을 오 기자의 잔에 살짝 부딪혔다. 임 양이 옆에서 외쳤다.

"개나발을 위하여!"

인구가 이맛살을 찡그렸다.

"잘 나가다가 해필 개나발이냐, 넌?"

"뭐가 어때서요? 개인과 나라의 발전을 위해서 거룩하게 한잔 하자는데 뭐가 나빠요?"

인구의 답변이 나오기 전에 안 국장이 신경질적으로 통박을 주었다.

"야, 야, 세상이 달라졌어! 그런 개나발같이 세상을 배배 꼬는 소리가 아니래두 얼마든지 목청을 높일 수 있는 세상이 됐단 말야!"

이번에는 오 기자가 안 국장의 말을 받았다.

"배알이 배배 꼬이기는 세상이 바뀌구 더해요… 갑자기 목청 커진 놈들 때문에 미치겠어요! 툭하면 투서질이니… 원장님 건두 투서 때문에 할 수 없이 그만….

인구가 오 기자의 말을 막고 나섰다.

"정말 너무 하셨습니다! 그보다 몇 천 배나 되는 공개된 비리들은 눈 감구 아웅하시면서….

"공개된 비리라니요? 뭐가 그런 게 있습니까?"

오 기자가 긴장하면서 조금 기분이 상한 표정으로 물었다.

인구도 술이 들어간 탓인지 정색을 하고 반문했다.

"설마 정말로 몰라서 물으시는 건 아니겠지요?"

"아니라면요?"

안 국장이 두 사람의 말을 막았다.

"에, 에! 가뜩이나 시끄러운 세상에 그런 시끄러운 얘긴 술 맛 떨어져! 술들이나 마시자구! 네 년들이 멍청하게 앉아 있으니까 그렇잖아… 너두 그렇게 쪼그리고 앉아 있지만 말구 바짝 좀 겨들어 봐!"

눈치 빠른 임 양이 맞장구를 쳤다.

"송 양아, 너두 쪼그리구 앉아서 찌그러진 냄비처럼 방실방실 쪼개지만 말구 어서 오 기자님 병기 손질이나 해 드려!"

"남 냄비야 찌그러졌거나 말거나 언니 살림이나 잘 하슈…."

아가씨들의 유도로 잠시 깔끄럽던 분위기가 다시 부드러워졌다. 술잔이 자주 오고 갔다. 형준은 취기가 올랐다. 오 기자도 안 국장도, 그리고 인구도 술들이 어지간히 거나한 얼굴이었다. 오 기자와 안 국장은 허물어진 자세로 아가씨를 다루느라고 여념이 없었다. 인구도 분위기를 맞추기 위해선지, 즐기기 위해선지 아가씨 가슴에 손을 넣고 주물러대고 있었다. 아가씨가 교성 비슷한 비명을 질렀다.

"좀좀 살살 주물러요… 이 사장님은 군대도 안 갔다 왔나 봐… 치약을 짜듯이, 방아쇠를 당기듯이…."

"꽥꽥거리기는… 누가 들으면 명절 때도 아닌데 돼지 잡는 줄 알겠다."

형준은 말없이 인구를 바라보았다. 세상에 부대껴 온 만큼 적당히 피부도 질겨지고, 세상의 변화에 따라 적당히 보호색도 칠 줄 아는, 막 중년의 고개에 접어든 마흔 살 사내의 얼굴이 바로 코앞에 있었다. 형준은 인구와 그동안 몇 차례 어울리는 사이 이제 그한테서 학창시절의 피 끓는 순수의 혈기는 하나의 향수가 되고 말았다는 걸 감지하면서도 그의 철저하게 속화되어 가고 있는 모습을 대하고 보니까 왠지 허전한 기분을 물리칠 수 없었다. 그는 문득 아내가, 이 건물의 겉모습과는 달리 지하의 설비가 은밀한 수작을 벌이기에 알맞도록 설계되어 있다는 것을 알고 방을 예약해 둔 것인지 의문이 들었다. 어쩌면 아내도 이 정도는 일상의 한 부분으로 이해하게끔 세속적인 것에 타성이 붙어버린 건지도 모를 일이라는 생각이 들었다.

경화의 말이 떠올랐다. 세상에 대해 전혀 무감각한 것도 탈이지만, 세상이 영원히 회복할 수 없는 죄악으로 가득 차 있다고 알레르기성 반응을 일으키는 건 더욱 구제받기 어려운 큰 병이라고 봐요. 〈소돔과 고모라〉가 멸망한 건 자기 스스로가 먼저 필요한 한 사람의 의인이 되어 주려고 애쓰기에 앞서 열 사람의 의인을 찾아 헤매는 결벽의 오만에서부터 출발했기 때문이 아닐까요? 자신이 곧 세상의 근원인데 그 원천적인 근원부터 구제할 줄 모르는 사람이 어떻게 세상을 포용하고 개선시킨다는 것인지⋯ 이건 그 사람이 죽고 나서 철없이 제가 생각해 본 거예요. 전 제 안에서 제 자신을 녹여줄 수 있는 불씨를 갈무리하기만도 벅차요. 어설픈 절망 따위로 자신을 훼손시키면서 의인인체 하지 말기로 해요. 선생님, 우리는⋯.

형준은 불현듯 경화가 보고 싶은 충동이 일었다. 형준은 한 병을 치우고 반이 채 못 남은 두 번째 병 술의 양을 가늠하면서 살그머니 상 밑으로 시계를 보았다. 벌써 아홉 시가 넘고 있었다. 술판은 좀처럼 끝날 기미가 보이지 않았다. 초조감이 들기 시작했다.

"저 선생님은 너무 점잖으시다아⋯ 나 저런 분하구 연애 한 번 해봤으면 좋겠더라⋯."

오 기자의 품에 안겨서 가슴을 내맡긴 채 송 양이 지긋이 형준을 바라보았다. 임 양이 발끈했다.

"껄떡거리기는… 너같이 분수를 모르는 기집앤 정신병원에 처넣어… 원장님은 정신과 의사서, 아니 너?"

"그래요? 선생님이 정신병원 의사서요?"

송 양이 호기심 어린 눈으로 바라보며 쿡쿡 웃었다.

"그런데… 왜 웃지?"

송 양은 대답하지 않고 이번에는 더는 못 참겠다는 듯이 까르르 웃었다. 오 기자가 버럭 고함을 질렀다.

"이 년이 갑자기 실성을 했나! 어른이 말씀하시는데 그따위 버르장머리가 어딨어!"

오 기자가 소리를 지르는 바람에 모두의 시선이 송 양에게로 쏠렸다. 송 양이 정색을 하고 주저거리면서 말을 꺼냈다.

"사실은요… 이런 말씀 드리면 절 이상한 여자라고 하시겠다… 제가 전에 있던 집 마담 언니하고 어떤 산부인과 의사하고 연애를 하는데요… 그것을 할 때마다 절 꼭 옆에다 앉혀 놓고 제가 보는 데에서 하는 거예요… 그렇게 하지 않으면 일이 안 된다는 거예요… 변태지요? 그치요, 그 사람들?"

형준은 송 양의 말이 하도 엉뚱해서 "아가씨가 변탠 것 같은데… 옆에서 보는 아가씨가 더 기분이 그럴 듯 했을 거 아냐?"하고 비아냥거리는 어조로 말했다. 송 양이 얼굴이 빨개져서 황급히 부정했다.

"어떡해요, 징그러워두! 말을 안 들으면 언니가 막 화를 내구 야단을 치는데… 돈도 많이 주구요."

"완전히 생 비디오를 감상하셨군 그래… 그래 어때, 비디오보다 낫대?"

오 기자가 빈정대자 송 양이 억지를 부리듯 반박했다.

"그게 뭐 어때서요? 비디오를 볼 때도 첨엔 부끄럽지만 나중엔… 예술성 같은 것두 느끼잖아요."

"뭐? 예술성? 아이구야, 어쩌다가 이렇게 예술적인 세상이 돼버렸어! 암튼 함 박사님! 정신괄 선택하기를 잘 하셨습니다! 앞으로 가면 갈수록 그런 예술적인 인간들이 늘어날 테니까요."

"그 덕에 제가 삽니다"

형준은 자조적으로 웃으며 근년에 이르러 부쩍 늘고 있는 정신성적장애精神性的障碍 환자들의 각양각색의 증상을 우울하게 떠올렸다. 그는 이 시대가 내세우는 문명의 허상을 보는 듯해서 씁쓸한 느낌이 들었다.

송 양이 무안한지 얼굴을 새빨갛게 물들여 가지고 떼쓰듯이 목청을 높였다.

"별것두 아닌 걸 가지구 사람 망신 주구 그러세요, 드을…
남이야 전봇대로 이빨을 쑤시거나 말거나… 민주시민이 그
런 것두 모르시나봐!"

오 기자가 기가 차서 차마 말이 나오지 않는다는 표정으
로 입을 딱 벌렸다.

"아이구야, 민주열사가 또 하나 탄생하시게 생겼어! 이건
도나 걸이나 찍어 붙이면 민주니… 엉뚱한 사람 어용이라구
잡으러 들기나 하구!"

"오 기자님더러 누가 어용이라구 하는 사람이 있는갑다
아….

임 양이 말끔히 오 기자를 바라보았다. 오 기자는 불에 기
름을 부은 듯이 벌컥 화를 냈다.

"그래 나더러 어용기자란다. 그 개새끼들이!"

형준은 그 개새끼들이 누군지는 모르지만 오 기자가 요즘
한참 불고 있는 민주화의 열기에 몸살을 앓고 있는 모양이라
는 짐작이 들었다.

"요새 운동권 새끼들 살판났지! 개새끼들! 민주화는 즈들
혼자서 한 거야? 다 때가 돼서 된 거지!"

"그렇다고 저절로 된 것두 아니잖습니까?"

인구가 오 기자의 말에 토를 달았다. 오 기자가 발끈했다.

"다른 뜻은 아닐 거구 이 친구 옛날에 학생운동을 했거든요…."

안 국장이 술기운이 붉게 오른 눈을 가느스름하게 뜨고 인구를 노려보았다.

"오 기자의 말대로 운동권이셨구먼… 어쩐지 씩씩하시다했더니…."

"저런! 유공자를 몰라 봬서 송구스럽습니다!"

형준은 긴장을 느꼈다. 일이 이상하게 돌아간다 싶었다. 인구도 성깔이 죽었다고는 해도 보통이 넘었다. 거기다 양쪽이 모두 이성적인 통제가 어려울 정도로 만취해 있는 형편이 아닌가.

인구가 입가로 비틀린 웃음을 끌어올렸다.

"비웃으시군요."

"비웃다니요? 경배를 드려도 시원찮을 마당에…."

오 기자가 이죽거리자 인구의 얼굴이 일그러졌다.

"빈정거리지 마…."

"뭐? 빈정거리지 마아?"

오 기자의 얼굴이 더욱 일그러졌다. 안 국장의 입에서 욕설이 터져나왔다.

"드디어 상이군인놈들 근성이 튀어나오는군!"

"상이군인놈들?"

"그렇다, 이 새끼야! 육이오가 끝나고 무공을 팔아먹으면서 깽판 치던 상이군인놈들 근성이 아니구 뭐냐, 이 덜떨어진 새끼야!"

"그야말로 주재기자 시절 등쳐먹던 개 같은 근성이 나오는군! 쌍놈의 새끼들!"

"뭐라구?"

"뭐가 어째?"

형준이 말리고 어쩌고 할 틈도 없었다. 안 국장이 먹다 남은 술을 인구의 얼굴에다 확 끼얹었다. 아가씨들의 입에서 비명이 튀어나옴과 동시에, 인구가 일어서며 술상을 오 기자와 안 국장이 앉아 있는 쪽으로 뒤엎었다. 그릇 부서지는 소리가 요란하게 울렸다. 음식찌꺼기들이 사방으로 튀었다. 다음은 치고받는 난투극이었다. 이 방 저 방에서 사람들이 몰려나왔다. 형준과 아가씨들이 양쪽을 붙들고 늘어지며 말렸으나 서로 막무가내였다.

싸움은 주인과 함께 가세한 주방장과 종업원이 달려들어서 가까스로 진정이 되었다. 형준은 오 기자와 안 국장에게 역겨움을 느끼면서도 한편으로는 조금 미안한 생각이 들었다. 자초지종이야 어찌 되었든 결과적으로 인구를 합석시킨 것은 그의 불찰이었다.

안 국장은 형준의 사과도 받지 않고 "내 이런 더러운 술은 처음 먹어 보는군!" 하고 씹어 뱉듯이 한 마디 던져 놓고는 오 기자를 데리고 휭 하니 나가버렸다.

형준은 군데군데 피멍이 든 인구의 얼굴을 참담하게 바라보았다.

"자네답지 않게 그만 일루 홍분하고 그러나….."

"자네한테 그 미물들하구 곤욕스런 술자릴 또 만들어 주게 돼서 미안하네….."

"아니, 일 없네!"

형준은 정말 아내가 뭐라고, 어떤 주문을 해 와도 그들과 다시는 만나지 않으리라고 결심했다.

형준은 인구가 굳이 계산을 하겠다는 것을 억지로 만류하고, 계산서에 사인을 한 다음 그를 데리고 밖으로 나왔다. 시간이 열한 시를 넘고 있었다. 경화를 만나러 가기는 틀렸다고 생각했다. 그녀를 만날 기분도 아니었다.

〈미가도〉 골목을 벗어났을 때 인구가 심술이 난 어린아이처럼 술을 더 하자고 떼를 썼다. 사실은 그도 심한 갈증이 일었다. 갈증만도 아닌 타는 목마름이었다. 그들은 눈에 띠는 가까운 카페로 들어갔다.

그들은 자정이 넘어서 술집에서 나왔다. 둘이 다 술이 억병으로 취해서 비틀걸음을 했다.

거리는 한산했다. 인적도 없었다. 이따금 야간택시들만이 듬성듬성 눈에 띠었다. 가로수들이 가로등 불빛을 받으며 서둘러 옷들을 벗고 있었다. 형준이 걸음을 떼어 놓을 때마다 발밑에서 낙엽이 아픈 신음소리를 내며 바스러졌다. 형준은 어쩌면 그것은 환희의 교성인지도 알 수 없다고 생각했다. 경화는 말했다. 철저히 부서진다는 것은 하나의 즐거움일 수도 있어요. 폐허의 공허감 뒤에는 새로운 세계의 탄생의 즐거움이, 땅 속에 살짝 묻힌 씨앗처럼 내재해 있거든요. 우리들의 절망은 오히려 절망의 뿌리가 보일 때까지 철저하게 절망하지 못하기 때문이 아닐까요? 전 저를, 저의 절망과 아픔을 공감할 수 있는 남자에게 철저하게 파괴당하고 싶어 하는 여자예요, 특히 선생님 같은 분에게요. 선생님은 허물어

버릴 수밖에 없는 것을 허물에 버리면서 비애를 느낄 줄 아는 분이예요.

"이 놈의 도시가 꼬오옥 유우려령 같구면!"

인구가 혀 꼬부라진 소리로 어둠에 잠긴 텅 빈 거리를 바라보면서 말했다.

"우리들이 만들어 낸 유령이지… 행복을 선사할 것 같아서 만들어 놨는데 되레 우리를 잡아먹는… 아니, 어쩌면 우리가 사육하고 있는 신인지도 몰라…."

형준은 아침에 읽은 여고생의 편지를 상기해 내고 그렇게 말했다.

"유령이 사람을 잡아 먹었다구우?"

"으응… 며칠 전에 퇴원한 환자가 아파트 십이 층에서 뛰어내렸어."

"애였나? 슈퍼맨 장난을 하게."

"아니, 철이 제대로 난 어른이었는데 비행연습을 하다가 날지 못하고 땅으로 떨어져 내렸어. 이 고독한 도시를 탈출하기 위해…."

"철이 든 어른이 머 그으래애…."

"신을 기르지 않았거든…."

"…."

"제 몸에 따악 들어맞는… 끄으윽…."

형준은 문득 몽롱한 의식 속에서 자신이 여고생이 불러 주는 대로 대사를 읊조리고 있는 희극배우 같다는 생각이 들었다. 인구가 또 혀 꼬부라진 소리를 했다.

"무우울론 신이야 문수가아 맞아야… 하지마안… 자네 정신과 의사하다가아 어떻게 조옴, 되원 거 아냐?"

형준은 인구의 말에 순간적으로 치료를 받아야 할 사람은 정작 자신인 것 같다는 생각이 들었다. 입원 환자들의 얼굴이 하나하나 머리를 스치고 지나갔다. 그는 갑자기 그들이 퍽 친근하게 느껴졌다. 자기가 나눠서 앓아야 할 몫까지 그들이 도맡아 병을 앓고 있는 것이라는 죄책감마저 들었다.

여관이 보이는 거리의 모퉁이에 이르렀을 때 형준이 인구에게 물었다.

"세상이 좀 나아지기는 나아지는 걸까?"

인구가 걸음을 멈추고 몸을 옆으로 비스듬히 젖히며 형준을 올려다보았다.

"뭐어어가아?"

"신명나는 세상이!"

인구가 한 번 어깨를 으쓱해 보이고는 갑자기 거리의 저쪽 어둠 속에다 대고 고함을 질렀다.

"임금니임 귀는 당나귀 귀다아아!"

그리고 나서 얼떨떨해서 그를 바라보는 형준에게 속삭이듯이 말했다.

"봐아… 우리를 잡으러 오는 녀석이 하나도 없지… 요만한 것을 얻기도 그렇게 힘들었던 거여… 우선은 이거래두우 소중하게 여겨어! 자네두 한 번 외쳐 보라구우!"

인구는 선수를 빼앗길 새라 다시 미친 듯이 외쳐댔다.

"우리 임금님임 자이자는 말자지이다아!"

"우리 임금니이임은 영계만 좋아하시인다아!"

형준은 잠들어 있는 도시의 심장부를 향해 울부짖다시피 외쳐대고 있는 인구를 아프게 바라보았다. 그는 꺼진 빌딩의 어느 건물에선가 여고생의 아버지 같은 고독한 사나이가, 유리창에 이마를 대고 그들을 우울하게 내려다보고 있는 듯한 착각이 들어서 주위를 휘둘러보았다.

형준은 이튿날도 그 다음 날도 경화의 아파트에 들르지 못했다.

〈미가도〉에서의 후유증도 후유증이지만 일이 바빴다. 또, 경화가 전화를 하겠지, 하는 느긋한 마음이 작용한 탓도 있었다.

나흘째 되는 날 경화로부터 편지가 왔다. 내용은 간단했다.

이틀을 기다렸습니다. 역시 얼마쯤은 제 추측이 맞았습니다. 선생님이 안 오시리라는.

미국으로 떠납니다. 저를 필요로 하는 남자가 생겼습니다. 최근에 부모님의 성화로 선을 보고 저도 그 남자가 필요하다는 생각이 들어서 결정했습니다. 어쩌면 한동안 이 추운 도시를 떠나서 제 삶을 다시 충전시키고 싶다는 욕망이 빠른 결정을 내리게 했는지도 모릅니다. 그러나 그곳에 대한 특별한 기대는 없습니다. 무한한 자유와 풍요가 약속된 나라, 사백 명의 국민이 가난한 열 두 나라의 부를 가지고 있는 나라, 이 세상의 기본적인 평화는 가진 자와 못 가진 자의 공평한 분배에서부터 시작되는데 그러면서도 세계평화를 부르짖는 나라…저는 단지 한 여자가 가질 수 있는 만큼만 가질 수 있기를 희망합니다. 조그만 행복을 위해 자유니 민주니 하는 것에조차 상처 입지 않는….

선생님을 뵙고 싶었던 건 진부한 정 때문만은 아니었습니다. 단지 이 추운 도시에 아직 따스한 불씨가 살아남아 있음을 확인하고 가고 싶었기 때문입니다. 선생님은 제게는 이 도시의 마지막 불씨 같은 분입니다. 그렇지만 선생님을 뵙지 못했다고 그다지 아쉬움이 남지는 않습니다. 믿음이라든가 사랑이라던가 하는 것이 꼭 형상으로 확인될 수 있는 성질의 것은 아닐 테니까요.

이 편지를 받으실 즈음 전 태평양 상공을 날고 있을 겁니다. 행여라도 절 찾지 말아 주십시오. 돌아설 때 돌아설 줄 아는 자의 뒷모습은 얼마나 아름다우냐? 제가 좋아하는 말입니다.

내내 평안하십시오.

김처선전

1

바람이 부는가.

처선處善은 흔들리는 촛불을 바라보면서 뒤뜰의 대숲을 스쳐가는 바람소리에 귀를 기울인다. 먼 산에서 간간이 부엉이 우는 소리도 들린다.

'왜 이리 늦는다? 필시 무슨 일을 꾸미고 있음에 틀림없어.'

처선은 또 무심하게 서책으로 눈을 준다. 德不孤 必有隣. 덕은 외롭지 않고 반드시 이웃이 있다. 처선은 논어의 글귀를 눈으로 쫓다가 저도 모르게 웃음이 나온다. 허탈한 웃음이다.

'덕? 이 나라에 덕이 숨 쉴 곳이 아직 남아 있기는 한가? 정명正名이 어둠에 가리고 덕이 설 곳을 잃은 것이 언제이던가. 임금이 사슴을 보고 말이라 해도 지당하신 말씀이옵니다만을 외치면서 목숨 부지하기에만 급급하지 않은가! 그런 것들이 중신이라니! 아니, 그건 중신들만 탓할 일이 아니지. 바른 말을 하는 중신들은 거의 모두 불귀의 객이 되지 않았는가. 임금이 성균관成均館을 음회를 즐기는 장소로 만들고 위패를 깊은 산중 절로 옮기고 제사도 오랫동안 폐지하여 문묘가 훼철毁撤된 판에 무엇이 바로 서겠는가. 환관으로서 네 임금을 섬기었지만 어찌 이런 일이 일어날 줄을 알았단 말인가! 내가 너무 오래 살았음이야!'

처선은 가벼운 신음소리와 함께 지그시 눈을 감는다. 이마에 깊게 패인 주름살이 수심으로 더욱 깊어 보인다. 서리가 하얗게 내린 듯한 백발과 주름진 얼굴이 풍상에 시달린 한 그루 노송을 연상하게 한다. 그러나 볼품없이 배배 뒤틀린 기품 없는 노송은 아니다. 넓은 이마와 우뚝한 코, 두툼한 입술이 큰 귀와 어울려 온화함을 풍긴다. 그러면서도 꽉 다문 입과 단단한 턱이 강인한 느낌을 준다.

처선은 어금니를 지그시 물고 고개를 좌우로 흔든다. 오늘 조정에서 일어났던 일을 잊고 싶은 것이다. 오늘 또 아까운 인재가 한 사람 목숨을 잃었다. 박은朴誾. 박은은 자는 중열仲說이며, 호는 읍취헌邑翠軒이고, 본관은 고령高靈이다. 박은은 기품이 있고 용모가 단정하여 눈썹과 눈이 그림처럼 아름다워서 속세의 사람 같지 않았다. 나이 15세에 문장이 빼어난 신용개申用漑가 보고 기이하게 여겨 딸을 시집보냈다. 18세에는 과거에 뽑혀 수찬修撰이 되었다. 일을 당하여서 반드시 바른 말을 하니 임금이 그를 꺼리고 재상도 또한 기뻐하지 않았다.

연산주는 전날 홍문관에서 자기가 사냥한 것을 간했다고 그 허물을 들추고 먼저 모의한 사람을 찾아내어 죽이려고 하였다. 사냥을 간할 당시에 장순손張順孫은 부제학이었고 박은은 수찬이었는데, 이 때에 심하게 고문을 당하였다. 연산주는 모의자를 가릴 수 없게 되자 박은이 일찍이 강개하여 일을 의논하기를 좋아한다고 하여 드디어 베어 죽이고 처자도 연좌시켜 재산을 몰수하였다. 박은은 죽음에 이르러 하늘을 쳐다보고 크게 세 번 웃었다.

처선은 박은의 그 웃음소리를 아무리 해도 뇌리에서 씻어

낼 수가 없다. 모든 욕망을 훌훌 털어버리고 표표히 먼 길을 떠나는 듯한 초탈한 웃음. 그 웃음 속에는 또한 더럽게 목숨을 부지하기 위해 양심을 파는 인간들을 불쌍하게 여기는 냉소도 섞여 있었다.

처선도 알고 있다. 이렇게 더럽고 인간답지 못하게 살기보다는 차라리 떳떳하게 죽는 편이 마음 편하리라는 것을. 그러나 사람의 목숨만큼 더럽고 간사한 것이 있을까. 얽히고설킨 인간의 연을 그렇게 쉽게는 끊을 수가 없었다. 끊어지지가 않았다. 처선으로서는 연산주가 하는 일을 지켜보며 하루하루를 보내는 것이 무간지옥에서의 고통보다 더하면 더했지 덜하지 않았다.

연산은 이미 군왕의 법도를 잃어버린 것은 물론 최소한의 인간적인 도리마저 상실한 지 오래였다. 그 실덕을 낱낱이 열거하기도 어려울 뿐 아니라 부끄러워 입을 열기조차 민망할 지경이었다.

연산은 성품이 강려强戾하여 살피기를 좋아하고 정치를 가혹하게 하였다. 주색에 빠져 사사祀事를 폐하고 쫓겨난 생모를 추숭追崇하면서 대신을 많이 죽였다. 규간規諫하는 것을 듣기 싫어하여 언관言官을 주찬誅竄하고, 서모庶母를 장살杖

殺하며 여러 아우들을 귀양 보내 죽였다. 날마다 창기娼妓와 더불어 음회淫戲하여 법도가 없었고, 남의 처첩을 난음亂淫하여 기탄하는 바가 없었다.

연산은 성묘成廟의 후궁 엄씨嚴氏와 정씨鄭氏가 일찍이 부왕에게 굄을 얻어 폐비廢妃의 일에 참여했다 하여 내정內庭에서 타살打殺하고, 소생 안양군 항安陽君桁·봉안군 봉鳳安君𤥸 및 족친을 절도絶島에 나누어 유배하였다가 얼마 뒤에 모두 죽인 다음 말하기를, '항과 봉은 이미 의리가 끊겼다'하고, 그 아내는 다른 사람에게 시집보내 소생을 사로仕路에 허통許通하게 했으며, 항의 첩은 진성군에게 주고, 봉의 첩은 영산군에게 주어 모두 아내를 삼게 하였다. 옹주翁主는 먼 곳에 장찬杖竄하였다.

연산은 전비田非·녹수綠水를 들여놓으면서부터 여색을 탐하는 것이 날로 심하였다. 자색 있는 창기를 궁 안으로 뽑아들인 것이 처음에는 백으로 셀 정도였으나 마침내는 천으로 헤아리기에 이르렀다.

그뿐이 아니었다.

여색을 탐하는 연산의 색욕은 실로 병적이었다.

연산 10년 갑자에 여러 도道의 크고 작은 고을에 모두 기생을 두게 하여 운평運平이라 부르고 운평 300명을 뽑아 서울로 데려오게 하였다. 처음에는 그 숫자가 기백명 정도였던 것이 나중에는 만명이나 되었다.

운평 가운데 대궐 안에 들어온 기생은 흥청興淸·계평繼平·속홍續紅이라 하고 가까이 모신 자는 지과흥청地科興淸, 임금과 동침한 자는 천과흥청天科興淸이라 하였으며, 장악원掌樂院을 고쳐 계방원繼芳院이라 하였다. 또 흥청의 보증인을 호화첨춘護花添春이라 하였다. 그런가 하면 대신을 홍준紅駿 체찰사라 명명하여 서울과 지방으로 내보내 공천公賤의 아내와 첩과 창기 등을 전부 찾아내어 각 원院에 나누어 두게 하였다. 그리고 임금의 명이 떨어지면 언제나 대궐로 들여보냈다. 흥청과 운평들이 쓰는 화장 도구의 비용을 모두 백성들에게서 거두어들이니 재산이 거의 없어지게 되었다.

'벌써 자시子時를 넘은 시각이 아닌가….'

처선은 장지문 밖으로 귀를 기울인다. 조용하다. 이따금 뒤뜰의 대숲을 쓸고 지나가는 바람소리만이 스산하다. 명신明信의 기척은 어디서고 찾을 수가 없다.

'필시 무슨 일을 꾸미고 있음에 틀림없어….'

처선은 큰아들 명신의 활활 타오르는 눈빛을 떠올리며 또

한 번 깊은 신음소리를 토한다.

엊저녁이었다. 처선은 퇴궐하여 서재에서 조정에서 있었던 일로 불편한 심기를 다스리고 있는데 명신이 들어왔다. 명신은 처선보다 늦게 퇴궐하여 곧바로 처선의 방으로 들어온 것이다. 명신은 정8품인 교서관交書館 저작著作으로 녹을 먹고 있다.

명신은 처선에게 퇴궐인사를 올리고 자리에 앉자마자 대뜸 질문을 던졌다.

"아버님, 정 선생의 처사를 어떻게 생각하십니까?"

처선은 흠칫했다.

"정 선생이라고? 신당新堂 정붕鄭鵬을 말함이냐?"

"그러하옵니다."

그러면서 명신은 똑바로 처선을 바라보았다.

"그래 무슨 일이 있었더냐?"

처선은 명신의 의중을 헤아리면서도 짐짓 모른 체 되물었다.

"승지 정성근鄭誠謹 대감의 죽음을 말씀드리는 것이옵니다."

"…."

"…아버님께서도 정붕 선생이 정성근 대감을 두고 옥당玉

134

堂에서 말한 이론이 일의 기틀에 따라 잘 처리되었다고 생각하십니까?"

"…으, 음…."

처선은 어금니를 지그시 물었다. 눈을 크게 뜨고 아들을 뚫어지게 바라보았다. 명신도 눈을 빛내며 처선을 똑바로 바라보았다.

처선은 아들의 심경을 헤아리고도 남았다. 명신의 울분을 모르지 않았다. 이십대의 혈기방장한 나이에다 남달리 의협심이 강한 대장부의 풍모를 지닌 아들이 아닌가. 광채가 나는 아들의 부리부리한 눈은 지금 일의 잘잘못을 가리기보다 한심한 나라꼴을 언제까지 그냥 지켜보고만 있어야 하느냐고 묻고 있음이 아닌가.

처선은 괴로웠다. 그러나 처선으로서는 명신이 묻고 있는 교리校理 정붕의 처사를 나쁘다고만 탓할 수 없었다.

연산은 정성근의 처사가 마음에 들지 않는다고 옥당玉堂에게 정성근을 죽이려고 하는데 어떠하냐고 물었다. 여러 동료들이 모여서 정붕의 의견을 듣고자 그를 기다리는 차에 그가 왔다. 정붕은 서슴없이 "죽여야 합니다"라고 말했다. 모든 사람이 깜짝 놀라면서, "운정雲程이 그런 말을 할 수가 있는가?"하고 물었다. 그러나 정붕이 침착한 어조로 반문했다.

"한 사람이 죽는 것과 우리들이 다 죽는 것 중에 어느 것이 나은가?" 정성근은 바로 죽음을 당하였다.

"너는 이 일을 어찌 생각하느냐?"

처선은 명신의 눈에서 시선을 떼지 않고 물었다.

"제 소견으로는⋯."

하고 명신은 말끝을 흐리다가 힘주어 말했다.

"사람들은 정 선생이 일의 기틀을 따라 잘 처리했다고도 합니다만, 선비의 출처出處로서 말한다면 부족한 점이 있다고 생각합니다."

"그렇다면 너는 정붕이 구차하게 목숨을 부지하기 위하여 의롭지 못한 행동을 하였다고 보느냐? 내가 보기에 정붕은 그런 사람은 아니다. 앞을 내다볼 줄 아는 선견지명이 있는 사람이다. 너도 앞일을 내다볼 줄 아는 그의 안목에 대해서는 익히 들어서 알고 있지 않으냐?"

"문묘가 훼철된 것을 미리 알고 말한 것을 말씀하시는 것이옵니까?"

"그도 그렇다만⋯."

처선은 정붕의 사람 됨됨이를 잘 알고 있었다.

정붕은 얼굴이 웅위하고 키가 8척이나 되었다. 김굉필金宏弼에게 배워 성리학을 연구하였는데, 그는 공부자孔夫子의 가르침에 대해 말하기를 "논어 같은 글은 내가 오랑캐에게 가르쳐도 능히 대의大義를 알 것이다" 하였다. 그는 연산주 초년에 벼슬하였는데 어느 날 다른 사람에게 "내 꿈에 문묘의 위패가 절로 옮겨졌다" 하였다. 뒤에 연산주가 심히 음란하여 성균관을 노는 장소로 만들고 위패는 깊은 산중으로 옮기더니 제사마저 오랫동안 폐지하자 사람들은 "문묘가 훼철毀撤될 것을 공이 미리 짐작한 것인데, 대개 꿈을 핑계한 것이다" 하였다.

명신이 말하는 문묘의 훼철은 바로 그 일을 두고 말함이었다.

정붕은 또한 호방하고 기절氣節이 있는 인물이다.

이런 일도 있었다.

정붕이 대궐에 입직入直 했을 때 집안에 양식이 떨어졌다. 부인이 외종사촌 관계인 유자광柳子光 집에 꾸어 주기를 청하니, 유자광은 기꺼이 "친척 간에는 서로 도와주는 것이 의리인데, 교리鄭鵬가 너무 고집해서 그렇지 내가 어찌 무심하리요" 하고 즉시 쌀 포대와 장항아리를 노새에 실어서 보냈

다. 정붕이 입직했다가 나와서 하얀 쌀밥을 보고 그 이유를
물어 알자 밥상을 밀어 치우고 웃으며 일어나서 "내가 입직
하던 아침에 비지를 사서 죽을 끓였는데도 조처하지 않은 것
은 나의 실책이다" 하고, 다른 친구에게 편지를 보내 쌀을 꾸
어다가 유자광의 쌀을 꼭 맞추어 돌려보냈다. 정붕은 비록
유자광이 외종사촌이라도 의롭지 못한 인물임으로 문안하
는 예절만은 폐하지 않았지마는, 종이 그 집에 갈 때에는 그
팔을 단단히 묶어서 표를 하여 보냈다가 돌아오면 풀어주었
다. 그것은 계집종이 팔에 아픔을 느껴 그 집에 오래 머물러
있지 못하게 함이었다.

"정붕은….'

처선은 무겁게 입을 열었다.

"…많이 괴로웠을 것이야. 허나 불가항력이라는 것이 있
는 법… 하나를 지키려고 열을 잃는 것보다는 안타깝지만 하
나를 버리는 것이 순리라고 생각했던 게야."

그러나 명신이 어조를 높여 물었다.

"하오나 중요한 하나를 잃으면 나머지 열을 다 잃을 수도
있지 않습니까?"

"으, 음….'

처선은 잠시 할 말을 잃었다.

"그렇다면 어떻게 하는 것이 선비의 출처를 지키는 일이라고 생각하느냐? 정붕이 어떻게 했어야 하느냐? 정붕이 정성근 대감을 살려야 한다고 주장해서 정 대감이 살 수 있었을 것 같으냐?"

"사람이 죽고 사는 것은 하늘에 매인 일이니 마땅히 옳고 그름은 가렸어야 한다고 생각합니다."

"그렇기는 하다만… 지금 이 나라에 옳음이 통하느냐? 그 통하지도 않는 옳음을 논의하다가 얼마나 많은 사람이 비명에 갔느냐? 이 나라에 도道가 무너진 지 오래다. 임금의 말이 곧 도고 천리다. 너도 보았지 않으냐? 정린인鄭麟仁이 주상에게 바른 말을 하고 요행히 위기를 넘기고 당상관의 지위에 올랐으나, 얼마 안 되어서 발이 희고 이마에 흰 점이 박힌 말을 구해 오지 못한다 하여 죽음을 당한 일을… 세상이 이 지경에 이르렀는데 옳고 그름이 논의될 수 있는 형편이냐?"

"하오나…."

명신이 비감에 젖은 목소리로 처선의 말에 토를 달았다.

"이번 일은 또 경위가 다르지 않습니까? 정 대감의 죄상이 무엇 때문에 논의되었습니까? 정대감께서 임금의 명을 어기고 주상의 아버님이신 성종대왕님의 삼 년 상을 행했다고, 괴이한 행실이라 하여 죄상이 논의된 것이 아닙니까?"

"…"

"효는 백행의 근본이온데 그 근본이 바로 서지 않고 무엇인들 바로 서겠습니까? 대들보 없는 지붕이 온전히 지탱될 수 없듯이 근본이 되는 중요한 하나를 잃으면 사소한 열은 오래 지탱하지 못하는 것이 이치인 것으로 알고 있습니다."

처선은 아들의 말을 들으면서 가슴이 아팠다. 옳은 말이었다. 옳음을 알고 당당하게 정도를 따라가겠다는 아들에게 선뜻 찬동을 표하지 못하는 애비 된 심정이 안타까웠다.

"또, 정 대감의 행동이 거짓에서 비롯된 괴이한 행동이 아니라는 것은 세상이 다 아는 일이 아닙니까? 정 대감의 효성은 하늘도 감동할 것입니다. 정 대감께서는 관직에 계실 때 비록 시무가 분주하더라도 매양 초하룻날과 보름달을 지키어 반드시 부모의 묘에 가서 친히 제수祭需를 만들어 제사지내기를 여막廬幕에 있을 때와 같이 하여 종신토록 게을리 하지 않으신 분이 아닙니까?"

"…"

"그뿐입니까? 그 분이 누구보다도 충성심이 강하다는 것은 그 분이 지은 시에도 잘 나타나 있지 않습니까?"

"어떤 시를 말함이냐?"

"복숭아와 오얏을 비유하여 한심한 나라꼴을 노래로 부른 시를 이름이옵니다."

"그 시는 … 나도 좋아한다."

처선은 정성근의 시를 알고 있었다. 그 시는 원래 정성근이 한심한 나라꼴에 강개慷慨하여 노래를 지어 밤중에 홀로 슬피 부르던 것을 후에 김안로가 한시漢詩로 번역하였다.

내가 님 생각하는 마음으로 보아 님은 내 마음 같지 않도다.
님의 마음이 진실로 같을진대 세상에 어찌 이럴 수 있으리요.
비록 생각은 아니 하나 미워하지 않으면 오히려 그만이다.

　　　　以我似子心 子無我心似 子心苟可似
　　　　天下寧有是 思之縱無能 無嫉猶可已

복숭아와 오얏은 봄바람에 아첨하여 아름다운 빛깔을 다투도다.

늦은 국화도 마침내 꽃이야 피랴만 외롭고 쓸쓸하니 누가 보아 주려나.

서리바람이 풀잎을 싹 쓸어 없앨제 외로운 향기만 가을 동산에 의탁하리.

桃李媚恩光 競此色婉婉 老菊終赤花
寂歷誰省玩 霜風掃卉空 孤芳托秋苑

"정성근 대감의 충성심과 의로움을 안다면 정붕 선생이 그토록 쉽게 정 대감을 사지死地로 몰아넣을 수 있습니까? 공부자孔夫子께서도 잘 판단이 서지 않으면 가만히 있는 것이라고 가르치지 않았습니까?"

"정붕은…."

하고 처선은 말을 꺼내다 말고 지그시 눈을 감았다. 몇 번 괴롭게 미간을 찌푸렸다. 처선은 눈을 번쩍 뜨고 말을 이었다.

"판단은 이미 서 있었던 게야. 아니, 판단이 너무 분명하게 서 있었기 때문에 비정하게 말할 수 있었던 게야. 어차피 피할 수 없는 아픔이라면 빨리 겪는 것이 낫다고 판단했는지도 모르고…."

명신이 조금 실망스러운 눈빛으로 처선을 바라보았다.

"저는… 아버님께서도 그렇게 생각하실 줄은 몰랐습니다."

"무슨 뜻인지 안다만… 군자는 의로움을 헤아리는 것도

142

중요하지만… 나아가고 물러갈 때를 아는 것도 중요한 일이다.”

“그러하오면 그 나아갈 때는 언제입니까?”

“그건… 분명히 지금은 아니다.”

“….”

“생명은 값있게 쓰는 것이다. 경망하게 처신하지 말고 행동거지를 조신하게 하거라. 입 한번 잘못 벙긋 했다가는 멸문지화를 당하는 판이다.”

“하오나 나라꼴이 이 지경인데도 그냥 언제까지 바라보고만 있어야 한단 말입니까?”

“그냥 안 있으면…?”

“….”

“물러가 쉬거라. 의분만 가지고 되는 일이 아니야. 애비라고 어찌 아픔과 근심이 없겠느냐… 언젠가는 애비도….”

처선은 그때 명신이 무슨 말을 하려는 것을 제지시키고 밖으로 내보냈다.

처선은 자리를 털고 일어선다.

문을 열고 밖으로 나온 처선은 마루에서 마당으로 내려선다.

마당에는 열사흘 달빛이 가득하다. 흰 구름이 몇 점 바람에 쓸리고 있는 하늘에는 별이 총총하다. 마당 한가운데 동그랗게 돌을 쌓아 만든 화단에 다투어 핀 봄꽃이 달빛에 젖어 더욱 화사하다. 소복을 한 여인처럼 다소곳이 서 있는 앵두나무가 바람이 가지를 흔들 때마다 하얗게 꽃잎을 털어낸다.

처선은 달빛 속에 우두커니 서서 하늘을 올려다본다. 아름다운 달이다. 교교한 달빛이다. 맑고 희다 못해 푸르른 달빛이 어디라 없이 골고루 넉넉하게 부어지고 있다. 사대부집의 넓은 뜨락에도, 가난한 백성들의 손바닥만한 마당에도….

처선은 잠시 임금의 성덕이 저 달빛처럼 아름답고 넉넉하게 백성들에게 베풀어진다면 얼마나 좋을까 생각한다. 그런 시절이 없었던 것은 아니다. 세종 임금이 재위하던 시절이 그랬고, 연산주 바로 앞의 성종 임금 시절만 해도 태평성대였다.

"하늘도 무심하시지… 어쩌다 이런 일이….."

그러나 이런 화가 닥치리라는 것은 웬만큼 혜안慧眼을 가지고 있는 신하라면 예상한 일이다.

처선도 예감했다. 어둠이 밀려오고 있음을. 예사롭지 않았던 지난 일들이 하나하나 아픈 회한이 되어 뇌리를 스치고 지나간다.

성종成宗 무신년 2월 6일의 일이었다. 그날은 세자빈을 맞는 날이었다. 그날은 아침부터 풍우가 크게 일었다. 성종은 마음이 무거우면서도 세자빈의 아버지 좌참찬左參贊 신승선愼承善에게 편지를 보냈는데, 그 편지에서 "세상의 풍속은 혼인날에 바람 불고 비 오는 것을 싫어하는 모양이나 대개 바람이 만물을 움직이게 하고 비가 만물을 윤택하게 하니 만물이 사는 것은 모두 바람과 비의 공덕이다"라고 위로하였다. 그러나 처선은 그 일도 예사로운 조짐이 아니라고 생각했었다.

연산주가 보위에 오르면 나라가 심히 위태로우리라는 것을 예상하는 신하는 많았다.

성종이 인정전仁政殿에 술자리를 마련하고 술이 반쯤 취했을 때였다. 우찬성右贊成 손순효孫舜孝가 "친히 아뢸 일이 있습니다" 하고 진언하였다. 성종이 순효를 어탑御榻으로 올라오게 하였더니 순효는 세자이던 연산주가 능히 그 책임을 감당할 수 없을 것을 알고 임금이 앉은 평상을 만지면서 "이 자리가 아깝습니다" 하니 성종은, "나도 또한 그것을 알지만은 차마 폐할 수 없다" 하였다. 순효는, "대궐 안에 여자가 너무 많고 신하들이 임금에게 말을 올릴 수 있는 길이 넓지 못합니다" 하고 거듭 아뢰었다. 이에 성종이 몸을 굽혀, "어찌하면 이를 구하겠는가?" 하고 묻자 순효가 "전하께서 이를 아신다면 저절로 그 허물이 없어질 것입니다" 하고 대답했다. 입시한 신하들이 그 광경을 보고 모두 깜짝 놀랐다. 대간臺諫은 "신하로서 임금의 용상에 올라가는 것도 크게 불경한 일인데 또 임금의 귀에 가까이 대고 말하는 것은 더욱 무례한 태도이니 순효를 옥에 가두소서" 하니 성종은 "순효가 나를 사랑하여 나에게 여색을 좋아함을 경계하고 술 끊기를 경계하였으니 무슨 죄될 것이 있으리오" 하고 마침내 말하지 않았다.

김종직金宗直도 선견지명이 있는 사람이었다. 연산군이 새로 왕위에 오르니 조정과 민간에서 모두 영명한 임금이라고 일컬었으나 김종직은 늙음을 이유로 벼슬을 그만두고 고향으로 돌아갔다. 동향同鄕 사람이 그에게 "지금 임금이 영명한데 선생은 어찌하여 벼슬을 그만 두고 왔습니까?" 하고 묻자 종직은 "새 임금의 눈동자를 보니 나처럼 늙은 신하는 목숨을 보전하면 다행이지" 하고 대답했다. 얼마 안 가서 무오·갑자년의 화禍가 일어나니 사람들은 모두 그가 미리 안 것을 탄복하였다.

"안타까운 일이야… 보위에 오르는 것을 막았어야 했는데…."

처선은 가볍게 한숨을 쉬고 내당內堂쪽으로 시선을 돌린다.

내당에 불이 켜져 있다. 아내도 아직 잠자리에 들지 않은 것이다. 아내는 평소에도 처선의 방에 불이 꺼지기 전에는 여간해서 먼저 불을 끄고 잠자리에 드는 법이 없다. 처선이 내당에 들기를 기다리는 마음에서만은 아니리라. 처선이 아내와 잠자리를 같이 하는 일은 드물었다. 신체적인 결함 때문에 일부러 아내와 잠자리를 피하는 것은 아니었다. 그도 아내도 애초부터 그런 욕망의 줄은 서로가 팽팽하게 잡아당겨본 적이 없었다. 아니, 그것이 얼마나 아픈 상처를 건드리는 무모한 짓인가를 알기에 서로가 뜨거운 감자를 만지려 들지 않았는지도 몰랐다.

환관宦官. 처선이 그 길로 인생의 행로를 선택했을 때부터 그것은 아픈 상흔傷痕으로 남을 수밖에 없는 거세된 욕망이었다.

처선이 환관의 길을 선택한 것은 자신의 뜻보다도 신분 상승을 염원하는 아버지의 간절한 소망에 의해서였다. 환관이 되는 것은 평민이 양반의 반열에 들 수 있는 길일 뿐 아니라, 막강한 부와 권력을 잡을 수 있는 길이기도 했다.

그러한 환관제도는 조선에만 있었던 것은 아니었다.

환관에 대한 기록은 멀리 고대에서부터 찾아 볼 수 있다. 고대의 이집트나 메소포타미아 지방에서는 일찍이 그 존재가 알려져, BC 6세기경의 고대 그리스 역사가 헤로도투스는 페르시아 사람들은 환관은 만들 수 있는 자들이라 해서 사용하였다고 하였으며, 그리스인들은 환관을 만들어 소小아시아의 고도古都 에페소스 리디아의 수도 사르데스에서 페르시아 사람들에게 많은 돈을 받고 팔았다고 기술하고 있다.

중국에서도 거의 같은 무렵인 춘추시대春秋時代에 환관이 군주를 죽이고 정치적으로 권세를 휘두른 예를 볼 수 있다. 그러나 은殷나라의 갑골문자를 보면 이미 BC 1300년경의 무정왕武丁王 때에 포로로 잡은 서쪽의 만족蠻族인 강인羌人을 환관으로 삼아도 되는가 하고 신에게 점을 쳤다는 사료史料가 있어, 중국 환관의 역사는 BC 1300년 이상으로 거슬러 올라간다.

중국에서 환관이 연유한 이유에 대해 중국인은 질투심이 대단해서 남녀관계의 혐의를 벗어나기 위해 중성의 환관을 쓰게 되었다는 설도 있으나, 그보다는 중국의 지배자와 같이 많은 여자를 거느려 일부다처제의 조직을 가졌던 후궁後宮에 있어서는 그 질서와 순결 및 비밀 등을 유지하기 위해서는 중성의 환관을 필요로 하지 않을 수 없었다. 춘추시대에 제齊나라 환공桓公의 신하 수조竪刁는 스스로 거세해서 환관이 되어 환공의 후궁들을 관리할 것을 자원해서 환공의 신임을 받았고, 죽竹나라의 문공文公 때에는 환관 발제勃鞮가 두터운 신임을 얻었다.

한국에서는 거세자를 엄인閹人 또는 화자火者라고 하였는데, 신라시대에 이미 환수宦竪란 기록이 보여 신라에서도 환관을 둔 것으로 보인다. 고려에서는 처음에 왕 가까이서 숙위宿衛와 근시近侍를 하던 내시內侍라는 직책에 재예才藝의 용모가 뛰어난 세족자제世族子弟 또는 시문詩文 · 경문經文에 능한 문신文臣을 임명하였으나, 의종 이후 점차 환관을 임명하였다. 의종 때에 내시가 된 환관 정성鄭誠과 백선연白善淵은 왕의 총애를 받아 횡포를 부리기도 하였으나, 대체로 초기의 환관은 그 득세와 폐를 막기 위해 액정국掖庭局의 잡무와 남반南班에는 임명치 않는 것이 원칙이었다. 그러나 충렬왕비 제국대장공주帝國大長公主가 환관 수명을 그의 친정인 원나라

의 세조에게 바친 이후로는 환관의 진공進貢요구가 빈번하여
졌다. 따라서 그 전에는 거세를 수술에 의하지 않고 흔히 갓
난아이 때 개에 물리는 극히 위험하고 원시적인 방법으로 하
였으나, 원나라와의 관계 이후 그 수효량이 증가하자 수술방
법을 사용하게 되었다.

원나라에 들어간 환관들은 대개 그곳 황실의 총애를 받아
원나라의 사신으로 본국에 오는 등 영향력을 행사하여 고려
로부터 군君에 봉작하고 가족들까지도 혜택을 입게 되자 모
두 이를 부러워하여 아버지는 아들을, 형은 아우를 거세하
여 원나라에 들어가 환관이 되는 것을 출세의 첩경으로 여
겼다. 그러나 원나라에 들어간 환관 가운데는 본국을 중상하
고 악질적인 불법행위를 하는 자도 있었으니 충선왕 때의 백
안독고사伯顔禿古思·방신우方臣祐·이대순李大順, 충혜왕 때의
고용진高龍普 등은 가장 심하였다. 특히 백안독고사는 원나
라의 영종英宗에게 참소하여 원한을 품고 있던 충선왕을 토
번吐番에 귀향을 보내게까지 하였다.

국내에서도 환관의 관청인 내시부內侍府를 두어 환관이 궁
중의 요소요소에 배치되자 이들이 왕의 측근에서 권력을 잡
아 정치에 개입하고 대토지를 점유하는 등등 정치 질서를 문

란케 하였다. 고려 마지막 왕 공양왕 때에는 내시를 맡았던 환관은 100명에 이르렀다.

조선시대에도 내시부에 환관을 두고 대전大殿·왕비전·세자궁·빈궁嬪宮 등에서 감선監膳·사명使命 및 잡무 등을 맡게 하였다. 그 수는 240명에 이르고 그 중 59명이 종 2품의 상선尙膳을 비롯해서 종 9품의 상원尙苑에 이르기까지 관계官階를 갖고 있었는데 관제상 일반관직과 구별하고 엄히 규제하여 고려와 같이 큰 폐단은 없었다. 그러나 왕과 왕비의 측근에 있음을 기화로 경제적 이권을 챙겼으며 정치세력과도 연결되어 궁중의 공기를 크게 좌우하는 일도 있었다.

조선왕실은 환관의 가계家系 단절을 배려하여, 수양자법收養子法에는 동성同姓에 한하여 양자를 삼도록 되어 있었으나, 환관에게는 이성異姓의 양자를 택할 수도 있도록 하였고, 환관도 처첩妻妾를 거느리는 경우가 있었다.

처선의 아들 명신도 양자였다.

명신은 처선의 둘째 형 익선翼善의 소생이었다. 익선에게는 삼남 일녀의 자식이 있었는데 그 가운데 명신은 차남이었다. 집안에서 처선의 사자嗣子를 걱정하자 익선이 선뜻 명신의 입양을 제의하였다. 처선은 흔쾌하게 그 제의를 받아들였다.

처선은 어렸을 때부터 명신을 눈여겨보았다. 명신은 다른 조카들보다 유별난 구석이 있었다. 명신은 두뇌가 총명한 데다 남한테 지기를 싫어하고 사리에 맞지 않는 일에 대해서는 제 주장을 굽히지 않았다.

명신은 처선이 기대했던 대로 등과登科하여 관직에 올랐다. 또한 친자식 이상으로 효심도 지극하였다.

처선은 명신의 범연치 않은 인물 됨됨이를 흡족한 눈으로 바라보면서도 마음 한구석에 자신도 모르게 어두운 그림자가 드리우는 것을 느꼈다.

'나무가 너무 곧으면 부러지는 법인데… 지금 세상은 일진광풍이 휘몰아치고 있지 않은가? 하지만 타고난 품성이야 어찌 하겠는가… 미친 세월을 탓할 일이지….'

처선은 다시 내당 쪽으로 발을 옮긴다.

달빛에 젖은 앵두꽃잎이 호르륵 바람에 흩날린다. 모란도 덩달아 붉은 꽃잎을 떨군다.

처선이 내당 안마당을 걷고 있는데 별채의 방문이 열린다. 방문이 살며시 열리고 달빛이 흥건한 마루로 사람의 몸이 반쯤 나온다.

며느리다. 며느리가 지아비를 기다리다가 발소리를 듣고 문을 연 것이다. 며느리는 발소리의 주인이 시아버지인 것을 알고 당황하는 눈치다.

"…아직… 안 자고 있었구나?"

며느리가 얼른 마루로 나와 머리를 조아린다.

"…예… 아버님…."

며느리는 다시 재빨리 마당으로 내려선다.

"…애가 너무 늦는구나…."

"….."

며느리는 눈을 내리깔고 다소곳하게 서 있다. 시집온 지 일 년이 안 되는 며느리는 아직 열여섯 규수 자태 그대로다. 빼어난 미모는 아니라도 청순한 아름다움이 한 떨기 달빛에 젖은 백합이다. 혈기방장한 명신이 그런 아내의 아름다움에 무심할 리 없다. 그런데도 자주 늦는 걸 보면….

"무슨 얘기가 없었더냐? 늦는다는…."

"…예."

"다른 얘기도 없었고?"

며느리가 잠시 무엇을 생각하는 듯 몇 번 눈을 깜박거린다.

"…조정 일을… 너무 걱정하옵니다."

"조정 일을? 녹을 먹고 있는 신하라면 마땅히 조정 일을 근심해야 할 일이다만… 그런데 무슨 근심이 그리 많더냐?"

"이대로 가다가는 종사가 온전치 못하다면서… 주상 전하의 측근에 간신배만 들끓으니 이 나라는 누가 바로잡아 백성을 도탄에서 구할 것이냐는 한탄이옵니다."

"으, 음…."

"하온데… 며칠 전에는…."

며느리가 말끝을 흐리면서 어두운 얼굴이 된다.

"며칠 전에는?"

"…."

"괜찮다. 어서 소상히 말해 보아라."

처선은 눈에 힘을 주고 며느리를 똑바로 바라본다.

"…만일 무슨 일이 있더라도 원망하지 않겠느냐고 제게 침통하게 물었습니다. 그래서 제가 무슨 일이냐고 되묻자 '때가 되면 알 것이오' 하고 말머리를 돌리면서 땅이 꺼져라 한숨만 쉬었습니다."

처선은 머리를 한 대 얻어맞은 느낌이다. 어떤 불길한 예감이 더 빠를 수 없이 뇌리를 스치고 지나간다.

"밤이슬이 내리니 어서 들어가 자거라."

"….."

"너무 걱정할 것 없다."

"…하오나… 불안하옵니다….."

"마음을 편하게 가져라. 어서 들어가거라."

"…네. 아버님 편히 주무십시오."

며느리가 허리를 굽혀 인사를 하고 등을 돌린다. 처선은 마루로 올라가는 며느리의 등 뒤에다 대고 한마디 던진다.

"느이 내외간에 한 말은 아무에게도 발설하지 말아라."

"네에, 아버님….."

며느리가 들릴 듯 말 듯 대답을 하고 방으로 들어간다.

처선도 달을 쳐다보고 탄식 같은 한숨을 쉬고 안채로 걸음을 옮긴다.

2

처선은 뒤뜰의 대나무숲에서 새들이 깃을 터는 소리에 잠을 깼다. 아직 미명未明이다. 창문이 희부윰하게 밝아 오고 있다.

처선은 어둠이 뒷걸음질쳐 나가고 있는 방안을 천천히 둘러본다. 방안의 물건들이 하나하나 윤곽이 잡혀 눈에 들어온다. 윗목에 다소곳이 앉아 밝아 오고 있는 여닫이문을 바라보고 있는 것은 분명 아내다.

'벌써 일어났더란 말인가….'

아내는 언제나 처선보다 먼저 일어난다. 아내는 결코 처선에게 잠자리에서의 흐트러진 모습을 보이려고 하지 않는다. 언제나 처선보다 먼저 일어나 단정하게 몸단장을 하고 다소곳이 앉아 있다가 준비하고 있던 꿀물 같은 것을 처선에게 권하곤 한다. 이제 그런 일에는 신경이 무디어질 나이인데도 아내는 어길 수 없는 계율처럼 그 원칙에 철저하다.

'늦게 눈을 붙였을 텐데….'

엊저녁은 처선도 아내도 늦게 잠이 들었다. 명신의 얘기 끝에 이 얘기 저 얘기 세상 되어 가는 일로 꼬리를 달다가 잠을 설쳤다. 그러다가 처선이 먼저 까무룩 잠이 들었다. 아내는 명신이 들어오는 것을 확인하고서야 잠이 들었는지도 몰랐다. 그런데도 아내는 다른 날보다 일찍 기침을 한 것이다.

처선은 몸을 일으켜 세운다.

아내가 처선 쪽으로 돌아앉는다.

"더 주무시지 않구…."

"더 눈을 붙여야 할 사람은 부인인 것 같소… 그런데 얘는 들어왔나…."

"자시子時가 넘어서야 들어오는 것 같았습니다."

처선은 자리를 털고 일어난다.

"으음… 사랑으로 나갈 테니 그리로 오라고 하시오."

"좀 있으면 아침 문안을 드리러 올 텐 데요."

"입궐하기 전에 긴히 할 얘기가 있소."

아내가 따라 일어선다.

"별 일은 없었을 겁니다. 너무 노여움을 표하지는 마십시오."

아내는 바지런한 성격 탓인지 마른 체구인데다 키도 작은 편이다. 처선은 코밑에 있는 아내의 눈을 들여다보며 말한다.

"부인이나 너무 심려 마시오."

처선은 사랑으로 나온다.

처선이 경서經書를 읽으며 생각을 가다듬고 있는데 문밖에서 사람 기척이 난다. 명신이다.

"아버님, 문안 드리옵니다."

"들어오너라."

명신이 문을 열고 들어온다. 다소 상기된 표정이다. 처선에게 인사를 올리고 반 무릎을 꿇고 앉는다.

"편히 앉거라."

명신이 정좌하고 앉자 처선은 명신을 똑바로 바라보고 입을 연다.

"간밤에는 무슨 일로 그리 늦었느냐? 어디에 있었던 게냐?"

"…."

"왜 말이 없느냐?"

명신은 방바닥에 시선을 던진 채 무엇을 생각하는지 몇 번 눈을 깜박인다.

"몇 사람이나 모였던 게야?"

"…."

"누구, 누구야?"

명신이 그제서야 조심스럽게 입을 연다.

"일부러 모인 건 아니옵고… 성균관 유생 몇 사람과 예문관藝文館 이인원 대교待校의 집에서 생일 음식을 먹다가 술자리가 길어졌습니다."

"다른 일은 없었고?"

"다른 일이라 하옵시면…?"

명신이 애써 태연한 낯빛을 꾸민다.

"지금 세상이 어느 때인데 밤늦도록 술타령이란 말인가… 내가 알기로 이 대교나 성균관 유생들이 그런 예절을 모를 사람들이 아니야. 필시 무슨 일이 있었던 게야."

명신의 얼굴에 잠시 곤혹스런 빛이 스친다.

"별다른 일은 없었고… 그저 세상 돌아가는 일에 울분을 토하다 보니…."

"…으, 음… 내 그 심정을 모르는 바 아니다만… 일전에도 말했듯이 그럴수록 냉철한 사리분별이…."

"아버님!"

명신이 고개를 쳐들고 힘주어 부르는 겨를에 처선은 말을 멈춘다.

"무어냐?"

"아무리 날카로운 칼인들 칼집에 꽂혀 있기만 하면 무엇 하옵니까? 공맹孔孟의 진리가 해처럼 밝다고 한들 어둠에 갇혀 빛을 찾지 못한다면 한낱 공염불과 다를 게 무엇이 있습니까? 아버님께서는 냉철한 사리판단을 말씀하시오나 아무리 앞 뒤 좌우로 살펴보아도⋯ 상감이 하는 일은 이미 인륜이나 천륜을 넘어섰습니다. 예로부터 황란荒亂한 임금이 많았으나 상감처럼 심한 임금은 아직 없었습니다."

이번에는 처선이 버럭 고함을 지른다.

"닥치지 못할까! 터진 입이라고 어찌 그리 경망스럽게 함부로 놀리는 게야! 녹을 먹는 신하로서 임금을 함부로 비방하는 것도 도리가 아니야! 임금은 하늘이 정하는 것이거늘 어찌 인간이 생각으로만 가볍게 판단한단 말인가?"

"백성도 하늘이 만드신 것이옵니다. 백성 없는 임금이 어찌 존재할 수 있사옵니까?"

"세상에는 인위적으로 할 수 없는 일이 의외로 많아. 하늘이 예정한 운행의 질서가 있는 것이야. 구름이 영원히 해를 가리는 것을 본 적이 있느냐? 땡감도 물렁감도 다 떨어지는 때가 있는 법이야."

명신이 더욱 격앙된 어조로 말한다.

"백성이 다 죽고 질서가 바로 서는 때가 오면 무엇하옵니까? 아버님, 이번 창덕궁 후원에서 경복궁 경회루까지 운하를 파서 연회장을 만들라는 상감의 교지를 어찌 생각하시옵니까? 백성들은 그동안에도 갖가지 임금의 사치스런 유희 장소를 만드느라고 탈진하였습니다. 부역으로 민간이 소동하여 집에는 남은 장정이 없고, 유리표박流離飄泊하여 열 집에 아홉 집은 비었습니다. 부역은 과중하고 양식은 결핍하여 굶어 죽는 사람이 많아 숭례문崇禮門 밖에서 노량路梁 사이에 시체가 산더미처럼 쌓이는 실정이 아니옵니까? 그런데 창덕궁 후원에 1백여 척이 넘는 높은 대臺를 쌓아 천여 명이 노닐게 하고 그 아래에 못을 파고 정자를 지으라니 백성들이 어찌 살아남을 수 있겠습니까? 그것도 부족하여 창덕궁 후원에서 경복궁 경회루까지 가가假家 3천여 칸을 이어 짓고, 망원정 아래의 조수潮水를 끌어들여 창의彰義의 수각水閣 아래까지 파서 통하게 하라는데 거기에 동원될 역부役夫의 수를 헤아려보면 50여만이 내려가지 않는다 하옵니다. 일이 이 지경에 이르렀는데 무엇을 더 냉철하게 사리판단을 하라 하시옵니까?"

처선은 할 말을 잃는다. 어깨로 숨을 깊이 들이쉰다. 어지러웠다. 옳은 말이다. 명신의 말은 구구절절이 옳다.

명신의 말대로 연산주의 사치향락은 진시황제에 뒤지지 않았다.

연산주는 후원後苑에 응준방應準坊을 두고, 팔도의 매와 개

및 진귀한 새와 짐승을 샅샅이 찾아 가져오지 않은 것이 없었다. 또 사나운 짐승을 생포하여 우리에 길렀다.

그런가 하면 선릉【宣陵(성종의 능)】·광릉【光陵(세조의 능)】·창릉【昌陵(예종의 비 안순왕후 한 씨의 능)】에 무시로 가서 사냥하였다.

그뿐이 아니었다. 사선私船을 빼앗아 경회루에 끌어들여서 못 위에 연결하여 놓고, 그 위에 채붕彩棚을 만들어 첫째 만세萬歲, 둘째 영충迎忠, 셋째 진사鎭邪라 하였는데 세 칸이 높직이 솟아 사치와 화려가 극치를 이루었다. 집을 짓는데 쓰인 물건은 모두 시인市人에게서 나왔다.

연산주는 스스로 시를 지어 다음과 같이 화려한 채붕彩棚을 찬탄하였다.

壯氣仙峯聳碧宵
神鼇靈鶴應時調
群英感宴忠臟洽
孤鬼幽囚譎腑焦
霧閣裝資龍舸逈
雲梯歌管鳳樓遙
是非留玩勞民力
都爲東都表壽饒

씩씩한 기운 어린 선봉(仙峯)은 푸른 하늘에 치솟았고,

신비한 자라 신령스런 학은 때맞추어 조화되었도다.

뭇 영걸은 향연에 감동되어 충성스런 마음이 흡족하고,

외로운 귀신은 유수(幽囚)되어 오장 육부가 타도다.

안개 어린 누각의 단장한 자태 용가(龍舸)가 우뚝하고,

구름 사다리의 가관(歌管), 봉루(鳳樓)는 아득하도다.

머물러 완상하려고 민력을 수고롭힘이 아니라.

동도의 수요(壽饒)를 표하기 위함이로다.

연산주는 문신文臣으로 하여금 세 산의 이름을 붙인 뜻으로 시를 편액扁額에 쓰게 하고 홍청興淸을 거느리고 향연을 즐겼다. 또한 그네놀이를 벌여서 여름이 지나가기까지 철폐하지 않았다. 또한 저자도楮子島·두모포豆毛浦·제천정濟川亭·장단長湍, 장의莊義의 수각水閣, 연서정延曙亭·망원정望遠亭 등에서 향연하니 이를 일컬어 작은 거둥 큰 거둥이라 하였다.

"그뿐이 아니옵니다."

명신이 다시 입을 연다.

"도성都城 사면에 1백리를 한정하고 금표禁標를 세워 사냥터를 만들고 금표 안에 들어오는 자를 기훼제서율【棄毀制書

律 : 왕의 교지 및 왕의 사신에게 내리는 역마 발급의 어인御印 찍힌 문서와 사신에게 내리는 승선급첩乘船給牒 또는 각 관사官司의 인장 및 야순패면夜巡牌面을 고의로 내버리거나 파손한 자는 참형에 처한다는 형률]로 논죄한다 하니 백성들은 이제 살 곳조차 없습니다. 상감은 이미 사직북동社稷北洞에서 홍인문興仁門까지 인가를 모두 철거하여 표를 세우고, 인왕점仁王岾에서 동쪽으로 타락산駝駱山까지 민정民丁을 징발하여 높직이 돌성을 쌓았습니다. 또 광주廣州·양주楊州·고양高陽·양천陽川·파주坡州 등 읍을 혁파革罷하고 백성들을 모두 쫓아내어 내수사內需司의 노비가 살게 하고, 혜화惠化·홍인興人·광희光熙·창의彰義 등의 문을 폐쇄해 버렸습니다. 나루터【津渡】를 금지하고, 다만 육로와 교량만을 통하게 하니 백성들에게는 나라 전체가 감옥이나 다름없습니다."

처선은 자신도 모르게 탄식이 흘러나온다.

"백성들의 참담함과 상감의 실정을 논한다면 어찌 그뿐이겠느냐…."

"……"

"사람의 병을 못 고치는 것은… 병을 몰라서가 아니라 약을 구할 수 없음이 아니냐?"

"하오나…."

명신이 안타까운 눈빛으로 처선을 바라본다.

"가만히 앉아서 약이 구해지는 것이 아니지 않사옵니까? 백방으로 약을 구하려고 온갖 방책을 다 써보아야 할 것이 아닙니까?"

"너는…."

이번에는 처선이 처연한 표정으로 명신을 바라본다.

"백성을 도탄에서 구하려고 진언眞言을 하다가 목숨을 잃거나 귀양살이를 하게 된 중신들의 의거를 어찌 생각하느냐?"

"…."

"그것은 종사를 바로잡고 백성을 구하려는 처방으로 생각하지 않느냐?"

명신이 시선을 방바닥으로 떨구었다가 다시 고개를 든다.

"물론 그것도 필요한 처방이라고 생각합니다. 하오나 병에 맞지 않는 약이라면 처방을 바꿔야 한다고 생각합니다. 효험이 없는 약을 쓰면 쓸수록 병은 더 깊어지고 가산만 탕진하게 됩니다. 지금은 진언하는 중신도 없지만 그 같은 방책으로는 애꿎은 희생만 늘어날 뿐입니다."

처선은 가슴이 덜컥 내려앉는다. 처선은 자신의 염려가 기우가 아니라는 판단이 든다.

"처, 처방을 바꿔? 어, 어떻게….”

"….”

"역, 역모를 꾀하고 있음이야?”

"….”

"왜 말이 없어? 으, 음! 내 근심했던 대로구먼!”

처선은 침통한 표정으로 명신을 뚫어지게 바라본다.

한동안 무거운 침묵이 흐른다.

"누구야? 누, 누구가 일을 꾸미고 있어?”

명신이 굳게 다물고 있던 입을 연다.

"아버님께서 너무 성급하게 판단하고 계십니다. 저는 다만 아버님께서 비유로 들고 계신 병에 대한 처방만을 말씀드렸을 뿐이옵니다.”

"그 처방을 말하라는 게 아니냐?”

"약으로는 안 됩니다.”

"그럼 뭐냐?”

"대수술을 해야 합니다!”

"대수술? 어떻게?”

처선은 몸을 앞으로 기울이고 턱을 치켜든다.

명신이 힘주어 천천히 말한다.

"임금을… 바꾸는 것이옵니다!"

"뭐라구? 그, 그게 역모가 아니구 뭐냐?"

처선은 눈앞이 캄캄해온다. 놀람으로 열린 입을 다물지 못한다.

그러나 명신은 침착하게 말을 잇는다.

"아버님께서는 역모라 하시오나 이는 종사宗社를 바로잡고 백성을 살리는 구국의 처방이옵니다. 대홍수가 나서 사람의 목숨이 경각에 달했을 때 사람들이 하늘의 처분만 기다리지 않고 사력을 다하여 살 길을 찾는 것과 다르지 않습니다. 하늘이 대홍수를 내려 백성의 목숨을 빼앗으려는 것이 하늘의 본뜻이 아님과 같이, 언제까지나 백성이 무고하게 희생당하는 것을 그대로 두고 보지 않는 것 또한 하늘의 뜻이라고 생각합니다. 아버님께서 말씀하시는… 하늘이 정하신 때가 이르고 있음을 아셔야 합니다."

"하늘이 정한 때가 이르고 있어? 네가 그걸 어찌 아느냐?"

"개미들이 이동하는 것을 보고 비가 올 것을 알 수 있듯이, 이미 백성들의 마음이 임금에게서 떠나 있고, 순천자順天者는 흥하고 역천자逆天者는 망한다는 순리를 믿기 때문이옵니다."

처선은 할 말을 잃는다. 명신의 판단이 백번 옳다. 그렇다고 애비 된 입장에서 자식이 섶을 지고 불 속으로 뛰어드는 것을 그대로 두고 볼 수 없는 노릇이다.

"아무리 교묘하게 말을 둘러대도 신하가 임금을 내치는 것은 역모야! 행여 어디서고 그런 궤변은 늘어놓지 말어!"

"그렇다면… 아버님!"

처선은 명신이 또 무슨 예기치 않은 말을 꺼낼까싶어 조심스럽게 명신을 바라본다.

"태조대왕께서 위화도 회군으로 위업을 이루신 것을 어찌 생각하시옵니까?"

"…?"

"용비어천가에서는 모두가 하늘이 정하신 뜻이라고 하지 않습니까?"

처선은 명신의 말에 말려들어서는 안 된다고 생각한다.

"무엄하구나! 지금 애비와 말장난을 하자는 것이냐?"

"… ."

"네 의기는 안다만… 일은 의기만 가지고 되는 것이 아니야! 목숨을 값있게 쓸 줄 알아야지! 일이란 순서가 있는 법이야! 지금은 너희 같은 젊은 인재가 무모하게 나섰다가 희생당할 때가 아니야! 자신을 위해서도, 가문을 위해서도, 사직社稷을 위해서도 경거망동은 삼가야 한다! 애비가 다시 묻겠다. 언제부터 몇 사람이 일을 꾸미고 있느냐?"

명신이 당혹한 표정을 짓는다.

"그런 일을 꾸민 일도, 도모하고 있지도 않사옵니다."

"그럼 무엇 때문에 그런 위태로운 말을 함부로 입술에 올리느냐?"

"…그냥… 제 소견을 말씀드렸을 뿐이옵니다."

처선은 더 이상 묻지 않는다. 명신에게 꼬치꼬치 캐물어보아야 곧이곧대로 대답하지 않을 것임이 분명하기 때문이다.

"더 이상 긴 말 하지 않겠다. 네가 사리가 분명하니 알아서 처신을 잘 하거라."

"명심하겠습니다."

"입궐을 서둘러라. 오늘은 경복궁 뜰에서 전체 조례가 있는 날이 아니냐?"

"예, 아버님…."

처선은 명신이 밖으로 나가고 나서 눈을 감고 한동안 깊은 생각에 잠긴다.

3

"무엇들 하느냐! 어서 저놈을 도륙을 내지 못할까!"

연산이 포효하는 사자처럼 고함을 지른다.

그러나 교리校理 권달수權達手는 낯빛 하나 변하지 않는다.

"네 이놈! 선왕비 마마를 욕되게 하고도 살기를 바라느냐? 어째서 선왕비 마마의 묘를 희릉이라 하고 휘호를 극진히 올리는 것이 부당하냐? 어디 물어보자! 대신들도 너희들과 생각이 같은가… 짐이 묻겠노라! 짐의 뜻이 부당하다고 생각하는가?"

연산이 도열해 있는 신하들을 독기 어린 눈빛으로 하나하나 훑어나간다. 대신들은 연산의 시선을 느낄 때만다 몸을 떤다. 여기저기서 "지당하신 분부시옵니다!"가 터져 나온다.

처선도 현기증을 느낀다. 연산이 두려워서가 아니다. 경희루 뜰아래 형틀에 묶여 있는 응교應敎 이행李荇과 교리校理 권달수의 처참한 모습을 차마 눈 뜨고 볼 수 없어서다. 혹독한 고문으로 피투성이가 된 이행과 권달수는 이미 송장이나 다름없다. 이행은 거의 넋이 나간 채 고개를 반쯤 꺾고 앉아 있고, 권달수만이 자세를 흩뜨리지 않고 고개를 꼿꼿하게 세우고 있다. 그들은 모두 폐비 윤 씨의 사당건립 부당함을 진언했다가 화를 입게 된 사람들이다.

연산은 갑자년 봄에 어머니 윤비가 내쫓겨 죽은 것을 한하여 성종조의 옛 신하들을 거의 다 죽였다. 또 윤 씨를 높여 그 휘호를 극진히 올리고자 하여 조정의 신하들에게 의논하니 모두 "지당합니다"라고 찬동하였다. 그런데 이행이 응교應敎로서 동료들과 의논하고 "추숭追崇하는 전의식全儀式이 예禮에 있어 이미 극도로 다했는데, 지금 다시 더 올릴 수 없습니다" 하고 진언하였다. 연산은 크게 노하여 논의한 사람을 국문鞫問하게 하고 먼저 논의를 주장한 사람을 사형에 처하라고 명하였다.

혐의를 입은 자가 연일 붙들려 왔다. 연산이 직접 그들을 국문하기도 하였다. 모두 먼저 죽은 사람에게 책임을 미루어 송장을 파내어 관을 쪼개게까지 하면서 구차하게 목숨을 구걸하였는데, 이행과 권달수만이 스스로 책임을 지고 죽은 동료들을 저버리지 않았다.

권달수는 대간 가운데 먼저 말한 사람과 함께 오랫동안 옥에 갇혀 있었다. 옥리獄吏가 그를 불쌍히 여겨 "홍문관과 대간 양편이 죽는 것보다는 한편이 책임을 지고 한편은 사는 것이 좋지 않을까요" 하니, 사헌부司憲府의 관헌은 옥리의 뜻을 받아 들여 다시 "홍문관이 사헌부보다 먼저 말했다"고 하였다. 이에 권달수는 눈을 부릅뜨고 크게 웃으면서 "아무개야, 아무개야, 네가 과연 나를 본받을 수 있으랴" 하고 즉시 붓을 휘둘러 "공사供辭에 불초신不肖臣 달수가 감히 이 말을 했으므로 구차히 숨겨서 살려고 하지 않습니다"고 쓰기를 마친 후에 얼굴빛도 변하지 않고 형벌을 받으러 끌려 나왔다.

"다시 묻겠노라! 짐의 처사가 부당하다고 생각하느냐?"

연산이 권달수를 노려보며 묻는다.

권달수가 표정을 흩트리지 않고 또박또박 힘주어 말한다.

"선왕의 뜻이 아닙니다."

"전 대사헌前 大司憲 김심金諶과 같이 소견이 좁구나! 어머니와 아들 사이의 정의를 그렇게도 알지 못하느냐?"

"그것은 어머니만 있는 것을 알고 아버지가 있는 것을 알지 못하는 것과 같습니다. 예는 지나치면 모자람만 못하다고 하였습니다."

"예라구?"

연산이 갑자기 미친 듯이 너털웃음을 친다.

"예가 그렇게도 소중하냐? 사람의 목숨보다도 소중하냐? 사람을 위해서 예가 있느냐, 예를 위해서 사람이 있느냐?"

"…."

"왜 대답이 없느냐? 네 생각이 잘못된 것을 인정함이냐?"

권달수가 빙그레 미소를 짓는다.

"그것은 하늘을 위해서 땅이 있는가, 땅을 위해서 하늘이 있는가를 묻는 것과 같은 질문이라고 생각합니다. 하늘과 땅은 나눌 수가 없습니다. 하늘과 땅이 나누어지면 그것은 이미 천지가 아닙니다. 마찬가지로 예와 사람은 나누어 생각할 수가 없는 것입니다. 맹자께서도 그러기에 소가 소 되는 소이所以가 소의 성性이요, 개가 개 되는 소이가 개의 성이요, 사람이 사람되는 소이가 사람의 성이라 했습니다. 그러면서 사람이 사람되는 소이가 인의예지仁義禮智의 성이라 하였습니다. 그러니 예를 버리고 어찌 사람이라고 하겠습니까?"

그때 도승지 임사홍任士洪이 눈을 부릅뜨고 호통을 친다.

"무엄하구나! 어느 안전이라고 되지도 않는 해괴한 말장난으로 전하의 심기를 어지럽히느냐!"

연산이 임사홍을 제지한다.

"도승지는 가만 계시오. 짐이 다시 묻겠다. 그러면 너는 예로서 인간의 오욕칠정을 어느 경우에도 이길 수 있다고 생각하느냐? 때로는 인간이 짐승과 별로 다를 게 없다는 것을 인정하지 않느냐?"

권달수가 잠시 연산의 의중을 헤아리는 듯 눈을 감았다가 뜨고 말한다.

"예를 저버리지 않는 한 능히 오욕칠정을 제압할 수 있다고 생각합니다."

"…으하하… 그으래? 그럼 어디 그럴 수 있는가 보자. 마침 잘 됐다. 이 화창한 봄날에 짐도 무료하던 참인데… 어디 재미있는 내기를 해보자."

연산은 또 한번 미친 듯이 폭소를 터트린다.

처선은 순간 전율을 느낀다. 연산의 입에서 나올 다음 말이 두렵기 때문이다. 내기? 연산이 화창한 봄날 대역죄인을 상대로 할 수 있는 재미있는 내기란 무엇인가. 그것도 인간이 짐승과 다를 것이 없다는 것을 증명할 수 있는 내기를 하자는 것이 아닌가.

"너희들은…."

연산이 권달수를 독기 어린 눈으로 바라보며 말을 잇는다.

"너희 유학자라는 것들은… 제 자신도 제대로 지키기 어려운 것을 남에게 허물로 뒤집어씌워 죄 삼기를 즐겨 하는 자들이야! 어마마마도 너희들의 그 되지도 않은 윤리 도덕 놀음에 참혹하게 죽음을 당하셨어! 엄숙의와 정숙의, 그리고 인수대비를 부추겨 작당을 한 것도 너희 유생들이야! 어디 그 윤리 도덕이라는 것이 얼마나 지고한 것인가 보자!"

연산은 무슨 생각이 떠오르는지 또 허리를 꺾고 실성한 사람처럼 웃는다.

처선은 연산의 웃음소리에 눈앞이 아찔해온다. 연산이 유관儒冠을 들먹이는 것으로 미루어 차마 눈 뜨고 볼 수 없는 광경이 벌어질지도 모른다.

연산은 유생儒生을 극도로 싫어했다. 연산이 음탕한 짓을 할 적에 문관과 유생 삼색인三色人을 연輦메는 인부에 충당시켰다. 이에 유생이 연산이 놀러 가는 곳에 연을 메고 갔으며, 때로는 글을 짓게 하고 상을 주었으니 유관儒冠의 욕됨이 극에 달하였다. 후에 조광조가 이를 한탄하여 중종에게 "연산군이 유생들로 하여금 연을 메게 했는데도 선비로서 부끄러운 줄도 모르고 붓과 벼루를 소매 속에 넣고 다니면서 상 주는데 참여하기를 희망하여 선비의 기습氣習이 크게 무너졌으니 어찌 한심한 일이 아니겠습니까. 지금 마땅히 선비의 기습을 고치고 추향趨向을 바로잡아야 하는 것을 급선무로 하여야 되겠습니다" 하였다.

"여봐라! 당장 죄인의 옷을 벗겨라!"

연산이 정색을 하고 호통을 친다.

처선은 자신의 귀를 의심한다. 도열해 있는 중신들도 어안이 벙벙한 표정들이다.

형리刑吏가 멍하니 선 채 어쩔 줄 몰라 한다.

"뭘 하는 거냐! 죄인을 발가벗기라는데!"

중신들의 표정이 하나같이 굳어진다. 임사홍도 잠시 표정에 동요를 일으킨다.

"내 너를 시험하리라. 미색의 홍청들로 하여금 네가 얼마나 도덕으로 본능적인 욕정을 이겨낼 수 있는가를 시험하리라. 네가 이 시험을 이겨내면 형을 감할 것이로되 그렇지 못하면 능지처참을 면치 못할 것이다! 도승지는 어서 이 일을 거행할 요염한 홍청을 셋만 골라 오도록 하시오."

처선은 저도 모르게 '아…' 하는 신음소리가 입에서 흘러나온다. 연산이 하려는 내기가 무엇인지 짐작이 간다. 햇빛이 부신 대낮에 궁녀들을 발가벗겨 놓고 경희루 작은 못에 패물을 던져 넣고 건져 갖게 하는 놀이를 즐기는가 하면, 심지어 짐승과 수간獸姦을 하게 하고 즐거워하는 연산이 아닌가.

처선은 형틀에 묶여 있는 권달수를 처연한 눈으로 바라본다. 권달수는 연산이 자신에게 무슨 일을 자행하려는가를 알고서도 담담한 표정이다. 그는 입가에 조소를 흘리면서 연산을 불쌍한 눈으로 뚫어지게 바라보고 있다. 그는 이미 이승에서 떠날 채비를 마친 것 같다. 처선은 그의 사람 됨됨이를 잘 알면서도 너무도 의연한 태도에 저절로 고개가 숙여졌다.

권달수는 자는 통지通之이며, 호는 통계通溪이요, 본관은 안동安東이다. 성종 임자년에 문과에 뽑혔으며 벼슬은 교리校理에 이르렀다. 그는 천성이 강개慷慨하고 기절氣節이 있었다. 젊을 때 이런 일도 있었다. 그는 형 민수敏手와 함께 상중에 율곡栗谷에 있는 어버이의 묘소에 여막을 짓고 있었다. 이안촌理安村의 자기 집에서 여막 있는 묘소까지 걸어가다가 퇴판현退板峴 반석盤石에서 조금 쉬었다. 이때는 마침 늦은 가을이었으므로 누런 곡식이 들판을 덮고 있었다. 민수가 손으로 가리키면서 "아무개 논둑에서 아무개 논둑까지 우리 집에 거두어들인다면 편안히 앉아서 먹을 수 있는데" 하니, 그는 '그 말이 무슨 말이냐?' 하고 침을 뱉고 일어났다.

권달수는 서울로 잡혀오면서 영순리永純里에 들러 가족들

과 영결하였다. 이때 김안로金安老가 함녕촌咸寧村에 있다가 술병을 가지고 가서 그를 맞았는데, 그는 술을 한 잔 가득히 기울이면서 "옛날부터 참소하는 간사한 자가 임금의 악함을 막지 않고 선비를 해하고 어떻게 제 몸을 보전하였던가. 나는 죽지만은 꼭 내 눈을 뽑아 두었다가 그들이 멸망하는 것을 보게 하라"하며 강개하여 눈물을 흘리니, 좌석에 있던 사람들이 눈물을 흘려 옷깃을 적시었다.

"전하!"

권달수가 힘 주어 연산을 부른다.

"한 말씀 올리겠습니다!"

연산이 눈을 크게 뜨고 권달수를 노려본다.

"뭐냐?"

"전하께서 지금 제게 하시려는 일이 무엇인지 알 것 같습니다. 아름다운 흥청들로 하여금 제 안에 있는 욕정에 불을 당기려 하는 것이 아닙니까? 지금 제 몸이 만신창이가 되어 쉽사리 욕정이 일지도 않을 것이지만은 설사 몸뚱이가 음양의 조화에 반응을 한다고 하더라도 그것으로 도를 시험할 수는 없는 일입니다. 아름다운 계집을 보고 춘흥이 이는 것은 당연한 일입니다. 도는 욕심이 생기는 자체를 경계함도 경계함이지만 욕심이 생겼을 때 그 욕심에 따라 행동하는 것을 제어하는 힘입니다. 전하께서 홍청들로 하여금 신의 젊은 육신에 욕정의 불을 당긴다고 하더라도 신이 그 욕정을 행사하지 않는다면 도의 선을 넘어선 것이 아니지 않습니까?"

연산이 몇 번 눈을 껌벅인다.

신하들이 모두 연산의 대답을 기다린다.

연산은 대답할 말을 찾는 듯 잠시 침묵을 지키다가 버럭 고함을 지른다.

"내 그럴 줄 알았다! 너희들 돼먹지 않은 유학자라는 것들이 하는 짓거리란 그따위 부질없는 말장난이 고작이다! 너는 방금 예를 저버리지 않는 한 능히 오욕칠정을 제압할 수 있다고 하지 않았느냐?"

"그렇습니다. 하오나 인간의 본성 그 자체를 부정한 것이 아니옵니다. 더위를 더위로 느끼고 추위를 추위로 느끼는 것은 본성입니다. 아픔을 아픔으로 느끼는 것도 본성이요, 쾌락을 쾌락으로 느끼는 것도 본성입니다. 성정이 일어나는 감각 자체가 상실되었다면 그것은 이미 인간이 아닙니다. 그 일어나는 성정을 예禮에 비추어 옳지 않으면 행하지 않는 것이 도입니다."

"…으… 음 …."

연산이 벌겋게 얼굴을 붉히고 권달수를 노려본다.

그때 임사홍이 나서며 권달수에게 호통을 친다.

"네 이놈! 되지도 않는 말장난으로 전하를 능멸해도 유분수지 어느 안전이라고 함부로 돼먹지 않은 도 타령이냐! 네 죄를 솔직하게 이실직고하고 살기를 간구하는 것이 마지막 신하가 행할 도리가 아니야?"

"신하의 도리요?"

권달수가 소리 내어 웃고 나서 임사홍을 뚫어지게 바라본다.

"그렇다면 도승지 대감에게 묻겠습니다. 권세와 영달을 위해서 차마 인륜으로 할 수 없는 짓을 임금께 권하고 충성스런 어진 신하를 모해하는 것이 신하의 도립니까?"

"뭐, 뭣이라고? 그, 그게 누구란 말이냐?

"몰라서 물으십니까? 임금을 위한답시고 아름다운 여자와 좋은 말을 각 도道에 가서 찾아내는 자를 채홍준사債紅駿使라 하고 나이 어린 여자를 찾아내는 자를 채청사採靑使라 하며, 백성을 착취하고 온갖 물건을 독려해 거두는 자를 모두 위차委差라 명명하여 그 일에 앞장선 자가 누구입니까? 또 바른

말로 간하는 신하를 모해하여 죽이거나 귀양 보내는 데 앞장
선 자가 누구입니까?"

"…저, 저런 환장한 놈이 있나….''

임사홍이 분노로 얼굴에 경련이 인다.

처선은 절망적인 심경으로 권달수를 처연하게 바라본다.

권달수가 지칭하는 주인공이 바로 임사홍임은 천하가 다
아는 사실이다.

임사홍은 천성이 간특하고 잔혹하였다. 처선은 임사홍을
제거하지 못하고 화근을 남겨 둔 것은 성종 임금의 실수였다
고 생각했다. 선왕 가운데 인재를 많이 배양한 임금으로 성
종만한 임금이 없었다. 그러나 임사홍의 간사함을 알지 못하
여, 채수蔡壽등이 사홍을 논박함에 그들의 청을 물리쳤으므
로 임사홍은 간사함을 천천히 길러서 연산군의 음란·포학을
도와 종사가 위태롭게 되고 말았다.

임사홍의 아들 광재光載는 예종睿宗의 딸에게 장가를 들고
숭재崇載는 성종의 딸에게 장가들었다. 숭재는 성질이 음흉
하고 간사하기가 그 아버지의 배나 더 하였다. 남의 첩을 빼
앗아 연산에게 바치니 연산이 그를 총애하여 그의 집에 자주
행차하였다. 이에 사홍은 연산에게 울면서 "폐비(연산군의

어머니)는 엄숙의·정숙의 두 사람의 참소로써 성종께서 죽이게 되었습니다" 하니, 연산은 두 숙의를 무참하게 때려 죽였다. 지위가 높고 행동이 점잖은 사람과 명분과 절의를 지키는 선비로서 죽음을 면한 이가 드물었다. 이는 모두가 임사홍이 사감을 품고 연산의 마음을 유도한 것이었다.

아무리 임사홍이 죄상이 그렇다고 하더라도 대역죄인의 입장에서 맞대놓고 임사홍을 힐난하는 것은 죽음을 재촉하는 행위가 아닐 수 없다. 처선은 권달수의 의중을 헤아릴 수 있을 것 같다. 권달수는 한시라도 빨리 죽음을 앞당기고 싶은 것이다. 그래서 굴욕적인 모멸을 피하고 싶은 것이다.

처선은 또 가슴이 찢어지는 듯한 아픔을 느낀다. 아, 이 나라에 쓸 만한 인재는 씨가 마르겠구나! 언제까지 이런 참담한 꼴을 지켜보며 구차하게 목숨을 보전해야 한단 말이냐. 그러면서도 어두운 시선을 아들 명신이 서 있는 곳으로 준다. 아들이 울분을 참지 못하고 무슨 직언을 연산에게 할지 모른다는 생각이 들었기 때문이다. 명신은 반열의 끝에 서 있는데다 고개를 숙이고 있어서 자세히 표정을 살필 수는 없지만 가끔 어깨가 들썩이는 것으로 보아 안으로 울분을 애써 삭이고 있는 것 같다. 명신도 임금에게 직언을 해보아야 돌아올 것이 화밖에 없다는 것을 깨달은 것인지 모른다고 처선은 생각한다. 그래, 충언을 해도 듣지 않으면 군왕을 떠나는 것이 선비의 도리야. 내가 조정을 떠날 수 없는 매인 몸이라면 명신이라도 한시 바삐 벼슬을 그만두게 하는 것이 옳은 도리야.

처선이 울분을 갈무리고 있는데 임사홍이 안면 근육을 부들부들 떨면서 언성을 높인다.

"저런, 저런 무도한 놈이 있나! 전하를 능멸해도 유분수지! 전하! 저런 무도한 놈은 당장 능지처참을 시켜야 마땅하옵니다! 통촉하시옵시소!"

연산은 입을 꾹 다문 채 권달수를 지그시 노려본다.

권달수가 임사홍을 똑바로 바라보며 힘주어 말한다.

"전하를 능멸하다니요? 신하가 임금께 충언을 올려 정명正名을 세우는 것이 임금을 욕되게 하는 것입니까? 도승지 대감께 여쭙겠습니다. 진秦나라의 환관 조고趙高와 승상 이사李斯를 어찌 생각하십니까?"

뜻밖의 질문에 임사홍은 조금 당황한 낯빛이다.

다른 사람들도 긴장하여 권달수를 바라본다.

처선은 권달수가 무슨 말을 하려는 것인지 짐작이 간다. 권달수는 지록위마指鹿爲馬의 고사故事를 들어 임사홍을 환관

조고에 비유하여 질타하고 있음이 분명하다. 그러나 승상 이사李斯에 대해서는 얼른 감이 잡히지 않는다.

지록위마는 사슴을 보고 말이라고 우긴다는 뜻으로, 누구나가 다 아는 사실을 옳다거나 아니라고 고집하며 남을 궁지로 몰아넣는 것을 말한다. 그러나 이 말이 처음 생겨나게 된 고사에 따라 윗사람을 농락하여 권세를 마구 휘두르는 방자한 행동을 가리켜 말하기도 한다.

『사기史記』진시황본기秦始皇本記에 조고에 대한 이야기가 이렇게 기록되어 있다.

진시황 37년 7월 시황제는 순행 도중 사구沙丘의 평대平臺에서 죽는다. 시황은 죽기에 앞서 만리장성에서 변방을 지키고 있는 태자 부소扶蘇에게 급히 서울로 돌아와 장례식을 치르고 왕위를 이으라는 조서를 남긴다. 그러나 이 조서를 맡고 있던 내시 조고가 시황을 따라와 있던 후궁 소생인 호해胡亥를 설득시키고 승상 이사를 협박하여 시황의 죽음을 비밀리에 붙이고 서울 함양으로 돌아와 거짓 조서를 발표하여 부소에게 죽음을 내리고 호해를 황제의 위에 앉게 한다. 이것이 2세 황제다.

조고는 점차 2세를 환락에 빠뜨려 정치에서 멀어지게 만들고 방해물인 이사를 죽게 한 다음 자신이 승상이 되어 권력을 한 손에 쥐고 흔든다. 조고의 야심은 그 자신이 황제가 되는 것이다.

조고는 반란을 꾀하나 군신들이 자신을 따르게 될지가 의심스러웠다. 그래서 방해물이 되는 군신들을 제거하기 위해 꾀를 쓴다.

조고는 사슴을 가져다가 2세에게 바치며 "이것이 말입니다"라고 하니 2세가 웃으면서 농으로 받았다.

"승상은 농도 잘하는구료. 사슴을 보고 말이라고 하니."

"아닙니다. 말이올시다."

2세는 좌우에 있는 신하들에게 물었다. 어떤 사람은 잠자코 있고, 어떤 사람은 조고의 편을 들어 말이라고 하고, 혹은 정직하게 사슴이라고 대답하기도 했다.

그러자 조고는 사슴이라고 말한 사람은 모조리 법률로 얽어 죽이거나 감옥에 넣었다. 그 뒤로 모든 신하들은 조고를 무서워하여 그가 하는 일에 다시 의견을 말하지 못했다.

그렇지만 이미 이때는 나라가 반란 속에 휩쓸려들고 있었다. 조고는 2세를 더 이상 숨길 수 없게 되자 그를 죽이고, 부소의 아들 자영子嬰을 임시 황제 자리에 앉힌다. 그러나 조고는 자영에게 비참한 최후를 맞게 된다.

권달수는 지금 임사홍과 그의 추종 세력들을 조고에 빗대어 질타하고 있음이 분명하다. 불에 싸인 집안에서 불을 끌 생각은 하지 않고 서로 더 많은 재물을 차지하려고 혈안이 되어 있는 꼬락서니처럼, 임금을 현혹하여 권력다툼이나 하면서 무고한 사람들을 해치는 행위는 결국 그들 자신의 죽음을 자초하게 될 것을 경고하고 있는 것이다. 뿐만 아니라 연산에게도 조고의 꾐에 빠져 죽음을 당하게 된 2세 호해황제처럼 되지 않으려면 임사홍을 물리치고 정신을 바로 차리라는 충언을 비유로 하고 있는 것이다. 처선은 그렇게 생각했다.

그렇다면 이사는 누구를 지칭함인가?

이사는 사리가 분명한 사람이었다. 그의 총명한 두뇌와 현명한 사리판단으로 초楚나라 사람이면서 진秦나라에 들어가 재상이 되었다. 그러나 조고 일파의 요구가 부당한 줄 알면서도 자신의 안위와 자식들의 영화에 일시 눈이 어두워져서 불의에 영합했다가, 종국에는 자신은 물론 자식들까지도 처참하게 죽음을 당하고 나라까지 망하게 되었다.

아직 조정에 이사와 비견할 만한 신하가 남아 있는가?

처선은 도열해 있는 군신들을 둘러본다. 임사홍, 유자광,

신수영… 등등의 얼굴 위에 이제는 불구의 객이 되었거나 귀양간 옛신하들의 얼굴이 떠오른다. 홍귀달洪貴達, 김굉필金宏弼, 심순문沈順門, 정여창鄭汝昌, 정성근鄭誠謹… 수많은 얼굴들이 주마등처럼 스쳐간다.

아무리 둘러보아도 승상 이사李斯에 견줄 만한 신하는 보이지 않는다.

처선은 문득 권달수가 자신에게 힐문하고 있는 것 같은 생각이 든다. 그것은 자신을 스스로 높여서 생각해서가 아니라, 정이품의 벼슬을 살면서 명신과 함께 부자간에 녹을 먹고 있는 처지가 그랬고, 불의를 보고도 구차한 목숨을 부지하기 위하여 침묵을 지키고 있음이 그렇게 느껴졌다. 그러나 처선이 연산에게 간언을 하지 않은 것은 아니다. 여러 차례 충언을 하였다. 다른 신하 같았으면 벌써 연산에게 화를 입었을 것이다. 간언하는 처선을 연산이 곱게 생각하지 않으면서도 묵인한 것은 위로 선왕을 삼 대나 모셨던 정이품의 환관이라는 내심의 배려가 있는 것 같았다.

그때 임사홍이 벌겋게 얼굴을 붉히고 언성을 높인다.

"듣자듣자 하니까 네 놈이 못하는 소리가 없구나! 그래 네가 보기에 내가 간신 환관으로 보인단 말이냐? 네 놈이 정녕

명을 재촉하는구나!"

대제학 신수영愼守英이 거든다.

"이사李斯는 또 누구를 지칭함이냐? 네 놈이 보기에 대신들이 모두 전하의 혜안을 어지럽히는 불충한 신하들로 보이느냐?"

권달수가 꼿꼿하게 고개를 쳐든다.

"사심 없이 자신의 심안의 거울에 비춰보면 자신의 모습이 무엇으로 보이는지 바로 보일 것입니다!"

이번에는 연산이 야릇한 미소를 입가에 올리며 천천히 묻는다.

"그렇다면… 짐은…호해황제로 보이겠구나, 네 눈에는?"

"이제 죽을 목숨이 무엇을 가리고 숨기겠습니까? 전하께서 처하신 상황이 크게 다르지 않사옵니다. 이제라도 늦지 않았사옵니다. 불충한 신하들을 물리치시고 정명正名을 세워 종사를 바로 잡으셔야 합니다. 더 늦기 전에 옳고 그름을 바로 보시어 선정을 베푸셔야 합니다."

"옳음? 선정? 으하하…."

연산이 미친 듯이 허리를 젖히고 웃는다.

연산이 또 무슨 발작적인 행동을 할지 몰라 모두 긴장한다.

연산이 정색을 하고 권달수를 증오에 찬 눈으로 노려본다.

"그렇다면… 아바마마 같은 성군을 모시고 충신들이 들끓는 조정에서 어찌하여 어마마마를 무고하게 비명에 가시게 하였느냐? 너희들 선비라는 것들의 그 돼먹지 않은 말장난 때문이야! 더 듣고 싶지 않다! 어찌 하겠느냐? 짐이 제안한 내기를 해서 목숨을 보전하겠느냐, 아니면 그대로 능지처참을 당하겠느냐?"

권달수가 눈을 감았다가 뜨고 대답한다.

"구차하게 명을 잇고 싶지 않습니다! 하오나 한 가지 청이 있습니다. 저와 같이 연루되어 국문을 받고 있는 응교應敎 이행은 죄가 없습니다. 모두가 제가 발의한 것입니다. 무고한 이행을 살려 주시고 저를 벌하여 주십시오!"

반 초죽음이 되어 형틀에 묶여 고개를 꺾고 있던 이행이 고개를 쳐들고 권달수의 말을 막는다.

"아니옵니다! 제가 한 것이옵니다! 권 교리를 살려 주시옵소서!"

그러자 권달수가 강하게 부인한다.

"아닙니다! 제가 한 것입니다! 응교가 저를 살리기 위해 거짓말을 하는 것이옵니다!"

"그렇지 않사옵니다! 권 교리가 거짓말을 하는 것이옵니다!"

권달수가 이행을 바라보며 언성을 높인다.

"응교는 어찌 하여 짓지도 않은 죄를 뒤집어쓰려고 하오! 응교는 옥중에서도 분명히 나에게 무고한 죄를 뒤집어쓰게 된 것을 하소연하지 않았소?"

이행도 지지 않는다.

"무고한 죄를 뒤집어쓰게 된 것을 한탄한 것은 교리께서도 매한가지 아닙니까? 저 때문에 소중한 목숨을 값없이 버리려 하지 마십시오!"

이행은 연산을 향해 애끓는 목소리로 간청한다.

"전하! 권 교리는 누구보다도 전하를 올바르게 보필할 충성스런 신하이옵니다! 통촉하시어 성은을 밝히시옵소서!"

"아닙니다! 이 응교야 말로 전하를 바로 보필할 귀한 인재이옵니다! 하옵고 이 응교는 억울한 누명을 쓰고 잡혀온 것입니다! 무고한 생명을 멸하시어 전하의 성덕을 훼손하지 마옵시고, 중벌을 내리시려거든 제게 내려 주시옵소서!"

연산이 굳게 입을 다문 채 권달수와 이행을 노려보고 있는데 임사홍이 호통을 친다.

"입 닥치지 못할까! 가만 보니 네 놈들이 의로운 척 하면서 상대방의 무고함을 변호하여 전하의 혜안을 어지럽히려드는 구나! 죄를 지었으면 떳떳하게 죄값을 받는 것이 대장부의 도리요, 신하의 도리거늘 웬 변명이 그리 많은가!… 전하! 죄인들을 모두 중벌로 다스림이 가한 줄로 아뢰옵니다!"

연산이 의아함과 흥미가 반반인 표정으로 고개를 갸웃하고 나서 천천히 입을 연다.

"그렇기는 하다만… 가상한 점도 있구나… 전의 죄인들은 거의 모두가 죄를 다른 사람들에게 미루어 관을 쪼개어 송장의 목을 자르게 하고 목숨 부지하기에 급급하였는데… 좋다! 이 응교는 살려 준다! 이 응교는 거제巨濟로 유배를 보내라! 대신 죄인 권달수는 짐이 내린 내기를 거행해야 한다! 도승지 대감은 어서 짐이 내린 엄명을 거행하여 연회 준비를 하고 요염한 홍청들을 골라 준비시키시오! 오늘은 짐도 수심을 풀고 마음껏 즐기겠노라!"

그때 반열의 말석에서 우렁우렁한 목소리가 들려온다.

"신, 문서관文書館 저작著作 아뢰옵니다!"

모두의 시선이 그리로 쏠린다.

처선도 소리가 나는 쪽으로 빠르게 시선을 옮긴다.

명신이다. 명신이 반열에서 한 발 나서 있다. 처선은 가슴이 철렁 내려앉는다. 연산이 고개를 조금 숙여 자세를 낮추고 얼굴을 확인하며 말한다.

"어서 고하라!"

"아뢰옵기 황공하오나…."

명신이 조심스럽게 입을 연다. 명신은 마음의 결정을 내린 듯 어조에 힘이 들어가 있다.

몇 몇 대신들이 곁눈질로 처선의 표정을 살핀다.

처선은 애써 마음의 평정을 지키려고 하나 감정이 동요되는 것을 어쩔 수 없다. 아아, 올 것이 오는구나.

"죄인을 국문하시는 방법을 통촉하여 주시옵소서! 성은에 누가 될까 저어되옵니다!"

"성은에… 누가 된다?"

연산은 처선의 아들이 간언하는 것이 마땅치 않은지 처선을 힐끔 바라본다.

그러나 처선은 담대한 마음을 되찾으며 명신의 다음 말을 기다린다. 이미 내심으로는 구차하게 목숨을 부지하고 있는 것을 부끄럽게 생각하고 있던 그다. 그는 자신이 아들보다 먼저 충언을 했어야 옳다고 생각한다. 어차피 언젠가 맞닥

뜨려야 할 숙명이라면 담담하게 받아들이는 것이 순리라고.

"어째서 성은에 누가 된다고 생각하는가?"

"…투항한 장수는 죽이지 않는다고 하옵는데… 죄를 인정하고 죽기를 자청하는 죄인을 욕되게 죽이는 것은 성은에 누가 된다고 사려되옵니다."

"욕되게 죽여? 어떻게?"

"…"

"왜 대답이 없는가? 짐은 어떻게 죽인다고 말한 적이 없지 않은가?"

"…."

"왜 말이 없는가?"

"…."

"짐의 뜻을 바로 알지 못하고 함부로 진언하는 것은 불충이 아닌가?"

명신은 고개를 숙인 채 말이 없다. 처선은 명신이 신중하게 할 말을 찾고 있다고 생각한다. 처선은 올가미에 한쪽 발이 걸려 푸드덕거리는 날짐승을 바라보는 심정으로 명신이 위기에서 벗어나기를 마음속으로 간절하게 빌어본다.

"어서 말해 보라!"

"…벌의 과중은 나중에 내린다 하시더라도… 죄인을 발가
벗겨 놓고 홍청들로 하여금 죄인에게…."

"죄인에게?"

"…."

"죄인에게 어떻게 할 것 같은가?"

"…."

"죄인에게 다시 옷을 입혀 주라고 할 수도 있는데… 그것
도 성은에 누가 되는가?"

임사홍과 신수영이 연산의 말이 떨어지기 무섭게 이구동
성으로 외친다.

"성은이 망극하옵니다!"

"성은이 하해와 같사옵니다!"

뒤 이어 여기저기서 아첨하는 후렴이 뒤따른다.

"김 저작이 전하의 깊고 높이신 뜻을 어찌 헤아리고 경망
하게 함부로 말을 앞세우는 게요!"

"참으로 무엄하오!"

임사홍이 처선에게 눈으로 미소를 보내며 명신의 편을 든
다.

"전하, 김 저작이 아직 혈기가 방장하여 전하에게 충성을

바친다는 것이 실수가 된 것 같사옵니다. 하해와 같으신 성
은으로 용서하여 주시옵소서."

연산은 명신을 궁지에 몰아넣게 한 자신의 대답에 매우 만
족한 표정이다.

"하하하… 내 그대의 본심이 불충하자는 것이 아님을 헤
아려 용서하노라… 더우기 그대의 집안은 선왕마마와 선대
왕마마를 극진하게 모셔온 가문이 아닌가!"

연산이 정색을 하고 뒤이어 엄명을 내린다.

"대신 그대에게 명을 내리노라! 죄인이 홍청에게 시험을
받는 연회에 반드시 참석하여 그때에도 짐이 내리는 영이 잘
못이라고 생각하거든 충언을 하도록 하라!"

처선은 일단 안도의 숨을 내쉰다. 그러나 연산의 엄명에
서 또 다른 덫이 기다리고 있음을 감지한다. 임사홍이 선심
을 베푼 것도 마음이 쓰인다.

"응교 이행은 즉시 유배시키고, 서둘러 경회루 못 가에 주
연을 준비하도록 하라! 오늘은 짐이 친히 새로 뽑혀온 운평運
平을 심사하리라."

연산이 자리에서 일어선다.

임사홍이 연회에 대한 공지사항을 하달하고 대신들이 하

나 둘 자리를 뜬다.

의금부 나졸들이 죄인을 형틀에서 풀고 따로 데려갈 채비를 한다.

이행이 만신창이가 된 몸을 일으켜 세우며 끌려가는 권달수를 향해 외친다.

"권 교리! 부끄럽소! 나 혼자 욕되게 살아서! 그대의 곧은 절개와 기개는 청사에 길이 남을 것이오!"

권달수가 끌려가며 뒤돌아보고 희미한 미소를 짓는다.

"부디 응교는 좋은 날을 맞이하여 높은 뜻을 세우도록 하시오. 이미 나는 그대에게 말한 대로 죽음을 알고 있었소."

이행은 흘러내리는 눈물을 주체하지 못하며 하늘을 우러러본다.

'천지신명이시어! 도대체 이 나라의 죄가 얼마나 크건대 저런 아까운 인재를 무고하게 죽게 하는 것입니까!'

이행은 거제로 귀양 가서 살아 있는 친구와 죽은 친구를 생각하여 절구絕句 10수를 지었는데 권달수에 대해서는 다음과 같이 시를 짓고 주註를 붙였다.

權衢白刃獨能前
天遣妖氣翳日邊

半夜夢魂如宿昔

數行淸淚濕寒氈

칼날을 무릅쓰고 혼자 나아가니

하늘이 요기로 햇빛을 가리우네

밤중의 꿈속은 평일과 같은데

두어 줄기 맑은 눈물은 요를 적시었네

〈註〉권달수權達手 통지通之는 갑자년 겨울에 나와 더불어 두 번이나 옥에 갇히어 심한 고문을 당했다. 어느 날 나의 손을 이끌어 하늘을 가리키면서 "햇빛 아래 흰 기운이 뻗치는 것을 자네도 보았는가" 하므로, "나는 못 보았다" 하였더니 통지는 하늘을 쳐다보며 한참 있다가 "아 내가 죽을 것이다. 꼭 나를 두고 이른 것이다" 했다. 근일 밤 〈나의 꿈〉에 통지가 평상시와 같으므로 아울러 말한 것이다.

4

연회宴會는 절정에 이르고 있다. 경희루 넓은 뜰에 형형색

색으로 핀 꽃들과 경쟁이라도 하듯 화려하게 차려 입은 궁녀들이 풍악에 맞추어 흥겹게 춤을 춘다. 궁녀들이 흥겨운 가락에 맞추어 물결이 넘실대듯 춤을 추는 모습이 마치 호랑나비떼의 군무群舞같다. 연회에 참석한 대신들은 술이 도도하게 올라 제 흥을 주체하지 못한다. 그러면서도 대신들은 연산의 기분을 살피느라 자못 긴장을 풀지 않으려고 애쓰는 눈치다. 임사홍을 비롯한 몇몇 무리들은 연산의 곁에서 연산의 비위를 맞추느라고 정신이 없다.

연산도 술이 도도하게 올라 있다. 연산은 어탑御榻에 비스듬히 앉아 눈을 게슴츠레하게 뜨고 궁녀들이 춤을 추는 모습을 바라보고 있다가 소리를 지른다.

"풍악을 멈추어라!"

임사홍이 뒤이어 외친다.

"풍악을 멈추랍신다!"

풍악이 멎고 궁녀들의 춤도 멎는다. 궁녀들이 절을 올리고 양쪽으로 흩어져 물러선다. 갑자기 주위가 조용해진다. 흥에 겨워 자세를 흐트리고 있던 신하들이 바짝 긴장하며 연산의 눈치를 살핀다. 처선도 연산 가까이 서 있다가 자신도 모르게 긴장한다.

'드디어 일을 저지를 모양이로구나!'

처선은 연산의 입에서 떨어질 다음 말을 예상하며 연회가 벌어지고 있는 경희루 뜰을 둘러본다. 권달수를 찾고자 함이다. 그러나 권달수는 아직 연회장에 끌려나오지 않았다.

"홍청은 대령하였느냐?"

임사홍이 앞으로 나서며 머리를 조아린다.

"예, 전하! 분부대로 미색이 반반한 홍청을 셋 뽑아 준비시켜 놓았사옵니다. 하온데… 전하께서 각 고을에서 뽑혀 올라온 운평을 먼저 심사하시겠다고 하여 대령 중이옵니다. 어찌하면 좋을지…."

연산이 잊고 있었다는 듯이 반색을 하며 너털웃음을 친다.

"으하하핫… 짐이 잠시 잊고 있었구나… 좋소! 운평 먼저 보겠소!"

"지금 바로 대령하올까요?"

"그리하오. 그런데 이번에 뽑혀온 운평은 몇이나 되오?"

"삼백 명이옵니다."

"삼백 명?"

"그러하옵니다. 전하! 이번에는 각 고을에 홍준紅駿 체찰사를 보내어 반반한 공천公賤의 아내와 첩과 창기들을 샅샅이 찾아내어 데려오게 하였사옵니다."

"으음… 수고가 많았소. 그리하면 서울로 뽑혀온 운평은 모두 몇이나 되오?"

"만 명에 이르는 줄 아옵니다. 궐 안에 들어와 흥청으로 등록된 숫자만도 오백이 넘사옵니다."

"만 명이라… 진시황제가 태평성대를 누리던 시대에 비하면 어찌 만 명이 많다고 하겠소?"

"지당하신 말씀이옵니다!"

임사홍이 연신 허리를 굽신거린다.

"자, 그러면 운평들을 빨리 대령하여라! 숫자가 많으니 한 줄로 서서 짐의 앞에 나서게 하여라."

임사홍이 나인들을 향해 외친다.

"어서 분부대로 거행하여라!"

나인들 몇이 경희루 맞은 편 건물 뒤쪽으로 황급히 종종걸음을 친다.

연산이 다시 좌우를 둘러보며 큰 소리로 묻는다.

"죄인은 어디 있느냐?"

이번에는 대제학 신수영이 주석의 왼편 자리에 앉았다가 일어서서 대답한다.

"주연의 흥이 깨질까 저어되어 경희루 뒤뜰에 대기시켜 놓았사옵니다."

"운평들을 보고 나면 바로 죄인을 끌어오시오!"

"분부대로 거행하겠사옵니다."

"자, 다시 풍악을 울려라!"

연산의 호령에 경기驚氣를 일으키듯 다시 풍악이 높이 울려 퍼진다. 연산은 술잔을 높이 들고 좌우의 대신들에게 흥에 취할 것을 명한다. 여기저기서 연산에게 아첨하기 위한, 흥겨워 못 견디겠다는 듯한 과장된 웃음소리와 농이 오고간다.

처선은 임사홍이 앉아 있는 좌중에서 멀지 않은 반열에 서서 어두운 눈으로 연회가 벌어지고 있는 경희루 뜰을 바라본다. 또 얼마나 많은 여인들이 한을 품고 끌려오게 되었을까. 사랑하는 지아비와 생이별을 하게 된 여인도 있을 것이고, 공천公賤의 처·첩이 아닌데도 강제로 끌려온 여인도 있을 것이다. 거의 대부분의 여인들은 연산의 콧김 한 번 쏘이지 못하고 평생을 안으로 한을 키우며 살아가야 할 운명들이다. 그런데도 연산이 여자에 대한 욕심은 끝이 없었다. 이제 조선 팔도에 반반한 여인은 씨를 하려고 해도 구하기가 어

려울 지경이다. 그러나 지금 처선이 걱정하는 것은 그보다
도 얼마 후면 권달수가 당하게 될 곤욕이다. 술이 취하면 광
기가 승할 대로 승하는 연산이 권달수에게 어떤 해괴한 짓을
할는지 알 수 없다.

처선은 주연의 말석 쪽으로 시선을 옮긴다. 명신을 살피
기 위함이다. 명신은 말석에 앉아 아까부터 술과 음식은 드
는 둥 마는 둥 하고 망연히 허공만을 바라보고 있다. 처선은
조회가 파하고 연회 자리로 옮겨 올 때 틈을 보아 명신에게
연회 자리에서 어떤 일이 일어나도 입을 굳게 다물 것을 당
부하였지만 마음이 놓이지 않는다.

경희루 맞은편 건물 뒤쪽에서 운평들의 행렬이 모습을 드
러낸다. 곱게 의상을 차려입은 여인들이 일렬로 서서 경희루
앞으로 걸어나오고 있다. 그 광경을 지켜보느라 소란하던 연
회장이 조금 잠잠해진다.

운평의 행렬이 모두 연회장 안 뜰로 들어오자 임사홍이 큰
소리로 지시를 한다.

"한 사람씩 차례차례로 전하가 좌정하고 계신 어탑 앞으
로 걸어 나오너라!"

임사홍은 그렇게 지시를 하고 연산에게 묻는다.

"전하, 풍악은 계속할까요?"

연산이 어탑에 비스듬히 기대앉았던 자세를 바로 세우며 말한다.

"풍악은 잠시 멈추어라. 운평들은 한 계집씩 고개를 들고 걸어 나오너라. 짐이 손을 들어 낙점하는 계집은 오른편 잔디밭에 남아 있거라. 자, 어서 시행하라!"

연산의 명이 떨어지자 운평들이 한 사람씩 조심조심 연산의 앞으로 걸어 나온다. 너무 긴장하여 몸을 떨면서 걸음을 제대로 떼어놓지 못하는 여인도 눈에 띈다.

"더 빨리빨리 걸어 나오너라!"

연산은 대여섯 명의 여인을 그냥 지나쳐 보낸 뒤 신경질적으로 소리친다.

"어서어서! 더 빨리 빨리!"

운평들의 미색이 연산의 성에 차지 않는 것이 분명하다. 이를 눈치 챈 임사홍이 표정이 어두워지며 덩달아 옆에서 호통을 친다.

"뭣들 하느냐? 빨리빨리 걸음을 재게 놀리지 않구!"

여인들의 걸음이 빨라진다. 여인들은 당황한 걸음걸이로 연산의 앞에 나와 절을 올리고 고개를 쳐들어 보이기 바쁘게 서둘러 물러간다.

여인들이 이십여 명 남짓 더 연산의 앞을 지나쳐 갈 때다. 연산이 막 인사를 올리고 물러가려는 여인을 향해 오른손을 내저으며 소리친다.

"…너, 너는… 잠시 멈추어라!"

여인이 발걸음을 놀리다 말고 돌아서 연산의 앞에 선다. 몸매가 가냘프고 얼굴이 앳되어 보이는 여인이다. 갸름한 얼굴에 짙은 아미蛾眉가 복숭앗빛 피부와 함께 청순한 아름다움을 드러내 보인다.

연산이 여인이 몸매를 아래위로 훑어보며 입맛을 다신다.

"으음… 흔하지 않은 미색이다. 너는 어디서 뽑혀 왔는고?"

"사, 상주이옵니다."

여인이 눈썹을 아래로 내리 깔은 채 조금 떨리는 목소리로 대답한다.

"그럼 상주 고을에서 온 기생이란 말이냐?"

"기생은 아니옵고…."

"기생이 아니라면 공천의 첩이란 말이냐?"

"…."

"공천의 첩으로는 과분하게 아름답구나…."

"공천의 첩이 아니오라…."

여인이 머뭇거리면서 떨리는 목소리로 말끝을 흐린다.

"공천의 첩이 아니라면 네 신분이 무어란 말이냐?"

"…."

"사대부의 가문이라도 된단 말이냐?"

"…."

여인이 대답이 없자 기가 살아난 임사홍이 호통을 친다.

"어느 안전이라고 꾸물거리느냐? 어서 대답을 못할까!"

여인이 내심 무엇인가 작정한 듯 목소리에 힘을 주어 또렷하게 말한다.

"사대부의 집안은 아니오나 선대에 진사과시에 급제한 집안이옵고… 제 지아비도 과거 준비를 하는 선비이옵니다."

"그런데 어떻게 홍청으로 뽑혀 오게 되었느냐?"

"사실을 아뢰오면… 가세가 곤궁하여 나라에서 징발하는 공출을 제 때 내지 못하고 집안에 노역을 대신 나갈 사람도 없어 매양 관아의 뜻을 거스려오던 차에… 또 서총대瑞蔥臺의 베[布]공출이 나와 지아비가 관아에 선처를 호소하는 탄원의 소를 올렸다가 곤장을 맞고 옥에 갇히는 몸이 되었고… 소인도 뜻밖에…."

연산의 입꼬리가 묘하게 일그러진다.

"네 사정을 듣고 보니 짐의 마음이 몹시 아프구나… 마치 짐의 실정을 한탄하는 것 같구나…."

연산이 못 마땅한 눈으로 여인을 뚫어지게 바라보자 임사홍과 신수영이 여인을 힐난한다.

"아니 저, 저런 발칙한 것이 있나! 전하의 심기를 어지럽히다니…."

"아무리 아둔하기로 저리 분별력이 없을까…."

처선도 걱정스런 눈으로 여인을 바라본다. 여인의 딱한 사정은 더 들어보지 않아도 짐작이 가고 남음이 있다. 그러나 연산의 심기를 불편하게 했으니 어떤 날벼락이 떨어질는지 알 수 없다.

여인이 말하는 서총대의 공출은 그동안 강제 노역과 과다한 부세賦稅에 피폐할 대로 피폐한 백성들의 살림살이를 파탄의 지경에 이르게 하였다.

서총瑞蔥은 성종 때 후원에 한 줄기에 아홉 가지나 되는 파[蔥]가 났으므로 이를 상서로운 파라하여 붙여진 이름이다. 이 파를 서총이라 하고 돌을 쌓아 재배하였다. 연산은 을축

년 봄에 이곳에 대를 쌓아 음란한 놀이를 하는 장소로 만들고 그 명칭을 서총대라 하였다. 대를 쌓을 때에 충청·전라·경상도의 군사와 백성을 강제로 동원하여 고역雇役을 하였다. 또한 베를 과다하게 공출하여 백성들이 감당하기 어려워서 옷 속에 든 솜까지 꺼내어 베를 짰으므로 그 빛깔이 거무축축하게 절었고 잣수[尺數]도 짧았다. 이로 인하여 품질이 나쁜 무명베를 서총대포瑞蔥臺布라고 일컫는 말이 생겼다.

연산이 여인을 뚫어지게 바라보며 묻는다.

"짐을 원망하는 마음이 없느냐?"

"소인이 말씀을 올린 것은… 그런 뜻이… 아니옵니다."

여인이 두려움이 묻어 있는 어조로 대답한다. 여인도 연산의 광폭한 성정을 잘 알고 있음이 분명하다.

"소인은 단지… 소인의 딱한 처지를 말씀드렸을 뿐이옵니다. 나랏님의 심기를 불편하게 해드렸다면 용서해 주시옵소서."

여인이 공손하게 이마를 조아린다.

연산의 얼굴이 활짝 펴진다.

"흐하하핫… 그, 그럴 테지! 괜찮다! 짐은 하늘이다! 백성이 하늘을 향해 딱한 처지를 하소연하는 것은 당연한 이치가 아니냐? 얼굴 생김새 못지않게 말도 아주 예쁘게 하는구나. 나이가 몇이냐?"

"열아홉이옵니다."

"으음… 흐드러지게 벌어진 석류 알 같은 나이로구나… 그럼 남녀 간의 운우지정도 알 만큼 알겠구나?"

"….."

"지아비의 사랑 놀음 솜씨가 어떠했느냐? 너는 몇 번이나 구름을 타고?"

"….."

"으음, 부끄러워할 것 없다. 짐은 돼먹지 않은 점잔이나 내숭을 떠는 것은 질색이다. 공·맹자도 그 짓은 안 하고 못 산다. 여기 점잖고 훌륭한 대신들한테 물어봐라. 그 즐거움을 싫어하는 사람이 있는가? 어디 짐이 한번 물어볼까…."

연산이 주위를 둘러보다가 가까이 있는 황 내관內官에게 손짓을 한다. 연산의 총애를 받는 정 사품의 상전尙傳 직위에 올라 있는 환관이다. 서른을 갓 넘은 나이에 곱상한 얼굴로 아첨이 심한 사내다. 그는 임사홍, 신수영 일파들과 부화뇌동하여 연산의 총애를 업고 방자하게 행동하였다. 황 내관은 처선이 직계 상관인 탓도 있겠지만 처선의 꼿꼿한 성품을 두려워하고 경계하였다.

"황 내관은 짐의 말을 어찌 생각하는가?"

황 내관이 허리를 굽힌 채 종종걸음으로 연산에게 다가가며 대답한다.

"참으로 지당하신 말씀이옵니다!"

"지당? 무엇이 지당한가?"

황 내관이 머뭇거리며 말한다.

"남녀간의 운우지정은… 하늘의 이치라는 말씀이 그러하옵니다. 동·서 고금의 영웅호걸치고 여색을 멀리 한 이가 없사옵니다."

"짐이 묻는 것은… 내관도 그 하늘의 이치를 아는가 묻는 것이다. 내관도 그 운우지정을 아는가 묻는 것이라구."

황 내관이 얼굴이 벌개진다. 사람들이 모두 흥미로운 눈으로 황 내관을 주시한다. 제 나름대로 상상하며 '흐흐…' 하고 음탕한 웃음을 흘리는 자도 있다.

대신들 가운데 몇이 힐끔거리며 처선의 눈치를 살핀다. 처선은 심한 모욕감이 샘솟는 것을 억제하지 못한다.

황 내관은 이내 감정의 평정을 되찾고 교활한 웃음을 흘리며 대답한다.

"헤헤헤… 소신이라고 어찌 운우지정을 몰랐겠사옵니까?"

"어떻게 운우지정을 아는가? 연장이 없는데 어떻게 밭을 가는가?"

"헤헤헤… 지금은 없사오나 예전에는… 소신에게도 장대하고 힘이 좋은 놈이 있었사옵니다."

"흐하하… 그렇게 잘 생기고 힘이 좋은 놈이 있었단 말이지?"

연산이 흡족해 하자 황 내관은 더욱 아첨기가 묻어나는 목소리로 목청을 높인다.

"그놈이 얼마나 씩씩하게 밭을 잘 매는지 여자가 울다 웃다 난리를 피워 동리 사람들이 초상이 난 줄 알고 달려올 지경이었사옵니다. 뿐 아니옵고, 여자만 보면 아무 밭이나 마구 갈아엎으려고 불뚝거리는 바람에 보통 건사하기가 어려운 것이 아니었사옵니다. 고민 끝에 그놈을 중벌로 다스려 목을 베고, 전하의 성은에 보답하고자 내관이 되었사옵니다."

"으하하핫… 명답이로다, 명답이야!"

연산이 허리를 꺾고 웃는다. 대신들도 덩달아 크게 소리

내어 따라 웃는다. 황 내관이 재담이 우습고 우습지 않고는 둘째다. 임금이 웃는데 가만히 있다는 것은 불충이다. 서로 다투어 우스워 죽겠다는 표정을 지으려고 애쓰며 웃음소리를 드높인다.

처선은 명신 쪽을 어두운 시선으로 살핀다. 명신도 곤혹스러움을 참고 있는지 잠자코 고개를 숙이고 있다.

"으으, 하하… 그놈을 잘 두었다가 짐에게나 줄 일이지이… 아까운 장수를 참하였구나!"

연산이 가까스로 웃음을 진정하고 여인 쪽으로 고개를 돌린다.

"자, 너도 들었느냐? 남녀 간의 운우지정은 부끄러운 일이 아니다. 다시 묻겠노라. 몇 번이나 구름을 타고 무릉도원을 왔다 갔다 하였느냐?"

"…."

여인이 여전히 눈을 아래로 내려 뜬 채 말이 없자 임사홍이 다시 호통을 친다.

"왜 대답이 없느냐? 어서 고하지 못할까!"

연산이 팔을 휘저으며 임사홍의 말을 막는다.

"아, 가만… 아리따운 여인의 수줍음은 미덕인 법… 짐에게만 가만히 얘기하거라. 여하간에… 네 지아비가 아무래도 신통치 않았던 모양이로구나. 어떠냐? 그 지아비에게 아직도 애틋한 마음이 있는 것이냐? 짐을 모시러 온 지금에도….”

여인은 여전히 고개를 숙인 채 할 말을 찾지 못한다.

“왜 말이 없느냐? 옥중에 있는 지아비가 아직도 마음에 걸리는 것이냐?”

처선은 자신도 모르게 여인의 입에서 나올 말에 가슴을 졸인다. 여인이 어떤 대답을 하느냐에 따라 여인의 지아비의 운명이 결정될 판이다. 처선은 여러 차례 지금과 같은 상황에서 연산의 총애를 받는 여인의 말에 따라 남자의 운명이 바뀌는 것을 보아왔다.

연산은 질투가 심했다. 가히 병적이리만큼 질투가 많았다.

성세정成世貞이 영남 감사로 있을 적에 상주 기생을 사랑하여 집에 데려다 두었는데 연산이 그 기생을 뽑아 들여 매우 사랑하였다. 어느 날 연산은 그 기생에게 “성세정이 보고 싶으냐?”고 물었다. 기생이 “어찌 그런 마음이 있겠습니까. 그가 저를 집에 두었지만은 사나운 아내를 무서워하여 서로 왕래가 없어 저를 외롭게 하고 괴롭혔으므로 어느 때나 마음이 상하지 않은 적이 없었습니다" 하니 연산이 "그렇다면 죽이고 싶으냐?"고 물었다. 기생이 "죽이는 것은 통쾌하지 않사오나 반드시 곤장을 쳐서 변방으로 귀양보내어 갖은 고생을 시킨 뒤에 죽여 주십시오" 하고 대답했다. 연산이 웃으면서 기생의 청을 들어주었다. 그 때문에 세정은 세 번이나 옮겨 다니며 귀양살이를 하던 중 거의 죽을 뻔 하다가 중종이 왕위에 오르게 되어 죽음을 면하였다.

이런 일도 있었다. 생원 황윤헌黃允獻의 첩이 얼굴이 예쁘고 가야금을 잘 타니 구수영具壽永이 빼앗아 연산에게 바쳤다. 연산이 매우 사랑하였으나 그녀는 성질이 사납고 괴팍하여 말하고 웃는 것을 좋아하지 않았다. 연산은 그전 남편을 생각해서 그런 것이라 여기고 드디어 황윤헌을 죽였다.

더욱 참혹한 일도 있었다. 연산의 총애를 받는 기생이 하나 있었는데 그 기생이 그 친구에게 "지난밤 꿈에 예전 주인을 보았으니 매우 괴상한 일이구나" 하고 말했다. 이 말이 연산의 귀에 들어갔다. 연산은 즉시 작은 쪽지에 무엇을 써서 내보냈다. 얼마 후에 궁인宮人이 은쟁반에다 무엇인가를 수건으로 덮어서 가지고 들어와 연산에게 바쳤다. 연산이 그 기생에게 열어보게 하니 그것은 곧 그 남편의 머리였다. 연산은 그 기생까지 아울러 죽였다.

"어떠냐? 지아비를 잊고 짐만을 섬기겠느냐?"

연산이 다시 은근한 목소리로 묻는다.

여인은 눈썹을 깜박이며 어떤 대답을 해야 궁지를 빠져나갈지 생각을 궁글리고 있는 것 같다.

"하오나… 지아비가 불쌍하게 옥중에 갇힌 몸이 되었는데 어찌 사람의 심성으로 마음이 쓰이지 않겠사옵니까? 소인의 처지를 딱하게 여기시어 성은을 베풀어 주시옵소서."

"성은을 베풀어? 네 지아비를 놔주고 너를 다시 지아비의 품으로 돌려보내 달라는 말이냐?"

"….."

"무엄하구나! 그토록 정절을 지키겠다면 운평이 되기 전에 자진이라도 했어야 옳을 것이 아니냐?"

처선은 그 말만은 연산이 말이 맞다고 생각한다. 선비의 아내로서 정절을 지킬 양이면 운평의 신세가 되기 전에 자결이라도 했어야 옳을 것이다. 그러나 인간이 살아가며 저마다 겪는 사정은 어떤 고정된 잣대로 함부로 마름질해서 평가할 일이 아니다. 더구나 윤리와 도덕이 땅에 떨어질 대로 떨어진 세상이 아닌가. 버젓한 사대부 출신의 고관대작들 중에 제 계집이나 첩을 연산에게 바치고 출세를 누리는 짐승 같은 인간이 거들먹거리며 사는 세상이 아닌가. 그런 판에 그날그날 목숨을 부지하기에도 벅찬 백성들에게 모두 충신과 열녀가 되기를 강요한다는 것은 지나친 욕심이 아닐까. 지아비가 무고하게 옥살이를 하고 있는데 사람이 살고 나서야 열녀도 지조도 소용이 있고, 옳고 그름도 밝힐 수 있는 것이 아니겠느냐고 여인은 모질게 마음을 먹었던 것인지도 모를 일이야. 처선이 여인을 바라보는 동안 갖가지 생각이 그의 뇌리를 스치고 지나간다.

"왜 대답을 못하느냐?"

연산의 닦달에 여인이 입을 연다.

"그런 생각을 안 해본 것은 아니오나… 제 몸가짐만 조신하게 하고 때를 기다리면 저의 억울하고 딱한 처지도 벗을 날이 올 것이라는 믿음을 또한 저버릴 수 없었사옵니다. 저에게는 세 살 먹은 어린것이 늙으신 어머님께 의탁하고 있사옵니다. 소인을 불쌍히 여기시옵소서! 어머님도 병석에 누워 이웃의 도움으로 근근이 명을 잇고 계신다 하옵니다."

연산은 미간을 찌푸린다.

"으음… 네 말이 사실이라면 사정이 딱하기는 딱하다…

짐이 사실을 확인해 보고 네 말에 한 점 거짓이 없다면 네 지아비만은 풀어줄 것이로되… 대신 네가 짐을 어떻게 즐겁게 모시느냐에 달렸다. 그리고 잠시 후에 인간의 지조라는 것이 얼마나 가소롭고 위선에 찬 것인가를 네게 보여 주겠다. 본성대로 즐기는 것이 최상의 아름다움이고 사람다움이니라. 저쪽으로 가서 기다리거라. 좀 있다 함께 처용놀이를 즐기자."

연산이 여인에게 오른쪽 잔디밭을 손짓하고 나서 큰소리로 영을 내린다.

"지금 빨리 파발을 띄워 이 운평의 말이 사실인지를 알아보라. 운평의 에미가 사실로 병석에서 사경을 헤매거든 의원을 대서 치료해 주고 먹을 것을 대줄 것이로되, 사실이 아니거든 당장 능지처참하라!"

연산의 영이 떨어지기 무섭게 신수영이 잇따라 호통을 친다.

"무엇들 하느냐! 빨리 서둘러 어명을 거행하지 않구!"

의금부義禁府 관원들이 영을 받고 재빨리 움직인다. 연산의 불같은 성미를 아는 관원들은 서둘러 파발을 띄우러 간다. 연산이 연회 중에 술에 취해 이렇게 돌연한 명을 내리는 일은 한 두 번이 아니다.

이런 일도 있었다.

최유회崔有淮의 딸이 가야금을 잘 탔는데 정승 한치형韓致亨이 끌어다가 구사丘史의 비婢를 만들고 관계하였다. 뒤에 여자를 뽑아 올릴 적에 풍원위豊原尉 임숭재任崇載와 고원위高原尉 신항申沆이 다투어 이 여자를 추천하였는데, 구수영具壽永이 먼저 빼앗아 궁중에 바치니 연산이 매우 사랑하여 숙의淑儀로 봉하였다. 어느 날 연회에서 최녀가 갑자기 머리를 풀어헤치고 통곡하므로 놀라서 물으니 "아버지가 병들어 죽었다는 소식을 들었습니다" 하였다. 연산이 노하여 내시를 시켜 가보게 하였다. 최유희는 방금 병이 나 죽지는 않았는데 연산이 노했다는 말을 듣고 이내 목매어 죽었다. 내시가 돌아와 보고하니 연산은 "혹시 거짓으로 죽었거든 반드시 형벌에 처하라" 하였다. 형벌을 맡은 관원이 송장을 매어 놓았다가 이튿날 아뢰니 연산은 술이 깨어서 "후하게 장사 지내 주라" 하고 참의參議 벼슬을 추증追贈하였다.

"자, 나머지 운평들은 거동을 빨리빨리 하여 앞으로 나오너라!"

연산이 다시 줄지어 서 있는 여인들을 향해 소리친다.

여인들이 종종걸음으로 바삐 움직인다.

연산은 마음에 드는 여인은 손짓으로 오른쪽 잔디밭을 가리켰다. 연산에게 뽑혀 오른편 잔디밭으로 간 여인은 서른두 명이었다. 서른두 명 가운데 연산이 특별히 관심을 보인 운평은 상주에서 뽑혀온 여인 말고 세 명이었다. 연산은 그 여인들을 어탑으로 가까이 오게 하였다.

여인들은 바짝 긴장한 얼굴로 연산의 앞에 선다.

연산이 하나하나 여인들의 얼굴과 몸매를 뜯어보며 말한다.

"홍안다습紅顔多濕, 백안무미白顔無味라 하나 모두 짐의 입맛을 돋구는구나. 어디 보자. 얼마나 잘들 익었나!"

연산이 비틀거리며 일어나 먼저 상주에서 온 운평을 끌어안고 가슴을 주무른다. 여인이 수치심으로 얼굴을 붉히고 가벼운 신음소리를 내자 연산이 여인의 엉덩이를 쓰다듬어 내리며 탄성을 발한다.

"으음… 진품이로다! 어디 너는 어떤가 보자."

연산은 나머지 여인들을 하나하나 끌어안고 희롱한다. 연산이 광적인 웃음을 흩뿌리며 희희낙락하자 아첨하는 대신들도 덩달아 희희덕거리며 음탕한 웃음을 흘린다.

처선은 길게 한숨을 내쉰다. 하늘을 올려다본다. 구름 한 점 없이 맑은 하늘이다. 익모초를 짓찧어 물에 엷게 풀어놓은 듯한 포르스름한 하늘 한가운데 떠 있는 태양이 무심하게 내려다보고 있다. 아니, 무심한 것이 아니라 처연한 눈으로 내려다보고 있는 것 같은 생각이 든다. 어쩌면 의로움을 내세우면서도 때를 핑계 삼아 구차하게 목숨을 부지하고 있는 자신에게 조소를 보내는 것 같은 생각도 든다. "백성이 다 죽고 도가 바로 서는 때가 오면 무얼 합니까?" 때를 기다려야 한다는 처선의 말에 아들 명신이 격앙된 어조로 반문하던 말이 가슴으로 파고든다.

'허나 지금은 아니야!' 처선은 내심 단호하게 자신에게 소리쳤다. 그리고 빨리 악몽 같은 이 시간이 흘러가기를 바란다.

연산이 여인들을 희롱하고 나서 비틀거리며 다시 어탑 위로 올라와 앉는다.

"자, 이제 재미있는 내기를 시작하자. 죄인을 끌어내라! 그리고 대령한 홍청들도 앞으로 나오너라!"

연산의 호령이 떨어지기 무섭게 해당 관원들이 재빠르게 움직인다.

잠시 후 권달수가 끌려나와 연회석 중앙 잔디밭에 꿇려

앉혀진다. 권달수를 시험하기 위해 뽑혀온 세 명의 홍청들도 권달수가 꿇어앉은 자리에서 예닐곱 발자국 쯤 떨어진 곳에 세워진다.

장내가 갑자기 찬물을 끼얹은 듯이 조용해진다.

처선은 암울한 심경에서 권달수를 애처롭게 바라본다.

권달수는 꿇어앉은 채 자세를 꼿꼿이 하고 눈을 감고 있다. 상투가 풀린 머리칼이 어깨까지 흘러내리고 몇 가닥은 피멍이 진 얼굴 위에 드리워져 있다. 혹독한 고문으로 피 얼룩이 져 맨살에 달라붙은 옷의 행색이 보기에도 처참하다.

"죄인은 듣거라!'

연산이 돌부처처럼 묵묵히 앉아 있는 권달수를 내려다보며 소리친다.

"다시 한 번 짐이 이르겠다! 네가 내세우는 도가 오욕칠정을 이기면 너를 살려 주겠다. 허나 너의 도가 인간의 본성 앞에서 조금이라도 흔들림이 있으면 짐을 우롱한 죄로 능지처참하겠다. 어떠냐? 이 내기에서 이길 자신이 있느냐?"

"…."

권달수는 연산의 말에 묵묵부답으로 감은 눈을 뜨지 않는다.

"왜 대답이 없느냐? 짐의 말이 들리지 않느냐?"

"……."

이번에는 유자광이 나서며 호통을 친다.

"죄인은 눈을 뜨고 바로 아뢰어라! 전하의 성은을 능멸하려는 것이 아니거든 어명을 받들어라!"

권달수가 천천히 눈을 뜨고 연산을 바라본다. 그리고 낮으나 힘이 들어간 목소리로 말한다.

"무슨 내기를 어떻게 하자는 말씀인지는 모르오나 구차하게 목숨을 보전하고 싶지 않습니다. 행여 전하의 사적에 누로 남을까 저어됩니다. 어서 죽여주십시오!"

연산의 입가에 잔인한 미소가 번진다.

"죄인의 옷을 벗겨라!"

연산이 다시 호통을 친다.

"아니다! 죄인의 옷을 갈갈이 찢어라!"

이번에는 연산이 세 명의 홍청을 향해 호령한다.

"너희들도 모두 옷을 벗어라! 실오라기 하나 걸치지 말고!"

장내가 찬물을 끼얹은 듯이 조용해진다.

당황한 기색을 감추지 못하는 홍청들에게 연산이 독기 품은 눈초리로 노려보며 말한다.

"너희들은 암창 난 개가 되는 것이다! 그리고 저 도덕군자를 발정한 수캐처럼, 오뉴월 폭염에 혀를 빼물고 헐떡이는 수캐처럼 만들어야 한다! 너희가 짐이 명한 대로 거행하여 성사시키면 큰 상을 내릴 것이로되 그렇지 못하면 중벌을 면하지 못할 것이다! 왜 꾸물거리는 것이냐? 어서 거행하지 않고!"

처선은 자신의 귀를 의심하고 싶다. 잘못 들은 것이라고. 그러나 그것이 사실로 실현될 수 있다는 것은 처선 자신이 너무나 잘 알고 있다. 백주에 사람들이 보는 앞에서 동물과 수간獸姦을 시키고 그것을 천연덕스럽게 즐기는 연산이 아닌가. 아무리 그렇기로서니 무고한 선비에게 그토록 모욕적인 방법으로 인륜을 저버린 짐승 같은 짓을 자행할 수 있단 말인가. 아니, 이 패륜의 장면을 그냥 지켜보아야 한단 말인가. 더구나 자식과 함께.

처선은 참담한 심경으로 명신이 서있는 쪽으로 눈길을 돌린다. 명신의 표정을 자세히 살필 수는 없지만 비통해 하는 심경만은 읽을 수 있을 것 같다. 어쩌면 명신이 분기를 참지 못하여 죽기를 각오하고 간언을 할지도 알 수 없다. 아침에 입궐하기 전에 어떤 일이 있어도 혈기 때문에 가볍게 처신하지 말 것을 누누이 당부하였으나 명신은 끝내 처선의 말을 수

긍하는 태도가 아니었다.

처선은 입궐하기 전 또 한 번 공자와 그의 제자 자로子路의 출처진퇴出處進退에 관한 논쟁을 예를 들어 의기만 앞세워 경망스럽게 행동하지 말 것을 당부하였다.

처선이 화제로 꺼낸 것은, 진陳나라의 영공靈公이 신하의 아내와 통정을 하여 그녀의 속옷을 입고 조정에 나아가 이를 모두에게 자랑해 보이자 신하인 설야泄冶가 간언을 했다가 죽임을 당한 예화였다.

1백년 후, 이 사람을 두고 한 제자가 공자에게 물었다.

"설야가 바른 말을 하여 죽임을 당한 것은 옛날 주왕紂王의 숙부로서 그의 폭정을 비판한 비간比干의 죽음과 전혀 다를 바가 없습니다. 이를 인仁이라 하여 옳은 것입니까?"

그러자 공자가 대답하였다.

"아니다. 비간과 주왕의 관계는 혈연이기도 하고, 또 관직으로서는 소사少師의 자리에 있었다. 그러므로 자신의 몸을 버리면서까지 세찬 간언을 한 것은 자신이 죽은 후에라도 주왕이 후회하기를 기다렸던 때문이야. 이는 마땅히 인이라고 해야 한다. 그러나 설야는 영공과 혈육의 관계도 아니고, 또 지위도 일개의 대부大夫에 불과하지 않은가? 군주가 올바르지 않고 나라가 올바르지 않으면 깨끗하게 관직에서 물러나야 하는데 자신의 분수도 모르고 구구한 몸으로서 일국의 어지러움을 바르게 하려고 하다니, 이는 스스로 자신의 생명을 함부로 버린 것이다. 인仁은커녕 한 소동에 불과할 뿐이다."

그 제자는 공자의 말을 듣고 납득하여 그 자리를 물러났으나, 옆에서 듣고 있던 다른 제자 자로는 도저히 이해할 수가 없었다. 그래서 자로는 그 자리에서 물었다.

"인仁, 불인不人은 둘째 치고 어쨌든 자신의 위험을 무릅쓰고 일국의 문란함을 바르게 하고자 한 것에는 지혜로움과 지혜롭지 못하다는 것을 넘어선 훌륭함이 있다고 할 수는 없을까요? 결과야 어떻든 생명을 헛되이 한 것이라고 잘라 말할수는 없는 것이 아닐까요?"

"그대는 그러한 소의少義 속에 있는 훌륭함만을 볼 수 있고 그 이상의 것은 보지 못하는가? 옛 사대부는 나라에 질서가 있으면 충성을 다함으로써 이를 도왔으나, 나라에 도가 없으면 물러남으로써 이를 피하였다네. 자네는 아직 이러한 출처진퇴出處進退를 이해하지 못하는 것으로 보이는군. 시경詩經에 백성에게 부정한 생각이 횡행하면 스스로 법령을 지키기가 어렵게 된다고 말하고 있다네. 생각컨데 설야의 경우에 해당되는 듯하구나."

"그렇다면…."

자로가 오랜 시간 생각한 끝에 말했다.

"결국 세상에서 가장 중요한 것은 일신의 안전을 꾀하는 것에 있습니까? 몸을 버려 의를 세우는 것에는 없습니까? 한 인간의 출처진퇴가 적합한지 부적합한지의 문제가 천하창 생의 안위보다도 더 소중한 것일까요? 왜냐하면 지금의 설 야가 만약 목전의 어지러운 윤리를 비난하여 지위에서 물러 났다고 하면 그의 일신은 그것으로 좋을지도 모르지요. 하 지만 진나라의 백성들에게 그것이 도대체 무슨 도움이 될까 요? 그래도 아무 소용이 없다는 것을 알면서도 간언하여 죽 는 쪽이 국민의 기풍에 주는 영향으로 말하면 훨씬 의미가 있 는 것이 아닐까요?"

"물론 일신의 보전만이 소중하다고는 말하지 않겠네. 그렇다면 비간의 죽음을 인이라고 칭찬하지도 않지. 단지 도道를 위하여 버리는 생명도 그 버릴 때와 장소가 있는 법, 그것을 지혜롭게 헤아리는 데는 개인의 이익을 위하는 것이 아니라네. 서둘러 죽는 것만이 능사는 아니거든."

명신은 처선이 옳다고 주장하는 공자의 뜻에 동의하면서

도 여전히 처선의 시국관에 대해서는 이견을 보였다. 처선은 자신이 마치 때를 핑계 삼아 가문을 온전히 보전하려고 궁여지책으로 공자의 가르침을 호도^{糊塗}하려는 것처럼 명신이 여기고 있다는 느낌마저 들었다. 처선은 명신의 눈빛에서 그와 같은 오해의 그늘을 발견하면서 마음이 저려왔지만 내심 언젠가 때가 오면 정녕 진심을 이해하게 되리라고 스스로 위무^{慰撫}하였다. 그런데 이런 일이 벌어지게 되다니, 그로서도 더 이상 할 말을 잃어버릴 수밖에 없었다.

처선은 멍하니 권달수 쪽을 바라보고 있는데 임사홍의 신경질적인 고성이 고막을 때렸다.

"무엇들 하느냐아! 어서 어명을 받들지 않구!"

권달수의 옆에서 머뭇거리고 있던 관원 둘이 놀래서 권달수의 앞으로 다가간다.

흥청들은 여전히 얼굴을 붉히고 당황하여 어쩔 줄 몰라한다.

두 관원이 권달수의 핏물이 얼룩져 말라붙은 웃옷의 양 앞섶을 움켜잡고 잡아당기자 옷이 부욱, 소리를 내며 찢어진다. 그러자 권달수가 벽력같이 고함을 친다.

"그럴 것 없다! 어서 이 오라를 풀어라! 내 흔쾌히 개가 되어 주겠다. 상감이 이미 인륜을 저버린 개가 되어버렸는데 신하가 개가 되는 것은 당연한 일이 아니냐!"

두 관원이 호통으로 주춤하자 권달수가 연산을 똑바로 바라보며 소리친다.

"상감은 들으시오! 상감과 내가 군신의 인연으로 태어나 이승을 하직할 때까지 이승의 법도에 충실하고자 하였으나 상감이 스스로 인륜을 저버려 마지막 신하의 도리로서 한마디 합니다! 한 생각 나고 한 생각 꺼지는 것이 생사生死이며, 한 숨 내쉬고 한숨 들이쉬는 것이 생사입니다. 이처럼 생사란 호흡지간에 있는 것이니, 어느 때 명운命運이 다할는지 알 수 없습니다! 이 명운 앞에는 지위의 높고 낮음도 없습니다. 오직 하늘의 준엄한 심판만이 있습니다. 지금도 늦지 않았으니 백성을 도탄에 빠뜨린 허물을 뉘우치고 군왕의 법도를 찾아 하늘의 노여움을 푸십시오!"

권달수의 뜻밖의 호통에 당황한 것은 연산보다도 신하들이다. 모두 놀라다 못해 표정이 굳어져 숨소리도 크게 내지 못한다.

임사홍을 비롯한 몇몇 간신들이 연산을 대신 해서 다투어 분노를 내보인다.

"저, 저런 발칙한 놈이 있나! 정녕 돌아서 미친개가 되었구나!"

"어느 안전이라고… 저, 저것이!"

"더 아가리를 벌리지 못하게 빨리 혓바닥을 잡아 뽑아야 돼!"

연산은 의외로 침착하다. 연산은 노기로 입가에 경련을 일으키면서도 독기 품은 눈으로 권달수를 뚫어지게 바라본다.

권달수가 이번에는 좌우 대신들을 둘러보고 나서 임사홍을 향해 말한다.

"구름이 영원히 해를 가릴 수는 없는 법이오! 천리를 따르시오! 더러운 탐욕으로 자신의 몸과 사직을 더럽히지 마시오! 역천자逆天者는 망하고 순천자順天者는 흥한다는 것은 고금의 진리요! 나 역시 한을 품고 이승을 하직하지만 그동안 억울하게 비명에 간 많은 영혼들이 지하에서도 그대의 악행을 저주하고 용서하지 않을 것이오!"

"저, 저런 도륙을 낼 놈이 있나! 아무리 죽기를 작정하였기로서니 아가리를 함부로….."

"아, 아, 고정하시오!"

연산이 한 손을 내저으며 소리친다. 연산은 주기가 올라

게슴츠레한 눈에서 독기를 거두지 않고 입가에 잔인한 미소를 떠올린다.

"다 짖었느냐? 그렇다면 네 말대로 너를 개가 되게 해주마! 어서 죄인이 원하는 대로 오라를 풀어 주어라! 그리고 헐떡거리는 개가 되게 해 주어라!"

관원들이 달라붙어 권달수의 몸을 이리저리 밀치면서 오라를 푼다. 권달수는 관원들이 하는 대로 몸을 맡기고 연산을 지긋이 바라보며 힘주어 말한다.

"개가 되어 죽으면, 죽어서 상감께 진언을 해도 개 짖는 소리로만 알아들을 것 같아 이대로 사람이 되어 죽겠습니다! 부디 어진 임금이 되십시오! 자, 그럼… 으, 으윽! 윽!"

권달수가 허리를 꺾으면서 연이어 신음소리를 낸다. 권달수의 입에서 붉은 피가 주르르 흘러내린다.

누군가 소리친다.

"죄인이 혀를 물고 자진을 한다!"

오라가 풀리자 권달수가 옆으로 픽 쓰러진다.

장내에 잠시 동요가 인다.

연산의 미간이 일그러진다. 연산이 갑자기 미친 듯이 너털웃음을 친다.

"으하하하… 하핫! 내 그럴 줄 알았다! 너희들 도학자라는 것들이 하는 짓거리가 그렇지 별 수 있겠느냐!"

연산이 정색을 하고 고함을 지른다.

"죄인을 그대로 죽게 해서는 안 된다! 짐의 명대로 죄인을 발가벗겨 개처럼 끌고 가 능지처참하여라!"

연산의 명이 떨어지기 무섭게 임사홍이 관원들에게 호통을 쳤다.

"어서 어명을 거행하라!"

관원들이 권달수의 허물어진 몸을 일으켜 세우며 옷을 벗기기 시작한다. 옷이 제대로 벗겨지지 않자 웃옷을 잡아 찢었다. 핏물이 낭자하게 흐르는 상체가 드러나고, 바지를 잡아내리자 야윈 엉덩이가 드러난다.

처선은 눈을 감는다. 아랫배로부터 뜨거운 불덩이 같은 것이 가슴으로 치밀어오른다. 현기증이 인다. 목구멍에 싸아, 한 기운이 몰리더니 눈꼬리에서 뜨거운 것이 주르륵 흘러내린다.

'그래, 지금이 나아갈 때다!'

처선이 내심으로 아프게 외치면서 눈을 번쩍 뜨는데 연산이 신경질적으로 외친다.

"짐이 몹시 피곤하니 연회를 파하라! 처용놀이는 내일 하기로 한다!"

5

처선은 침통하게 고개를 떨어뜨리고 앉아 있는 가족들을 내려다보며 마지막 할 말을 찾는다. 마음을 비울 대로 다 비우고, 이제 혼자 왔던 길을 혼자서 홀연히 떠날 수 있다고 생각했는데 다시금 회한이 밀물처럼 밀려든다. 엊저녁에 심경을 정리하고 아내에게 자신의 결심을 전할 때도 마음이 저리고 아팠지만 이렇게 아리지는 않았다. 새삼 살붙이라는 인연의 끈이 이다지도 질긴 것인가 하는 생각이 든다. 어쩌면 자신의 일로 하여 가족들이 화를 입을지도 모른다는 생각을 하니까 더욱 가슴이 쓰라리다. 문득, 결전의 싸움터에 나가기 전에 식구들을 모아 놓고, 적에게 욕을 당하느니 차라리 내 손에 죽으라며 비장하게 칼을 뽑아 든 한 장수의 얼굴이 스쳐 지나간다. 아마 계백의 심정이 이랬을까.

처선은 남편의 사랑 한 번 제대로 받아보지 못하고 평생을 그늘 속에서 시들어 버린 아내의 주름진 얼굴을 바라본다.

처선이 엊저녁 잠자리에서 먼 길을 떠나며 뒷일을 당부하듯 아내에게 생의 이별을 고했을 때, 처선의 뜻을 꺾을 수 없다는 것을 아는 아내는 밤새도록 숨 죽여 울며 슬픔을 억제하지 못했다. 그러나 처선이 아침에 아들 내외를 내실로 불러 자신이 오늘 입궐하여 반드시 죽어 돌아올 것이라고 말할 때는 감정을 갈무린 탓인지 아내는 크게 동요하지 않았다. 의외로 아들 명신이 극구 반대하고 나섰다. 늙은 아비 대신에 자신이 나서겠다는 것이다.

명신이 또 애절하게 말한다.

"아버님, 제가 나서겠습니다! 아버님은 더 큰일을 맡으셔야 하옵니다!"

"몇 번을 말해야 알아듣겠느냐? 다시 말하거니와 명신이 너는 애비의 말을 깊이 새겨듣고 함부로 행동하지 말아라. 지금은 내가 나아갈 때고, 너는 물러서야 할 때이다. 사람은 다 쓰일 곳이 따로 있는 법이다. 네가 관직을 유지할 수도 없을 테지만 일신을 보전하여 훗날을 기약하여라. 그리고 며늘아기도 너무 슬퍼하지 말아라. 나는 살 만큼 살았다. 사람이 구차하게 사느니보다는 값있게 죽을 수 있을 때 죽는 것이 더 떳떳하다. 나는 어차피 떠나야 할 먼 길을 조금 먼저 떠나는 것뿐이다. 절대로 슬퍼하지들 말아라. 그저… 먼 길을 나서는 사람을 배웅하는 것처럼 편안한 마음으로 나를 보내면 된다. 문 밖으로 나올 것도 없다.”

처선은 자리를 털고 일어선다. 처선이 돌아서 방문을 열고 나오는데 아내와 며느리가 참았던 오열을 터뜨린다.

“으흐흐흑… 아, 아버님!”

명신도 방바닥에 얼굴을 숙이고 오열한다.

“웬 소란이냐! 울음소리가 담을 넘겠다!”

처선은 문 밖에서 방안을 향해 주의를 주고 뜰로 나온다.

뜰에는 하인들이 가마를 대령해 놓고 입궐을 기다리고 있다. 하인들은 방안의 곡성에 영문을 모르고 어리둥절한 표정이다.

처선이 집안을 한번 휘 둘러보고 나서 가마에 오르자 입궐을 재촉한다.

“어서 가자!”

가마꾼들이 걸음을 재게 놀린다. 가마가 효자동孝子洞 환관촌 길로 나서는데 처선의 가족들이 대문 밖으로 나온다. 처선의 아내와 며느리가 오열을 참으며 어깨를 들썩인다. 명신은 사라져 가는 가마를 어금니를 지그시 물고 침통하게 바라본다.

"정이품, 환관 김처선 아뢰오!"

처선은 연산의 앞으로 나가 경희루 뜰아래 엎드린다.

막 처용놀이를 시작하려던 참이다. 연산은 음란한 남녀의 교합을 흉내 내는 처용놀이를 즐겼다. 연산의 처용놀이 대상은 흥청으로 뽑혀온 궁녀들뿐만이 아니었다. 심지어 대신들의 부인들에게 가슴에 이름표를 달고 연회에 참석하게 하여 마음에 드는 여인은 옷매무새를 고쳐준다는 핑계를 대고 옷매무새를 고쳐 주는 방으로 데리고 가서 음욕을 채웠다. 아주 마음에 드는 부인은 며칠씩이나 대궐에 머무르게 하였다. 어느 대신의 부인은 치욕을 참지 못해 집으로 돌아가 대들보에 목을 매었고, 또 어떤 부인은 태연히 정결 부인으로 행세하여 그 덕에 남편이 출세의 가도를 달리기도 하였다.

연산이 그 처용놀이를 즐기려고 흥분해 있는 참에 처선이 나선 것이다.

좌우로 도열해 있는 대신들이 호기심과 의아함으로 눈을 크게 뜨고 처선을 바라본다.

어탑에 비스듬히 앉아 있던 연산이 허리를 바로 세우며 처선을 내려다본다.

"무슨 일이오?"

"처용놀이는 이제 그만 거두심이 옳은 줄로 아뢰옵니다. 색을 멀리 하시고 옥체를 보전하셔서 정사를 바로잡으셔야 하옵니다."

연산의 얼굴이 찌푸려진다.

"무엄하오! 짐이 여색을 가까이함이 그리도 문란하단 말이요?"

처선은 주저하지 않고 또박또박 힘주어 간한다.

"늙은 몸이 역대 네 임금님을 섬겼고 경서經書와 사서史書에 대강 통하지만 고금에 상감마마와 같으신 분은 없었사옵니다."

"무엇이라고?"

연산의 얼굴이 흙빛으로 변한다.

"네 이놈! 내가 그 동안 선대왕 마마와 선왕마마를 모신 늙은 신하인지라 주둥이를 경망스럽게 놀리는 것을 참았다만 더는 용서할 수 없다!"

"신이 바른 말을 아뢰어 전하의 혜안이 열리신다면 백 번을 죽어도 한이 없사옵니다. 부디 이 늙은 신하의 충언을 통촉하여 주시옵소서!"

처선은 계속 극언으로 간한다.

"여봐라! 활을 가져 오너라! 빨리!"

분노가 폭발할 대로 폭발한 연산이 당장 활을 가져오라고 재촉한다. 신수영이 활을 가져다 바치자 연산은 활시위를 잡아당겨 엎드려 간하고 있는 처선을 향해 쏜다.

처선은 갈빗대에 심한 통증을 느낀다. 화살이 갈빗대에 깊이 박힌 것이다. 처선은 통증을 참으며 계속 간한다.

"수많은 조정의 대신들도 죽음을 두려워하지 않고 목숨을 버렸는데 늙은 내시가 어찌 죽음을 두려워하겠사옵니까. 다만 상감마마께서 오래도록 임금 노릇을 할 수 없게 될 것이 한스러울 뿐이옵니다."

화살이 또 하나 날아와 옆구리에 박힌다. 처선은 그대로 바닥에 나뒹군다.

"힘센 장사를 불러 당장 다리를 꺾어 놓아라! 어서!"

눈앞의 처참한 광경에 모두들 벌벌 떨고 있는데 임사홍이 재차 내관을 닦달한다.

"내관은 무엇을 하느냐! 어서 힘센 군졸을 불러오지 않구!"

잠시 후 키가 크고 힘 좋게 생긴 군졸이 불려온다. 군졸은 어명대로 무지막지스럽게 처선의 다리를 부러뜨린다.

연산이 가학적인 미소를 흘리며 처선에게 명한다.

"어서 일어나 걸어라! 걸어 다니며 또 지껄여봐라!"

"상감께서는 다리가 부러져도 걸어 다닐 수 있겠사옵니까?"

"발칙한 놈! 말끝마다 대꾸로구나! 여봐라! 말을 못 하도록 저 놈의 혀를 잘라버려라!"

끝내 처선은 혀까지 잘려져 나간다. 그러나 처선은 마지막 혀가 돌아갈 때까지 연산에게 행실을 고치라고 간한다.

처선은 기운이 다하자 쓰러져 의식을 놓는다.

연산은 그래도 분이 풀리지 않는지 의금부에 명한다.

"죄인의 배를 갈라 창자를 꺼내어라! 시체는 매장하지 말고 산에 버려 산짐승의 먹이가 되게 하여라!"

처선은 죽고 나서도 연산의 저주를 받았다. 연산은 널리 포고문을 내려 조정과 민간에 처處와 선善 두 자를 쓰지 못하도록 금자령禁字令까지 내렸다. 권벌權橃이라는 사람이 갑자년 시험에 합격하였는데, 책문策問 시험에 합격되어 시관試官이 이름을 떼어 본 뒤에 시권試券 안에 처處자가 있는 것을 깨닫고 낙방시키기를 청하였으니 이는 연산이 처선處善이란

두 자를 쓰지 못하게 한 까닭이었다.

그 후 선비사회에서는 김처선의 죽음을 두고 〈환관만도 못한 선비〉라는 말이 생겨났고, 또 환관사회에서는 김처선처럼 살지 말고 소극적으로 부화뇌동附和雷同해서 살라는 〈처선處善은 하지 말고 처악處惡은 하라〉는 격언이 생겨났다.

그 여자의 겨울

그 여자는 두 번 내 병원을 찾아왔다. 한 번은 여덟 살짜리 딸을 데리고, 한 번은 남편의 보호자로. 아니다. 병원 밖에서 은밀한 상담시간을 가진 것까지 치면 세 번이 되는 셈이다.

그녀와의 첫 번째 만남은 햇살이 유난히 좋은 구월 초순이었다. 오후 두 시쯤이었다. 정신병은 분초를 다투는 위급한 병이 아니어서 점심 시간대는 대개 환자가 뜸했다. 나는 회전의자에 푹 파묻혀 나른한 오수에 쫓기며 진찰실 밖의 은사시 나뭇잎들을 바라보고 있었다. 내가 미풍에 아름답게 몸을 섞고 있는 은사시 나뭇잎들의 희롱을 바라보면서 모처럼 아내와 치른 신선한 새벽의 정사를 감명 깊은 명화의 한 정면을 음미하듯 만끽하고 있을 때, 그녀가 간호사와 함께 진찰실 문을 밀고 들어왔다. 불란서 인형처럼 깜찍하게 생긴 딸애를 앞세우고서였다.

나는 그녀를 본 순간 의자에서 벌떡 몸을 일으켰다. 아내와의 기분 좋은 정사 장면의 환영을 갑자기 그녀에게 들켜버린 듯한 착각에서이기도 했지만, 그녀의 첫인상은 그만큼 내게는 강렬한 것이었다. 상대방의 폐부를 꿰뚫어볼 것 같은 깊고 그윽한, 그러면서도 무언가를 갈구하고 애소하는 듯한 눈, 그리고 장미꽃잎을 두 장 겹쳐 놓은 듯한 육감적인 작은 입술. 그것들은 쇼트카트를 한 그녀의 다갈색 투피스 차림의 아담한 체구와 어울려 어느 인상 깊었던 이국 영화의 여주인공을 실물로 대하고 있다는 착각이 들 만큼 강렬한 느낌을 던져주었다.

여자는 내게 가벼운 목례를 보내왔다. 나는 간호사에게서 진찰소견서를 넘겨받으면서 그녀에게 환자 상담용의 진찰 소파에 앉을 것을 권했다. 환자는 딸애였다. 나는 간호사가 진찰실 밖으로 나가는 것을 보면서 원장용 책상 뒤에서 걸어 나와 모녀가 앉아 있는 상담 소파의 맞은편 자리로 가 앉았다.

나는 먼저 잘 훈련된 미소를 모녀에게 선사했다.

"엄마를 닮아서 참 예쁘구나…서, 미나… 몇 학년인가?"

딸애가 머뭇거리자 여자가 얼른 대답했다.

"왜 말씀을 못 드려, 이 학년이에요."

여자의 목소리는 저음이면서도 억양이 분명했다. 촉촉이 젖어드는 음색은 사람의 마음을 잡아끄는 미묘한 힘을 지니고 있었다.

"그런데 어떻게…?"

"불장난이 어떻게 심한지 말릴 수가 없어요."

"언제부터 그런 버릇이 생겼나요?"

나는 여자애에게 신경 쓰며 조심스럽게 물었다.

여자애가 엄마를 곁눈질해 보며 콧잔등을 찌푸렸다.

"한 일 년 반 되는가 봐요. 처음 발견된 지는… 마치 불에 홀린 애 같아요. 시도 때도 없이 아무 데나 불을 질러요."

"구체적으로 어떻게 불을 지릅니까?"

"처음에는 우연히 플라스틱 책받침에 성냥불로 태운 구멍들을 발견했어요. 욕조에 몰래 들어가 두루마리 휴지를 통째로 불에 태우기도 하고, 플라스틱제 장난감이나 인형에 불을 붙이고도 하고, 큰 성냥 갑째 불을 태우기도 해요. 집에 성냥을 모두 감추었더니 어디서 라이터를 구해 와서 제가 소중히 아끼는 스커트자락에도 불을 붙였어요. 또 한 번은 가족들이 자는데 방안에 놓아둔 쓰레기통 안에다 불을 놓았어요. 연기 냄새에 놀라 깨어보니, 애가 황홀한 듯이 넋을 잃고 불꽃을 보고 서 있지 않겠어요. 불을 지를 때는 집에 혼자 있을 때나 가족들이 자고 있을 때 아무도 모르게 하기 때문에 도저히 사전에 방지가 안 돼요. 불안해 죽겠어요. 때려도 보고, 불이 얼마나 무서운지 설득도 시키고 얼러도 보고 심지어는 하도 화가 나서 성냥불을 손바닥에 갖다 대어 겁을 주기도 했지만 아무 소용이 없었어요."

나는 하소연 같은 감정이 실린 여자의 말을 다 듣고 나서 여자애에게 상냥하게 말을 붙였다.

"미나는 그렇게 불장난이 재미있나?"

여자애는 빨갛게 얼굴을 물들이고 눈만 깜박거렸다.

"괜찮아, 너만치 어릴 때는 다 그런 장난을 해보고 싶은 거야. 선생님이 보니까 공부도 잘 하고 모범생이겠는데 뭘…."

여자가 얼른 끼어들었다.

"정말이에요. 이 일을 학교에 가서 상담했더니 담임선생님이 깜짝 놀라면서 학교에서 착하고 온순하고 총명한 모범적인 아이가 그런 일이 있는 줄은 전연 뜻밖이라잖아요."

"그것 봐. 선생님이 잘 알아 맞췄지. 괜찮아, 선생님한테는 무슨 일이든지 마음 놓고 털어놓아도 돼. 말을 안 해두 선생님이 미나의 마음속을 다 들여다보구 있으니까 거짓말을 하면 되레 나쁜 애라고 흉만 잡혀."

여자가 거들었다.

"그래, 그래! 맘 놓구 죄다 말씀 드려. 널 꾸중할 사람은 아무도 없으니까."

여자애는 새침하게 입을 다물고 눈만 계속 깜박거렸다. 쉽게 입을 열 것 같지 않았다. 입을 연대도 진심을 그대로 털어놓지 않기가 십상이었다. 노련한 형사가 유도심문을 하듯 면담요법으로 증상을 파악해 나가는 수밖에 없을 것 같았다.

"그럼 선생님이 묻는 대로 솔직하게 대답할 수 있겠지? 미나가 대답하기 곤란한 비밀은 말 안 해도 되지만 대신 거짓말을 하면 안 되는 거야, 알겠지?"

나는 여자애의 눈 속을 들여다보며 진지하게 말했다.

"어때? 약속할 수 있겠지?"

여자애는 침묵으로 대답을 대신했다.

"미나가 일부러 불을 지르고 싶은 건 아니지?"

여자애가 내 표정을 살피며 조심스럽게 고개를 끄덕였다.

"불을 지르기 전에는 가슴이 뛰고 겁이 나다가도 물건에 불이 붙으면 몸이 붕 뜨는 것처럼 기분이 좋아지지?"

여자애의 눈이 둥그렇게 크게 뜨였다. 그 눈 속에는 은밀한 비밀을 상대방에게 들켜 버렸을 때의 당혹감 같은 것이 드러나 있었다. 나는 자신감을 가지고 재우쳐 물었다.

"미나는 불을 질러서는 안 된다고 생각하면서도 마음속에서 누군가가 명령을 내리는 것처럼 미나도 모르게 어쩔 수 없이 불을 지르고 싶은 충동이 생기지?"

여자애는 어려운 퀴즈게임 문제를 연속 맞춰가는 사람에게 보내는 경탄의 눈으로 나를 바라보았다.

"…네."

나는 내심 고개를 끄덕이며 잠시 생각을 궁글렸다. 여자가 딸애에게 주었던 시선을 내게로 옮겨 걱정스런 표정으로 나를 바라보았다.

아이는 병적 방화의 증상을 다소 나타내고 있어도 행위장애나 반사회성인격장애, 정신분열증 또는 기질성정신장애와 결부된 방화는 아닌 것 같았다. 이 아이의 경우는 어린 아동들이 성냥, 라이터 또는 불에 대해서 비상한 관심을 가지고 그들의 주위환경을 실험해보고자 하는 정상적인 행동에서 크게 벗어나지 않는 것 같았다. 행위장애나 반사회성인격장애자가 불을 지르는 경우는 어쩔 수 없는 충동에 의해서 불을 지르는 것이 아니라, 어떤 다른 목적을 위해 고의적으로 불을 지른다는 면에서 병적 방화와는 차이가 있다. 정신분열증환자도 방화를 하는 경우가 있는데 이는 그들의 망상이나 환각에 의한 반응일 때가 많다. 기질성뇌장애자의 방화는 그들의 행동이 초래할 결과에 대한 인식능력이 없기 때문에 일어나는 것이다.

그렇다면, 하고 나는 〈프로이드〉의 〈방화와 유뇨증遺尿症〉과의 관계를 생각했다.

"선생님도 어렸을 때 그런 경험이 있어서 물어보는 건데 미나는 밤에 오줌 싸는 일이 있나?"

여자애가 귀밑까지 새빨갛게 얼굴을 붉혔다. 여자가 딸애의 대답을 대신했다.

"그런 일은 없어요. 애 성격이 깔끔하고 정갈한 편이라 일찍 뒤를 가렸어요."

"이런! 선생님이 숙녀에게 큰 실수를 했구먼! 실례! 실례!"

나는 얼른 여자애의 닫힌 마음 문을 열려고 너스레를 떨

246

며 연해 희극적으로 허리를 굽신거렸다. 여자애가 배시시 웃음을 흘렸다.

그렇다면 가족관계에 문제가 있는 거 아닌가.

"미나는 형제가 몇이나 되지? 둘, 셋, 아니면 다섯?"

이번에는 여자가 얼굴을 빨갛게 물들이고 머쓱하게 나를 바라보았다. 그 시선에는 누구를 새끼 잘 낳는 암퇘지로 아느냐, 라는 힐난 같은 것이 묻어 있었다.

여자가 얼른 대답했다.

"없어요. 혼자예요."

"그럼 친구들은 많은가?"

여자애는 조금 생각하더니 고개를 살래살래 흔들었다.

"아빠가 미나를 굉장히 귀여워하시겠구나? 예쁜 외동딸이라서."

여자애의 표정에 당혹스러움이 스치고 지나갔다.

"그렇지?"

"…."

나는 슬쩍 여자의 표정을 훔쳐보았다. 여자의 표정에도 곤혹스러움이 어렸다. 나는 직감적으로 여자의 남편에게 문제가 있다는 것을 감지했다. 예감이 적중한 셈이다. 그렇다면 아이와 더 이상 불필요한 대화를 나눌 필요가 없는 게 아닌가. 나는 아이를 간호사실로 보내야겠다고 생각했다.

"됐어. 미나는 아주 착하고 모범적인 학생이구만… 앞으로 불장난을 하지 않겠다고 선생님하고 약속만 하면 되겠어. 약속할 수 있겠지?"

여자애의 얼굴이 밝게 퍼지며 웃음 띤 얼굴로 고개를 크게 끄덕였다.

"미나는 간호사 언니한테 가서 약을 타 가지고 있어. 엄마하고 조금 얘기할 게 있으니까."

여자애의 표정이 다시 어두워졌다. 여자의 눈빛도 어두워졌다. 나는 자리에서 일어나서 원장용 책상으로 가서 진찰소견서에 신경안정의 처방전을 쓴 다음 부저를 눌러 간호사를 불렀다. 간호사가 들어오자 여자애를 같이 내보냈다.

나는 다시 상담용 응접 소파로 와서 여자와 마주앉았다.

나는 여자의 길고 짙은 속눈썹을 바라보면서 무슨 말을 먼저 할까 잠시 생각했다. 그런데 여자가 먼저 조심스런 어조로 물어왔다.

"애한테 무슨 큰 문제가 있나요?"

"아닙니다. 그리 큰 문제가 없는 것 같습니다. 그런데 실례

될 질문인지는 모르겠으나…."

"…?"

"이건 어디까지나 의사로서의 진단을 위한 질문입니다
만…."

"괜찮아요! 뭐든지 물어보세요."

"두 분의 관계가 원만하신가요?"

"남편을 말씀하시는 건가요?"

"예."

여자가 무언가 생각하는 눈빛이다가 시리도록 하얀 이를
드러내 보이며 쑥스럽게 웃었다.

"사실은 남편을 한번 선생님께 뵈어야 할 것 같아요. 도
대체 사람을 믿으려고 하지를 않아요. 사람뿐만 아니라 모
든 것을…."

"의처증이 심하다는 말씀이신가요?"

"저뿐만 아니라 모든 것들에게 다 예요. 완벽주의자에다
결벽증도 심하구요. 어떤 사람이고 허점이 드러나는 것을 용
납하지 않아요. 애한테도 그래요. 이제 초등학교 이 학년일
뿐인데 청교도적인 결벽성을 강요하지요. 짧은 치마를 입고
팬티가 노출된다든가 하면 심하게 꾸중을 하고… 학교 갈 때

도 매일 아이에게 세뇌교육을 시켜서 보내지요. 길에서 누구든지 말을 붙여도 대답하지 말아라, 친절한 사람을 특히 조심해라 등등 미주알고주알 다 곱씹구야 학교를 보내요. 그럴 때마다 저하구 심하게 말다툼을 하지요."

"그런 날 특히 아이의 불장난이 심하지 않은가요?"

여자가 기억을 헤집어보는 듯 몇 번 눈을 깜박였다.

"맞아요! 그런 것 같아요."

"그렇다면 크게 문제될 게 없습니다. 아이의 증상은 의학적인 병명으로는 일종의 병적 방화인데 아이들한테서 어렵지 않게 볼 수 있는 현상입니다. 부모로부터 거절을 많이 당하고 규제를 많이 받는다든가 부모와의 애정교류가 거의 없을 때 일어나는 증상으로 보고 있지요. 따라서 애한테는 다른 어떤 치료보다도 부모와의 애정의 회복이 시급한 것 같군요. 하지만 어머니하구는 별다른 애정적인 갈등이 없지 않습니까?"

"글쎄요…."

여자가 낯빛을 흐리며 묘한 표정을 지었다. 여자는 은사시나뭇잎들이 살랑대고 있는 창 쪽으로 시선을 옮겼다가 다시 내게로 주었다. 그때 나는 여자의 왼쪽 귀밑에서 까맣고 작은 관능적인 점을 발견했다.

"저도 사실은 애한테 소홀한 편이예요. 장사라고 하다 보니까, 조그만 카페를 하거든요. 선생님 병원에서 멀지 않은 중구청 통에서요. 〈슬픔이 기쁨에게〉라구요."

"재미있는 이름이군요."

"제가 지은 건 아니구요. 어느 시인의 시집 이름에서 따온 거예요."

"시를 좋아하시나 보지요?"

"그냥 의미가 좋아서요. 시보단 연극을 더 좋아해요."

"연극을 하셨나요?"

여자가 빨갛게 귓불을 붉혔다.

"학교 때… 아마추어 배우였어요."

오오라 그래서 음성에 색깔이 있었구나.

"어쩐지 상당한 미인이시다 했더니… 손님들이 줄을 서겠군요?"

"예술하시는 분들이 많이 오세요."

"아, 그래요? 저같이 수준 안 맞는 사람은 환영받지 못하겠군요?"

여자가 조금 소리내어 웃었다.

"선생님 수준이 어떤 수준이신데요? 수준 테스트를 받기 위해서라도 저희 집에 꼭 한번은 오셔야겠는데요."

"아, 그게 그렇게 되요? 좋습니다! 한 번 꼭 테스트를 받으러 가겠습니다. 그런데…."

나는 잠시 의사로서의 공적인 임무를 잊고 환자의 미모에 취해 얘기를 너무 곁길로 끌고 간다 싶어 정색을 하고 그녀를 바라보았다.

"그런데… 부군께서는 무슨 일을 하고 계시는지…?"

여자의 얼굴에 일순 낭패감이 스치고 지나갔다.

"교수였는데… 그만 됐어요."

"아니 왜요?"

여자가 잠시 시선을 떨어뜨리고 들고 있는 핸드백을 만지작거렸다. 나는 그녀의 표정에서 내가 그녀에게 곤란한 질문을 요구하고 있구나 하는 직감이 들었다. 그녀가 나를 지그시 바라보며 되물었다.

"아이의 치료를 위해서 꼭 아서야 되나요?"

이번에는 내가 당황해서 얼굴을 붉혔다.

"아아, 그런 건 아닙니다. 그저 좀 참고가 될까 해서…."

"그럼 다음에 저도 필요하구 선생님께서도 필요하실 때

말씀드리면 되겠군요."

여자가 조금 어색해진 분위기를 눈웃음으로 얼버무렸다. 나도 겸연쩍게 웃으며 그녀의 말에 동의했다.

"무, 물론입니다!"

우리는 어려운 난제에 의견의 일치를 보고 회의장을 떠나는 사람들처럼 격의 없는 웃음을 나누고 헤어졌다. 나는 아쉬운 여운을 남기고 우아하게 퇴장하는 연극배우의 뒷모습을 바라보듯이 진찰실 문을 밀고 나가는 그녀를 멍하니 바라보았다.

내가 그녀를 다시 만난 것은 그로부터 이주일 쯤 지나서였다. 나는 그날 그녀의 표현대로라면 나의 문화적 수준을 테스트 받기 위해서 그녀의 카페에 간 셈이 되는 것이다. 밤 열시가 넘은 시각이었다. 그날은 의사회의 모임이 있는 날이었다. 의사회의 모임이라는 것이 항용 친목회의 성격을 띤 것이기는 하지만 그날도 특별한 안건 없이 저녁에다 술을 몇잔씩 곁들이면서 시국 돌아가는 이야기며 병원 운영의 애로 사항 같은 것들을 주고받다가 의례적인 인사를 나누고 헤어졌다.

내가 막 음식점 문을 나와 가을 냄새가 짙게 풍기기 시작하는 밤거리를 두리번거리며 어디로 갈까 망설이고 있는데 누군가 나의 어깨를 툭 쳤다. 돌아다보니 산부인과를 하는 의대 동기생 한진수였다.

"정 원장, 아무래두 어디로 샐 궁리를 하고 있는 것 같은데… 그러지 말고 어디 가서 나랑 한 잔 더 하지?"

나는 금테 안경 뒤에서 웃고 있는 그의 눈에다 눈을 맞추며 씩 웃어 주었다.

"자네도 샐 궁리를 하고 있었군 그래?"

"여부가 있나. 나이가 사십이 넘었으면 의무 방어전이 아니면 마누라 곁으로 가고 싶은 생각은 별맛 아닌가? 낡은 피아노 건반처럼 인제 어디를 누르면 무슨 소리가 나는지 뻬어언, 한데 무슨 감명 깊은 연주가 되겠는가?"

그와 나는 마주 보고 크게 웃었다. 그리고 나서 그가 이끄는 대로 〈프린스〉호텔의 칠 층 〈로즈〉라는 카페로 갔다.

〈로즈〉에서 우리는 작은 진토닉 한 병을 다 나눠 마시며 한 시간이 넘게 실없는 농담을 주고받았다. 그의 화제는 주로 여자와 섹스에 관한 것이었다. 그는 임금님 귀는 당나귀 귀라고 내놓고 말 못하는 환자들에 대한 갖가지 진귀한 비밀을, 의사인 나에게 마음 놓고 안주 삼아 되새김질하면서 일종의 스트레스를 푸는 거였다. 신출내기 젊은 산부인과 의사들의 행복한 고충은 짐작하고도 남음이 있는 바지만 이제 그 방면에 이골이 날대로 난 사십대 초반의 그가 번번이 환자들의 명품 감상평이나 늘어놓는다는 것이 뭔가 정신의학상에 문제가 있는 것이나 아닌지 모르겠다고, 나 역시 정신과 의사로서의 선입견을 버리지 못하고 흘러간 옛 노래를 경청하듯 그의 말에 귀를 기울였다. 그런데 그가 정말로 나에게 정색을 하고 자신의 문제를 상의해왔다.

"근데 말이야아, 정원장! 나 심각한 문제가 하나 있거든."

내가 시큰둥한 눈빛으로 그를 건너다보자 그가 큰 소리로 말했다.

"나 요새 그게 전연 안 돼! 우리 나이가 벌써 마나님 슬하에서 무릎 꿇고 주눅이 들어 경끼를 일으킬 나이는 아니지 않은가? 왜 그… 인생의 모든 것을 섹스로 푸는 한국의 신판 프로이드 태호의 말을 빌리자면, 이십대는 이것저것 안 가리고 성의껏 하는 나이고, 삼십대는 삼삼한 것만 골라서 하고, 사십대는 사력을 다 해서 하고, 오십대는 오기로 하고, 육십대는 육갑 떨면서 하고, 칠십대는 거기다 풀칠만 한다는데… 말하자면 지금 우리 나이가 사력을 다 해서 할 때가 아니냔 말야."

"사력을 다 하지 않나 보지⋯."

내가 건성으로 받아넘기자 그는 더욱 진지한 표정으로 대들었다.

"이 사람 무슨 얘기야⋯ 태호 말대로 남자가 그 힘 떨어지면 끝난 거 아냐? 서해바다에서 남자가 해수욕을 하다가 상어한테 물려 죽었대. 그런데 다른 데는 멀쩡한데 그것만 떨어져 나갔더래. 그것을 보고 부인이 남편의 시체를 부둥켜안고 통곡을 하면서 '인제 살아도 못 살아, 살아도 못 살아!'하고 땅바닥을 치드래. 사력을 다해서 승선을 해두 번번히 시동이 안 걸려서 마누라 눈칫밥만 먹구 하선이야. 나 아무래두 이상이 있는 거 아닐까?"

"너무 산해진미만 대하다가 자네 말대루 초라한 식탁을 대하니까 식욕이 떨어져서 그런 거 아냐? 환자 중에 종종 그런 사람이 있지. 포르노 비디오를 보면서 하지 않으면 아내와도 그게 안 되는 친구도 있고⋯ 나도 그런 친구들 때문에 밥숟가락을 안 놓고 있네만 세상이 개판이 되다보니까 별별 희한한 물건들이 다 있어. 최근에 내 병원에 찾아온 친구 하나는⋯."

나는 그에게 듣기에 따라서는 상당히 외설스러운 성변태 환자의 얘기를 해주었다. 비정상적인 성생활 때문에 진찰을 받으러 온 환자는 서른 두 살의 야외사진기자였다. 그의 말에 의하면 여성들에 대해서 성적 매력을 전혀 느끼지 못하는 것은 아니지만 여성보다도 그녀들이 입고 있는 팬티에 더욱 성적 매력과 성적 흥분을 느낀다는 것이다.

그의 기억에 의하면 그가 처음으로 성적 흥분을 느낀 것은 칠 세 때에 도색잡지에 실린 팬티만 입고 있는 거의 나체의 여자사진을 우연히 보았을 때라고 했다. 십삼 세 때 팬티만 입고 있는 여자를 상상하면서 자위행위를 한 이후 누나의 팬티를 훔쳐서 그 속에다 자위행위를 하였고, 그 다음부터는 기회만 있으면 여자들의 팬티를 훔쳐다가 자위행위를 하곤 했다는 것이다. 그 후 지금까지 그가 좋아하는 성행동은 오로지 팬티에 자위행위를 하는 방법이라는 것이다.

십팔 세 때에 이성과의 성관계를 처음 가진 이래 이성과 성관계를 여러 번 가진 편이었는데, 그 특징은 전면에 구멍을 내도록 한 팬티를 여성에게 입히고서야만 성관계가 가능하고 만약 팬티를 입지 않은 여자와 성관계를 할 경우에는 성적 흥분이 잘 되지 않더라는 것이다. 그러다보니 사창가에서 돈 주고 살 수 있는 여성과만 성관계를 가질 수 있는 자신의 이상한 성행위를 이해하지 못하는 점잖은 여자들과는 성관계를 할 수가 없고, 또한 그런 여성들과 친해질 수 없을 뿐 아니라 그런 여성을 소개시켜 줄 것이 겁이 나서 친구들과도 어울리지 못하게 됨으로써 사회적 고독감을 느끼게 되었다는 것이다. 이런 사회적인 고립 때문에 불안하고 우울해서 병원을 찾아왔다는 것이다.

내 말을 다 듣고 난 한 원장이 발끈했다.

"그럼 내가 변태성이란 말이야?"

"알 수 없지. 그보다두… 자네의 증상을 들어보니 어부인께는 미안한 일이네만, 일 차 진찰을 받아볼 명의는 내가 아닌 것 같으네."

"그럼 자네가 그 명의 좀 소개해 주게."

"그런 명의를 알고 있다면 내가 먼저 치료를 받겠네."

우리들은 술도 기분 좋게 오른 데다 의기가 투합하여 이 차를 가기로 하고 떠들썩하게 〈로즈〉를 나왔다.

〈슬픔이 기쁨에게〉는 바로 〈로즈〉에서 멀지 않은 〈훼미리호텔〉 뒤의 팔 층 건물 맨 위 층에 자리 잡고 있었다. 내가 한 원장더러 〈슬픔이 기쁨에게〉로 가자고 하니까 그가 그 카

페를 어떻게 아느냐고 물었다. "좀 알지, 왜?"하고 내가 되물
으니까 그가 "흐홈, 마담이 괜찮은 여자지. 근데 하필이면 마
지막 종착역이 또라이한테 걸려서…"라고 혼잣말처럼 웅얼
거렸다. 내가 다시 그 여자를 전부터 잘 아느냐고 물으니까
그가 "알다 마다… 계륵鷄肋… 그렇지, 닭갈비 같은 여자였
지"하고 입안으로 흐흐 소리 내어 웃었다.

　카페는 분위기가 그럴싸했다. 삼십여 평 남짓한 장방형의
홀은 잔잔히 흐르는 음악과 함께 아늑한 느낌을 주는 조명이
어울려 고향집 사랑방 같은 포근한 분위기를 만들어 내고 있
었다. 시원하게 트인 전면의 유리벽으로 내려다보이는 야경
이 아름다웠다. 손님들은 그리 많지 않았다. 어느 자리로 앉
을까 두리번거리고 있는데 예의 그 주인 여자가 창가의 구석
자리에서 손님들과 같이 앉아 있다가 급히 우리 쪽으로 오며
알은 체를 했다.

　"안녕하세요, 선생님? 정말로 와 주셨네요. 한 선생님도
오랜만이구요."

　여자의 표정은 입고 있는 화려한 옷처럼 전보다 밝고 명
랑했다.

　"오늘에서야 테스트를 받으러 왔습니다."

"테스트라니? 뭔 소리야?"

한 원장이 나와 여자를 번갈아보면서 물었다. 여자가 눈으로 웃으며 말했다.

"아니에요, 아무것두. 저쪽 창가의 가운데 자리로 앉으시지요."

우리는 여자가 안내하는 대로 전망이 좋은 중앙의 창가로 가서 앉았다. 원탁을 가운데 두고 한 원장과 내가 창가에 마주앉고 여자가 홀 안쪽으로 앉았다. 우리는 진토닉을 큰 병으로 한 병 시켰다. 웨이터가 술을 가져오자 여자가 칵테일 솜씨를 보여주겠다고 자청했다.

"솜씨는 없지만 제가 한 잔씩 타 드릴까요?"

한 원장이 여자와 친숙한 사이라는 것을 과시라도 하듯이 색깔 있는 농담으로 여자의 말을 받았다.

"뭘 새삼스럽게… 무슨 색깔의 팬티스타킹을 즐겨 입으시는지까지 다 아는 사이에…."

여자가 토닉워터를 탄 잔에 레몬을 넣으면서 곱게 눈을 흘겼다.

"정말 못 말려… 누가 산부인과 원장님 아니시랄까아, 봐아!"

내가 끼어들었다.

"두 사람 사이가 그렇게 진한 사이신가? 난 아직 사장님의 정식문패도 모르는데."

"그러고보니 제가 정식 신고를 안 드렸네요. 주원옥이예요. 여기선 그냥 원 마담이라고 하고요."

"뭐야? 그럼 아직 통성명들도 안 했어? 난 정 원장이 부득부득 일루 오자고 해서 찰떡 집 홀아비하구 갱엿 집 과부 같은 사이라도 되는 줄 알았더니."

"이 사람 먼저 된 자가 나중 되고 나중 된 자가 먼저 된다는 말도 모르나."

"그거 예수 말씀 아닌가? 아이구 휴거 때가 가까워오니까 자네두 천국 갈 준비는 단단히 하구 있는 모양이네 그려. 그 주님만 평안을 주는 게 아닐세. 이 주님도 때로는 더 충만한 은총을 내리네! 자, 건배하자구! 불감증 환자들의 건강한 성생활을 위하여!"

"오나가나 직업은 못 속이는군!"

"얼마나 사명감이 투철한 분이시라구요!"

우리는 유쾌하게 웃으면서 잔을 부딪쳤다. 그리고 고향을 떠나 수십 년 만에 다시 만난 초등학교 동창생들처럼 허물

없이 웃고 떠들면서 끝없이 마셔댔다. 주 여사의 주량도 여자로서는 센 편이었다. 주 여사는 내가 받은 첫인상처럼 무엇인가 갈증이 나 있는 여자이듯 술을 맛있게 마셨다. 그녀는 마셔도 좀처럼 자세가 흐트러지지 않았다. 그 사람의 마음 속까지 꿰뚫어볼 것 같은 깊고 그윽한 눈이 모닥불을 지핀 듯 서서히 타오르고 얼굴에 발갛게 홍조가 어릴 뿐이었다. 그녀는 너그러운 누이처럼 한 원장과 나의 짓궂은 농담을 넉넉한 웃음으로 받아주었다. 나는 그녀와의 대화에서 딸애의 방화벽이 많이 고쳐진 것과는 달리 남편의 증상이 예사롭지 않게 나타나고 있음을 간파했다. 그러나 그녀가 남편의 얘기를 털어놓은 것은 아니었다. 그것은 어디까지나 내 육감의 덫에 걸린 판단일 뿐이었다. 내가 그녀에게서 받은 두 번째 인상은 그녀는 적어도 자기의 내부에 아끼고 싶은 비밀을 은닉할 수 있는 밀실을 하나쯤은 간직할 줄 아는 여자라는 것이었다. 내가 그녀 부부의 신상에 대해서 비교적 소상히 듣게 된 것은 한 원장을 통해서였다.

한 원장과 나는 〈슬픔이 기쁨에게〉를 나와서도 또 한 군데 술집을 들렀다. 포장마차였다. 술에 대한 애모의 정을 지켜온 애주가들이 대부분 그렇듯이 한 원장도 한 번 술에게 손

목을 잡히면 뿌리칠 줄을 모르는 술꾼이었다. 뿌리치기는 고사하고 춘향이가 이 도령의 옷이 뜯어지도록 붙들고 늘어지며 이별을 아쉬워하듯이 〈딱 한 잔만 더〉를 후렴처럼 되뇌었다. 시간이 자정이 넘어서 그의 제안대로 〈깔끔하게 오사마리〉를 할 술집은 없었다.

우리가 찾아간 곳은 〈프린스〉호텔에서 시청 쪽으로 올라가는 네거리에 전을 벌이고 있는 포장마차였다. 네거리 모퉁이의 개인집 담벼락에 포장마차를 설치해 놓고 인적이 뜸한 보도까지 자리를 깔아 손님을 받고 있었다. 대부분이 여자들을 낀 젊은 남자들이었다. 우리는 주인여자가 안내해 주는 자리로 가 앉았다. 여자들만이 넷이서 야식을 먹고 있는 옆자리였다.

"운치가 그럴듯한데….."

한 원장이 자리에 털썩 주저앉으며 주위를 둘러보고 말했다.

"마치 세느 강변에서 한잔 걸치는 기분인데… 불란서 사람들이 한국 사람들한테 세 번 놀라는 게 있지. 살인적으로 마시는데 놀라고, 날이 새도록 떠들면서 정열적으로 마시는데 놀라고, 그러고서도 이튿날 끄떡없이 직장에 나가 근무하는데 놀라지. 한국종자들이 뭔가 일을 내도 크게 낼 우수한 종자들인 것만은 틀림없는 거 같아. 서로 물고 뜯는데 정력만 낭비하지 않으면."

주인여자가 술과 주문한 안주를 가져왔다. 안주는 꼼장어와 닭똥집이었다. 한 원장이 소주병을 들고 상표를 들여다보며 말했다.

"이거 애향심도 좋지만 〈선양〉 말구 〈진로〉는 없나? 경기도는 〈진로〉, 충청도는 〈선양〉, 경상도는 〈금복주〉, 전라도는 〈삼학〉, 강원도는 〈경월〉… 군대에서 뺑이칠 때 강원도 골짜기에서 고향에 두고 온 짤순이를 생각하면서 월경깨나 마셨지… 근데 좁은 놈의 땅덩어리에서 그 흔한 소주 한 병을 마시는데두 편을 가르구 그래. 이래가지구야 어디 통일은 고사하고 쪽박이나 깨지 않으면 다행 아니겠어? 이번 선거두 잘못하다가는 〈삼학〉과 〈금복주〉와 〈경월〉의 볼썽사나운 대결이나 안 될는지 모르겠어. 그건 그렇구 〈선양〉이래두 관광소주는 없나?"

"이 사람 술꾼이 별걸 다 타박 하구 그래! 술꾼이 지켜야 할 오대불구 중에 첫째가 청탁불구 아닌가. 그리고 내내 진로 회사에서 선양을 인수해서 똑같은 기술로 똑같이 제조한다구 하드만… 관광소주나 보통소주나 병만 다를 뿐이지 맛도 같구. 괜히 번지레한 상표만 보구 맹물 먹구 취하는 식 아냐?"

"건 첨 듣는 소린데. 그게 사실이래두 세상이 그렇구, 사람 마음이라는 게 그런 걸 어떡 하나? 아까 그 여자… 주 마담도 말야, 내용은 충실한데 상표가 시원치 않아서 제 값을 못 쳐 받은 여자지. 차암 괜찮은 여잔데."

"아니 그 여자 상표가 어때서? 물장사라서?"

"그런 의미만이 아닐세."

한 원장은 말을 끊고 내 앞에 놓인 소주잔에다 술을 부어 주고 내가 따라 줄 새도 없이 자작으로 술을 털어 넣듯이 단 숨에 목구멍으로 넘겼다. 그는 젓가락으로 닭똥집을 집어 입 안에 넣고 우물거리면서 천천히 말문을 열었다.

"사실은 말야. 그 여자 나하구 까딱 했더라면 깨딱 할 뻔 한 사이였네. 검은 머리가 파뿌리가 되도록 뭐 어쩌구 주접 을 떨면서 고해의 바다를 같이 노 저어 갈 뻔한 사이였단 말 일세. 크윽… 고백하자면… 그 여자… 내 앨 갖기두 했었네. 우린 그만큼 그때 열열이 서로를 사랑했었네. 그러니까 그때 가 그게… 그렇지, 한 십년 됐으니까 내가 서른 둘, 그 여자가 스물여섯이었던 한참 빛나던 시절이었었네. 그때 그 여자는 명연주가를 만난 하프처럼 잘 울어댔었지. 하지만 숫처녀는 아니었어. 하긴 명품의 악기를 연주해보고 싶어서 눈에 쌍불을 켜고 달려든 놈팽이가 한 둘이었겠나."

"근데 왜 그렇게 명품의 악기를 버렸나? 악기가 신품이 아니라서? 아니, 어쩌면 악기가 악사를 버렸는지도 모르겠구… 암튼 왜 헤어졌나?"

나는 화려한 무용담을 자랑하는 투로 말하는 한 원장에게 슬그머니 질투 비슷한 감정이 고개를 들었다. 주 여사에게도 묘한 미움 같은 감정이 일어났다. 나의 주 여사에게 향한 감정의 변화는 초등학교 저학년 시절 아름다운 여선생님을 사모하면서 저렇게 아름다운 여자는 화장실도 안 걸 거라는 믿음을 가지고 있다가, 어느 날 우연히 선생님이 화장실에 들어가는 것을 보고 크게 실망했던 것과 같은 일종의 배신감이었다. 별것도 아닌 그렇고 그런 여자였구만. 나는 나의 내부에서 일어나고 있는 감정의 모반을 감추기 위하여 얼른 소주를 입안에 털어 넣고 꼼장어를 집어 들었다.

"분명히 얘기하지만…."

한 원장이 반쯤 비운 술잔을 바닥에다 놓고 나를 빤히 바라보았다.

"악기를 버린 건 악사였네. 악기 편에서 보자면 악사를 떠나보냈다고 할는지 모르지만… 그녀의 뱃속에 확실히 내 지문이 찍혀 있는 여자가 그렇게 쉽게 나를 떠날 수 있었겠어? 내가 그녀의 뱃속에 남긴 내 지문을 지우자고 했을 때도 아이를 등기권의 인감도장처럼 틀어쥐고 싶어 했던 것은 그녀였어. 문제는… 왜 헤어졌느냐 하는 건데, 자네 말대로 그녀가 순정한 신품이 아니어서 인가하면 그런 것만은 전혀 아니고오…."

한 원장은 반쯤 남은 술잔을 마저 입안에다 부어넣고 카 소리를 내면서 잔을 바닥에다 놓았다. 나는 그의 잔과 내 잔에다 철철 넘치도록 술을 부었다.

"솔직히 말해서 그건… 그 악기가 너무 비싸다는 생각 때문이었어. 생각해 봐. 의사가 된다는 게 얼마나 많은 걸 투자해야 되느냐 말야. 굳이 내가 전문의 사위를 얻으려면 열쇠가 세 개는 있어야 한다는 시류에 영합해서가 아니라 알고 보니까 열쇠 세 개는 고사하구 오히려 가난뱅이인 내가 열쇠를 다섯 개는 더 주어야 할 판이더라구. 고아나 다름없는 여자였어. 별다른 유산도 없이 부모가 일찍 세상을 떠서 가난뱅이 오빠네 집에 얹혀 지내면서 근근이 대학을 마치고 자취를 하면서 보험회사 외판원을 하고 있었어. 자기 처지도 그러면서 천사가 환생을 했나 자기를 필요로 하는 어려운 처지의 남자들을 여럿 사정을 봐주다가 몇 번인가 이용만 당하구 헛물만 킨 모양이야. 연극 한답시고 예술가 흉내를 내다보니 세상 물정에도 어둡구. 꿈으로 허기진 배를 채우는 여자라고나 할까… 나도 그 여자의 그 달콤한 꿈에 같이 취해 있다가 뒤늦게 꿈을 깨고 현실로 돌아온 거지."

나는 그 여자가 불쌍한 생각이 들었다. 일시적인 미움이 연민의 감정으로 바뀌었다. 나는 불현 듯 한 원장에게 뻔뻔스럽게 범죄를 재연해 보이는 흉악범에게서나 느낄 수 있는 분노를 느꼈다.

"자네가 그 여자를 사랑한 것은 고깃덩어리를 사랑한 거였구먼."

"먹자니 그렇구, 버리자니 아깝구. 닭갈비… 그렇지. 닭갈비를 아까워하는 조조의 심정이었지. 그런데 그때 그 불쌍한 남자가 나타나서 그 여자가 미련 없이 자기를 더 필요로 하는 친구한테로 정착했지. 지금의 그 또라이 남편 말야."

"자네한테두 그런 철저하게 비겁한 구석이 있었구먼."

"비겁?"

한 원장이 자조적으로 웃었다.

"달랑 쓸 만한 조개 하나를 달구 있다구 해서 그걸로 모든 걸 다 해결하려고 하는 여자의 심보는 정당한가? 우선 찬호, 자네 얘기부터 해보세. 자네는 부잣집 따님을 꿰차서 처갓집 덕을 톡톡히 보면서 나더러는 그 약간은 물이 간 조개나 꿰차고 월급쟁이 칼잡이나 해야 속이 시원하겠단 말야? 자네야 말루 비겁하네. 로미오와 줄리엣은 세익스피어 시대에나 감명 깊은 명작이 될 수 있는 거야."

나는 순간 그에게 환멸을 느꼈다. 그것은 어쩌면 나 자신에게 느끼는 환멸의 반사작용인지도 몰랐다. 사실 아내 영옥이와의 결혼은 그녀를 진정으로 사랑해서 한 결혼이 아니었다. 그의 말대로 철저하게 현실적인 계산에 의한 결혼이었다. 나 자신 진정한 용기를 발휘했다면 물질적인 것이 풍요로워진 지금에 와서 덜 허전함을 느낄 여자가 옆에 있을 것이었다. 나도 한 여자에게 육체적인 지문은 아니지만 정신적으로 오래 남을 아픈 지문을 남겨준 속물이었다.

"아저씨 차암 비겁하시다아…."

그때 옆에서 야식을 먹고 있던 여자 가운데 한 여자가 우리 쪽을 향해서 말했다. 한 원장도 나도 반사적으로 그녀 쪽으로 고개를 돌렸다. 유난히 화장이 짙고 긴 머리에 갸름한 얼굴을 한 여자였다.

한 원장이 얼이 빠진 표정으로 물었다.

"아가씨 시방 나더러 한 소리요?"

여자가 피식 웃었다.

"그렇잖아요? 아찌도 그때 돈키호테도 아니었으면서."

"돈키호테?"

"돈키호테 모르세요? 돈많고, 키 크고, 호남이고, 테크닉 좋은 남자."

한 원장도 나도 폭소를 터뜨렸다. 이십대 네 명의 여자들은 화장과 옷차림에서 풍기는 분위기가 호스티스들 같았다. 일을 끝내고 귀가하는 길에 야식을 먹으면서 자기네끼리 하루의 피로를 풀고 있는 것 같았다.

"아가씨들 점잖지 못하구만… 남의 말이나 엿듣구."

내가 싫지 않은 표정으로 웃으면서 핀잔을 하자 옆에 앉은 가슴이 풍만해 보이는 여자가 김밥을 입에 넣고 우물거리다가 내 말을 받았다.

"점잖요? 김밥 옆구리 터지는 소린진 모르지만 그건 우리

270

들이 애용하는 상표가 아니구요. 호호호… 공자님처럼 의관을 정제하구 점잖게 입궐하는 남자보다는 구석구석 민정시찰을 잘 하는 화끈한 남잘 좋아한다구요. 그리구 같은 여자로서 저 아찌 얘기 듣구 열 안 받게 됐어요. 여잘 고기만두까지 만들어 놓구 그렇게 비정하게 차버리는 법이 어딨어요?"

"고기만두? 그건 또 뭔 소리야?"

그러자 가슴이 풍만한 여자 옆에 앉아 있던 눈이 큰 여자가 단무지를 아작 소리 나게 씹고 나서 방긋이 웃으며 말했다.

"이 아저씨들 그래두 상당히 순진한갑다. 식인종 씨리즈도 모르세요?"

"식인종 씨리즈?"

이번에는 한 원장이 물었다.

"왜, 있잖아요? 최불암 씨리즈처럼. 식인종이 비행기를 타구 해수욕장 아래를 내려다보면서 뭐라구 했는지 아느냐, 뭐 어쩌구 하는 거 말예요."

"뭐라구 했는데?"

"뭐라긴 뭐라구 해요. 밥풀이 동동 뜨는구나, 했지요. 그럼 하나 더 물어볼께요. 아프리카 식인종들이 기가 막히게 예쁘구 섹시하게 생긴 백인 여자를 잡아서 시장한 김에 허겁지겁 먹어치웠대요. 다 먹구 나서 식인종들이 뭐라고 했게요?"

"글쎄…."

"먹구 먹을 걸, 그랬대요. 그 식인종들이 공무원은 정부미, 민간인은 일반미, 흑인종은 탄 밥, 황인종은 누른 밥, 그런데요. 그리구 아이 밴 여자는 고기만두라고 한 대요."

"으하하… 이 아가씨들 정말 재미있는 아가씨들이구만! 뭔가 화끈하게 통할 거 같아! 어때요? 우리 궁합 좀 한번 볼까요?"

"응큼하시긴… 싫어요! 일회용 티슈노릇 하기는."

"그럼 만리장성을 쌓아 보지 뭐."

"치… 큰 소리는… 아저씬 아무래무 유명무실 같애. 코만 크구 실속이 없는."

"나는 어때?"

나는 술이 알딸딸하게 오른 데다가 모처럼 깃털처럼 자유로워진 해방감에서 눈이 큰 아가씨 앞에 바짝 얼굴을 들이밀고 물었다. 눈이 큰 아가씨는 장난스럽게 관상쟁이처럼 내 얼굴을 찬찬히 뜯어보며 말했다.

"금상첨화는 아니지만 코도 작고 그것도 별로인 설상가상은 아니겠네요."

"아가씨가 바로 족집게 도살세."

우리는 아가씨들과 그렇게 실없는 농담을 주고받다가 거의 밤 두시가 가까워져서야 헤어졌다. 그리고 한 원장은 헤어지면서 주 여사의 남편에 대해서 몇 가지 귀띔을 해주었다.

주 여사의 남편은 주 여사보다 십 년이 연상이라고 했다. 그는 국내 유수한 무역회사의 캐나다 지사에 파견되어 나갔다가 거기서 뒤늦게 공부를 시작하여 정치학 박사 학위를 받고 칠 년 만에 귀국하여 얼마 전까지 모 지방대학의 교수로 재직했었다고 했다. 주 여사와 만난 것은 귀국해서 대학에 시간 강사를 하며 어렵게 지낼 때였다. 그는 연극에 남다른 관심을 가지고 있었는데 주 여사가 여주인공으로 분장한 '콜렉터'라는 연극을 보고 주 여사를 알게 되어 백마고지를 탈환하는 용사처럼 죽사사자 돌진하여 주 여사를 함락시켰다는 것이다. 한 원장의 표현대로 하자면 주 여사도 그때 한 원장에게 '닭갈비' 신세가 되었을 때여서 신대륙을 향해서 떠나는 청교도의 심정으로 그에게 표류의 닻을 내렸다는 것이다. 한 원장은 단언하듯이 말했다.

"그런데 알고 보니 성격 파탄자였어. 교수에다 박사에다 그런대로 그 여자의 자존심이 새 날을 세울 만 했는데 말야. 자기만이 정의의 사도고, 세상을 전부 포장만 번지레한 부패한 통조림같이 보는 회색 사고의 소유자였지. 그래서 학교서두 말썽을 일으켜 잘리고."

그러나 내가 파악한 주 여사의 남편은 한 원장의 얘기와는 많은 차이가 있었다.

나는 심심치 않게 〈슬픔이 기쁨에게〉에 들르는 동안 한 원장의 표현대로, 주 여사와 '찰떡 집 홀아비와 갱엿 집 과부' 비슷한 사이가 되어 가고 있었다. 그렇다고 주 여사와 내가 복숭아 빛깔의 염문을 풍기는 아슬아슬한 사이로 몰입해 들어가고 있었다는 얘기는 아니다. 나이 사십이 넘은 사내치고 마음에 드는 여인이 호감을 보일 때 미식가가 맛깔스러운 음식을 대하듯 구미가 동하지 않는다는 것은 노처녀가 죽어도 시집가지 않는다는 거나 다름없는 새빨간 거짓말이기는 하지만, 주 여사에 대한 나의 감정은 일종의 잃어버린 향수 같은 것이었다. 주 여사는 세상을 부대껴왔으면서도 아직 훼손당하지 않은 원시림처럼 순수하고 따뜻한 삶의 장원을 소유하고 있었다. 구차한 허례나 형식의 톱으로 벌목당하지 않은 그녀 삶의 장원의 산림에서는 건강한 바람이 삽상하게 불어

왔다. 그것은 세상과 적당히 타협하면서 철저히 이기적인 것에 길들여지며 경제적인 윤택과 명성과 품위와 모범적인 가장에 전전긍긍하면서 사십의 고개를 넘어 오는 동안 내가 상실한 것들이었다. 그것은 늘 영양가 많은 음식에 식상해 있다가 모처럼 입맛 나는 토속음식을 대하는 것처럼, 정교하게 눈금이 새겨진 도덕적인 품성의 자로 난해한 수학 문제의 정답을 척척 풀어내듯이 기계적이고 공식적으로 삶을 마름질해내는 아내에게서는 느낄 수 없는 신선함이었다.

나에게 향한 주 여사의 감정도 크게 어긋나지 않는 듯했다. 그녀도 서른여섯 해 동안 험난한 세파를 헤쳐나가는 데는 잘 통용이 안 되는 항해 법으로 삶의 바다를 힘들게 항해하다 보니 어디고 잠시 쉴 기항지를 갈구하고 있었던 것 같았다. 그녀 쪽에서 보기에 무명의 시인이기는 하지만 의사 주제에 시를 쓴답시고 언어와 사투를 벌이는 것이 대견해 보이는 듯했고, 그것은 아직도 연극에 대한 꿈을 버리지 못하고 있는 그녀의 예술에 대한 동경과 연결되어, 나를 그럭저럭 고난의 배를 대놓고 잠시나마 새 힘을 충전시킬만한 기항지로 인식하는 것 같았다.

그녀는 서투른 도박사처럼 조금씩 내게 그녀의 패를 보여

주기 시작했다.

내가 그녀의 패를 확실하게 넘겨다보게 된 것은 대전을 둘러싸고 있는 보문산이니 식장산이니 계족산이니 하는 산들이 다투어 단풍으로 곱게 치장을 하고 등산객들을 유혹하는 시월의 마지막 일요일 오후였다. 그날 나는 아내와 하찮은 일로 다투고 울적한 기분에 〈슬픔이 기쁨에게〉로 갔다.

아내와의 다툼은 참으로 어이없는 일에서부터 비롯되었다. 점심을 먹고 아내와 나는 아이들이 다 나가고 난 빈 집에서 단둘이 안방에 앉아 흘러간 명화를 보고 있었다. 오드리 헵번이 주연한 '로마의 휴일'이었는데 늦가을 오후의 쓸쓸한 분위기와 연인들의 비감어린 마지막 이별 장면이 점심에 반주로 마신 술기운을 자극하여 얼마간 나를 우수에 젖게 했다.

나는 영화가 끝난 텔레비전의 화면을 멍하니 바라보며 "역시 놓쳐버린 열차는 아름다운 거야…." 하고 한숨 섞어 중얼거렸다. 그랬더니 아내가 점술할멈처럼 나의 마음속을 꿰뚫어보고 말겠다는 표정으로 의미심장하게 바라보며 심경을 긁었다.

"그렇게 두고두고 한이 되는 열차를 왜 떠나보냈어요?"

나는 아내가 무슨 소리를 하는지 알면서도 모른 척 되받아쳤다.

"왜 옛날 애인이라두 생각나서 그러는 거야?"

아니나 다를까. 아내가 발끈했다.

"누굴 부정한 여자로 만들려구 그래요? 아무려면 자기 같을까."

"내가 뭘 어째서?"

"다 알아요. 아직도 그 여자 못 잊는 거. 하나님한테 시집가게 해놓구서 가슴이 쓰리구 아려 죽겠지요? 지금도 늦지 않았으니까 데려다 한을 풀어요."

"뭐가 또 못마땅해서 모처럼 잡은 무드를 죽이구 그래?"

나는 아내의 성격을 알고 있으므로 그 정도에서 화평을 찾으려고 했다. 아내는 내가 자기와 결혼하기 전에 안 여자와 순애보의 역사가 있었다는 데 대해서 병적이라고 할 만치 알레르기 반응을 일으켜왔다. 사실 나는 우리 세대에나 가능했을 '사랑하는 사람을 위해서라면'하고 상대방의 행복을 빌어주며 아픔을 안으로 갈무리고 수녀가 된 순애보의 주인공 김인순에 대한 환부를 망각으로 치유한 지 오래였다. 나는 영화가 주는 감정의 부추김도 있고, 아내의 시샘이 그날따라 묘하게 그녀의 확실한 남편임을 행동으로 확인시켜주고 싶은 욕망을 자극해서, 슬그머니 아내를 포옹하고 대화합의 장을 마련하려고 했다. 그런데 나중에 아내의 해명으로 안 일이지만, 복 없는 과부는 사내들 틈에 누워도 꼭 고자 옆에 눕는다고, 그날이 하필 아내의 월례행사를 치르는 날이었던 모양이었다. 아내가 강간범에게 앙탈하듯이 나의 가슴을 밀쳐내며 정경부인처럼 지엄하게 꾸짖었다.

"이게 뭔 짓이에요! 백주 대낮에! 나이를 먹었으면 인제 체통을 지켜요!"

나 역시 아내와 다툴 때 상투적으로 나오는 육두문자가 튀어나왔다.

"그래, 나는 당신 말대로 본디 없는 집안에서 가정교육을 제대로 못 받아서 그렇고, 당신은 기품 있는 집안에서 품위 있게 교육을 받아서 그래! 어디 얼마나 체통 있게 버티나 보자!"

나는 그렇게 무렴을 만용으로 치환하고 나서 집을 나와 〈슬픔이 기쁨에게〉로 갔다. 카페는 손님이 없었다. 주 여사가 창가에 앉아서 오후의 맑은 햇살이 명주실타래처럼 풀리고 있는 도심의 거리를 내려다보고 있다가 나를 반갑게 맞아주었다.

"어머, 웬일이세요? 이렇게 일찍… 아, 오늘이 쉬는 날이시구나."

나는 주 여사가 일어나 있는 창가의 자리로 다가갔다.

"그런데 왜 이렇게 파리를 날리고 있습니까?"

"이 좋은 날씨에 산으로 들로 다 나갔지 누가 대낮부터 술집에서 궁상을 떨구 있겠어요. 저같이 한심한 여자나 이러구 앉아 있지요."

"괜찮으시다면… 이런 좋은 날 이런 데나 찾아오는 한심한 남자하구 드라이브나 한번 하구 오실까요?"

주 여사가 나팔꽃처럼 환하게 웃었다.

"정말이세요?"

"그건 내가 묻고 싶은 소리요. 그럼 내가 바로 차를 가지고 나올 테니 대전여중 앞으로 나오세요. 십 분이면 될 거요."

우리는 그래서 느닷없이 예기치 않은 밀회를 즐기게 되었다. 그것은 갑작스런 복권의 당첨처럼 나를 얼마간 들뜨게 하였다. 주 여사도 수학여행을 떠나는 여고생처럼 들뜬 기분이기는 마찬가지인 것 같았다.

우리는 도심을 빠져나와 세천 고개를 넘어 옥천으로 통하는 국도를 기분 좋게 달렸다. 확장공사를 하여 널찍하게 뚫린 국도 양편으로 오색으로 물든 산과 들이 막 채색을 끝낸 가을 풍경화처럼 휙휙 지나갔다.

주 여사가 꿈꾸는 듯한 시선으로 눈을 가느스름하게 뜨고 차창 밖을 바라보며 탄성을 질렀다.

"너무너무 좋네요, 정말!"

"옥천 입구에서 철길을 넘어 추부 쪽으로 가는 길로 들어서면 정말 경치가 기가 막힙니다. 완전히 이국적인 정취가 납니다."

"그 길로 자주 드라이브를 하시나 보지요? 사모님이랑."

"집 사람요? 사모님 하는 님 없이 혼자 가끔 다니지요. 중간에 혼자 그림 그리는 친구가 살고 있구 해서."

"왜요? 사모님이 여행을 싫어하시나요?"

"인제 서로들 가끔은 혼자만의 시간을 아끼고 싶은 나이가 된 거지요."

"벌써요? 여자들은 안 그럴 걸요. 여자는 고독에 가장 약한 동물이래요."

나는 주 여사의 말에서 고독의 냄새를 맡고 넌지시 의중을 떠보았다.

"한진수 원장이 주 여사님 칭찬을 많이 하던데요. 어떻게 들으실지 모르지만 부군한테는 과분한 아내라고 하더군요."

일순 주 여사의 얼굴에 불쾌함이 스쳤다.

"그분이 제 과거 얘기를 해요? 너무 매사에 솔직한 분이라 미주알고주알 다 털어놨겠군요. 절 동정하는 식으로 얘기하지는 않던가요?"

"부군을… 어쩔 수 없이 선택했다고 하던가… 뭐… 그런…."

"아녜요! 그건 절대로 그렇지 않아요! 그건… 그분다운 착각이에요."

나는 아차 싶었다. 너무 노골적으로 자존심을 건드린 거 아닌가, 이거! 나는 주 여사의 그 강한 부정에서 한 원장에 대한 노골적인 적대감 내지는 증오감을 느낄 수 있었다.

"제가 괜한 말을 해서 주 여사님의 기분을 상하게 해드린 모양이지요?"

"아녜요. 정 원장님이야 뭐… 분명히 말씀드리지만 남편은 제가 후회 없이 선택한 사람이에요. 한 원장님이 저와 그분과의 관계를 어디까지 털어놨는지는 모르지만… 실은 한 때 우리는 열렬히 좋아하던 사이였어요."

차는 어느 새 옥천 입구의 검문소에서 우회전하여 철길을 건너 추부로 가는 국도로 들어서고 있었다. 나는 맑은 물이 긴 띠처럼 꾸불꾸불 굽이쳐 흐르는 오른쪽 길 옆의 냇물을 멀리 바라보며 한 원장에게 던졌던 질문을 그녀에게 던졌다.

"그런데 왜 헤어지셨나요?"

주 여사는 한동안 차장 밖의 꽃 사태를 이루고 있는 길 가의 코스모스를 응시했다.

"그분이 자기감정의 도취에서 깨어나서 저한테 또 다른 무엇을 갈구하고 있는 것 같아서요. 한마디로 우리는 서로가 상대방에게서 갈망하고 있던 것이 다르다는 걸 발견한 거지요. 서로가 서로를 채워줄 수 없는 사람끼리 밑 빠진 독에 물 붓기 식의 피곤한 삶의 여행을 떠난다는 것은 무모한 짓이잖아요? 사랑은 삶의 따뜻한 불씨의 나눔이라고 생각해요, 전. 어떻게 들리실지 모르겠지만, 제게서 그 불씨를 절실히 필요로 하는 남자들에게 전 그것을 나눠 주는데 인색하지 않았어요. 물론 같이 삶의 한파를 건뎌내고 싶은 사람하고서만이었지만요. 그리고 상대방이 절 필요로 하지 않았을 때는 제가 먼저 떠났지요."

"인생은 정처 없는 여행이라지만… 그렇게 정처 없이 고달픈 여행을 하다 보면 언제나 상처를 입는 건 여자 쪽이 아닐까요?"

주 여사가 미소를 띠고 내 옆모습을 바라보았다.

"상처요? 어떤….",

"뭐랄까… 불명예스런 전장의 상처랄까… 전통적인 고정관념으론….",

"윤리적인 면을 말씀하시는 건가요?"

"….",

"역시 정 원장님도 여자의 순결에 연연하는 한국의 전통적인 보통 남자시군요? 죽으면 티끌로 남을 육체… 그게 그렇게도 중요한가요? 물론 쾌락에 탐닉한 성적인 문란과는 구별되어야겠지요. 하지만 여성의 성도 남성과 마찬가지로 천부적인 자기 삶의 귀중한 자산이라고 생각해요. 자기 자산을 남에게 피해 줌이 없이 낭비하지 않고 자기 의사대로 자유롭게 쓰는데 왜 그것이 부도덕한 것이 될까요? 왜 여성의 성은 남성 위주의 기존 가치 질서에 들어맞아야만 윤리적이 되는 걸까요?"

"상당히 진보적인 생각을 가지고 계시군요."

"비꼬시는 건가요?"

"아, 아닙니다. 논리는 양 날개를 가진 칼날과 같아서 반대편에서 보자면 그쪽의 칼날이 훨씬 더 날카로울 수 있지 않을까 싶습니다만…."

"그건 또 무슨 말씀이지요?"

"이상은 항상 현실의 장애물을 뛰어넘어야 하더군요. 제 경험으로는."

"그건… 그래요."

주 여사는 무엇인가를 생각하는 표정이다가 크게 고개를 끄덕였다. 그러고 나서 또박또박 힘주어 말했다.

"어쨌든, 한 원장의 경우도 제가 그 사람한테서 떠났어요. 우리는 삶을 사는 방법이 아주 다르다는 걸 절실히 느꼈으니까요. 비유해서 말씀드리자면 인생의 길을 달리는데 있어서 그 사람은 고속도로를 좋아하는 체질이라고나 할까요. 고속도로를 달리다보면 앞만을 주시해야지 국도를 달릴 때처럼 주변의 아름다운 풍경들을 즐길 여유가 없잖아요? 제가 잘못 보았는지도 모르지만 그분도 제가 만난 세상의 대부분의 남자들처럼 출세라든가 명리라던가 하는 목표를 향해 달리기에만 바쁜 사람이었어요. 전 그런 숨 막히는 사람한테는 오래 견뎌내지 못해요."

"그럼 지금의 부군께서는 국도를 좋아하시는 체질이신가요, 주 여사님처럼?"

주 여사가 조그맣게 소리 내어 웃었다.

"상당히 가시가 있는 질문인 것 같네요. 예, 첨엔 그랬지요! 저와 만날 그 당시에는… 그리고 몇 년 동안은….."

"그렇다면 지금은 또 실망하시고 계시다는 의민가요?"

"또 궤도수정을 할 적정이냐고 묻고 싶으신 건 아닌가요?"

"사내들이란 타고난 엉큼함이 있어서 주 여사님처럼 아름다운 여자를 보면 대개 그런 희망과 기대를 갖는 건 사실이지요."

주 여사가 이번에는 크게 소리 내어 웃었다.

"궤도수정을 부추길 때도 남자들은 여자들에게 그런 칭찬 세례를 퍼붓는다면서요?"

"이크! 금방 발목을 잡혔군… 하지만 전 그런 파렴치범은 아닙니다."

"파렴치범은요… 그걸 알고 정 원장님과 함께 함께 드라이브를 하면 전 파렴치범 교사범이게요!"

나도 주 여사도 얼굴을 마주 보고 유쾌하게 웃었다. 잠시 한눈을 팔고 웃는 바람에 하마터면 차가 밭두렁으로 곤두박 질할 뻔하였다.

주 여사가 차가 쏠리는 바람에 흐트러졌던 자세를 바로잡 고 나서 그녀 특유의 착 갈앉은 잦아드는 목소리로 말했다.

"남편이 그렇게 변한 건 그 사람 탓이 아네요. 남편은 정직 하고 순수한 사람이에요. 제 남편을 추켜세우는 것도 팔불출 중에 하나겠지만 생텍쥐페리의 '어린 왕자'처럼 시들어 가는 세상의 진실의 꽃에 생명의 물을 주려고 안간힘을 하다가 되 레 불의의 공해에 오염되고 고통으로 신음하는 사람이에요."

나는 주 여사의 말을 상기했다. 그녀가 처음 딸애를 데리 고 병원을 찾던 날, 내가 그녀의 남편에 대해서 물었을 때 나 중에 필요할 때 대답하겠노라는.

"이제 부군께서 왜 대학에서 그만 두게 되었는가를 물어 봐도 되겠습니까?"

주 여사는 잠자코 차장 밖으로 흘러가는 풍경만을 주시했 다. 그녀는 무엇인가 깊은 상념에 잠기는 듯했다. 나는 곁눈 질로 그녀의 옆모습을 바라보았다. 그녀의 조금 상기된 표정 에 분노 같은 것이 어렸다.

"세세하게 말씀드릴 수는 없구요… 소위 어두웠던 80년대에 묻힐 수밖에 없었던 어두운 이야기 중의 하나라구만 알아 두시면 짐작이 가실 거예요."

"정치적인 문제에 연루됐었나요?"

"글쎄요… 그걸 정치적인 문제라고 해야 할는지는 모르지만… 그때 남편이 어느 신문의 칼럼을 맡아서 쓰고 있었는데 우리 사회의 진실의 문제와 구조적인 모순에 대해서 신랄하게 썼었지요. 그 사람의 강직한 성격답게."

"어떤 문제였는데요?"

차는 성당리 계곡으로 들어서고 있었다. 벼랑이 단풍으로 온통 불붙는 듯했다.

"운동권학생 고문치사 사건으로 세상이 한참 어수선할 때였어요. 남편은 고문의 비인간성과 도덕정치를 부르짖는 정부의 허상을 신랄하게 비판했지요. 인간을 고문하는 일을 직업으로 삼는 짐승들이 어떻게 얼굴을 바로 들고 처자식과 밥상을 대하면서 양심을 운위할 수 있을까. 욕을 먹기 싫으면 욕먹을 짓을 안 하면 되지 않는가? 죄를 짓고 그 죄가 알려질까 봐 바른 말을 하는 사람들을 닥치는 대로 잡아다가 가두고 히틀러 식으로 사람들을 죽이고 괴롭혀서 정권을 유지하려는 전근대적인 통치권자의 사고가 어떻게 해서 민주주의라는 나라에 통용될 수 있단 말인가? 이 나라의 지성들은 왜 침묵만 하는가? 행동하지 못하는 양심은 위선의 또 다른 이름이다… 대개 그런 얘기였어요. 또, 시간은 속일 수 없다. 역사를 두려워할 줄 알아라… 뭐 그런 얘기들도 한 거 같구요."

"짐작이 갑니다. 그 시절에 그렇게 신랄하게 바른 소리를 했다면 그건 용기라기보다는 만용이라고 할 만 하군요."

나는 머리로 정치를 할 능력이 없으니까 폭력으로 국민을 다스리려 했던 통치 집단의 만용을 곱씹으며 쓰게 입맛을 다셨다.

"이제 다 시간 속에 묻힌 얘기지만 부군과 비슷한 필화 사건으로 한국을 떠나 미국에 살고 있는 친구 하나가, 광주사태가 지난 얼마 뒤에 그러더군요. 자기는 죽을 때까지 고향으로 돌아가지 않겠다고. 그것은 조국의 어둠을 용서할 수 없기 때문이라고요. 광주사태 당시 그곳 텔레비전에서는 살육의 참상이 날마다 전해지는데 정작 한국에 살면서 한국에서 무슨 일이 일어나고 있는지를 외국인들보다도 모르는 한국인들을 생각하면 무슨 우화에 나오는 나라 사람들 같더라고. 인제 그 어둠을 걷어내겠다고 대권 후보들이 큰 소리를 치니까 또 희망을 가져볼 수밖에는…."

"희망요? 그렇지요, 우리들에게 언제나 희망이 없었던 건 아니지요…."

주 여사의 입가에 냉소가 흐르는 것을 보면서 나는 나 자신에게 향한 반문이기나 하듯이 물었다.

"희망을 갖지 않는다는 말씀입니까?"

"그야 저도 그렇게 되기를 간절히 희망하지요. 그러나 살인죄를 저지른 자는 몇 년 살고 나오면 그만이지만 총 맞아 죽은 사람은 어떡하지요? 경제 범죄를 저지른 자들도 몇 년 감옥에 들어가 꾹 참고 있다가 나오면 온갖 나쁜 짓을 해서 벌어 챙겨 놓았던 돈을 가지고 평생 떵떵거리며 잘 사는 현실에서 우리가 가져야 할 희망은 어떤 것이지요? 좋아요, 그건 그렇다 쳐요! 제 자신이 그렇게 국가의 앞날을 심각하게 걱정하는 애국자가 못 된다는 걸 잘 아니까요. 평범한 한 사람의 여자로서 아내로서 제가 소망하는 것은 그렇게 엄청난 것이 아니에요. 제 가정을 온전히 지키고 싶은 거예요. 남편이 다시 옛날의 건강한 남편으로 돌아 갈 수 있기만 하면 되는 거예요. 남편과 제가 겪은 고통의 세월은 설명하기 어려워요."

"이해할만 합니다."

"이해하신다구요? 겪는 저 자신도 잘 이해가 안 되는 악몽

이었어요. 남편이 며칠인가 어딘가에 갔다 오고 나서 사람이 그렇게 달라질 수가 없었어요. 남편은 아주 말이 없어져버렸 어요. 사람의 감정을 짜내는 기계가 있다면 남편은 그 기계 에 감정의 한 방울까지도 다 짜내지고 난 껫묵 같았어요. 남 편은 말이 없어지고 사람들을 멀리 하더니… 아니, 사람들이 남편을 멀리하기 시작했지요. 남편은 절대 고독 속에서 점점 낯선 사람이 되어갔어요. 학교도 그만 두고 자기만의 단단 한 껍질 속으로 들어가더니 거기서 거대한 분노를 만들어가 지고 나오더군요. 그 분노는 저의 분노와 슬픔을 더욱 상승 시켜 놓았어요. 우선 먹고 살아야 하니까 남편은 그 와중에 도 무슨 일이고 돈 버는 일을 해보려고 했지만 부질없는 노 력이었어요. 먹고 사는 거 그거 별거 아니다 싶어 제가 이 장 사를 시작했지요. 그런데 남편은 점점 더 이해할 수 없는 사 람이 되어가고 있는 거예요. 아무래도 선생님의 도움이 필요 할 거 같아요."

주 여사는 말을 마치고 나서 한숨을 폭 쉬었다. 차는 서대 산 입구를 지나 신평리 마을 앞을 지나가고 있었다. 거기서 부터는 들판이었다. 황금물결을 이룬 논과 인삼밭들이 열병 식을 받듯이 시원하게 양 옆으로 펼쳐져 있었다.

"부군의 증상이 구체적으로 어떻게 나타나기 시작했는지 말씀해 주실 수 있겠습니까?"

"처음에는 말씀드렸던 것처럼 불신과 자기방어적인 결벽증이 심하게 나타났어요. 이를테면 자기 아버지가 6·25때 어쩔 수 없이 빨갱이들에게 일시 협조한 것을 근거로 해서 자기를 빨갱이로 몰아 일거일동을 감시하고 있다. 자기 전화나 대화가 녹음되고 도청당하고 있다. 가까운 사람을 조심해라. 시저도 가장 가까운 부루터스의 칼에 죽었다. 대개 그런 말을 자주 하면서 주위에 적대감과 방어적인 자세를 취해요. 그런데 요즘에는…."

"요즘에는?"

"요즘 남편이 하는 행동을 옆에서 지켜보고 있으면 꼭 현대판 돈키호테를 보고 있는 느낌이 들어요. 남편은 오랜 시간 동안 서재에 들어박혀 세상을 개혁할 새로운 정치제도와 철학을 연구한다고 하면서 책을 썼는데 어느 출판사에서도 받아주지 않았어요. 그러더니 남편은 어느 날 느닷없이 때가 왔다고 하면서 자기도 대통령에 출마하겠다고 선언하는 거예요. 하도 어이가 없고 기가 막혀서 할 말이 없었지만 아무런 자금이나 조직도 없는 당신이 출마들 쉬우며, 출마한대도 당신을 찍어줄 사람이 몇 표나 되겠느냐, 확실한 표는 당신과 나 두 표다, 그렇게 설득해 보았지만 남편은 막무가내였어요. 표와 상관없이 어두운 시대에 의인은 진실을 외쳐야한다는 거예요. 그래서 제가, 당신이 이렇게 된 것은 그 바른 말을 좋아하는 의인기질 때문이 아니냐고 했더니 그게 아니라는 거예요. 일이란 다 때가 있는 거래요. 지금이야 말로자기 같은 사람을 필요로 하는 때라는 거예요. 남편은 대통령 출마 기도에 실패하자 이번에는 오랜 은둔생활을 떨쳐버리고 산쵸를 데리고 치국평천하에 나서는 돈키호테처럼, 비상시국의 동원령에 소집된 사람처럼 바빠져서 밖으로 나돌아 다니기 시작했어요. 남편이 다시 활기를 찾은 건 좋지만불안해요. 남편은 정말로 정신적으로 이상이 생긴 걸까요?"

나는 주 여사의 말을 듣고 있는 동안 암울한 기분에 빠졌다. 주 여사의 말만을 듣고 현재 나타나고 있는 그녀 남편의 증상을 진단한다면 과대형편집반응誇大形偏執反應의 조짐을 나타내고 있음이 분명했다. 그러나 그를 정신병자라고 진단할 만큼 나는, 우리는, 참으로 정신적으로 건강한 것일까? 나는 갑자기 두꺼운 유리벽 속에 갇힌 사람처럼 가슴이 답답해왔다.

"돈키호테를 말씀하시니까 세리반테스의 우화가 생각나네요. '어미 게와 새끼 게'의 얘긴데요··· 어느 날 어미 게가 새끼 게들의 걸음걸이를 보고 화가 났습니다. 앞날이 창창한 젊은 녀석들이 가슴을 당당하게 펴고 앞을 향해서 씩씩하게 걸어 나가도 성에 차지 않을 판인데 곁눈질이나 하면서 비실비실 옆걸음질이나 치는 꼬락서니가 한심하다는 생각이 들었던 것이지요. 그래서 어미 게는 새끼들의 장래를 염려해서 행동거지를 꾸짖었습니다. 그러면서 새끼 게들 앞에서 시범을 보인답시고 잔뜩 폼을 잡고 '이렇게, 이렇게 걸으란 말야!' 하고 호통을 쳤습니다. 그런데 알 수 없는 것은 새끼 게들이었습니다. 아무리 보아도 어미 게의 걸음걸이는 자기들과 하나 다를 것이 없을 뿐 아니라 오히려 바로 걷는 척 거드름을 피우는 게 여간 볼썽사납고 우스꽝스러운 게 아니었습니다. 어쩐지 부군을 염려하는 우리들의 꼴이 바로 그 어미 게의 꼬락서니나 아닌지 모르겠다는 생각이 드는군요. 하지만 일단 한번 진찰은 받아보시는 것이 좋겠네요. 그동안 신경과민으로 안정이 필요하신 것 같기도 하니까요."

"그래 보지요, 한번··· 아, 그런데 저게 뭐예요?"

주 여사가 별안간 왼쪽 들판 가운데를 가리켰다. 거기 만

추의 들판 가운데 석양을 받고 노랗게 불붙고 있는 거대한 기둥이 우뚝 서 있었다. 은행나무였다.

"아, 저거요? 천년 묵은 은행나뭅니다. 유명한 추부면 요광리 은행나무지요. 문화재로도 지정되었습니다. 일부러도 보러 오는데 가보지요?"

나는 요광 2리로 들어가는 길에서 핸들을 꺾었다. 추부면 소재지로 통하는 국도에서 왼쪽으로 이백 미터 쯤 들어가서 다리를 건너자, 바로 요광 2리로 들어가는 길옆에 은행나무가 위용을 자랑하며 서 있었다. 나는 은행나무 옆의 정자 앞에 차를 세웠다.

주 여사가 차에서 내리자마자 거대한 은행나무를 올려다보며 탄성을 발했다.

"굉장하네요! 수만 개의 금장식을 달은 신이 쓰는 웅장한 금관 같네요! 이렇게 아름답고 큰 은행나무는 딱 한 번 본 적이 있어요. 애정이 꽃 피는 나문가 하는 영화의 마지막 장면에서… 그 은행나무도 이렇게 대단하지 않았어요!"

바람이 들판의 갈대밭을 가로질러올 때마다 노란 은행잎들이 불티처럼 쏟아져 내렸다. 우리는 은행나무를 보호하기 위해 쌓은 축대의 계단을 올랐다.

"은행나무의 윗부분은 해방되기 며칠 전에 울음소리를 내면서 부러지고 이것은 새로 가지가 뻗은 거랍니다."

"은행나무가 울어요?"

"예. 마을 사람들 말로는 이 은행나무는 무슨 변고가 있을 때마다 울었대요. 일테면 6·25라든지 그런⋯ 은행나무가 원래 신목이기는 하지만 마을 사람들이 영험이 있는 나무라고 매년 제사를 지내고 마을의 소원을 빕니다. 그런데 문제는 이 은행나무가 얼마 전에 또 울었답니다."

"또 울어요? 그럼 무슨 일이 일어난다는 조짐이라는 얘기 아네요?"

주 여사가 호기심 반 두려움 반의 표정으로 나를 바라보았다.

"세상이 어수선한 게 사실이 아닙니까? 정국도 정국이지만 나라가 온통 휴건가 뭔가로 뒤숭숭하지 않습니까?"

"아, 휴거⋯ 그러고 보니 사흘밖에 안 남았네요. 선생님은 휴거를 믿으세요?"

나는 호기심 많은 여고생처럼 진지하게 바라보는 주 여사에게 미소를 보냈다.

"전 신자가 아니라서 잘 모르지만 구원은 그런 형태의 것이 아닐 거라는 생각이 듭니다만 주 여사님은 어떻게 생각하세요?"

"저요?"

주 여사가 잠시 생각하는 표정이 되었다.

"전 그보다도 그렇게 가는 천국이 과연 천국일까 하는 생각이 들어요. 자기 이웃도 가족도 친지도 모두 놔두고 자기만이 가는 천국… 생각해 보세요. 자기만 혼자 달랑 천국에 앉아서 사랑하는 부모형제 이웃들이 신음하는 지옥을 내려다보고 있다면 그것은 지옥보다도 더 큰 고통일 것 같아요. 천국은 지상에서도 얼마든지 만들 수 있다고 봐요. 서로가 진정으로 사랑하는 마음만 있다고 한다면. 어느 책에서 읽은 건데 천국과 지옥은 똑같더래요. 천국 사람들과 지옥사람들이 다 같이 자기 팔의 길이보다 더 큰 수저로 식사를 하는데 지옥사람들은 자기가 먼저 맛있는 음식을 먹으려고 아우성을 치며 음식을 흘리기만 하는데 천국사람들은 서로가 사이좋게 상대방의 입에다 맛있는 음식을 떠 넣어 주더래요. 천국은 그런 마음 안에 있는 거 아닐까요?"

나는 주 여사에게서 얼핏 천국의 모습을 엿보았다. 나는 그녀의 어깨 위에 있는 은행잎을 천국행의 티켓을 집어 들듯이 가만히 주위들었다.

"그래요. 이 좋은 가을을 예비하신 하나님의 축복 아래서 그렇게 넉넉한 마음을 가지고 계신 주 여사님 같은 아름다운 분과 같이 한다는 거… 이것이 바로 천국에서의 시간이라고 생각합니다."

주 여사가 소녀처럼 얼굴을 붉혔다.

"그렇게 노골적으로 소쿠리비행기 태우시는 거 아녜요. 근데 차암, 평화로운 마을이네요. 산이며, 들이며, 하늘이며…."

"그래서 마을 이름이 가을 추, 부할 부, 추부 아닙니까? 조금 더 가면 면소재지를 지나서 가와바다 야스나리의 『설국』에 나오는 마을의 터널을 연상케 하는 터널을 지나면 근사한 곳이 있습니다. 낙엽송림 속에 통나무로 지은 레스토랑이 있는데 거기서 저녁을 하고 가시지요?"

"선생님 정말 여유가 있으시네요."

"국도 체질입니까?"

"그래요. 옆으로 멋진 풍광이 어우러져 있는."

우리는 눈으로 웃음을 나누고 은행나무가 있는 마을을 떠났다. 그리고 낙엽송림으로 둘러 싸여 있는 만인산 휴게소의 통나무집에서 간단한 칵테일을 곁들여 식사를 했다.

주 여사가 남편을 데리고 병원을 찾아온 것은 그로부터 두 주일이 지나서였다. 데리고 왔다고 하기보다는 그녀의 남편이 아내와 형제들에게 억지로 끌려서 왔다는 표현이 정확할 것 같다. 대낮에 등불을 들고 다닌 통속의 철인 디오게네스처럼 자신이 작성한 국민의식을 각성시키는 유인물을 거리에서 배포하는 등 기행을 하다가 선거사범으로 몰려 곤경을 치를 것을 형제들의 도움을 얻어 간신히 모면하고 병원에 끌려 온 것이다.

주 여사의 남편은 실제의 마흔 여섯의 나이보다도 더 들어 보였다. 체구는 큰 편이 아니었지만 단단해 보였고, 빛나는 안광과 꽉 다문 두터운 입술에서 그의 의지의 일단을 엿볼 수 있었다. 그는 대뜸 자신이 병원에 끌려온 것에 대한 부당성을 항변하면서 나에게도 적대감을 표시했다.

"이보쇼, 의사 선생! 이놈의 나라가 이대로 썩어가도 좋단 말이요? 포장만 민주구 정의구 자유지 곳곳에서 유독가스가 분출되고 있단 말입니다. 이대로 가다가는 다 질식해서 죽고 말아요! 경보 신호를 울려줄 때요! 정말 회개하고 각성하지 않으면 가망이 없어요! 이런 세상에서 이 시대의 지성이라는 것들은 어용노릇이나 하기 바쁘고 권력의 주구 노릇이나 하기에 혈안이 돼 있는 판이니 무슨 희망이 있겠소? 그래서 내가 지금이야 말로 국민이 무서운 것을 보여 주고 눈을 똑바르게 떠야 한다고 한 소리 했는데 그게 뭐가 잘못됐다는 거요? 정신이상자들은 바로 당신들이요!"

그는 주 여사에게도 비감에 찬 목소리로 애소하듯이 말했다.

"당신도 제발 정신 좀 차려요! 정 내가 싫고 못 마땅하면 깨끗이 이혼해 줄 테니까 이런 파렴치한 짓은 제발 그만 둬요. 당신까지 미친 세상의 얼간이로 만들고 싶진 않소!"

"제가 당신을 얼마나 사랑하는지 알면서 그런 말을… 당신은 너무 지쳐 있어요. 안정이 필요해요. 당신은 제 자존의 전부예요….''

주 여사는 눈물을 글썽거리면서 막무가내로 투정을 부리는 어린애를 달래듯 했다.

나는 그들 부부의 대화를 옆에서 듣고 있으면서 가슴이 답답해왔다. 그에게도 주 여사에게도 무슨 말인가를 해 줘야겠다고 생각하면서도 머릿속에서만 생각이 맴돌 뿐 말이 되어 나오지를 않았다. 또 우수한 두뇌를 가진 체계적이며 정교화

되어 있는 피해형편집반응의 환자에게 설익은 논리로 면담 요법을 시도하는 것은 금물이기도 했다. 나는 우선 그를 입원시켜 관찰하기로 했다.

주 여사의 남편 서민규 씨는 열흘 동안 강제 입원되었다. 그는 자신의 부당한 입원에 대해 처절하게 비통과 분노를 표시했다. 그는 의사인 나에게 역사의 심판이 두렵지 않거든 더러운 권력의 주구 노릇은 하지 말아 달라며 나를 정보기관의 끄나풀로 취급했다.

나는 그를 독방에 넣고 되도록 정신적 안정을 취할 수 있도록 각별한 배려를 아끼지 않았다. 그는 처음에는 신경안정 계통의 '세레네이즈'의 주사나 '클로로프로마진'의 투약도 강력히 거부했으나 그의 비위를 맞추며 친절과 진심으로 대하는 나에게 차츰 신뢰를 보여 주기 시작했다. 주 여사는 장사를 거의 전폐하고 남편 곁에 그림자처럼 붙어서 남편에게 마치 신혼여행에나 온 것 같은 안정감을 주려고 혼신의 정성을 다 했다.

내가 주 여사에게 서민규 씨와 많은 시간을 갖도록 한 것은 그의 증상이 격리를 필요로 할 만큼 심각하지 않았기 때문이었다. 서민규 씨는 분명히 피해형편집반응의 양태를 띠고 있기는 했다. 그러나 서민규 씨는 체계적이고 정교화되어 있는 만성적 피해망상을 제외하고는 환각, 지리멸렬중 또는 사고의 이완 등을 발견할 수 없었다. 솔직히 말해서 그와 면담요법의 방법으로 대화를 나누고 있노라면 그의 환부보다도, 그를 발병하게 한 우리 시대의 더 큰 병원체를 확인하는 것 같은 느낌이 들어서 괴로웠다.

나는 서민규 씨가 입원한 지 구 일째 되는 날 〈슬픔이 기쁨에게〉로 가서 주 여사와 그의 퇴원을 상의했다. 카페는 초저녁이라 그런지 별로 손님이 없었다.

"어서 오세요, 선생님!"

주 여사가 카운테에 앉아 있다가 나를 반갑게 맞아 주었다.

"초저녁이라 그런지 한산하네요?"

"워낙 불경기라서 그런가 봐요."

"선거철인데…."

나는 빈자리가 많은 실내를 둘러보았다. 내가 즐겨 앉는 창가의 전망이 좋은 자리도 비어 있었다. 나는 습관처럼 그 자리로 가서 앉았다. 주 여사도 따라와 마주 앉았다.

"요즘 마음고생이 이만저만이 아니시지요?"

내가 주문한 진토닉이 오기를 기다리며 의례적인 인사말을 하자 주 여사가 진심으로 감사를 표시했다.

"선생님께는 너무 죄송해요. 신경을 너무 쓰게 해 드려서 죄송하기두 하구 고맙기두 하구….."

"고맙긴요 보기가 안타까울 뿐입니다. 그러지 않아도 부군에 대해서 상의를 드리려고 왔습니다."

"말하자면 오늘은 공적인 일로 오신 거로군요?"

주 여사는 여유를 가지려고 웃음을 보였지만 긴장감을 숨기지 못했다.

"병원에서 말씀드려도 좋겠지만 그보다 이렇게 좀 여유를 가지고 말씀드리는 것이 좋을 것 같아서….."

"왜요? 무슨 심각한 일이라도 있나요?"

나는 부드러운 미소로 주 여사의 긴장감을 풀어주었다.

"아닙니다. 전혀 심각할 필요가 없을 것 같아서 여유를 갖자는 거지요. 사실은 부군을 그만 집으로 모셔가는 게 나을 것 같아서요."

그제야 주 여사의 얼굴이 조금 밝게 펴졌다.

"언젠가 말씀드렸듯이 부군의 병보다 더 심각한 것은 우리들이 아닌가 싶습니다만… 자유와 민주를 표방한… 도덕

성이 상실된 이 사회가 도처에 매복시켜 놓고 있는 혼돈의
덫을 교묘히 피하는 잔꾀를 우리들이 더 빨리 터득하고 있다
는 차이밖에는….."

주 여사는 내 말에 어떤 감정의 동요를 받았는지 잠시 고
개를 숙였다가 얼굴을 들고 물기 있는 목소리로 말했다.

"그이를 이해해 주셔서 감사해요. 저도 병이라기보다는
그이의 타고난 성격 탓이라고 봐요. 그렇지만 지금 한창 선
거로 야단들인데….."

"선거권을 포기시키자는 말씀이신가요?"

주 여사의 얼굴이 갑자기 상기되었다.

"안 돼지요, 그건! 이 시대에 우리 같은 소시민이, 그래도
자기 소리를 낼 수 있는 건 그거밖에 없는데요!"

그래서 서민규 씨는 퇴원하였다. 그의 증세는 확실히 호전
되어 있었다. 그는 퇴원하면서 나에게 별장에서 잘 쉬고 간
다는 농담까지 던지는 여유를 보였다. 나는 그의 농담을, 딸
을 시집보내는 친정어머니에게 딸의 행복을 확신케 하는 사
위의 믿음직한 메시지처럼 들었다. 그리고 그 확신은 주 여
사를 통해서 확인되었다.

그런데 대통령 선거 투표가 있었던 다음날 새벽이었다. 정

확하게 새벽 다섯 시가 조금 넘은 시각이었다. 느닷없이 주 여사한테 전화가 걸려왔다. 나는 개표 결과를 보느라고 아내와 함께 한 시가 넘도록 텔레비전에 붙어 있다가 초반부터의 압도적인 표 차에 모 후보가 당선 확정된 것으로 결론을 내리고 잠자리에 들었다.

"아니 어떤 여잔데 그렇게 교양이 없어요! 꼭두새벽에 남의 남자한테!"

"산부인과 마누라가 아닌 걸 다행으로 알어! 의사가 시와 때가 어딨어?"

나는 아내의 신경질을 귓등으로 흘려보내고 송수화기에서 흘러나오는 주 여사의 다급한 호소에 귀를 기울였다.

"죄송해요, 선생님… 웬만하면 연락을 안 드리려고 했는데… 글쎄 그이가 모처럼 밖에 나갔다가 다방에서 개표결과를 보면서 특정 후보들의 도덕성 문제를 맹렬히 비난한 모양이에요. 그런 인물이 대통령이 된다면 이 나라는 가망이 없다고 외치다가 시비가 붙어 경찰서에 끌려왔대요. 정신병 환자로 치료중이라는 것이 증명되지 않으면…."

내가 경찰서에 갔을 때 입술이 터지고 눈가에 피멍이 진 서민규 씨는 조서를 다 받고 나서 경찰관 앞에 넋이 나간 사람처럼 멍하니 앉아 있었고 주 여사는 울상이 되어 나를 기다리고 있었다.

사 십대로 보이는 뚱뚱한 체구의 경찰관은 나를 보자 대뜸 이 멀쩡한 사람이 정신이상자냐고 물었다.

"아니 교수까지 한 이 사람이 참말로 정신이상잡니까?"

"그보다도… 정신적으로 안정이 좀 필요한 분입니다."

내가 서민규 씨의 눈치를 살피며 어물어물 말하자 경찰관이 피식 웃었다.

"의사선생님이시라 말씀을 역시 점잖게 하시느만요… 그게 그 얘기 아닙니까?"

나는 그에게 서민규 씨는 바로 얼마 전에 우리 병원에 입원했던 환자라고 말하고 훈방을 요청했다. 경찰관은 사실이 그렇다면 일단 돌아가라고 나의 청을 받아들였다. 우리는 황량한 모래바람이 몰아치는 사막이듯 찬바람이 불고 있는 쓸쓸한 거리로 나왔다. 나는 주 여사가 끝내 사양하는 것을 고집을 세워 그들 부부를 내 차에 태웠다.

"서 박사님, 아까는 죄송했습니다. 상황이 그래서 할 수 없이…."

나는 차에 오르자 서민규 씨에게 내가 가해자이기나 한 것처럼 미안하다고 말했다. 서민규 씨는 대답하지 않았다. 그는 뒷좌석에서 그의 아내와 나란히 앉은 채 실어증에 걸린 사람처럼 계속 말이 없었다. 대신 주 여사가 목 메인 소리로 창밖의 얼어붙은 겨울을 응시하면서 무겁게 말했다.

"선거는 언제나 국민한테는 피곤한 잔치군요. 그런데 신한국을 창조한다는 사람이 당선될 모양인데 뭔가 정말로 새로워지기는 새로워질까요?"

"글쎄요…."

나는 자신 없는 대답을 하는 초등학생처럼 되레 나를 향해 강한 의문부호를 던졌다. 나는 헤드라이트를 켜고, 안간힘을 하듯, 겹겹이 쌓인 어둠을 밀어내며 가속페달을 힘껏 밟았다.

우리 곁에 살다 간 나옹 선사

1

산문山門으로 들어서자 가을이 한 걸음 더 성큼 다가온다. 온 산이 붉은 신음을 토하며 달아오르고 있다. 오른편 계곡을 끼고 줄지어 서 있는 졸참나무와 갈참나무 잎은 아직 푸른 기운이 조금 남아 있어도 다갈색 빛이 완연하다.

호승이가 산 위쪽으로 뻗어있는 단풍나무 숲길을 바라보며 묻는다.

"선옥 씨, 대원사 가는 길은 원래 이쪽이 아니잖아예?"

"일모가 절을 홀라당 불사르고 나서, 산 위쪽으로 대원사를 옮겨지었잖아. 그때 길도 이쪽으로 옮겼대!"

일모 아내 대신 해석이가 대답한다.

"영호가 절을 불태운 게 벌써 언제 적 얘긴데? 사십 년도
더 안 됐겠나?"

"그렇지. 영호가 학교를 그만 두고 입산한 것이 오십 년
전이니까."

내가 호승이의 말에 맞장구를 치자 철영이가 회상에 젖
는다.

"일모 정말 뙤똥한 친구야! 자존심을 건드린다고 절을 불
살라 버리다니…. 그래서 해석이가 학교 다닐 때 영호를 조
도사라고 불렀는지도 몰라."

"일모, 하는 짓마다 정말 뙤똥했지… 초리고리하게…."

해석이가 불쑥 던진 '초리고리'라는 말이 오십 년 전의 기
억들을 홱 끌어 잡아당겨다 놓는다.

초리고리. 그 말은 우리들 문예장학생 다섯 명 사이에서
만 통용되던 말이었다. 초라하다는 의미와 고리타분하다는
의미를 조합한 것 같은 그 말은, 구색이 안 맞아 볼 폼이 없다
거나 보기가 딱하다는 등 우리들 사이에서 은연중에 두루뭉
술하게 사용됐다.

조영호가 그 '초리고리'라는 말을 앞세우고 우리 앞에 모

습을 나타낸 것은 입학식이 있고 나서 거의 한 달이나 지나서
였다. 우리가 문예장학생 선배들이 사주는 막걸리로 허기진
배를 채우고 도서관 앞의 돌계단에 앉아, 연녹색 떡잎을 매달
고 있는 나뭇가지 사이로 비쳐드는 오후의 햇살에 나른해진
몸을 맡기고 있는데 그가 나타났다. 나는 그를 알아보지 못
했다. 나는 그의 이름이나 글만을 학생 잡지 같은 데서 대할
수 있었을 뿐이었다. 그런데 본관 석조 건물 쪽으로 이어진
맞은편 숲길을 바라보고 있던 해석이가 "어, 저기… 조영호
씨 아냐?" 하고 외쳤다. 그러자 호승이가 "어디?"하면서 벌
떡 일어나며 "조영호 씨이, 여깁니다아!"하고, 약속이나 했던
것처럼 여성 같은 목소리로 하얀 손을 살랑살랑 흔들어대며
소리쳤다. 호승이의 행동은 어쩌면 우리들의 마음을 그대로
대변한 것인지도 몰랐다. 우리는 조영호가 모습을 나타내지
않는 것에 대해 몹시 궁금해 하며 기다리고 있던 참이었다.

영호도 반갑다는 표시인 듯 손을 번쩍 들고 웃으면서 우
리 쪽으로 성큼성큼 걸어왔다. 그는 키가 커보였고, 장발이
었다. 검정 물을 들인 군용 오버를 입고 있었는데, 쫄쫄이 작
업복과 학생복을 입고 있는 우리들의 행색처럼 궁기가 돌았
다. 그가 가까이 다가옴에 따라 그의 모습이 뚜렷하게 드러

났다. 그는 길쭉한 얼굴에 달마대사처럼 조금 이마가 벗어졌고, 얼굴이 창백해 보였으며, 가느스름하게 뜨고 우리를 바라보는 눈이 무언가 사유의 심연深淵을 들여다보고 있는 듯한 느낌을 주었다. 그의 표정은 언뜻 보기에 맑아 보였으나 짙은 그늘이 느껴졌다. 그 그늘은 나이에 비해 내면에 많은 세월의 앙금이 침잠해 있는 것을 느끼게 했다. 그의 대사를 외우는 듯한, 억양이 있는 톤이 굵은 목소리가 우리들에게 한층 더 장형 같은 느낌을 주었다. 그는 나이도 우리들보다 두세 살이 더 많았다.

해석이와 호승이가 왜 이제야 나타났느냐고 묻자 영호는 껄껄거리고 웃었다.

"생각 좀 굴리다보니 그리 되야부렀소! 이 풍진 세상에 뭔 큰 학자가 되야 보것다고 눈썹을 휘날리면서 달려올 일도 아니고오⋯."

그러면서 하얀 이를 드러내 보이며 나에게도 한 마디 던졌다.

"강태근⋯ 바로, 충청도 양반골 선비시구만이라우⋯ 인물이 훤하고 후덕하게 생긴 것이, 문수보살 상이라구만이라우. 자알, 한번 어울려보더라구요, 잉⋯."

우리는 그가 이끄는 대로, 그의 표현대로 하자면 도원의 결의를 다지기 위해, 강의를 빼먹고 취기가 남은 상태에서 국문과 학생들이 잘 드나드는 학교 앞의 '낙지집'으로 내려 갔다. 우리는 술맛도 제대로 모르면서 무한정 마셔댔다. 영 호는 그래도 술맛을 알고 마시는 것 같았다. 나는 객기로 끝 까지 그와 대작했다. 철영이는 원래 누룩냄새만 맡아도 인사 불성이 되는 주량이니 그렇다고 치고, 호승이와 해석이가 몇 잔 술에 흐물흐물해지자 영호가 혀를 찼다.

"쯧쯧쯧… 워찌 술 한잔 제대로 찌끄리지 못하면서 문사 흉내를 낸당가. 아무래도 우리 둘 중에 장형을 가려야 쓰것 소. 술은 그렇고… 근데 강 형, 뻑은 몇 번이나 쳐봤소? 똥치 는 말고…."

나는 순간 얼굴이 화끈 달아올랐다. 내가 조금 불쾌한 내 색을 하며 그를 바라보자 씽긋 웃으며 한마디 하고 나서 소 리 내어 웃었다.

"아직 어린애구만… 머 그렇게 뜰분 눈으로 볼 거 없어. 문 학을 한다면서 삶의 근원인 그 구멍에 대해서 그렇게 탐구심 이 없대서야 견성하기는 틀려 부럿군!"

나는 그의 한마디에 조금 주눅이 들었다. 그는 내가 체험

하지 못한 물살 빠른 삶의 강을 건너온 것 같은 예감이 들었다.

우리는 얼마 후에 그가 초등학교 때까지 고아원에서 성장한 것을 알았다. 그리고 신동으로 알려진 그의 재주를 아까워하는 전라북도 금산사 주지 스님의 도움으로 절에서 얹혀 지내며 학교에 다닌 것도 알았다. 그는 시보다도 고등학교 시절에 국전에서 특선을 할 정도로 서예에 더 두각을 나타냈다. 한문도 우리가 짐작할 수 없는 수준에 도달해 있는 것 같았다. 우리는 그것을 그가 교양 한문 시간에 한문 강사보다도 더 유려한 문장으로, 부분적이기는 하나 사서삼경의 원문을 막힘없이 번역해 내는 것을 보고 짐작할 수 있었다.

그는 별로 말이 없었다. 술을 마시며 질펀하게 재담을 늘어놓을 때를 제외하고는 말을 아끼며 항상 무언가를 깊이 생각하는 눈빛이었다. 우리는 은연 중에 그를 형처럼 생각하게 되었다. 나는 아무리 그의 세계를 자세히 들여다보려고 해도, 그의 융숭 깊은 속은 벗기면 벗길수록 새로운 표피가 드러나는 양파껍질처럼 종잡을 수 없었다.

"야, 해석아! 초리고리라는 말 정말 오랜만에 들어본다! 우리 그때 정말 초리고리했지…."

철영이의 감회에 젖은 목소리에 해석이도 덩달아 회상에 빠져든다.

"그래, 다들 어려웠지… 모두가 어려운 시절이기는 했지만! 그래도 우리 가운데 호승이가 가정 형편이 젤 낫지 않았냐?"

"아이다! 나도 어려웠다! 아버님이 은행을 그만 두고 사업을 하시다가 실패하셔서 집안이 말이 아니었다카니!"

사실 그랬다. K대학 국문과에 문예장학생으로 선발된 우리 다섯 명은 하나같이 지방에서 근근이 고등학교를 졸업한 가난한 집안의 학생들이었다. 그리고 고교 시절 전국 문예 현상이나 백일장 대회를 휩쓸며 이름을 날렸던 우리들은 모두 자기 고장을 대표하는 학생 문사들이기도 했다. 이철영이와 내가 충청도 출신으로 시 부문과 소설 부문에, 조영호가 전라도 출신으로 시 분야에 선발되었다. 그리고 후에 시로 등단하여 주목받는 시인이 되었지만 대구 출신의 정호승이는 평론 부문에, 평택 출신의 박해석은 수필 부문에 각각 선발되었다.

우리는 출신 지역도 달랐지만 저마다 개성이 독특했다. 자그마한 체구에 만년 소년같이 앳되어 보이나 예리한 판단력을 가진 정호승, 과묵하면서 사람 좋아 보이는 웃음을 헤프게 선사하면서도 고집스러운 박해석, 사교성이 좋은 이철영. 그런데 달관한 선사 같으면서도 늘 구름이 끼어 있는 것 같은 조영호의 내면은 쉽사리 단정할 수 없을 뿐 아니라 그의 생활도 선명하게 드러나지 않았다. 학교에도 잘 나오지 않았다. 그렇게 한 학기가 다 지나가던 어느 날이었다.

기말 시험을 앞둔 유월 말이었다. 그날은 일찍 시작한 장맛비가 오줌소태에 걸린 것처럼 찔끔대던 오후였다. 여섯 시간째 세계문화사 교양 강의를 마치고 나오는데 조영호가 나타나서 우리들에게 말했다. 병풍 글씨를 한 폭 써주고 돈이 생겼으니 청진동 낙지 골목에 가서 한잔하자고 했다. 청진동 낙지집은 우리들의 주머니 사정으로는 쉽게 갈 수 없는 곳이었다. 우리는 조영호의 주머니가 두툼해진 것에 덩달아 기분이 들떠서 개선장군처럼 택시를 타고 시내로 입성했다.

낙지집은 손님들이 몰려들 시간이 아닌데도 손님이 많았다. 우리는 마침 젊은 여자 섞어 세 사람의 남자가 식사를 마치고 일어서는 구석자리로 가서 앉았다.

영호는 낙지볶음을 푸짐하게 시켰다. 소주도 한꺼번에 다섯 병을 시켰다. 그는 그날따라 술을 많이 마시면서도 질펀

한 재담은 물론이고 별로 말이 없었다. 그는 묵묵히 술을 마시면서 우리들이 게걸스럽게 먹어대는 것을 가끔씩 멀거니 바라보곤 했다.

술이 도도하게 올랐을 때 그가 무겁게 입을 열었다.

"느덜, 학교 더 다닐래?"

우리는 느닷없는 그의 질문에 젓가락질을 하다 말고 긴장해서 그를 바라봤다.

"나는 그만 둘란다!"

나는 그의 말을 듣는 순간 낙지 맛이 싹 가셨다. 순간적으로 그가 경제적인 어려움 때문에 학업을 포기하는 것이라고 생각했다. 장학금을 받는다고 해도 서울에서의 생활은 우리들에게는 너나없이 혈투의 나날이었다.

"왜? 도저히 못 버티겠냐?"

박해석이 젓가락을 놓고 묻자 그가 흠, 하고 입 꼬리로 웃고 나서 말했다.

"돈 때문은 아닐세, 그려….."

"그럼 뭐냐?"

이번에는 호승이가 물었다.

그는 뚫어지게 바라보는 우리들의 시선을 하나하나 진지

하게 받았다.

"아무리 여러 번 생각해 봐도 씨잘 데 없는 짓거리야! 학문이랍시고 허섭쓰레기 같은 씨잘 데 웂는 지식을 걸탐해봐 았자, 망상만 지을 뿐이지! 그라고, 시방 경제개혁 오개년 계획이다, 새마을운동이다, 배때기 불리는 일에만 오줌똥 안 가리구 난리들인디. 앞으루 두고 보라고 사람 살 만한 시상이 되능가. 오늘 아침 신문을 봉께, 숙직을 하구 유신 궐기대회에 참석하지 않은 선생님이 긴급조치 일호를 위반했다고 파직을 당하고, 일 년 육 개월씩이나 형을 살게 되구… 얼마 전에는 중학교 윤리 선생님이 체육관 대통령을 뽑는 제도에 대해 바른 말을 하다가 제자가 고자질을 하여 형을 살게 되구. 지식인이라는 것들은 곡학아세曲學阿世하여 권력의 주구走狗노릇을 하기에 혈안이 되야 있고… 것도 그렇지만, 시상 살아가는데 필요한 지식은 지금 아는 것만 해도 충분한 것인 게로 나는 이만 하산할라네. 자네들이나 풍진 세상에서 많이 배워 대성들 하시게!"

나는 누구보다도 그의 뜻을 이해할 수 있을 것 같았다. 사실은 나도 대학생활에 많은 회의와 갈등을 겪고 있던 중이었다. 특히 내가 화려하게 꿈꾸어왔던 문학에 대해서 깊은 회의에 빠져들었다. 문학은 당시 내가 꿈꾸었던 것과 달리 그렇게 화려한 것이 아니었다. 남의 집 단칸 셋방을 전전하며 동생들의 학업을 희생시켜가면서 나에게 기대를 모으고 있는 가족들의 염원에 다소라도 부응하기에는 문학은 너무나 나약한 것이었다. 매일이다시피 찾아와서 술이나 먹어가며 생활의 쇠사슬에 묶여 신음하고 있는 저 촉망받는다는 선배 시인이나 작가들… 그것이 그대로 나의 모습이 된다는 것은 솔직히 찬성하고 싶지 않았다. 그들의 모습을 보면서 강의실의 찬 바닥에서 도둑잠을 자며, 이 원의 버스표 값이 없어서 매일 시오리의 서울 길을 걸어다니며 내가 체득한 것은 생활과의 간교한 타협이었다. 나는 나의 생활의 뒷다리에 살이 오를 때까지 잠시 문학과 결별하고 언제고 때가 오면 다시 문학과 뜨거운 해후를 해야겠다고 내심 갈등하고 있던 중이었다. 그리고 또 한편으로, 모든 것이 생경하기만 한 서울 생활에 부대끼고 가치관에 혼란을 일으키면서 진지하게 삶의 내면을 들여다보는 동안, 허무주의에 발목이 잡혀 점점 권태의 수렁에 깊이 빠져 허우적대고 있었다. 매사가 부질없고 시시하다는 생각. 그것은 어쩌면 음영의 비율만 다를 뿐, 조영호의 생각과 동색일 거라는 느낌이 들었다.

조영호는 바로 학교를 그만 두었다. 우리가 고향으로 내려 갈 거냐고 물으니까 "바람 부는 대로… 물이 흐르는 대로…." 하고 그는 음울하게 미소를 지었다.

그 후 한동안 그의 행방을 알 수 없었다. 거의 반년이나 지나서야 그와 동향인 시를 쓰는 선배한테서 그가 강원도 어느 절에 있다는 소식을 들을 수 있었다. 그리고 그해 겨울에 정호승과 이철영이는 군대로, 박해석은 자퇴하고 잡지사 기자로 뿔뿔이 흩어졌다. 나만 혼자, 학교에서 주선해준 가정교사 자리를 얻어 고독하고 권태로운 학교생활을 계속했다.

"선옥 씨, 얼마나 더 올라가야 합니꺼?"

단풍나무가 군락을 이루고 있는 비탈길에 이르렀을 때 호승이가 조금 숨이 찬 목소리로 묻는다. 길은 계곡이 끝나는 곳에서 왼쪽으로 휘어지고 있다.

"힘드세요? 택시를 타고 절 마당까지 올라갈 걸 그랬나 봐요. 얼마 안 남았어요. 한 이삼백 미터… 조금 더 올라가면 절까지 길이 포장되었어요."

"도로도 넓게 내고, 포장까지 했다면 절 살림이 괜찮은가 보네요. 절을 조계종에 헌정했다고 했나요?"

"예. 친정 살림이 기울고 어머님도 건강이 안 좋아지시고 절을 운영하기가 쉽지 않아 조계종에 넘기고 어머님은 요사채에서 기거하셨지요. 저도 일모를 따라 절을 나왔구요."

"일모가 그렇게 좋으셨어요? 하긴 그 친구 그물코에 제대로 걸렸으면 벗어나기 어렵지요. 타고난 사람 잡는 어부한테 걸렸으니 더구나 사랑에 눈먼 고기를 일모가 그냥 놔뒀을 리 없지."

해석이가 제가 말을 해놓고도 재미있는지 낄낄거리고 웃는다. 선옥 씨 얼굴이 발갛게 물든다. 육십이 넘은 반백의 할머니가 되었는데도 짙게 물든 사랑은 퇴색이 쉽지 않은가보다. 하지만 세월과 나이는 어쩔 수 없다. 젊고 곱던 자태는 어디로 숨어버렸는지 허물어진 몸매에서 찾아보기가 힘들다. 내가 선옥 씨를 처음 보았던 날의 기억과 함께, 어느 해 초가을 청진동의 한 허름한 해장국집에서 해후했던 조영호의 모습이 떠오른다.

정확하게 햇수를 기억할 수는 없지만 칠십년 대 후반이었다. 나는 시골 공립중학교에서 교편을 잡다가 입대하여 뒤늦게 군 생활을 마치고 대전 근교의 여자고등학교에 복직한 후, 한 학기 남겨 두었던 석사과정을 마치기 위해 일주일에 한 번씩 서울에 올라 다녔다. 그날 오랜 만에 옮겨간 출판사를 수소문하여 전화를 걸었더니 해석이가 반가워서 어쩔 줄 몰라 했다. 나는 해석이를 통해, 정호승도 제대를 하고 대학을 마친 후 결혼하여 어느 이름이 알려진 여성 잡지사에서 근무하고 있다는 것을 알았다. 그리고 또 하나 놀라운 사실을 알게 되었다.

조영호가 두 아이의 아버지가 되어 호구지책으로 어느 월간 낚시 잡지사 편집부에서 근무하고 있다는 것이었다. 나는 그 말이 잘 믿어지지가 않았다. 그 말을 듣고 마치 첫사랑의 여인이 시집을 갔다는 말을 들었을 때와 비슷한 허탈감 같은 걸 느꼈다. 내가 그것이 사실이냐고 몇 번이나 되묻자 해석이가 낄낄거리고 웃으며 말했다. "조개에 ×을 제대로 물리면 용뺄는 재주가 없는 거야! 흐흐흐… 조 도사 만나봐라! 얼마나 초리고리해졌나!" " 초리고리해졌다구?"하고 되물으면서 나는 영호의 초리고리해진 모습을 조금은 상상할 수 있을 것 같았다. 생활에 목줄을 죄어 신음하면서도 상처받은 자존을 술로 달래던 선배들의 모습에서 크게 벗어나지 않으리라는 생각. 그러나 정작 영호를 대했을 때 그러한 나의 상상이 많이 빗나가 있었음을 알았다.

우리는 해석이의 주선으로 실로 십 년 만에 넷이 모였다.

해석이는 우리가 학창시절에 가끔씩 드나들던 청진동 어느 해장국집을 약속 장소로 정했다. 내가 강의를 마치고 시간에 맞춰 약속 장소로 나갔더니 호승이와 해석이가 먼저 와서 기다리고 있었다. 땅거미가 내리기 시작하는 이른 저녁 시간이었는데, 형광 불빛이 골고루 부어지고 있는 널찍한 술청 안에는 술꾼들이 들어차 있었다.

내가 입구에 서서 두리번거리고 있자 안쪽 구석자리에서 해석이와 호승이가 "여기야, 여기!"하고 소리치며 손을 흔들었다. 나는 빠른 걸음으로 그들이 앉아 있는 자리로 다가갔다. 둘이 일어서며 손을 내밀었다. 나는 양손으로 두 사람의 손을 잡고 마구 흔들었다.

"야아, 니덜 정말 오랜만이다!"

"니, 하나도 안 변했데이!"

"더 피둥피둥해졌다 야!"

나는 자리에 앉자마자 영호 얘기부터 꺼냈다.

"어떻게 된 거냐. 영호는?"

"영호? 마, 일이 밀려서 한 시간쯤 늦는다고 했다."

"그게 아니고… 어떻게 된 거냐니까?"

내가 재우쳐 묻자 해석이가 나의 의중을 알아차리고 대

답했다.

"어떻게 되기는… 때가 되면 등기 난 조개를 갖게 되는 게 정상이 아니냐? 좀 안 됐다면 조 도사의 그 고색창연한 의식의 옷이 좀 남루해졌다는 거뿐이다. 허지만 그 점은 일찍이 푸시킨이 생활이 그대를 속일지라도 결코 슬퍼하거나 노하지 말라, 어쩌구 하면서 미리 체념을 가르쳐 주지 않았냐!"

"그렇게 많이 변했냐?"

내가 어두운 얼굴로 묻자 호승이가 가볍게 한숨을 쉬면서 대답했다.

"가난의 도깨비 방망이에 정신없이 얻어맞으면서 낯빛이 변하지 않을 놈이 어디 있노… 그노마, 정말 어렵데이. 가난한 잡지사에, 그것도 임시직인데 월급이라카는 게 정말 눈물이 앞을 가린데이. 그래도 영호 마누라가 참 착하데이. 부잣집 따님이 그 고생을 용케도 참아내는 걸 보면."

이번에는 해석이가 토를 달았다.

"다 좋아서 사서 하는 고생이 아니냐? 조 도사 좆심이 그만큼 걸출하다는 증거두 되구."

"어떤 여잔데?"

"자세히는 모르지만 인천에서는 꽤 행세하는 부잣집 딸인 모양이야. 문학에 살짝 맛이 간 여대생 시절에 절에 왔다가 조 도사한테 뿅 가버린 모양인데 여자네 집에서 결혼을 결사적으로 반대하자 집을 뛰쳐나왔지. 지금은 처가에서 보기가 딱해서 도와주려고 해도 영호가 받아들이지 않고 있어! 영호 자존심이 보통이냐? 아, 저기 조 도사가 온다!"

해석이가 출입구 쪽으로 눈짓을 했다. 나는 반사적으로 출입구 쪽으로 고개를 돌렸다. 거기 출입구 쪽에서, 세월의 물때가 끼어 변모하기는 했어도 금방 낯이 익은 한 사내가 술청 안을 두리번거리며 서 있었다.

조영호는 한눈에 보아도 많이 변해 있었다. 장발에다 몸피가 붙지 않은 큰 키와 이마가 약간 벗어진 얼굴 모습 등은 별로 변한 게 없지만, 허름한 군청색 바지에다 미색 계통의 긴 팔 여름 잠바를 입고 조금 구부정한 자세로 술청 안을 살피고 있는 모습에서 예전의 당당하고 호기가 넘치는 모습은 찾아볼 수 없었다. 어딘지 모르게 데친 시금치처럼 지쳐 보이고 무언가 갈증을 느끼는 것 같은 인상을 주었다. 내가 일어서서 손을 흔들자 영호는 허리를 펴고 우리가 앉아 있는 자리로 뚜벅뚜벅 걸어왔다.

"야아, 영호! 이게 얼마 만이냐!"

내가 반색을 하며 반가움을 표시하는데도 영호는

"그래, 오랜만이다! 건강해 뵈는구나."

하얀 이를 드러내 보이며 씨익 웃기만 했다.

"결혼했다면서? 애들이 둘이나 된다면서?"

내가 또 묻자 씁쓸한 표정으로 헤프게 웃었다.

"그렇게 되야부럿다…."

"계속 절에 있을 줄 알았더니… 늦었지만, 결혼을 축하한다."

"축하는 무슨… 어쩌다 인연의 그물코에 꿰어부린 거지. 넌 아직, 혼자냐?"

나는 해석이의 어조를 흉내 내어 말했다.

"그래. 아직… 등기 난 조개가 없다."

"소설은 쓰고 있냐?"

"소설? 그게… 훈장 노릇하면서 시간에 쫓기다 보니까…."

"그럴 테지 밥그릇을 더 걸탐하다 보면…."

영호는 말끝을 흐리면서 비어 있는 내 옆자리에 앉았다. 해석이가 듣고 있다가 한마디 했다.

"시간? 호승이 봐라. 잘 팔리는 여성 잡지사가 얼마나 바쁜지 아냐? 한 달에 며칠을 빼고는 제 시간에 퇴근하는 날이 없다. 월말은 며칠씩 야근하는 게 보통이고. 그런데도 호승이는 점심시간도 아껴서 잡지사 옆에 있는 성당 뜰에 가서 벤치에 앉아서 시를 쓴다. 그래서 권위 있는 문학상도 타고…."

"치아라! 니 뭔 말을 할락카나?"

호승이가 웃으면서 해석이의 말을 막자, 영호가 잠시 무언가를 깊이 생각하는 눈빛으로 천천히 말했다.

"글은 꼭 문자로만 쓰는 것이 아니다. 더 절실하게 몸으로 쓰는 글도 있는 것이다. 태근이는 절박하게 글에 매달리게 되면 아매 한용운까지는 몰라도 충청도 출신의 뙤똥한 글쟁이가 될 수 있을 게다."

나는 "내가 무슨…" 하고 얼굴을 붉히며 영호의 말을 받았지만, 그의 그 말에서 융숭 깊은 그의 내부에는 아직도 함부로 범접할 수 없는 자존의 불꽃이 일렁이고 있는 것을 감지했다.

우리는 그날 학창시절의 모습으로 돌아가 질탕하게 마시면서 스스럼없이 허섭스레기 같은 말을 많이 토해냈다. 그러나 간혹 서로를 긴장하게 하는 진솔한 말도 오고갔다.

영호는 술이 도도하게 오르자 게슴츠레한 눈으로 호승이를 지그시 바라보면서 말했다.

"호승아, 이번에 발표한 하인 선배 시 봤냐? 그 형도 끝내 제가 만든 제 키만한 감옥에 조만간 갇히지 싶다. 씨알 할… 시가 속꼬쟁이가 있다 싶어 외야 됐다. 한번 읊조려 보마.

가슴 깊이
별을 지닌 사아람들은
모두 감옥에 갇힌다
별 향한 창틀 하나 달린
감옥 속에

한번 푸른 하늘을 본 사람들은
모두 감옥에 갇힌다
하늘 향한 창틀 하나 달린
감옥 속에

타는 그리움으로 노래를 불러본 사람들은
모두 감옥에 갇힌다
귀를 향한 통로 하나 달린
감옥 속에

순한 지임승들은 숲속을 서성이고
꿈꾸는 사람들은
한평생 감옥 속을 서성이고

사람들은 누구나
제 키만한 감옥 속에
조만간 갇히게 된다
갇혀서 마침내 감옥이 된다

어떠냐? 꿈꾸는 사람들은 한평생 감옥 속을 종종이고…
그런 것이제… 꿈꾸는 사람들은 누구나 제 키만한 그리움
의 감옥 속에 갇히게 마련이제. 잃어버린 날개옷을 갈망하
게 되제…."

나는 영호의 말을 들으면서 영호가 꿈꾸고 있는 세계와 그
의 잃어버린 날개옷에 대한 갈망을 생각했다. 나는 그의 꿈
과 갈망을 이해할 수 있을 것 같았다. 그러나 구체적으로 그
실상이 무엇인지는 잘 감이 잡히지 않았다. 나는 비로소 그
의 집으로 따라가서야 그 실상을 조금은 파악할 수 있었다.

술이 약한 호승이와 해석이가 술과 사투를 벌이다가 도저
히 못 견디겠다면서 자리를 털고 나간 뒤에도 영호와 나는 술
이 가져다 준 해방감을 만끽하며 많이 마셨다. 시간이 열한
시를 넘어서자, 나는 취중에서도 다음날 수업이 은근히 걱정

이 되었다. 다음날 수업은 2교시부터 다섯 시간이나 들어 있었다. 예매한 기차표는 이미 쓸모가 없어져버렸고, 서두르지 않으면 마지막 열차도 놓칠 판이었다. 나는 일어서면서 영호에게 그만 헤어지자고 말했다. 그러자 영호가 막무가내로 자기 집으로 가자고 떼를 썼다.

"내일 일은 낼 생각하는 거야! 일단 우리 집으로 가더라고! 가서 우리 식솔들이 오랑캐꽃처럼 이뿌게 사는 모양새도 한 번 보고. 너한테만은 내가 사는 모습을 그대로 보여 주고 싶어. 내가 사는 꼴을 보면 무엇인가 느끼는 것이 있을 것이다."

나는 영호가 잡아끄는 것을 뿌리치지 못했다. 그가 나에게 그의 사는 모습을 그대로 보여 주고 싶다는, 듣기에 따라서는 의미심장한 그의 말을 물리치기 어려웠지만, 기실 나도 그가 사는 모습을 보고 싶은 욕구가 강하게 일어났다. 나는 내심 '그래, 새벽차도 있으니까…'하고 그가 잡아끄는 대로 따라갔다.

영호의 집은 전농동에 있었다. 청량리를 지나 회기동 쪽으로 가다가 '시조사'라는 출판사 앞에서 오른쪽으로 꺾어서 한참 올라가니까 작은 시장이 나왔다. 시장은 파장이어서 거의 모든 가게가 문을 닫고 과일 가게 같은 상점만이 드문드문 눈에 띄었다. 군데군데 쓰레기가 너저분하게 널려 있는 시장 길을 지나자 언덕배기 골목길이 나왔다.

골목길 양편으로 게딱지같은 집들이 옹기종기 좁은 어깨를 맞대고 늘어서 있었고, 그 사이로 한 사람이 빠듯이 지날 만한 길이 삐뚤빼뚤 이어졌다. 길은 미로 같았다. 막다른 것 같으면서도 길은 담벼락을 타고 다시 꺾여 빠져나가면서 다른 길과 만나고 헤어졌다. 그 길은 마치 영호가 들어선 세속의 삶을 상징하는 듯했다. 그러나 그것은 어둡고 적막한 삶이 아니라 어딘가 출구가 열려 있음을 암시하듯, 골목이 꺾이는 곳에 가로등이 희미하게 빛을 발하고 서 있었다.

영호는 낮은 슬레이트 지붕 밑의 담벼락에 작은 봉창이 나 있는 집에 이르자 "다 왔다. 여기가 내가 갇힌 아름다운 감옥일세!"하고 말했다. 그러면서 그는 시멘트벽이 끝나는 곳에서부터 시작되는, 송판으로 만든 울타리 쪽으로 걸음을 옮겼다. 울타리는 가슴 높이밖에 이르지 않아서 손바닥만한 마당이 훤히 들여다보였다.

대문은 울타리의 중앙에 달려 있었다. 그러나 대문은 말이 대문이지 울타리와 잘 구분이 되지 않는, 판자를 잇대어 만든 낡은 외쪽문이었다. 대문은 영호가 시비를 걸듯이 가슴을 턱, 치자 어이없다는 듯이 삐그덕 소리를 내며 뒤로 벌렁 나자빠졌다.

마당 안으로 들어서자 마당 안의 사물들이 좀더 분명하게 보였다. 마당 안에는 골목과 면해 있는 바깥채 말고도 ㄱ 역자형의 슬레이트집이 한 채 더 있었다. 여러 가구가 살고 있다는 것을 알 수 있었다.

영호가 세 들어 살고 있는 방은 골목과 면해 있는 바깥채에 있었다. 바깥채에는 세 가구가 세 들어 살고 있는 듯, 부엌문이자 출입문인 듯싶은, 상단에 유리를 단 나무문 세 짝이 일정한 간격을 두고 나란히 붙어 있었다. 영호는 첫 번째 문을 잡아 열었다.

"우리 선녀님들 주무시능가?"

영호가 부엌 안으로 몸을 들여놓으며 안에다 대고 나지막하게 소리치자 기다리고 있었다는 듯이 부엌으로 통하는 방문이 열렸다. 방문이 열림과 동시에 방안의 밝은 형광불빛이 먼저 쏟아져 나와 부엌의 어둠을 핥았다. 그리고 잠옷차림의 영호의 아내가 문 입구에 서서 밖을 내다보다가 나를 발견하고 당황해했다.

"어, 놀랠 거시 웂으시네! 내, 친구 강태근… 내가 얘기했던 그 친구여! 그 오살헐 놈을 오늘 십년 만에 만나서 각시하고 새깽이덜하고 자랑 좀 할라고 끌고 왔네 그려!"

영호의 아내는 얼굴을 붉히며 남편에게 곱게 눈을 흘겼다.

"이렇게 느닷없이 오시면 어떡하라고… 망측하게, 잠옷 바람에… 잠깐만 기다리세요."

영호의 아내는 재빨리 다시 방문을 닫았다.

영호가 껄껄거리고 웃으며 방안에다 대고 소리쳤다.

"뭘 그래싸시오! 미스코리아 선발대회에서는 아래 위 런닝구 바람으루 설쳐대더구만!"

나는 나도 모르게 미소가 떠올랐다. 나는 영호를 따라 숨바꼭질하듯이 미로 같은 빈민촌의 골목을 헤매면서 심경이 착잡했었다. 그리고 그의 집 안으로 들어서면서 마음이 더욱 무거워졌다. 그것은 그 살풍경한 모습들이 영호의 찌들어가는 삶을 그대로 대변하는 것 같았기 때문이다. 나는 비좁고 어두컴컴한 부엌 안의 궁색한 살림살이들을 보면서 '아, 삶은 이렇게 시시해져 가는 것이구나. 해석이의 말대로 아무리 걸출한 수컷이라도 한 번 조개에 제대로 물리기만 하면….' 하고 마음이 어두웠다. 그런데 영호 아내의 밝고 건강한 모습과 그들 부부의 건강한 대화를 들으니까 그런 기분이 황급히 뒷걸음치기 시작했다.

잠시 후 영호 아내가 다시 문을 열고 웃으면서 말했다.

"죄송해요. 누추하지만 어서 들어오세요."

"아닙니다. 죄송하게 된 건 접니다. 오밤중에 느닷없이 쳐들어와서…."

"씨알머리 없는 소릴랑 하덜덜 말게. 우리가 원제부텀 그렇게 팔자수염을 기르구 체면을 챙겼능가! 자, 들어가더라고!"

영호가 나를 힐끔 돌아보며 핀잔하듯이 한마디 하고 나서 먼저 방으로 들어갔다. 나도 엉거주춤 따라 들어갔다.

방안은 밖에서 보기보다 넓었다. 방의 면적이 열두 자는 넘을 것 같았다. 가재도구가 별로 없어서 방안이 더 넓어 보이는지 몰랐다. 얼른 눈에 띄는 가구래야 윗목에 놓여 있는 허름한 장롱과 미니 화장대가 전부였다. 그 외에 보온 물병과 찻잔이 놓인 쟁반 같은 것이 눈에 띄었다.

아이들은 윗목에서 이불을 덮고 곤히 잠들어 있었다. 아랫목에 깔려 있었던 듯싶은 이불은 개어 벽 쪽에 놓여 있었다.

영호가 아랫목에서 조금 비켜 앉으며 나에게 자리를 권

했다.

"앉더라고! 그라고… 우리 각시하고 정식으로 인사를 하더라고."

나는 그가 시키는 대로 고개를 조금 숙여 그의 아내에게 인사를 했다.

"강태근입니다."

"친구 분들한테서 말씀 많이 들었습니다."

영호 부인이 말을 하면서 생긋 웃었다. 웃는데 보니까 왼쪽 입 꼬리 부분에 보조개가 패였다. 그 보조개가 서글서글한 눈매와 귀염성 있는 얼굴과 함께 친근감을 주었다. 호승이 말대로라면 부잣집 딸로 생활에 쪼들리면서 심적 고통을 많이 받았을 텐데 전혀 구김살이 느껴지지 않았다. 나는 영호 이상으로 마음이 열려 있음을 감지할 수 있었다. 또한 그녀의 몸도 영호의 표현을 빌리자면 '위아래 런닝구 바람으로 미스코리아 선발대회에 출전할 정도'는 못 되더라도 다듬어진 몸매의 균형이 허물어지지 않았고 건강해 보였다.

영호는 자리를 잡고 앉기가 무섭게 그의 아내에게 술상을 봐오라고 재촉했다. 내가 이 밤중에 술은 또 무슨 술이냐고 만류하고, 그의 아내도 주신이 노할 만큼 마신 것 같은데 그만 하라고 제지해도 그는 심통이 난 고집불통의 어린애처럼 억지를 부렸다.

"뭔 맨대가리에 참빗질 하는 소리들을 하구 있는 거여, 시방… 철야기도에 주님을 안 모시구 워쩌자는 건가… 자네, 그동안 주님의 지엄한 계율을 잊어버렸능가. 청탁불고, 원근불고, 염치불고, 처자불고, 생사불고… 좋은 벗에다, 주도를 아는 꽃 같은 색시에다, 무릉도원에다 갖출 것이 다 갖추어졌구만 워째서 지엄한 계율을 깨뜨리려는 것잉가? 반주로 마시는 소주를 큰 병째 가져오소. 얘기나 나누면성 쪼깨 마실 것이니까."

영호의 아내도 더 이상 버티지 않았다.

영호의 아내가 부엌으로 나가 술상을 보는 동안 나도 덩달아 들뜬 기분으로 그에게 나지막이 물었다.

"어디서 저런 멋진 선녀를 낚았는가?"

"낚아? 누가? 내가…?"

영호가 내 얼굴을 들여다보며 피식 웃었다.

"인연의 그물코에 꿴 건 난지도 모르제. 자네, 객쩍은 소리 좀 들어보려능가? 충청도 아가씨가 남자와 자고 나서 아침에 뭐라고 하는지 아능가?"

"…."

"인자 나는 몰라유, 채금져유… 한다면섬?"

"글쎄…."

"그럼 경상도 아가씨는?"

"…김 빼지 말고 어서 말해봐."

"경상도 아가씨는 인제 나는 자기 꺼라예, 한다느만. 그라고 전라도 아가씨는 느 집이 어디냐 앞장 서! 하고, 서울 아가씨는 창문으로 가서 커튼을 활짝 열어 제치고 멋지게 기지개를 켠 담에 남자를 돌아다보면서 자기 나 어땠어, 한다는만."

나는 소리 내어 웃었다.

"하하하… 그럴 듯해! 그래 자네는 어느 쪽이었나?"

"우리 마누라? 우리 각시는 서울내기니까…."

"그럼 자네가 좋았지 좋았어, 하구 대답했겠구만!"

"에이, 자네는 역시 산문적이구만. 우리 각시는 시에 좀 눈을 떴거든. 고거시 글쎄 그러더랑게… 인제 저는 날개옷을 잃어버렸어요, 하더랑깨. 차암… 정작 날개옷을 잃어뻔진 건 난데…."

영호가 어이없다는 표정으로 힘없이 웃었다. 그리고 나서 윗목에 잠들어 있는 두 아이를 한참 동안이나 멀거니 바라보았다.

"사실은 말야 조것들만 지문을 찍지 않았어도…."

"그거야…."

나는 영호의 눈치를 살피면서 말했다.

"자네의 의지에 달린 일 아니었나?"

"의지?"

영호가 어이없다는 듯이 피식 웃었다. 그는 곧 진지한 얼굴로 물었다.

"자네는 낙태를 어떻게 생각하나?"

나는 영호가 무엇을 말하려는지 알 것 같으면서도 반문했다.

"낙태?"

"자네는, 낙태를 살인이라고 생각하지 않나?"

"혼전 임신으로 고민을 했다는 얘긴 모양인데…."

"단순히 그런 얘기가 아니라고… 낙태는, 분명히 살인이야! 자네도 봤는지 모르겄네만, 언젠가 티·부이에서도 본 것이네만… 의사가 낙태 수술을 하면서 수정체에게 칼질을 하니까, 수정체가 최후의 저항을 하면서 피하더라구. 그걸 자네는 어떻게 생각하나?"

"…."

"그것은 수태가 되면 이미 생명체라는 얘기 아닌가? 우리가 서양 것들하고는 달리, 수태된 때부텀 생명으로 인정해서 태아가 세상에 나오자마자 나이를 한 살로 치는 것도 다 그런 연유에서가 아닌가? 세상에 나와서도 백일까지는 배냇짓을 하는데, 그렇다면 백일 전까지는 완전한 생명으루 치지 말아야 할 것이 아니냐구."

내가 잠자코 눈을 깜박거리며 그를 바라보자 그가 다시 말을 이었다.

"큰녀석이 생겼을 때 낙태를 생각해 보지 않은 것도 아니지. 왜? 세상은 그렇게 희희낙락하며 입장할 만한 무대가 못 된다고 생각했었으니까. 자네가 알다시피 나는 나 자신에 대해서, 삶에 대해서 그릏게 유쾌한 생각을 갖덜 못 했어. 그것은… 내가 애비, 어미의 얼굴도 모르고 고아로 자랐기 때문인지도 모르지. 그란디 쬐끔 깊이 생각해 봉께 그게 아녀. 내가 이 세상에 고향이 어딘지, 찾아가야 할 집이 어딘지 모르구 미아가 되어 등장했듯이 조것도 길을 잃고 세상의 문으로 들어선 내 손님인 것이여. 더욱이 내가 조것의 생명을 뺏을 권리는 더더구나 없다는 생각이 들었어. 나는 그냥 내 형편대로 손님을 맞으면 된다고 생각했어. 그냥 애비라는 이름으로 조것이 머물다가 갈 지상의 방 한 칸만 마련해 주기만 하면 된다고 생각했어. 헌디….”

“헌데, 그게 아니란 말이지?”

“허방한 생각이지만 조, 귀여운 것들이 어디서 왔는가? 조 것들이 돌아가야 할 곳은 어디란 말인가? 자꾸 그런 생각을 허다 봉께 심란해져!”

“그건 자네나 나나, 이 세상의 문턱을 넘어서 들어온 인간이면 누구나 풀어야 할 화두가 아닌가? 자네 혹시 너무 행복해서 엄살을 떨고 있는 거 아닌가?”

“행복? 어엄, 사알… 흐흐흐… 그런가 보구만. 그런데 자꾸 겨드랑이가 가렵다 말이시! 허전하다 말이시!”

“겨드랑이가? 겨드랑이라면….”

그때 영호의 아내가 쟁반에다 간단하게 술상을 봐 가지고 들어왔다. 영호의 아내는 우리 앞에 쟁반을 내려놓고 앉으며 말했다.

“뭐 안주가 있어야지요. 열두 시가 넘어서 가게에 갈 수도 없고….”

“아닙니다. 아이구, 북어찜도 있구, 두부찌개도 있구… 넘칩니다, 넘쳐!"

"이 니, 저녁상 봐 뒀던 걸 그냥 가져왔어요. 죄송해요."

"부럽습니다. 이 친구가 너무 행복하다보니까 엄살을 너무 심하게 떠는군요."

"엄살이라니요?"

영호 아내가 의아해 하는 표정으로 남편의 얼굴을 바라보았다.

"겨드랑이가 가렵답니다. 아니, 몹시 허전하답니다! 박박, 긁어 주십시오!"

"겨… 겨드랑이… 가요?"

그의 아내가 더욱 의아해 하는 눈초리로 조심스럽게 그를 바라보자 영호가 피식 웃었다. 그러고 나서 취기에 몰려 있는 거슴츠레한 눈으로 어리광을 부리는 어린애처럼 말했다.

"정말… 가… 가려워… 날개옷, 날개옷을 줘…."

영호 아내의 표정이 어두워졌다.

"당신, 후회하시는 거죠?"

"후회? … 무얼?"

"저하고 이렇게 된 걸…."

영호가 처연한 눈빛으로 그의 아내를 바라보았다.

"각시하고 새깽이덜하고 불쌍해서 그러제. 다 헛것이라고. 언제까지나 쇠줄에 목이 매인 강아지 새깽이 맨치로 발버둥 치면서 신음하고 있을 일이 아니라고. 날개옷을 입고 하늘로 올라가서 그대들을 구원할 두레박을 내려보낼 것인게… 어서, 숨겨 논… 날개옷을 달라고."

"누가 누구의 날개옷을 숨겨 놨는데요?"

영호의 아내가 조금 화가 난 목소리로 물었다.

"하기사 내가 그대의 날개옷을 훔친지도 모르제. 부잣집 따님이 사서 생고생을 하고 있응깨! 지금이라도 그대 집으로 돌아가면 호강을 할 것인디… 그러나, 진정으로 돌아가야 할 고향은 그곳이 아닌 것만은 분명하지."

내가 그의 말을 막고 나섰다.

"자네 지금, 무슨 귀신 씻나락 까먹는 소리를 하고 있나! 복 투정도 너무 하면 못 써! 그리고 지상에서 할 일을 다 안 하구, 하늘 아니라 어디에 간들 무슨 신통한 일을 할 것이냐구!"

"흐흥… 지상에서 할 일…."

영호가 재미있다는 듯이 입가에 미소를 흘리며 나를 빤히 바라보았다.

"그럼… 시방 니가 하고 있는 일이, 지상에서 니가 해야 할

최선의 일이냐? 그래야 것지. 박사도 되구, 교수도 되구 싶구, 그래서 쫄깃쫄깃한 조개도 갖고 싶고, 뭐 그러것제이. 씨알 할 놈… 네 놈은 소설을 써야 혀, 소설을! 황순원 선생이 대단한 건 교수구, 박사구 해서냐? 씨알 할 만한 큰 소설쟁이기 땜이지! 이 허섭스레기 같은 세상에서 그래도 니가 하다 갈 일는 소설을 쓰는 겨. 나도 쪼깨는 사람 생긴 걸 볼 줄 안다고 할 수 있것는디 니 타고 난 팔자는 글쟁이여!"

나는 영호가 고향 사투리를 제대로 쓰며 정색을 하고 큰소리를 치는 바람에 조금 주눅이 들었다. 영호의 말은 나에 대한 애정이 담겨 있었고, 내가 동의할 수밖에 없는 사실을 내포하고 있었다. 그러나 억지를 부리듯이 그에게 다그쳤다.

"그렇게 말하는 너는, 왜, 시를 안 쓰냐?"

"시?"

영호가 느닷없이 반격을 당했다는 떨떠름한 표정으로 말없이 눈을 깜박거렸다. 그는 한참 동안 방바닥을 내려다보고 있다가 고개를 들고

"이건 부처님이 열반에 들기 전에 하신 말씀인데 말이시…."

착 가라앉은 음성으로 입을 열었다.

"부처님이 아난존자를 데리고 숲길을 걸으며 물었어. 아

난아 나무가 참 많지, 하고. 아난존자가 예, 하고 대답하자 부처님이 또 물으셨어. 나무 잎새기는 더 많지, 하고. 아난존자가 그렇다고 하니까 부처님이, 내가 너희들에게 한 말은 이 나무 잎새기보다 더 많지? 그러나 아난아 나는 너희들에게 아무 말도 하지 않았다, 라고 말씀하셨어. 그것은 말일세, 부처님마저도 말로써는 자신의 진실을 온전하게 다 담아낼 수 없음에 절망한 것이 아니겠능가?"

"그렇다면 자네는 언어에 절망해서 시를 못 쓴다는 얘긴가?"

"…"

"그렇게 생각하면 이 세상에 참이 어디에 있고, 대단한 것이 무엇이 있겠는가? 자네야말로 너무 과다한 욕심을 부리는 거 아닌가?"

"과다한 욕심? 그러지… 제 그릇 크기도 모르면서 과욕에 눈이 어두워져 가는지도 모르지. 하기사 나를 거둬주신 노장스님이 그러셨지. 니가 헛것에 큰 욕심을 부리는 거 같은데, 니 존재가 얼마나 하찮고 보잘 것이 없는 존재인지부터 깨닫도록 해라. 그러면서 내 호를 일모一毛라고 지어주셨지. 구우일모九牛一毛, 아홉 마리 소 가운데 한 개의 털에 불과한 존재라는… 그런데… 하찮아지고 싶으면 하찮아지고 싶을수록, 더 하찮아지고 싶은 걸 어쩌란 말인가!"

잠자코 옆에서 듣고 있던 그의 아내가 불안한 눈으로 나를 바라보면서 말했다.

"이 니, 언젠가는 날아갈 사람 같죠? 언젠가는…."

나는 아무 말도 못 하고 착잡한 심정으로 그를 멀거니 바라보았다.

2

일모를 다시 만난 것은 그날 이후, 십칠 년이 지난 뒤였다. 호승이와 해석이는 서울을 오르내리면서 가끔씩 얼굴을 대할 수 있었지만, 영호는 또다시 우리에게서 멀어져 갔다. 직장을 그만 두고 식솔을 가평 대원사로 보낸 후, 인연이 닿는 절을 떠돌아다니며 생활한다는 풍문만을 접할 수 있었다. 그런데 어느 날 그가 불쑥 내 앞에 모습을 나타냈다. 내가 학위를 마치고 공립대학을 거쳐 모 기독교 재단의 사립대학에서 근무하고 있을 때였다.

봄이었다. 연구실 남쪽 창문으로 올려다 보이는 앞산의 산

벚꽃이 마지막 잎을 털어내고 초록의 성장을 서두르고 있는 오월 중순이었다. 그날은 총학생회에서 주최하는 체육대회가 열린 날이었다. 나는 학생처장의 보직을 맡고 있어서 행사를 독려하느라고 운동장에 나가 있다가 연구실로 들어가니까, 머리를 어깨까지 기르고 감색 베레모를 쓴 웬 남자가 등을 보이고 응접 소파에 앉아 있었다. 그가 유유히 피우고 있는 담배 연기가 그의 머리 위로 아지랑이처럼 파르스름하게 퍼지고 있었다. 내가 그의 앞으로 걸어 들어가니까 그가 고개를 들고 나를 바라보았다.

나는 처음에는 그를 바로 알아볼 수 없었다. 감색 베레모를 쓰고 어깨까지 머리를 늘어뜨리고 수염을 기른 그는 여진 무협소설 속에서 기어 나온 도사 같았다. "아니, 너… 영호 아니냐!"하고 내가 그를 알아보고 탄성을 지르는데도 그는 얼굴색 하나 변하지 않고 나를 아래위로 훑어봤다.

"조오쿠나! 배때기에 기름기가 잔뜩 끼구 피둥피둥한 게! 완전히 돈 맛, 계집 맛, 새끼 맛, 씨잘 데 없는 이름 맛에 사람이 영 못쓰게 돼야부럿구만! 평생 이 짓이나 하다가 뒈질래? 니가 할 일은 따루 있었마! 병신이 저 할 일도 모르구…."

나는 다짜고짜 퍼붓는 그의 일갈에 어이가 없으면서도 괜히 얼굴이 달아올랐다.

"정말 오랜만이다! 그런데 만나자마자 할 말이 겨우 그거뿐이냐? 소식이 끊겨서 궁금했다. 지금 너 어디 있냐?"

내가 그의 앞에 앉으며 묻자 그는 여전히 정색을 하고 나를 뚫어지게 바라보았다.

"나? 보다시피 여기 있다. 그렇게 말하는 니 녀석은 지금 어디서 무얼 하고 있느냐?"

나는 그의 선문답을 이해할 것 같으면서도 말머리를 돌렸다

"여전하구나 선문답은 그만 하고 조금만 더 기다려라. 교수 친선 배구대회에 학장 축사가 있는데 잠깐 참석했다가 올라오마. 나가서 한잔 하면서 얘기하자."

"되얐다! 사람은 좀 배가 고파도 지가 놓여져 있어야 할 자리에 놓여 있어야 보기에도 좋고 사람값을 하는 거다! 너한테 더 늦기 전에 이 말이나 해주고 갈라고 왔다! 할 말 다했으니 나는 갈란다! 아매 자주 만나게 되지 싶다. 니 팔자가 너를 그냥 내버리시지는 않을 모양이다."

그는 화두처럼 한마디를 내던지고는 벌떡 일어서더니 내가 막무가내로 붙잡는데도 한사코 뿌리치고 도망치듯이 가

버렸다.

그가 가버린 뒤 나는 한동안 낮도깨비에 홀린 것처럼 멍하니 서 있었다. 그의 질책이 무엇을 뜻하는지 감이 잘 잡히지 않았다. 특히 그가 마지막 흘린 "아매 자주 만나게 되지 싶다. 니 팔자가 너를 그냥 내버리시지는 않을 모양이다"라는 말이 마음에 걸렸다. 불길한 예언처럼.

그러나 그 예언이 무엇을 뜻하는 것이었는지 곧 알게 되었다. 그가 바람같이 나타났다가 사라진 지 십 개월 후였다. 나는 그 이듬해 삼월에 종교적인 문제로 이사장과 갈등을 일으켜 재임용에서 탈락되었다. 그로부터 길고 긴 질곡의 세월이 시작되었다. 그리고 그의 예언대로 그와 다시 인연의 끈이 이어지게 되었다. 나는 비로소 그가 이십 년 가까운 세월 동안 내가 상상할 수 없는 또 다른 세계 속에서 머물고 있었음을 어렴풋 짐작할 수 있었다.

"와아, 여기서는 가평으로 가는 길이 한 눈에 내려다보이네!"

호승이가 눈 아래 펼쳐진 광경을 내려다보며 탄성을 발한다. 해석이도 감회어린 어조로 호승이의 말을 받는다.

"바둑판을 내려다보고 있는 거 같다야. 가평으로 가는 길이 배암이 기어가는 것처럼 계곡을 따라 뻗어 있다야. 일모가 저 길을 따라 이십여 리 길을 걸어서 가평에 가서 석유통을 짊어지고 왔단 말이지. 그리고 대웅전에다 석유를 뿌리고 불을 질렀단 말이지. 그러고 나서 뒷산으로 올라가 대웅전이 화염에 휩싸이는 광경을 가부좌를 틀고 앉아서 내려다봤다는 거 아냐. 하여튼, 일모 뙈똥한 친구야! 아무리 선옥 씨를 사랑하고오, 오라버니가 결혼을 결사반대한다고 해도 말야…."

"그래도 선옥 씨 오라버니가 얼마나 멋지냐! 영호한테 그랬다면서 잘 태웠다고. 그러지 않아도 대웅전이 낡아서 다시 지으려고 했다고… 시다, 시!"

일모는 내가 부당하게 해직당하고 분노의 불길에 휩싸여서 상처받고 아파할 때 나타나서 말했다. 울분을 삭이지 못하고 적개심에 불타고 있는 나에게 무겁게 말했다. "그래, 니 말도 맞다. 오른뺨을 때리거든 왼뺨을 내주고, 일곱 번씩 일흔 번을 용서하고도 더 용서하라고 한 예수도 예루살렘 성전에 입성할 때, 먹고 살기 위해 성전 앞에 좌판을 벌여놓고 장사를 하는 장사치들에게 성전을 더럽혔다고 가죽채찍으로 후려치며 분노한 것은, 참으로 용서할 수 없는 것까지 용서하는 것은 용서가 아니라는 것을 의미한다는 니 말은 일리가 있다. 그러나 참으로 어찌해 볼 수 없는 중생은, 죄업을 제 스스로 씻을 때까지 내버려둘 수밖에 없다고 말씀하신 부처님의 말씀도 깊이 생각해 봐라. 그러나 어쩌겠냐! 이미 니 육신의 산에 분노의 불길이 걷잡을 수 없이 번져버린 것을. 태우거라! 모조리 태우거라! 죄다 태우고 재만 남거들랑 그 마음밭에 네게 맞는 새 씨앗을 파종하고 부지런히 가꾸거라. 분명히 니가 할 일은 따루 있다!"

나의 실직은 정말 뜻밖이었다. 내가 봉직했던 대학은 원래 공립대학이었다. 그런데 전두환 정권 때 함량미달의 대학들을 신설 인가해주면서 무슨 영문인지 여러 대학을 사립화시켰다. 내가 근무하던 대학도 모 기독교 재단으로 운영권이 이양되었는데 이사장의 광신적인 횡포가 세간에 널리 알려져 있었다. 그는 반공포로 시절 수용소 안에서 배급담배를 모아 동료들에게 팔아서 마련한 금반지 서 돈을 장사밑천으로 하여 대기업을 일으킨 것과, 겨우 중학교 학력밖에 없는 자신이 유치원에서 대학까지 학원을 경영하게 된 것은 모두가 하나님의 은총 때문이라고 굳게 믿었다. 그는 기도를 올릴 때면 거의 매번 엉엉 소리 내어 울면서 하나님께 감사를 올리고 더 많은 축복을 간구했다.

이사장은 그의 기도에 그 나름대로의 지론을 가지고 있었다. 기돈 죽자 사자 떼쓰고 매달리는 어린애처름 해야 되는 기야요. 하나님이 기도를 안 들어 주군 못 배기게스리 필요하믄 앙탈을 부리듯이 절실하게 해야 되는 기야요! 그는 그렇게 말했다. 그래서 그의 기도는 언제나 격정적이었다. 그가 어떤 기도를 하건, 어떤 신앙을 갖건, 그것은 그 자신의 문제였다.

문제는 그가 맹종하는 신앙을 그의 표현대로 하자면, 그의 녹을 먹는 구성원들에게 강요하는 데 있었다. 그는 소리 높여 외쳤다. "내 말은 곧 법이야요! 내 녹을 먹는 사람들은 모두 가족까지 동참해서 내래 세운 혜원교회로 나오라우요. 딴 교회에 나가고 있는 가족들두 모두 일루 옮기는 기야요. 제 직장을 소중하게 여기는 사람이라야만 하늘나라도 소중히 여길 수 있는 기야요! 글구, 헌금들 열심히 하시라우요. 하늘나라의 곳간에 많이많이 재물을 쌓아 놓아야 복을 짓구 천국에 들어갈 수 있는 기야요. 특히 십일조를 양심적으루 내야디 글티 안으믄 기건, 하나님의 몫을 떼먹는 큰 죄를 짓는

350

기야요. 글구 범사에 감사하는 마음을 개지구 감사 헌금들두 많이많이 하시라우요." 그러면서 그는 그의 편의대로 윤색한 성경을 가지고 '그의 녹을 먹는 사람들'을 정죄하고 으름장을 놓으며 목줄을 죄었다 놓았다 하면서, 공포와 치욕에 떨게 했다.

언젠가 이사장이 마련한 전체 교수를 대상으로 한 공개 면담 자리에서였다. 나는 그 자리에서 이사장에게 혜원교회에만 하나님이 계신 것도 아니고, 하나님은 어렵고 고통 받는 자들을 위해 낮은 데로 임하시는 걸로 알고 있는데, 가난한 교회의 임직자까지 옮기게 해서 그 교회를 곤고하게 할 필요가 있느냐고 조심스럽게 물었다. 그랬더니 이사장은 눈에 쌍심지를 켜고 화를 냈다. "기럼 그쪽 교회에만 하나님이 계신 것도 아니잖소? 매사를 기렇게 빼닥하게 보려구 하는 것두 큰 병이야요, 병! 글구 나한테두 철학이 있다, 이 말씀이야요! 아시겠어요? 싫으믄 다들 나가라우요! 우리 혜원 가족이 못 되겠으믄 떠나라우요!"

그러나 이사장의 분노를 사게 된 가장 큰 원인은 불교 신자 수험생의 불합격 처분에 대한 나의 반대 때문이었다.

학교는 매년 입시 면접에서 개종이 어렵다고 판단되는 불교 수험생은 불합격시키라는 지시를 내렸다. 이사장의 광적인 신앙에 편승한 학교 운영방침이었다.

나는 여러 차례 그러한 처사가 부당함을 역설했다. '땅 끝까지 나를 기념하게 하라'는 하나님의 뜻에 따라 학교를 설립했다면, 오히려 다 갖춰지고 만들어진 신자보다는 하나님을 모르는 불신자나 이방의 신도들에게 복음을 전파하는 것이 하나님의 참 뜻이고 기독교 대학의 사명이 아니냐고 역설했다. 하지만 그것은 공허한 메아리일 뿐이었다. 내놓고 동조하는 사람도 없었다. 모두가 쉬쉬하면서 안으로만 부당성을 웅얼거렸다.

무엇보다도 내가 해직당하게 된 결정적인 동기는 아버지의 장례식 때문이었다. 아버지는 폐암 진단이 내려진 지 넉 달 만에 별세하였는데, 투병 기간 중에 여러 차례 교회와 학교에서 심방하여 쾌유를 비는 예배를 올렸다. 목사는 끈질기게 아버지를 설득한 끝에 하나님을 영접하겠노라는 약속을 받아냈다. 학교와 교회에서는 하나님은 반드시 언젠가는 올바르게 역사하시게 마련이라는 표본으로 아버지를 예로 들었다.

그런데 임종 직전에 아버지의 심경에 변화가 일어났다.

아버지는 어머니에게 진실을 털어놓았다. "여보, 내가 평생을 부처님을 믿어왔는데 이제 와서 잘 모르는 하나님을 따라 가자니 마음이 편치 않소. 큰애 학교가 워낙 철저한 예수학교라 내 장례식을 기독교식으로 안 해서 큰애가 근무하기에 곤란하면 모를까, 그렇지 않으면 부처님의 품으로 돌아가게 해 주오." 어머니가 울먹이면서 전해 주는 아버지의 심경은 그러했다.

나는 착잡했다. 그러나 오래 망설이지는 않았다. 나는 태연히 미소를 지으며 어머니를 안심시켰다. "걱정 마세요. 죽어서 만나는 하나님 아버지도 중요하지만 저를 낳고 길러 주신 아버님도 중요합니다. 생전에 제 부모를 모르는 놈이 죽어서 만나는 하나님 아버진들 어떻게 알겠습니까?" 나는 곧바로 학교로 가서 학장과 목사를 만났다. 나는 진심을 다 해서 양해를 구했다. 학장도 목사도 침통한 표정을 지었다. 두 사람은 한결같이 내가 학교에 영향력이 많은 교수임을 강조했다. 목사는 나에게 금식기도를 하면서 아버지의 마음을 바꿔 줄 것을 하나님께 간구해 보라고 권했다. 그러면서 목사는 결의에 찬 어조로 말했다. "부처는 사탄입니다. 영이 어디에 머무는가는 중요합니다." 나는 그 말을 듣고 반발심이 솟

구쳤다. 나는 목사에게 선언하듯 말했다. "신앙심이 부족해서 그런지 몰라도, 부처에 비하면 저는 버러지만도 못하다고 생각합니다." 이사장이 나의 그런 태도를 묵과할 리 없었다.

구 개월 후에 나의 재임용 심사 시기가 되었을 때 학장이 말했다. 이사장이 집으로 찾아와 무릎을 꿇고 빌면서 신앙으로 다시 태어나지 않으면 재임용을 하지 않겠다고 하니 이사장을 찾아가보라고. 나는 분노와 모멸감에 떨면서 깊은 고뇌에 빠졌다.

나는 재임용 규정에 하등의 결격 사유가 없었다. 연구실적이나 연수실적 등 모든 평가 항목에서 기준보다 훨씬 상회하는 평점을 받은 상태였다.

나는 번민 끝에 마음을 굳혔다. 이사장의 말대로 하나님이 계시고, 하나님의 심판이 공정하다면 이사장의 불의를 결코 용서하지 않을 것이라고 자위하면서 굳게 뜻을 굳혔다.

그러나 수많은 세월을 그와 싸우며 세상의 정의라는 것이, 억울하고 힘없는 사람들이 불의의 강을 건널 수 있는 마지막 가교라고 생각했던 법이, 얼마나 많은 교활한 함정을 은닉해 놓고 있는가를 절감했다. 나는 힘 있는 자들이 기득권을 지키기 위해 만든 그 간교한 법 앞에서 한없이 분노하고 절망했다.

곁에 있던 사람들이 하나둘씩 멀어져 갔다. 마지막에는 끝까지 나의 편이 되어 주리라고 믿었던 아내마저도 버텨내기 어려운 현실 앞에서 나의 융통성 없는 주변머리를 한탄했다. 제일 견딜 수 없는 것이 바로 그 아내로부터의 소외감이었다. 아내는 날이 갈수록 나를 녹이 슬어 부식되어 가는 고철덩이를 바라보듯 했다. 매일 능구렁이 같은 윤리학 교수와 성삼문이나 노래하면서 숙주나물들의 대변이나 하더니 꼴좋네요, 좋아! 아내의 실망에 차서 나를 바라보는 눈은 그렇게 질책하는 것 같았다. 나는 깊은 허탈감과 회의 속에서 차라리 혼자이고 싶었다.

"일모가 속리산에서 지승 스님과 함께 초막을 짓고 은거한 게 구 년이라고 했나요, 선옥 씨?"

해석이가 계곡 아래 가평 쪽으로 뻗은 길에 시선을 준 채로 묻는다.

"그 사람, 나가서 떠돌아다니며 산 세월이 더 많은 걸요 뭘… 기약 없이 떠돌아다니다가 불쑥 집에 나타났다가는 또 바람처럼 떠나가곤 했으니까요."

"선옥 씨 고생이 참 많았어예."

이번에는 호승이의 말에 선옥 씨가 포옥, 한숨을 내쉰다.

"마음이 출가한 사람을 집에 붙잡아만 두면 뭘 하겠어요. 저는 한용운 선사의 출가를 이해할 거 같애요. 한용운 선생은 부인이 출산을 하느라고 산고를 겪고 있는데 미역을 사가지고 오겠다며 나가서, 그 길로 출가를 했다면서요. 그러고는 평생 고향 홍성 땅에는 발걸음도 하지 않았다면서요. 인간의 도리로 생각하면 참 몰인정한 사람이지요. 그러나 한용운 선생이 그대로 농사나 짓고 아이들이나 키우면서 평생 부인 곁에 있었다면 오늘의 추앙받는 한용운 선사는 될 수 없었을 거예요."

"그렇게 미화할 것만은 아니라고 생각해요."

내가 선옥 씨의 말을 받는다.

"그렇게 너무 미화하다가 보니까, 시의 해석도 과장된 부분이 많지요. 대표시라는 '님의 침묵'도 그래요. '님'은 오랫동안 '절대자', '조국'으로 해석되어 왔고, 우리도 국어 시간에 그렇게 배웠고 시험 답안의 정답도 그것만이 정답으로 인정되었지요. 한용운이 승려고 민족대표 삼십삼 인 중 끝까지 지절을 지킨 애국자라는 시각에만 치우쳐서 인간적인 것

은 도외시한 채…. 그런데 사실은 그 시는 연애시거든요. 한
용운이 오대산 월정사에 있을 때 한용운을 흠모하는 서연화
라는 여인이 있었어요. 스물여섯 살의 여인이었는데 그 여인
과 함께 월정사 뒤의 단풍나무 숲길을 걸으면서 마음을 나눴
지요. 그런데 서연화는 애처롭게도 스물여섯 살의 나이로 생
을 마감했어요. 한용운은 비통한 마음으로 '님의 침묵'이라
는 시를 써서 서연화의 관 뚜껑에다 덮어주었어요. 그 사실
이 밝혀지면서 후에 '님'이 사랑하는 '님'도 되는 것으로 시험
문제의 정답도 바뀌게 되었지요."

"역시 교수님이라 다르구만. 그런데 일모한테도 그런 여
인이 있었나… 선옥 씨 말고…."

해석이가 농처럼 웃음기 섞인 말로 흘깃 선옥 씨를 바라
본다.

"모르지요, 그 속이야. 일모를 흠모하는 여자들도 있었을
거 같애요. 일모 말대로 이 세상 잠시 놀다가 가는 것, 여한
없이 그렇게 잘 놀다 갔기를 바래요."

"역시 선옥 씨는 마음이 넓어…."

선옥 씨 말대로 일모를 흠모하는 여인도 없지 않았다. 학

창 시절에도 그랬지만, 내가 문화원 측의 요청으로 지도했던 문예창작 수강생 중에도 그런 여인이 한 사람 있었다. 오인혜. 삼십대 중반이었다. 나이에 비해 앳되고 미모에다 사려가 깊은 여인이었다. 그녀도 나를 따르는 다섯 명의 다른 수강생들처럼, 몇 차례 일모를 만나면서 그의 세계에 깊이 빠져들고 있었다.

일모는 오 년 가까운 세월이 나의 분노를 태워 재가 되었을 때, 나를 혼자 남겨 두고 다시 산으로 들어갔다. 속리산 문장대 뒤편의 벼랑 밑에 지승 스님과 함께 지어놓은 초막에서 은거하며 다시 그의 세계로 침잠해 들어갔다. 나는 그가 못 견디게 그리울 때면 그를 찾아갔다.

그가 가끔씩 산에서 내려와 나를 찾기도 했다. 나는 집을 나와, 유신정권의 연장수단으로 제정한 교수재임용제의 올가미에 걸려 부당하게 해직당한 교수들과 함께 법정 투쟁을 벌이며, 대전 근교의 한 절의 요사채에서 생활하였는데 그가 더러 그 절로 찾아오기도 했다. 그러나 어쩌다 대전에서 머물 때도 특별히 정처를 두지 않았다. 여관에 들거나 심지어 역 대합실에서 노숙을 하기도 했다. 그는 술자리가 파할 무렵이면 소리 없이 자리를 떠버리는 일이 많았다. 그리고는 자취 없이 사라졌다가 어느 날 불쑥 모습을 나타냈다. 내가 사람이 어떻게 그렇게 자취가 불분명하냐고 핀잔을 하면 "본시 오고감이 자취가 없는 것을 알면서 왜 그래 쌌능가?"하고 빙그레 웃으며 딴전을 피웠다.

언젠가는 이런 일도 있었다. 그날도 술을 많이 마셨다. 오인혜도 동석했다. 일모는 그날 평소와 달리 몸을 가눌 수 없을 정도로 많이 취했다. 아무리 마셔도 자세를 흩트리지 않는 그이기에, 어디 가까운 여관을 잡아주어야겠다고 내심 걱정을 하고 있는데 그가 갑자기 급히 다녀올 데가 있다면서 벌떡 일어섰다. 그는 우리가 어디를 가느냐고 물을 틈도 주지 않고 황망하게 방에서 나갔다. 내가 닭 쫓던 개 모양으로 그가 빠져나간 방문을 멀거니 바라보고 있으니까 인혜가 웃으면서 "갑자기 이쁘게 보이고 싶으신가 보죠, 머… 화장을 고치러 가셨을 거예요" 하고 가볍게 넘겼다. 나도 화장실에 갔거니 하고 생각했다. 그러나 그는 삼십 분이 넘어도 돌아오지 않았다. 걱정이 되어 화장실에 가서 살펴보았지만 그는 보이지 않았다. 시간은 밤 열한 시를 넘어서고 있었다. 나는 자리에서 일어서며 인혜에게 말했다. "가자구! 저어 친구우, 사라져야겠다고 맘먹으면 절대로 자취를 남기지 않고 사라져버리지. 코끼리가 죽을 무덤을 찾아갈 때처럼 말이야아!"

그런데 이튿날 인혜한테서 전화가 왔다. 아침 열 시가 못되었는데 일모한테서 연락이 왔다는 거였다. 다짜고짜 지금 중앙시장 먹자골목의 '함경도집'이라는 설렁탕집에 있는데 빨리 나와 달라고 명령하듯이 말하더라는 거였다.

너무 뜻밖의 전화에 당황했던지 인혜의 목소리는 조금 격앙되어 있었다.

"교수님한테 전화를 했더니 통화가 안 되더라는 거예요. 그래서 할 수 없이 저한테 전화를 했다는 거예요. 그러면서, 언제든 전화만 하면 눈썹을 휘날리면서 달려가겠다고 제가 약속했으니 빨리 나오라는 거예요. 일모 선생님 말씀대로 눈썹을 휘날리면서 달려갔죠. 갔더니 일모 선생님이 설렁탕집 한구석에서 막걸리를 마시고 있었어요. 빈 병이 세 병이나 놓여 있었어요. 제가 앞에 앉으니까 일모 선생님이 식당에서 일하는 여자들을 향해 '여보시오, 여기 술 한 병하고 수육 한 접시 더 맛있게 담아 오시오! 내 뭐랬소! 천상에서 선녀가 곡차 값을 챙겨 가지고 득달같이 달려올 거라고 안 했소! 아마 이 집이 생기고 이렇게 역시게 이쁜 선녀는 처음 문턱을 넘어섰을 것이오. 인제 술값 뗄 염려는 없어졌으니 어서 가져

오시오. 나무관자재 보살!' 하고 소리를 쳤어요.

내가 어떻게 된 일이냐고 물으니까, 목마를 테니 우선 곡차부터 한 잔 하라면서 제 앞에 막걸리를 한 사발 가득 따라 놓는 거예요. 그러더니 자초지종을 털어놓으셨어요. 어제 술자리에서 갑자기 하늘에서 출석 부르는 소리가 들리더라는 거지 뭐예요. 그런데 그 호명하는 이름 가운데 일모 선생님이 마음으로 시봉하는 노장 스님의 이름이 끼어 있더라는 거예요. 그 스님은 목포 유달산에 있는 절에서 참선 중인데 아무래도 오늘 오전 중으로 열반할 것 같아서 목포로 내려가는 밤기차를 타려고 급하게 역으로 갔다는 거예요. 그랬는데 목포행 열차가 끊겨 버렸대요. 새벽차를 타려고 광장을 서성이고 있는데, 열서너 살쯤 되어 보이는 꾀죄죄한 사내아이가 광장에 앉아서 튀김 통닭을 뜯어먹으며 술판을 벌이고 있는 사람들을 넋을 놓고 바라보고 있더래요. 한 눈에 봐도 집도 절도 없이 떠도는 불쌍한 애라는 걸 알 수 있겠더래요. 하도 보기가 안 돼서 아이에게 돈을 주고 통닭과 술을 사오라고 심부름을 시켰대요. 아이가 술과 통닭을 사오자 광장 바닥에다가 신문지를 깔아 놓고 아이는 통닭을 맛있게 먹고, 일모 선생님은 아이가 게걸스럽게 먹어대는 모습이 측은하기도 하고 이래저래 울적한 기분에 눈에서 술 찌기미가 나오도록 술을 마셨대요. 그러다가 누워서 잠이 들었는데 일어나서 보니까 아이도 없고, 상의주머니에 넣어 두었던 지갑도 없어졌더래요. 제가, 세상에 은혜를 그렇게 갚는 자식이 어딨냐고 흥분하니까 뭐란 줄 아세요? 본래 내 것이 아닌데 뭘 그러느냐는 거예요. 이 세상에 내 것이 어딨소, 잠깐 빌렸다가 돌려주고 가는 것이지 하면서요. 어쩌면 전생에 그 아이한테 더 많은 빚을 지고 왔는지도 모른다는 거예요. 그러면서 저더러 내생에 가서 갚을 테니 어서 차비나 빌려 달라지 머예요. 하도 어이가 없어서 웃고 말았죠. 일모 선생님 혹시 하늘나라에서 소풍 나온 신선 아녜요?"

나는 인혜의 말을 듣고 웃음부터 먼저 나왔다. 무엇보다도 하늘에서 출석 부르는 소리를 듣고 전날 술자리에서 급히 사라졌다는 말이 희극적으로 들렸다. 더욱이 시봉하는 스님의 열반을 예감하고 이승에서의 마지막 고별을 위해 황급히 역으로 갔다는 대목에 이르러서는 우습다 못해 어이가 없었다. 나는 내가 이르지 못한 세계가 그의 안에 존재한다는 것을 느끼면서도, 때로는 그의 불가사의한 행동에 당혹스러울 때가 많았다. 내가 그의 행동에 불가사의라는 표현을 쓰는 것은 공상이나 망상이라고밖에 생각할 수밖에 없는 행동들이 더러 경이로운 현실로 실현되기도 했기 때문이다.

그날의 행동도 그랬다. 우연의 일치인지는 모르겠으나 그가 예언한 날짜와 시각에 그 스님은 열반했다. 그 스님은 일반인도 알 만한 큰스님이었는데, 일간 신문에 조그맣게 스님의 부음이 기사화 되었다.

나보다 더 놀라워하는 것은 인혜였다. 인혜의 놀람은 단순한 놀람이 아니었다. 경이로움이었다. 일모는 그로부터 한보름 만에 다시 모습을 나타냈다. 그때 인혜가 일모를 대하는 눈빛은 분명 전과 같지 않았다.

그날 우리가 만난 것은 대전 동부터미널 구내 다방이었다. 오후 세 시경이었다. 그날 나는 절에 있다가 일모의 전화를 받았다. 속리산으로 들어가는 보은행 버스표를 샀는데 얼굴이라도 보고 싶어서 전화를 했다고 했다. 그러면서 그 말끝에 "시간이 괜찮다면 오 보살도 보고 갔으면 싶고…" 하고 꼬리를 달았다. 내가 웃으면서 "정작 보고 싶은 건 인혜구먼" 하니까 그가 "왔다, 눈치 하나는 빨라 가지고 이 사람, 알았으면 득달같이 행할 일이지 뭘 꾸물거려. 차 떠날 시간도 몇 시간 안 남았고만…" 하고 너털웃음으로 응수했다. 나는 바로 인혜에게 손전화를 했다. 인혜는 마침 시내에 나와 있었다. 그녀는 곧장 약속장소로 가겠노라고 했다.

내가 다방에 도착했을 때 인혜는 벌써 나와 있었다. 두 사람은 수족관이 놓여 있는 홀 가운데쯤에 앉아 있었다. 출입문 쪽을 향해 앉아 있던 일모가 나를 발견하고 웃으면서 손을 흔들어보였다. 인혜도 고개를 돌려 나를 보았다. 그들이 앉아 있는 자리로 다가가자 인혜가 말했다.

"빨리 오셨네요."

"차만 안 막히면 삼십 분이면 오는 거리니까."

나는 대답하며 인혜의 옆자리에 앉았다. 인혜는 다시 일모를 바라보며 채근했다.

"빨리요! 괜찮을테두요!"

"글쎄 다 부질없는 짓이오."

일모는 눈으로 웃으며 딴청을 피웠다. 내가 오기 전에 무슨 얘긴가를 나누고 있었던가 보았다. 내가 인혜를 거들었다.

"이 사람, 뭔데 그래? 귀하신 몸을 나오라고 해놓고 애를 태워!"

"앞으로 어떻게 살겠나 봐 달랬더니 저렇게 빼시기만 해요!"

"난 또 뭐라고… 봐 주지 뭘 그래?"

일모가 정색을 하고 나를 응시했다.

"자네도 그런 말을 하나? 4종사명식四種私命食이 무언지 알면서."

"뭔데요, 그게?"

인혜가 호기심을 나타내며 물었다.

"부처님께서 출가인이 삿된 방법으로 음식을 얻어 연명하는 것을 금한 것입니다. 4종사명식은 그 첫째가 의약과 풍수지리나 논밭을 경영하며 사는 하구식下口食, 둘째가 천문·점성을 하여 생활을 영위하는 앙구식仰口食, 셋째가 세력가나 부호에 아첨하여 생활하거나 사절이 되어 사방으로 다니면서 교묘한 말을 구사하여 많은 이익을 도모하는 방구식方口食, 넷째가 갖가지 주술이나 길흉화복을 점치는 유구식維口食 등입니다."

"그렇지만 일모 선생님은 호구지책으로 하시는 게 아니잖아요?"

"그러구 자네가 출가승도 아니잖은가?"

"출가?"

일모가 자조하며 씨익 웃었다.

"그렇지… 3종출가三種出家도, 4종출가四種出家도 제대로 못 했지."

"건 또 뭐예요?"

"불교에서는 출가의 유형을 흔히 3종출가와 4종출가로 나눕니다. 3종출가는 출세속가出世俗家, 출번뇌가出煩惱家, 출삼계가出三界家를 말합니다. 즉, 세속의 집에서 나오는 것, 번뇌의 집에서 나오는 것, 삼계의 집을 벗어나는 것을 말하지요. 이 가운데 출삼계가는 생사윤회의 세계인 욕계欲界, 색계色界, 무색계無色界의 삼계를 완전히 벗어나 생사가 없는 경지에 이르게 되는 것을 가리킵니다. 또 4종출가는 몸은 출가하였으나 마음은 아직 출가하지 않은 이, 마음은 출가하였으나 몸이 아직 출가하지 않은 이, 몸과 마음이 함께 출가한 이, 몸도 마음도 다 출가하지 못한 이를 말합니다. 출가하는 것은 무상발심無上發心하여 무상대도無上大道를 이루기 위해서고, 그래서 모든 상相을 떠나 출가하라는 것인데, 나야 애초에 그런 발심도 없고 상相을 버리지 못했으니 어찌 출삼계나 심신구출가心身俱出家를 했을 리 있겠습니까."

"그러시다면 그것 좀 봐주시는 게 뭐 그리 어려우셔요?"

"하하… 나야 그런 능력도 없지만 안다고 해도 천기를 함부로 누설하면 큰 벌을 받지요."

"천기누설요? 그럼 왜 지난번에는 천기를 누설하셨어요? 그리고 능력도 없으시다면서 어떻게 하늘에서 출석 부르는 소리를 들으셨어요?"

"하하… 그거요? 어쩌다 우연히 하늘의 교신을 엿듣게 되어부렷지요."

일모가 요령부득으로 딴청을 부리기만 하자 인혜가 맥없이 웃었다.

"피이… 그런 게 어딨어요? 모두가 필연이고, 우연은 없다면서. 영 맘에 내키지 않으시면 그만 두세요. 그런데 그걸 기氣라고 하는지 어떤지 모르지만 그런 교신이 가능하기는 한 거예요? 실제로 무협소설에나 나오는 가공적인 이야기가 아니라…."

일모가, 너는 어떻게 생각하느냐는 표정으로 나를 응시했다. 내가 잠자코 있자 천천히 입을 열었다.

"있지요. 가능하지요! 어떻게 설명해야 하나. 그렇지 핸드폰, 오 보살이 지금 가지고 있는 핸드폰은 아무 선도 없는데 어떻게 아주 먼 곳에 있는 사람하고 통화가 가능합니까? 전

파 때문이 아닌가요? 사람에게도 그런 우주의 전파를 받을 수 있는 기운이 잠재하고 있어요. 배터리의 성능이 좋고 나쁜 것처럼 사람마다 능력의 차이는 있지만 열심히 연마하면 초능력이 생기지요. 그리고 사람이 살아가는 데도 그런 기운이 서로 작용합니다.

좋은 기운을 가지고 있는 사람끼리 만나면 만사가 형통하지만 나쁜 기운을 가지고 있는 사람과 만나면 전파 방해를 받아 잡음이 생기지요. 그나저나 보살님을 너무 서운하게 해서는 내 맴이 편하덜 안 허니께 쬐게 한 마디만 혀야 쓰것소. 오 보살은 겉으로 보기에는 부드러운 것 같으면서도 안으로 강한 기운을 타고 났소. 속된 말로 독한 면이 있소. 아상我相을 버리고 좋은 기운을 받아들이는 데 힘쓰면 좋겠소. 오 보살이 범띠지요? 생일은 음력 칠월이라고 했고 시는 신시고 신랑은 소띠에다가… 내년을 각별히 조심해야 쓰것소. 하기사 삼재팔난을 인력으로 막기는 어려운 일이등만…."

일모는 말끝을 흐리며 인혜를 물끄러미 바라보았다. 인혜의 안색이 조금 흐려졌다.

"왜요? 무슨 일인데요?"

"그냥… 그래야 쓸 것 같소…."

"괜찮아요. 말씀해 보세요."

나도 인혜를 거들었다.

"이 사람 봐 줄 걸 다 봐주면서 뭔 딴청이야!"

"딴청은 망상妄想에 빠질까 봐 그러제. 우선 삼재팔난을 피해야 할 것 같소, 보살은….."

"삼재팔난이 뭔데요?"

"삼재팔난요? 이러다가 정말 술사術士가 되는 거 아닌지 모르것소. 삼재란 삼재 년을 말함인데, 사람의 일생 중에서 삼재의 불운이 드는 해가 있다는 것이지요. 뱀해 · 닭해 · 소해에 낳은 사람은 해년亥年 · 자년子年 · 축년丑年에, 원숭이해 · 쥐해 · 용해에 낳은 사람은 인년寅年 · 묘년卯年 · 진년辰年에, 돼지해 · 토끼해 · 양해에 낳은 사람은 신년申年 · 유년酉年 · 술년戌年에 삼재가 든다고 합니다. 그런데 올해가 술년戌年이고 내년이 해년亥年이 아닌가배요. 오 보살은 올해가 삼재가 나가는 해고 신랑은 내년이 들어오는 해요. 세상의 모든 일은 나고 들 때가 제일 심란한 거지요. 그리고 팔난은 배고픔 · 목마름 · 추위 · 더위 · 물 · 불 · 칼 · 병란을 말하는데 병란과 칼난을 조심허야 쓰것소. 다른 것은 기로 느껴지는 것이라 설명하기가 어렵소."

인혜는 일모의 말을 들으면서 점점 진지해져 갔다.

종업원이 와서 나에게 무슨 차를 시키겠느냐고 물었다. 나는 "커피!"하고 짤막하게 말했다.

"그럼 방책이 뭐예요?"

"방책이라….'

일모가 빙글빙글 웃으면서 인혜를 지그시 바라보았다.

"방책은 삼재불입지지三災不入之地로 피신하는 길밖에 없소."

"그건 또 어떤 건데요?"

"말 그대로, 난리·병·기근 등의 삼재가 들어오지 못하는 땅이지요."

"그런 땅이 어디 있어요?"

"왜요? 정말 그곳으로 가시려오?"

"글쎄 어딘지 말씀해 보세요."

일모는 인혜의 표정이 하도 진지해서 웃음이 나오는 것을 억지로 참는 눈치였다.

"그곳은… 이, 일모가 살고 있는 구중심처요. 오시겄소?"

내가 듣고 있다가 폭소를 터뜨렸다.

"하하하… 이 사람! 자네 정말 그러다가 진짜 사이비 교주가 되는 거 아닌가? 조심해요, 오 선생! 환란을 피하러 이 사람을 찾아갔다가는, 아주 환란의 구렁텅이에 빠져서 영영 나오지 못할 테니까!"

"옳거니! 자네가 내 사업을 다 망쳐 놓는구먼! 적은 항상 가까이 있다니까!"

일모도 웃음을 터뜨렸다.

인혜가 덩달아 웃으며 말했다.

"구렁텅이에 빠져보지요, 뭐! 호랑이한테 잡혀먹기밖에 더 하겠어요!"

"호랑이가 아니라, 늑대요, 늑대!"

"으허허허… 늑대면 어떻구 산신령이면 어떤가? 보시를 각오하신 마당에!"

일모가 한바탕 크게 웃고 나서 정색을 하고 인혜를 바라보았다.

"걱정할 거 없소! 오 보살은 그렇게 사는 모양새가 이쁘고 보기 좋소! 오는 운명을 어쩌겠소. 왜 그런 이야그가 있지 않소? 자식놈이 물에 빠져 죽을 신수라 방안에 가둬 놨더니 벽에다 써 붙여 놓은 물 숫자에다 코를 박고 죽더라는 얘기. 그저끄가 신문에 봉께로, 할망구가 점을 봐주다가 비명횡사

한 기사가 실렸더라고요. 점을 보러 온 젊은 여자한테 죽을
수라고 악담을 했다가 목을 졸려 죽었더라고. 남 운수는 봐
주면서 당장 죽을 제 운수는 못 본 거 아니것소? 반야심경의
가르침대로 오온개공도五蘊皆空渡요. 색色·수受·상想·행行·
식識… 육체, 감각, 상상, 마음의 작용, 지식이 모두 실체가 없
고 자성自性이 없는 공空이오. 일체의 고액에서 벗어나는 길
은 그것을 깊이 깨닫는 길밖에 없소. 또 알면 어쩌것소! 행하
지 못하거늘. 당장 나부터 알면서 씨잘 데 없는 짓을 하여 파
계를 히야부럿으니 해탈은 나중에 하고 어디 근사한 예배당
에 가서 부흥회나 간단히 하고 산으로 들어가야 쓰것소. 오
보살이 복채만큼만 곡차 한잔 사소."

"그러지요, 머. 일모 선생님이 원하신다면 그거뿐이겠어요."

"그럼 그거 말고 또 뭘 주실라오?"

"제 마음도 안주로 드리지요."

"워매 뜨건 거! 그건 잘못 받으면 큰 화상을 입는 거라서
어디…."

"그럼 내가 받지."

인혜가 까르르 웃었다.

"걱정마세요! 교수님은 더 많이 드릴게요."

"그렇게 마음이 헤퍼?"

"헤픈 게 아니라 넉넉한 거지요. 전 황진이, 황진이가 되고 싶다고 했잖아요. 아름다운 사람들에게는 언제나 넉넉한…."

"그럼 우리는 지족이나 서화담이 되야겠군."

"허허허… 그래도 수컷이라고 양기는 살아가지고. 지족이든 서화담이든 예배부터, 아니 수혈부터 먼저 하고 보세. 예수도 부처도 안 자시고는 중생제도를 못 하셨으니까!"

일모가 껄껄거리고 웃으며 자리에서 일어났다.

"주문한 차는…?"

"그냥 가세. 그 차가 곡차만 한가!"

"그래요, 시간도 없으시다는데…."

인혜가 따라 일어서면서 말했다. 나도 엉거주춤 일어섰다.

3

주차장에서 조금 올라가니까 대웅전이 눈앞에 보인다. 대웅전 전면으로는 조금 낮은 곳에 요사채 겸 공양간인 듯싶은 일자형의 건물이 가로 누워 있고, 대웅전 오른편 마당에는 종각이 산 아래 계곡을 내려다보고 있다. 절은 크지 않아도 웅장한 산세를 등에 지고 천년 고찰 같은 위용을 느끼게 한다. 기가 흘러넘치는 대웅전의 현판과 주련柱聯의 글씨들이 기품을 더해준다. 한눈에 보아도 일모의 독특한 필체다.

"야아, 일모는 갔어도 글씨는 여전히 살아서 우리를 반갑게 맞아주네!"

호승이의 말에 해석이도 현판 글씨를 바라보며 감회에 젖는다.

"일모 글씨야 전국 방방곡곡 명 사찰에서 광채를 발산하고 있지."

우리는 대웅전 옆문으로 들어간다. 중앙에 모신 삼존불 앞에서 합장을 하고 머리를 조아린다. 기독교인인 호승이도 경건하게 삼배를 올린다. 삼배를 올린 다음 지장보살이 모셔진 오른쪽 명부전으로 자리를 옮긴다.

명부전에는 수십 명의 영가들의 영정사진이 모셔져 있다. 세파에 부대끼며 살다가 한 많은 세월을 마감한 주름투성이의 노인부터 채 피어나지도 못한 꽃봉오리처럼 해맑은 표정의 어린아이까지, 수십의 영가들이 "죽음에는 선후배가 없어"라고 말하는 듯하다. 선옥 씨가 일모의 영가 앞으로 다가

간다. 중앙에서 조금 오른쪽으로 치우친 다섯 번째 줄이다. 앞머리가 벗어진 일모는 주름진 눈가에 웃음을 띠고 있지만 눈빛은 여전히 깊은 사유의 심연을 들여다보고 있는 것 같은 회색빛이다. 선옥 씨가 먼저 잔을 올리고 우리 넷은 함께 잔을 올린다. "일모, 편안하신가? 정만이 형과 이윤기 씨도 잘들 계신가? 외롭지는 않겠네."

해석이의 말에 선옥 씨가 얼른 말을 받는다.

"외롭긴요… 천상에서도 친구들이 많은가 봐요. 제사 때가 되면 사람들을 수십 명씩 데리고 대원사 법당으로 오는 게 꿈에서 보여요. 그래서 제물도 넉넉하게 준비해요."

"하늘나라에서도 포교활동을 열심히 하는가 보구만. 아니면 부처가 되었든가…."

우리는 참배를 마치고 법당 밖으로 나온다. 가을빛이 법당 마당에 당사실처럼 풀리고 있다. 내려다보이는 요사의 장독대 옆에 널어놓은 고추가 가을볕에 더 붉고 영글어 보인다. 고추잠자리 몇 마리가 장독대에 위에서 맴돈다. 그 중 한 마리가 고추를 널어놓은 멍석 위로 사뿐히 내려앉는다.

"종각으로 가요. 종각 옆 화단으로 가서 일모하고 술 한잔씩 하세요."

선옥 씨가 종각 쪽을 가리키며 들고 있는 배낭을 추켜든다. 철영이가 배낭끈을 마주 잡아주며 묻는다.

"화장한 유골을 그쪽에다 뿌렸나요?"

"아니요. 유골은 일모의 유언대로 종각에서 백여 미터쯤 더 올라가는 칠성각 위쪽 산에다 뿌렸어요. 절에 오면 일모가 심은 배롱나무가 있는 화단 앞에서 안주를 벌여놓고 술 한 잔씩 붓고 가요. 위로 올라가야 요요하기만 하고 기분만 이상해요."

"그럼요. 형체도 없는 육신이 무슨 의미가 있어요. 진정한 영혼의 형체는 추모하는 사람들의 마음 안에서 부활하는 거지. 우리 집은 아버님 장례 후 납골당을 철폐하고, 고인들을 녹말로 만든 유골함에 모셔서 잔디밭에다 평장을 했어. 석 달이면 분해되어 흙으로 돌아가지. 돌로 새긴 명패만이 한 평도 안 되는 잔디밭에 남아 있을 뿐이지."

호승이가 말끝에다 혼잣말처럼 한마디 더 흘린다.

"영호에게 육신은 지고 가기 거추장스러운 짐이 아니었나. 아무리 아파도 병원에는 거의 찾아간 적이 없었다면서… 자연의 치료법에만 의존하고… 그래서 대장암도 치료불능의 말기에야 발견한 거 아이가."

"자연법? 그래 자연의 순리대로 살기를 희망했으니까…"

나는 호승이의 말에 동의하고 어느 날의 일을 회상한다. 일모가 속리산 문장대 뒤쪽에 초막을 지어놓고 은거하던 시기였다.

그때도 가을이었다. 인혜와 함께였다. 문화원 강의를 끝내고 인혜와 차를 마시다가 일모 얘기를 나누던 중에 인혜가 느닷없이 일모가 거처하는 초막에를 가보고 싶다고 했다. 드라이브 겸 가보자고 했다. 내가 가까운 거리도 아니고 강원도 심심산골 못지않은 오지인데다 길도 험해서 그 시간에 갔다 오기가 싫지 않다고 해도 막무가내로 고집을 세웠다. 또 일모가 부재중일는지 모르는데 없으면 허탕 칠 테니까 다음에 연락하고 가자고 해도, 부재중이면 그냥 초막이나 보고 오자고 했다. 나는 내키지 않으면서도 가을볕이 좋고, 삼가호수에 부서져 내리는 금빛 햇살과 요요寥寥한 산 기운과 단풍이 불길처럼 번지고 있을 산의 풍광이 눈앞에 스쳐 등을 떠밀리듯이 길을 나섰다. 삼가호수의 물빛은 푸르다 못해 군청색 빛이다. 검푸른 호수가 좌우 산을 끼고 속리산 문장대 쪽을 향해 가없이 펼쳐져 있다. 기암괴석이 도출한 산에 둘러싸여 있는 호수는 흡사 백두산 천지를 옮겨다놓은 것 같다.

마티고개를 넘어 속리산으로 들어가다가 상주로 가는 오른쪽 국도로 꺾어 들어와 마티고개 같은 꼬불길을 또 정신없이 올라가 고개 마루에서 내려다보면 삼가호수가 보인다. 그날도 호수는 비경悲境을 가슴에 안고 길게 누워 있었다. 인혜는 호수를 내려다보며 탄성을 연발했다.

차가 고개를 넘어서 삼가호수 앞을 지나가는데, 낚시꾼을 상대로 하는 상점 겸 음식점인 듯한 집을 바라보면서 인혜가 무얼 조금 먹고 가자고 했다. 허기가 지는 모양이었다. 저물기 전에 초막에 올라갔다가 내려오자면 음식을 제대로 시켜서 먹을 시간이 없다고 하니까 "호수를 바라보면서 빵하고 음료수라도 좀 마셔요"라고 말했다.

우리는 음식점 앞에다 차를 세워 놓고 홀 안으로 들어갔다. 방안에서 문을 열어놓고 축구경기를 시청하던 주인남자가 엉거주춤 일어섰다. 반백의 머리에 얼굴이 마르고 턱이 유난히 긴 남자였다.

"식사할 수 있습니까?"

"뭘 드시게요?"

"간단하게 먹을 수 있는 거 없습니까?"

"매운탕밖에 없는데요. 우리 집은 매운탕이 전문이거든

요. 쏘가리탕을 하시지요? 아침나절에 잡은 씨알이 굵은 놈
이 있는데….”

인혜가 대답했다.

“시간이 없어서 그러는데요. 간단하게 바로 될 수 있는 게
없을까요? 아니면 우유나 빵 같은 거.”

“없구만요. 빵 같은 건… 얼마나 급하신지 몰라도 금방 해
드릴 수 있는데요.”

이번에는 내가 대답했다.

“삼가초등학교를 지나서 맨 끝 동네에 가야 하거든요. 그
래서….”

“절골 가시는구면요. 그러시다면 뭘… 여기서 차로 삼십
분 거린데….”

“거기서도 또 산꼭대기까지 올라갔다가 해 전에 내려와
야 합니다.”

“그 위로는 동네가 없는데….”

“친구가 산꼭대기 벼랑 아래에다가 초막을 짓고 살고 있
거든요.”

“아, 그러시면 도사님을 찾아가시는 거 아니신가요? 머
리를 길게 기르시구 빵모자를 쓰고 다니시는 일모 선사님

을….”

“예, 맞습니다!”

나는 일모를 알아보는 것에 반색을 했다.

“그런데 어떻게 일모를 그렇게 잘 아십니까?”

주인남자도 내가 일모의 친구라는 것에 친근감이 가는지 미소를 지었다.

“이 골짝 안에서 선사님을 모르는 사람이 있나요. 사시는 방법이 유별나서도 그렇지만 남 어려운 일이라면 내 일을 젖혀 두고 발 벗고 나서서 도와주시지요. 여기 오래 살면서 어려운 일 당한 사람 치고 그분 신세 안 진 사람 별로 없습니다요. 죽을 사람도 여럿 살리셨고.”

“죽을 사람을요? 아니, 어떻게요?”

“잘은 모르지만 비방을 많이 알고 기시지요. 서울에 있는 큰 병원에서 포기한 암환자도 살리셨고. 주로 산뽕나무 속에 한 마리밖에 들어 있지 않은 누에에다가 호두, 토종닭, 지우초 뿌리 같은 약초를 가지고 처방을 내린다고 들었습니다만… 병의 치료도 자연의 순리에 따라 처방을 해야 한다고 하시면서 말씀하시는데 저도 그분 말씀대로 해서 치질을 고쳤지요. 쇠똥벌레로 처방을 내려주셨는데, 첨엔 믿음이 안 가더라구요. 쇠똥 속에는 반드시 쇠똥을 밀어내기만 하는 놈과 끌어내기만 하는 놈이 있는데, 끌어내는 놈을 삶아서 물을 마시고, 끌어내는 놈을 찧어서 환부에 붙이는데 재발도 없이 신기하게 낫더라구요. 등창에는 쪽제비 말린 가루를 붙이고, 배에 난 종양은 돌배를 붙이구, 하여튼 신기하게 낫는다니까요."

"어머! 그게 사실이에요?"

"그렇다니까요. 그런데 요즘은 통 출입이 없으시던데… 지난여름 끝머리에 이 동네서 혼자 사시는 농사를 짓는 팔순 할멈네 일을 한 닷새 봐주고 올라가신 뒤로는 못 뵀거든요. 한번 나가시면 몇 달씩도 안 들어오시던데… 드나드실 때 즈이 집을 그냥 지나치시는 때는 거의 없거든요. 들르셔서 소주 한두 병은 꼭 하시고 우스개소리로 뱃살을 쥐게 만들고 가시지요. 그나저나 말씀을 듣고 보니까 그러네요. 벌써 세 시가 넘어버렸으니… 라면은 얼른 끓여드릴 수 있는데…."

나는 주인남자의 말을 듣고 언젠가 광우병으로 나라 안팎이 시끄러울 때 일모가 했던 말이 생각났다. 그때 일모는 영화 '어라이브' 얘기를 했다. 안데스 산맥에 비행기가 추락하

여 설산에서 생존자들이 죽은 탑승자들의 인육을 먹고 구조
된 실화를 영화로 만든 것이었다.

"광우병? 업보지. 구조된 생존자들이 정신질환에 시달리
면서 원인 모르는 병으로 시름시름 앓다가 갔는데, 그 증상이
식인종들한테서 나타나는 증상이었대. 풀을 먹여야 할 소에
게 육류 사료를 먹여서 생기는 광우병 증상처럼 아무리 극한
상황이라도 상생과 조화의 자연법을 어기면 그게 바로 업보
가 되지. 삼강오륜은 모두가 동물의 신기한 모습을 보고 힌
트를 얻어서 만들어졌다는 건 자네도 알고 있을 테지. 부자
유친은 호랑이를 보고 만들었는데, 호랑이는 새끼를 가지면
10리 안에 있는 그 어떤 동물도 잡아먹지 않는다는 거야. 새
끼를 품고 있는 동안에는 자식을 사랑하는 마음에서 굶는 한
이 있어도 잡아먹지 않는다는 거지."

내가 회상에 잠기며 뒤를 따라가는데 선옥 씨가 종각의
화단 앞에서 걸음을 멈춘다. 이삼 미터 높이의 배롱나무 옆
에 비비초, 참나리 같은 야생화와 이름 모를 풀꽃들이 옹기
종기 모여 있다. 가로로 십여 미터가 채 되지 않을 듯싶은 화
단은 넓지 않다.

선옥 씨가 배낭 안에서 안주거리와 플라스틱 담금주 술병을 꺼내놓는다. 더덕, 도라지, 나물무침, 전 같은 몇 가지 안주와 술잔을 꺼내놓고 진열하며 생전의 남편에게 하듯 말한다.

"일모 좋겠네… 보고 싶은 친구들이 다 와서…."

선옥 씨가 먼저 구천의 남편에게 잔을 올리고 우리도 한잔씩 그의 영혼을 위무하며 잔을 따른다.

"영호, 편안하지? 50년의 세월이 니하고 우리하고 삶의 경계를 갈라놓았구나!"

호승이가 잔에 술을 부으며 혼잣말처럼 말한다. 철영이가 호승이의 말에 제 말을 잇는다.

"그래, 입학한 지가 엊그제 같은데 50년이 지났어."

그렇다. 반세기가 꿈같이 흘러가고, 우리는 형상으로는 서로 볼 수 없는 이승과 저승의 경계선상에서 해후하고 있다. 입학 50주년을 맞아 우리 문예장학생 동기들이 일모의 영가를 봉안한 대원사로 찾아가서 기념식은 아니더라도, 생전에 애주했던 일모에게 술이라도 한잔씩 부어주자고 제안한 것은 해석이었다. 모두 찬동했고 선옥 씨는 성남시에서, 나는 세종시에서, 철영이는 대전에서, 호승이는 양재에서, 해석이는 구파발에서, 각기 교통편이 닿는 대로 서울 동서울

터미널에 모였다. 약속한 시간은 오전 열한 시였다. 거기서 시외버스를 타고 가평에서 내려서 택시 두 대를 대절하여 대원사 산문 앞까지 왔다.

"이 술, 페트병 한 병에 백만 원을 준다고 해도 일모가 안 팔고 아껴두었던 더덕 술이에요. 드서 보세요."

"이 산에서 캔 더덕인가요?"

내가 먼저 잔을 받으면서 묻는다.

"예. 어린애 팔뚝만큼 굵은 더덕을 캤어요. 그걸로 술을 담 갔어요. 일모가 붉은 기운을 띠는 몇 백 년 묵은 더덕 안에 고인 물을 마시면 불로장생하는데, 틀림없이 물이 차 있는 더 덕일 거라고 했어요."

"아이고, 그러면 일모가 먹을 걸 그랬네. 차가버섯만 먹을 게 아니라…."

농 섞어 건네는 말에 내가 해석이에게 묻는다.

"그런데 그때 일모가 대전에 왔을 때 먹다가 남은 술, 천상의 술이라고 대원사 주지스님에게도 맛을 좀 보여드려야겠다고 가져간 술, 가다가 일모가 다 마셔버렸다면서?"

"말도 말아라! 서울 터미널에 내려서 음식점으로 들어갔는데, 거기서 한잔만 반주를 한다고 하더니 한잔만 더, 한잔만 더 하다가 술병 밑바닥까지 핥아버렸다 야!"

"뭔 술인데 그랬노?"

호승이가 눈을 동그랗게 뜨고 바라본다. 철영이가 대답한다.

"태근이가 금산여고에 근무할 때 제자가 주었다는 인삼준데 정말 유리병에 담긴 수삼이 애기 팔뚝만 하더라. 아버지가 시집갈 때 가져가라고 한 인삼주를 제자가 태근이한테 주고 시집을 갔대. 그 술을 태근이가 삼십 년도 넘게 먹지 않고 있다가 일모가 오자 술병을 개봉할 때가 됐고 마실 사람이 마셔야 한다면서 개봉했지. 뚜껑을 열고 수삼을 건드리자 그 굵은 수삼이 글쎄, 콩고물처럼 흩어지더라고. 그 술을 영호가 맛보더니 지족선사가 황진이의 맛에 혼을 빼앗긴 것처럼, 평생 주도를 닦은 사람도 평생에 한번 만나기 어려운 천상의 술이라면서 걸탐을 하더라니까! 그래서 태근이가 반병은 남겼다가 20년 동안 법정 싸움을 할 때 응원하고 후원해준 사람들과 함께 축배를 들어야 한다고 했다가 그래, 그렇게 좋으면 니가 일등공신이니, 니 원대로 대원사 노장 스님과 대신 축배를 들어라며 병째 다 줬어."

"그런 사연도 있었나 태근이 니 금산여고에서 그카문 쌍무지개 뜨는 언덕이었나?"

"쌍무지개라니?"

"니 부인과… 아이다! 그런데 영호는 와 그래 술을 많이 마셨는지 몰라. 생떽쥐베리의 '어린 왕자'에 그런 말이 나오잖아. 어린 왕자가 어느 별에 갔더니 어떤 사람이 몸을 망치면서까지 술을 마시고 있어서 왜 술을 마시느냐고 묻지. 그러니까 그 남자가 잊기 위해서, 잊기 위해서라고 대답하지. 그래서 무엇을 잊기 위해서 마시느냐고 물으니까, 부끄러움을 잊기 위해서 마신다고 하잖아. 부끄러움을 잊기 위해서."

"그렇다면 영호는 이 세상의 무엇이 부끄러웠을까?"

"…"

다들 숙연해 있는데 해석이가 입을 연다.

"영호는 술로 시를 쓴 게 아니냐? 영호는 문단의 제도권에 한 번도 얼굴을 들여 밀지 않고 아무 데도 시를 발표하지 않았잖아. 대학 일 학년 때 서울신문 신춘문예에 정만이 형과 최종심에 올랐는데, 조병화 선생이 고심하시다가 한 학년 위인 정만이 형에게 낙점을 한 이후로 문단의 제도권 근처에는 얼씬거리지도 않았잖아. 다른 사람들 시는 손보아서 신춘문예에 여럿 당선시키고, 그 사람들이 지금 중진 아니면 대가

연하고 있는데 말야. 태근이도 대학 이 학년 때 황순원 선생님의 추천을 사양하고 문단 제도권을 부정했지만, 그래도 동인활동을 하면서 인정받는 계간문예지도 창간하여 소리 없이 글을 써왔는데 영호는….”

“그래 맞다. 영호가 써 놓은 시가 시집 한 권 분량은 된다 카니, 우리가 할 일은 영호 유고 시집 내주는 일이 남았다.”

호승이의 말에 선옥 씨가 어두운 표정을 짓는다.

“일모가 써놓은 글은 하나도 남기지 말고 전부 불태우라고 했어요.”

“아입니다. 그래서는 안 되지요. 원고는 우예 간수하고 있어요?”

“운하가 정리해서 가지고 있지요.”

“‘시와 시학사’에서 김재홍 선생을 도와주고 있는 운하가, 예?”

운하라면 경희대 대학원에서 박사과정을 밟고 있는 일모의 큰딸이다.

“운하는 지금도 ‘시와 시학사’에서 근무하고 있어예? 김재홍 선생이 시와 시학사에서 손을 뗐다던가, 뗀다는 소리를 들었는데….”

"아주 손을 뗀 건 아닌가 봐요."

"김재홍 교수는 인하대에서 경희대로 와서 정만이 형 시비 건립하는데 애를 많이 썼어. 해직 당하고 고생을 하고 있던 나한테도 인사동 롯데리아에서 만나, 나하고 하인 선배한테 도와달라고 부탁을 했었어. 그래서 영석이 형이랑 돌을 물색하다가 보령 오석을 구해, 내장사 들어가는 저수지 앞에다가 정만이 형 시비를 세워주게 된 거 아니냐."

내 말에 호승이가 의외라는 표정이다.

"그랬어? 그런데 정만이 형 가족들은 우예 되었노? 니들도 가족들 소식을 모르나?"

"풍비박산했는데 어디서 행방을 찾나? 세월도 많이 흘렀고⋯ 한수산이의 거짓 자백으로 한 촉망받던 시인과 가정이 멸문지화를 당했으니 기막힐 노릇이지! 정만이 형 말을 들어보니, 한수산이는 우리하고 같은 경희대 영문과 출신이지만 전혀 교분이 없었대. 정만이 형이 고려원 편집장으로 근무할 때 취재차 제주도 호텔에서 집필하고 있는 한수산이를 딱 한 번 만난 것뿐인데 아닌 밤중에 홍두깨 격으로 날벼락을 맞은 거지! 들리는 말로는 한수산이가 서빙고에 끌려가 고문을 당하면서 배후를 대라고 하여 버티다가 견디지 못하고 엉겁결에 거짓 자백을 했는데 고려원 출판사 편집장을 하고 있는 정만이 형이 그래도 큰 화를 당하지 않을 것 같아서 그랬다나… 참 더럽고 어두운 시대였어!"

"그런데 중앙일보에 연재하던 소설 『욕망의 거리』가 뭐가 문제가 됐던 거야?"

이번에는 철영이가 나에게 묻는다.

"아, 그거… 기억이 정확하지는 않지만, 그 소설에 '대머리가 벗어진 놈이 별것도 아닌 게 설쳐 댄다'는 작중 인물의 얘기가 나오는데 전두환이를 그렇게 빗대어 썼다고, 정보부에서 충성하느라고 문제 삼아 건수를 만든 거지. 이번에 황순원 문학촌의 '소나기 마을' 소식지에 김홍신 씨가 『인간시장』 집필 당시에 주인공 이름 때문에 검열을 받았던 얘기를 썼더라고. 처음 남주인공 이름이 '권총찬'이었는데 문제가 된다고 하여 '장총찬'이라고 바꿨더니 통과를 시켜주더래. 권총보다는 장총이 더 위력이 있는데도. 무식한 것들이 그렇게 무지막지하게 칼자루를 휘두르더라고 하면서. 한수산 씨도 그후 일본에서 은둔하다시피 살았는데 시비 건립 때 많이 협조를 못해서 미안하다고 하면서 백만 원을 냈다고 하데. 정만이 형이 폐인이 되다시피 한 후 대전으로 나를 찾아 와서 하루 저녁 자고 갔는데 완전히 사람이 망가졌더라고. 서빙고의 '서'자만 나와도 공포에 질려서 말하지 말라고 손사래를 쳤어. 여관에서 술을 마시고 취하니까 울부짖으면서 횡설수설 하는데 광인 같았어. 아, 나쁜 놈들!"

"일모도 정만 씨 때문에 울분을 삭이지 못하고 술을 많이 마셨어요. 영석 씨랑 정만 씨랑 한 고향 사람으로 정이 각별해서 더 그랬던 거 같아요. 생각하면 뭘 해요. 속만 상하지. 시장들 하시겠어요. 벌써 한 시가 훨씬 넘었네요. 공양간으로 내려가요. 제가 오곡 찰밥을 맛있게 해왔어요."

선옥 씨가 화단 앞에 늘어놓았던 안주와 술병을 챙겨서 배낭에 집어넣는다. 우리는 선옥 씨를 따라 대웅전 밑에 있는 요사로 내려간다.

4

"이 길은 그대로 있네요."

"걸어서 버스를 타러 갈 때는 이 지름길로 내려가요. 계곡의 징검다리를 건너서 한참 내려가면 영월 쪽에서 오는 도로 변에 버스정류장이 있으니까요."

선옥 씨가 해석이의 말에 대답하고 나서 가볍게 한숨을 쉰다.

"일모가 이 산길을 좋아했어요. 다래랑 머루랑 더덕넝쿨이 나뭇가지를 타고 거미줄처럼 엉켜있는 이 숲길을 노래를 부르면서 오르내렸어요. 일모는 웬만한 거리는 자동차 타는 걸 싫어하고 걸어서 다녔어요. 옛날에 가평 가는 길이 포장도 되지 않고 차도 잘 다니지 않을 때는 거의 걸어서 나다녔어요. 사람 때가 묻은 건 의식적으로 기피하고 산 거 같아요."

"그래서 조 도사 아닙니까!"

나는 말하고, 풀기를 잃어가는 가을햇살이 비쳐드는 잡목 숲 사이로 하늘을 올려다본다. 구름을 빗질해 놓은 것 같은 하늘에는 새털구름이 여기저기 몇 점씩 흩어져 있다. 오후 네 시를 넘기고 있는 시간도 구름 위에 매달려 간당거리고 있다. 점심 식사가 좀 길었던 것일까. 선옥 씨가 공양 간에서 오랜만에 만난 공양주 노 보살들과 회포를 푸는 동안, 우리는 일모가 애지중지했다는 더덕 술을 마시면서 일모를 스쳐간 시간들을 불러서 모이게 해놓고 감회와 애상에 젖었다. 그러는 사이 두 시간 가까이 시간이 흘렀다. 가평에서 호출 택시를 부를까했는데 선옥 씨가 제안을 했다. 언제 또 오게 될지 모르니 일모가 즐겨 오르내리던 지름길로 내려가서 버스를 타고 가평으로 가면 어떻겠느냐고. 모두 동의했다.

"병원에만 일찍 갔어도… 평생 대장암 검사 한번 안 받더니…."

선옥 씨가 또 한숨 끝에 혼잣말로 푸념을 한다.

일모가 견딜 수 없는 통증 끝에 병원을 찾았을 때는 치유가 불가능한 대장암 말기라고 했다. 수술도 할 수 없을 정도로 장이 막혔고 암세포가 퍼져 있었다고 했다. 그런데도 일모는 태연히 방사능 치료조차 거부하고 차가 버섯만 구해다가 먹었다고 했다.

우리가 소식을 듣고, 문병 차 경기도 광주시 외곽의 다세대 주택으로 그를 찾아갔을 때도 그는 태연하게 우리를 맞았다.

"뭔 큰일 났다고 귀하신 몸들이 떼거지로 몰려 왔당가. 호승이는 주가가 올라서 숨 쉴 시간도 없이 정신을 빼앗기고 쏘댕기느라 바쁜 모양이드만."

선옥 씨가 울 듯한 표정으로 일모를 바라보자 미소를 지으면서 술상을 차리라고 보챘다.

"뭐 하고 있소. 보고자픈 친구들이 온다고 천상에서 배운 솜씨는 다 발휘해서, 우리 집 살림살이가 거덜 나게 술상을 보아놓고서는… 어서 주안상 내오시오."

"술 마셔도 되냐?"

내가 묻자 일모가 껄껄거리고 웃었다.

"너도 대머리에 참빗질하는 소리를 하냐. 그래도 술로는 주선의 경지에 든 줄 알았더니 진정한 술맛은 마음으로 보는 것이 아니냐. 네 놈하고 마시던 이승의 술은 아매 다시 마시기가 어려울지 싶다. 한세상 잘 놀았으니 된 거 아니냐. 최후의 만찬은 예수만 특허 낸 거 아니지 않은가 말이시. 오늘의 이 자리에는 유다도 베드로도 없다. 자, 어서 술상 내오소."

술상이 차려지고 상 앞에 둘러앉자 일모가 술병을 들고 말했다.

"자네들에게 술은 내가 따르고, 자네들 잔은 우리 각시가 받을 것이네. 즐겁게 마시게. 우리 각시는 물론이고 우리 새 깽이들도 애비 물들어서 세상의 잡다한 일에는 마음의 뿌리까지 흔들리는 일은 없네. 혹 들어보았는가? 방거거사 얘기? 방거거사는 물론이고 부인과 딸도 불심이 깊어서 재가在家에서 모두 깨달음을 얻었다지. 방거거사가 '깨달음 공부가 참으로 어렵다'고 하니까 부인이 '어렵지 않다. 쉽다. 백 가지 식물이 부처의 어머니인데 무엇이 어려운가' 했지. 그러자 딸 영조가 '쉽지도 어렵지도 않다. 먹을 때 먹고 잘 때 자면 되는데 무엇이 어렵고 쉬운가'라고 했어. 열반할 때도 방거 거사가 딸 영조에게 '정오에 열반할 테니 나가서 나무의 그늘이 지는 것을 보고 시각을 알려 달라'고 했는데 영조가 '일식이 있어 해를 볼 수가 없다'고 하자, 방거거사가 마당으로 나간 사이 영조가 아버지 자리에 앉아 먼저 열반해버렸어. 방거거사가 방으로 들어와 딸이 먼저 열반한 것을 보고 '참 빠르기도 빠르구나, 나보다 먼저 빠르게 갔구나'하고 일주일 후에 뒤따라 열반했다는구만. 가고 오는 자리를 알고 그것에서 자유로울 수 있는 거… 거창하게 얘기할 것 없이, 그것이 깨달음이 아니겠는가. 그냥 있는 자리에서 다 비울 수 있는 거… 집착을 놓는 거…."

일모는 또 이런 말도 했다.

"부처가 우리에게 주신 정보는 시공을 자유자재로 사는 방법인 불법이야. 유한하지 않은 것은 없어. 유한에서 무한을 보는 법, 아마 그것이 불법일 것이야. '일체 세상사는 이슬 같고 번쩍이는 번갯불 같고 꿈이요, 아지랑이요, 물거품

이며 그림자 같나니. 이와 같은 세상사를 볼지니라(一切有
爲法 如夢幻泡影 如露亦如雷 應作如是觀)··· 금강경의 4구게
야. 부처님이 불관佛觀으로 본 생명세계의 시간론이라 할 수
있는데 이것은 삼천대천세계·욕계·색계·무색계·삼계에 사
는 수명론이기도 하지. 우리가 사는 사바세계의 인간 수명은
팔십 내지 백세를 사는데 비하여 사천왕 천국의 수명은 오
백세야. 그곳의 일주야를 인간세계의 오십 년으로 계산하면
구백 십이만 오천 년일세. 더 나아가 그 위 하늘인 도리천은
부처님 어머니 마야부인이 태어난 천국으로 지장경을 석가
부처님이 설한 천국인데 그곳의 수명은 일천세로, 도리천국
의 하루를 인간세계의 백 년으로 환산하면 십사억 사백년이
나 되지. 제3천국인 야마천국은 수명이 이천세로 그곳의 일
주야는 인간의 이백 년에 해당되며, 미륵부처님이 계시며 석
가불의 전생 고향인 도솔천국의 수명은 야마천의 배나 된다
고 하고, 그 위 천국인 화작천국, 타화자천국, 색계18천국, 무
색계 4천국··· 차츰 위로 올라갈수록 수명은 배로 늘어난다
고 구사론에서 밝히고 있어. 따라서 천국인의 수명의 입장에
서 볼 때 인간 수명은 물거품 같은데 어찌 번갯불, 이슬의 수
명과 비교가 안 되겠는가 말이시. 하물며 아미타불이 계시는

극락생명의 수명은 그 단위가 겁劫인 데야. 일 겁의 시간은 반석 겁 겨자 겁으로, 사방 4㎞, 높이 4㎞ 되는 크기의 바위가, 백년마다 천인天人이 내려와서 그 얇은 옷깃으로 스치어 다 닳아 없어지는 긴긴 시간이지. 인간의 시간으로 환산하면 한 640억 년쯤 된다는구만."

일모는 허공을 바라보고 허허허 웃고 나서 말을 이었다.

"그런데 말이시 인간의 실제 역사는 3500년밖에 되지 않는다고 하잖은가. 지구의 이상 징후와 함께 인간의 멸망도 가까워지고 있다고 보는 비관론자들도 있구. 인간은 영하 25도 이하나 영상 40도 이상이면 살 수가 없잖은가. 인간보다도 체온 조절 능력이 뛰어난 바퀴벌레는 생존의 역사가 15000이나 되는데… 우습지, 만물의 영장이라고 자처하는 인간이…."

"아미타부처님의 수명은 42겁이라고 무량수경에서 석가불이 아난에게 정보를 제공하고 있는데, 그렇다면 결국은 아미타부처님조차도 공空으로 돌아간다는 것 아닌가? 영원히 없는 것과 영원히 있는 것은 무엇이 다른가. 인식의 색체만 다를 뿐, 본질은 같은 것이 아닌가?"

일모가 내 말에 눈을 몇 번 깜박이더니 갑자기 소리를 지르고 삼배를 올리는 시늉을 했다.

"동네 사람들! 우리 시자가 견성을 했으니 법문 들으러 오시오! 승의 비구가 되셨소!"

"태근이가 승의 비구가 되셨다니 그게 뭔 소리냐?"

해석이가 의아해하는 눈으로 바라보며 묻자 일모가 자못 엄숙한 표정으로 말했다.

"불교에서는 칠중七衆의 위계질서가 분명하지. 불고교단은 일곱 무리의 구성원으로 이루어져 있어. 구족계를 받은 20세 이상의 남자 승려 비구比丘, 구족계를 받은 20세 이상의 여자 승려 비구니比丘尼 아직 구족계를 받지 못한 승려 사미沙彌와 사미니沙彌尼, 사미니에서 비구니가 되기 전 2년 동안 특별한 계율을 지키며 공부하는 식차마나式叉摩那, 재가 남자신도인 우바새優婆塞, 재가 여자신도인 우바이優婆夷 이들을 모두 합해 칠중이라고 하고, 다시 앞의 다섯을 출가중出家衆, 뒤에 둘을 재가중在家衆이라 부르지. 이들 사이의 위계는 아주 엄격해. 그러나 승의비구는 이 모든 것의 윗자리에 앉아. 소승의 깨달은 경지인 아라한阿羅漢·아나함阿那含이 된 사람이나 선을 닦아 견성見成한 비구를 승의비구勝義比丘라고 해. 그런데 듣고 보니, 나는 수십 년 동안 떠돌아다니며 법석法席만 더럽혔지 견성은 요 잡것이 먼저 해부럿구만!"

"그럼 네가 계현법사고 나는 신찬선사란 말이냐?"

"옳거니! 그것도 알고 있구나!"

신찬선사神贊禪師의 일화는 나도 안다. 중국 당나라 때, 복주福州 고령사高靈寺에 신찬선사가 있었다. 처음 출가하여 고향인 대중사大中寺에서 계현법사를 모시고 있었는데, 계현법사가 불경만 볼 뿐 참선은 하지 않으므로 생사문제를 해결하기 위해 당대의 고승인 백장白丈스님 문하로 간다. 그리고 그는 그곳에서 마음을 깨쳐 견성하고 다시 계현법사에게 돌아간다. 계현법사가 신찬선사에게 무엇을 하다가 왔느냐고 물으니까 신찬선사는 달리 한 일은 없다고 대답한다. 그러자 계현법사가 노발대발하면서 "고얀 놈, 아무 일 없이 나를 떠나서 네 마음대로 돌아다니다니, 산에 가서 나무나 해 오너라" 하고 호령을 한다. 신찬선사가 나무를 해오자 이번에는 목욕물을 데우라고 한다. 물이 데워지자 계현법사는 목욕을 하면서 등을 밀라고 했고, 신찬선사는 등을 밀면서 말한다. "어허, 좋고 좋은 법당이로구나! 그런데 법당은 좋은데 부처님이 영험하지 못하구나" 하고. 계현법사가 그 소리를 듣고 뒤돌아보자 신찬선사는 또 나지막이 속삭인다. "부처가 영험은 없으나 방광은 하는구나"라고. 그러나 계현법사는 이 말을 그냥 지나쳐 버린다.

그 얼마 후, 계현법사가 창문 앞에서 불경을 보고 있는데 벌 한 마리가 열린 쪽문을 놔두고 닫힌 창문으로 나가려고 날개를 버둥거리고 있는 것을 신찬선사가 보게 된다. 그것을 보고 신찬선사가 게송을 읊는다. "열린 문으로 나가려고 하지 않고 봉창을 두드리니 참으로 어리석다. 백 년 동안 경책을 들여다본들 어느 날에나 나갈 수 있겠는가" 하고. 계현법사는 그제서야 제자가 먼저 견성한 것을 깨닫는다. 그래서 밖으로 뛰어나가 대종을 울리며 크게 외친다. "내 상좌가 성불했으니 법문 들으러 오시오!"라고.

"승의비구고 뭐고 일모가 초연하니까 좋다. 오면서 걱정들 많이 했는데…."

호승이가 말은 그렇게 하면서도 연민이 가득한 눈으로 일모를 바라보았다.

"어떻게 들리실지 모르겠으나…."

나는 선옥 씨를 바라보며 잠시 할 말을 다듬는다.

"일모는 차가버섯만 먹고 삼 개월도 못 버티고 이승을 떠났지만, 천상의 시간으로 지상의 일초를 천 년처럼 살다 간 사람입니다. 일모는 우리의 마음의 눈으로는 볼 수 없는 세계에서 머물다 홀연히 이승의 삶에 잔주름 하나 남기지 않고 떠난 겁니다."

"그래요, 맞아요! 떠날 때도 일모는 그렇게 떠났어요. 자정을 넘기고 두 시쯤 됐을 거예요. 식구들이 잠들어 있는데 일모가 '큰일 났다!'고 저를 깨웠어요. 제가 놀라서 '왜 그러느냐?'고 묻자 '나를 데리러 왔어! 우리 각시 고생 많았어. 새깽이들은 다 제 앞가림을 할 만 하니까 되얏는데 각시가 마음에 좀 걸리는구만. 걱정은 말더라고. 내가 가서도 깜양껏 챙겨볼 것잉게'하고 비몽사몽간의 몽유병자처럼 말하는 거예요. 그리고는 정말로 한 시간도 채 못 돼서 잠들 듯이 조용히 숨을 모았어요."

"참, 일모답게 초리고리하지 않게, 뙤똥하게 갔구만."

해석이는 말은 그렇게 하면서도 표정은 무겁다. 호승이가 무거운 분위기를 깨려는 심산에서인지 미소를 지으며 묻는다.

"그래 영호가 뭘 챙겨 주나요?"

"…."

선옥 씨가 대답이 없다가 꿈길을 더듬는 듯한 눈빛으로 말한다.

"이상한 일은 있어요. 개가 한 마리 들어왔는데….."

"개가요? 어떤 갠데요?"

내가 성급하게 선옥 씨의 말끝을 채잡는다.

"제가 수원에서 분양받아온 푸들이에요. 일모가 떠난 후로 저도 애들도 말은 서로 안 해도 우울증과 허탈감으로 힘들어하고 있었거든요. 그런데 신기하게도 고것이 꼭 일모가 하던 행동을 그대로 하는 거예요. 일모는 하루 종일 집에서 글을 쓰거나 붓글씨를 쓰다가 운하가 퇴근하고 저녁 늦게 오면 문까지 나와서 마중을 했어요. 그리고 꼭 상을 차려서 식구들을 상머리에 둘러앉혀 놓고 간단한 야식이라도 먹으면서 이야기꽃을 피웠는데 고것이 식구들이 외출했다가 문을 열고 들어오면 쪼르르 달려 나와서 반색하는 것이나, 상머리에서 하는 행동이 여진 일모예요. 애들도 그렇다는 거예요."

"그, 으래요? 이상하네요. 일모가 개로 환생했을 리는 없고….."

해석이의 말에 나도 동감을 표한다.

"그렇지. 일모가 생전에 쌓은 업이 개로 환생할 정도밖에 되지 않는다면 어불성설이지!"

어느 때던가. 전생과 현생에 관해 묻는 인혜의 물음에 일
모가 하던 말이 생각난다. '업력業力 말인가요? 이것이 저것
으로 일어나고, 저것이 이것으로 인해 소멸되는데 어찌 업력
을 부정할 수 있겠소. 심령과학에서는 현재의 삶이 미치는
전생과 현생의 업력을 5:5로 본답디다. 그러나 중들은 전생
에 지은 죄가 8할이고 현생에 지은 죄는 2할에 불과하다고 보
기도 하고 경우에 따라서는 9:1, 어떤 경우에는 전부가 전생
의 업에 따라서 이생이 돌아가는 경우도 있다고 보지요. 중
사회에서, 전생에 중노릇하던 사람은 금생에 아내가 없고,
전생에 아들딸을 낳고 살던 사람은 중이 되었더라도 끝까지
중노릇하기가 어렵답니다. 환속하여 자식을 낳고 다시 승려
가 되는 사람이 있는가 하면, 절로 들어오지 못하는 사람이
허다한데 그건 모두가 그 까닭이랍니다. 나요? 모르지요, 나
도 전생에 땡중이었는지….'

"어쩌면 선옥 씨의 마음고생을 덜어주기 위해서 일모가
잠시 개로 환생했거나, 개를 보냈는지 몰라. 천상에서도 가
족들이 마음고생을 하는 걸 일모가 내려다본다면 편할 리가
있겠어. 언젠가 일모가 그런 말을 하데. 나 혼자만 가는 천국

이 천국이냐고. 천국에서 내가 사랑하던 사람들이 지옥에서
고초를 당하는 것을 내려다본다면 그게 지옥보다 더하면 더
했지, 그게 어떻게 천국이 될 수 있겠느냐고 했어. 중생의 하
나까지 지옥에서 건져내기 전에는 극락에 가지 않겠다는 지
장보살님의 뜻이 바로 그런 것이라고.

그러면서 목련존자 얘기를 했어. 목련존자의 어머니가 생
전에 선업을 한 가지도 짓지 못해서 지옥에 떨어졌는데, 어
머니를 지옥에서 건져내려는 목련존자의 지극한 정성에 감
복한 옥황상제가 아주 작은 선업이 하나라도 있나 살펴보았
더니 거미 한 마리를 죽이지 않고 살려준 하찮은 선업이 하
나 있는 거야. 그래서 거미줄을 지옥으로 내려뜨려서 목련존
자의 어머니를 거미줄을 붙들고 올라오게 했어. 그런데 지옥
에 있는 사람들이 자기들도 극락으로 올라가려고 목련존자
어머니의 발을 붙들고 매달렸어. 자기 혼자 붙들고 올라가기
에도 불안한데 줄줄이 발목을 붙들고 매달리는 것을 본 목련
존자 어머니는 필사적으로 매달리는 사람들을 뿌리쳐서 지
옥으로 떨어뜨렸어. 그러자 거미줄도 동시에 끊어졌어. 그렇
지만 목련존자의 끊임없는 간절한 기도로 목련존자의 어머
니는 구원되지. 불교도 기독교도 신앙의 근원은 그런 거라고

일모가 그랬어. 지옥불로 겁주는 부처님과 하나님이 아니라, 평강과 자비와 구원의 절대자라고 했어. 곤고한 자가 오 리를 가자면 십 리를 가주고, 겉옷을 벗어 달라면 속옷까지 벗어주라는 기독교의 사랑이 바로 불교의 자비라고."

듣고 있던 선옥 씨가 말한다.

"다 왔네요. 이제 요 모퉁이만 돌아 내려가면 개울이고 징검다리에요."

선옥 씨가 앞서고 우리는 모퉁이 길을 따라 내려간다. 모퉁이를 돌아 조금 내려가자 바로 개울이다. 개울이라고 하기보다는 계곡이라고 해야 할 것 같다. 크고 작은 바위들이 맑은 물이 흐르는 골짜기에 누워 시들어가는 가을볕에 몸을 맡기고 있다. 징검다리는 제법 길다. 폭은 넓지 않아서 한 사람씩 건너야 한다. 해석이가 먼저 징검다리 앞으로 성큼성큼 걸어간다. 그 뒤를 호승이와 선옥 씨와 철영이와 내가 뒤따른다.

징검다리를 건너려고 하는데 상의주머니에서 손전화 벨이 울린다. 나는 걸음을 멈추고 전화기를 꺼내든다.

"여보세요."

"선배님이시지요? 저, 사인이에요."

"아, 김사인 교수?"

고등학교 시절 같은 문학 동인회 소속이었던 김사인 시인이다.

"네. 선배님이 전화하셨는데 회의 중이라 못 받았어요. 어디 인사동이세요? 어디 계세요? 제가 나가지요."

"아냐, 바쁜 사람이 무슨… 그리구 여기 가평이야. 정호승 시인이랑 우리 문예장학생 동기들이 얼마 전에 타계한 일모라는 친구가 거처하던 대원사에 왔다 가는 길이야. 번역원장에 취임했다는 소식을 듣고 축하 겸 전화를 했었지. 축하해요. 그동안 해직 당하고 고생 많이 했으니까 인제 할 일도 많이 하고 행복해야지."

"선배님두요. 저보다 선배님이 더 많이 고생하셨잖아요. 건강 살피세요."

"고마워."

"글은 계속 쓰고 계시지요?"

"하기는 하는데 잔뜩 힘만 들어가고…."

"그래도 선배님한테 기대하는 사람들이 많아요."

"고마워요. 마지막까지 펜은 놓지 않을게."

대답하고 전화기를 다시 주머니에 넣는다. 뒤를 돌아본다.

일모가 "그래라! 늦었지만, 그래도 제 자리를 찾은 모양새가 보기 좋다. 씨알할 놈!" 하고 등 뒤에서 빙그레 웃는 것 같아서다. 일모의 형상은 보이지 않는다. 일모가 끝까지 배웅했을 듯싶은 길도 숲에 가려 있다. 산은 길을 등 뒤에 감추고 고운 단풍잎만 무심히 뿌리고 있다.

앞서 개울을 건넌 다른 일행은 도로 쪽으로 올라가고 있다. 징검다리 건너편에서 철영이가 소리친다.

"무슨 전화야? 빨리 건너와! 곧 버스가 올 시간이래! 이 버스 놓치면 한 시간도 더 가다려야 한대! 가평 가서도 차 시간이 안 맞고!"

나는 남은 시간을 마디게 쓰기 위해 서둘러 징검다리를 건넌다. 호승이와 해석이는 벌써 저만치 앞서 가고 있다.

출구 없는 비상구

어디로 갈까.

춘일은 횡단보도 앞에서 신호를 기다리며 건너편 정류장 쪽을 바라본다. 119번 버스가 서는 정류장이다. 병원 문을 나와 무심코 정류장 쪽으로 걸음을 옮겼지만 집으로 갈 마음은 아니다. 위의 동통疼痛이 불쾌정서에서 기인한 것이고, 무엇보다 심리적인 기분 전환이 필요하다지 않은가. 대낮부터 정적만이 감도는 집으로 들어가 방구석에 처박혀 부질없는 생각과 씨름이나 할 일이 결코 아니다.

춘일은 몇 달 째 복통에 시달리고 있다. 상복부에 갈아내는 것 같은, 또는 칼로 도려내는 것 같은 심한 통증이 와서 도저히 참을 수가 없고, 그 때문에 식사도 겁이 나서 제대로 못 하는가 하면 잠도 잘 못 잔다. 지속적인 통증은 아니다. 며칠 간격으로, 어느 때는 일주일도 더 넘게 예고 없이 간헐적으로 온다. 문제는 병원에서 통증의 원인을 찾아내지 못한다는 데 있다. 그동안 여러 내과에서 위암 검사를 비롯해 각종 검사를 해보았지만 통증이 있을 만한 이상이 나타나지 않는다는 것이다. 신경성이란다. 신경 쓰지 말라는 것 외에는 별다른 치료도 해주지 않았다. 하지만 통증을 참을 수 없어 어쩔 수 없이 그때그때 약방에서 바랄긴, 부스코판 같은 진통제를 사 먹거나 인근 개인병원에 가서 펜타조신, 데마론, 페티딘 등등 진통제 주사를 이것저것 가리지 않고 맞아 왔다. 근래에는 하도 자주 놔달라고 하니까, 중독환자인 줄 알고 약방이나 개인병원에서도 거절하며 조심스럽게 신경정신과를 찾아가보라고 권했다.

신경정신과라니. 아니, 내가? 춘일은 동의하고 싶지 않았다. 그의 상식으로 정신병은 소심하거나 신경이 날카로워 사소한 일에도 과민 반응을 하는 사람이 아니면 스트레스가 쌓여 발병하거나, 그도 아니면 교통사고 같은 돌발사고로 뇌의 손상을 입어서 생기는 정신질환이다. 아무리 자신의 과거와 현재의 삶을 점검하고 자신의 성격을 자가진단 해보아도 무엇 하나 그런 사항에 근접해 있는 게 없다. 그는 대인관계도 원만하고 의지도 강한 편이다. 가난한 집안의 장남으로 태어나 세상에 부대끼면서 칠십의 나이를 코앞에 두고 있지만 존경까지는 몰라도 모범적인 교사로서, 남편으로서, 2남 1녀의 아버지로서 자식들을 모두 잘 키워 남들의 부러움을 살 정도다. 평균치의 무난한 삶을 살았다고 자부할만하다. 부부관계도 세상이 요지경 속으로 변하여 황혼 이혼과 졸혼이 유행처럼 만연하는 세상에서, 그의 신혼열차는 부속이 낡아 가끔 덜컹거리기는 해도 종착역까지의 운행은 무난할 것 같다.

남들 보기에 행복의 요건에서 이가 빠진 것이 하나 있다면 현재 아내와 함께 살지 않는다는 것뿐이다. 그러나 그것도 두 사람 사이에 감정의 균열이 생겨서가 아니라, 아내가 미국에 있는 딸네 집에서 어린 외손자와 집안일을 당분간 돌봐 줄 수밖에 없는 불가피한 사정 때문이고 보면 크게 문제될 일도 아니다. 이십대는 포개어 자고, 삼십대는 붙어서 자고, 사십대는 같은 이불 덮고 자고, 오십대는 따로 이불 덮고 자고, 육십 때는 딴 방 쓰고, 칠십이 넘으면 어디서 자는지도 모르는 게 노년의 부부생활이라지 않은가. 그렇다면 젊어서도 문인이랍시고 혼자 지내는 시간이 많았던 그로서는, 오히려 필력은 떨어졌지만 여유 있게 그만의 시간을 활용할 수 있어서 좋은 점도 있다. 어쨌거나 위의 통증이 정신질환에서 오는 것이라는 의사의 말에 동의하고 싶지 않았다. 다른 병원도 아니고 신경정신과라니. 그는 고심 끝에 여고 시절에 가르쳤던 제자가 운영하는 신경정신과를 찾았다.

"신호가 바뀌었네요. 안 가세요?"

옆에 서 있던 오십대 중반쯤 보이는 남자가 그냥 멍하니 생각에 골몰하고 있는 그를 힐끗 바라다보며 한마디 툭 던진다.

"아… 네!"

춘일은 생각에서 깨어나며 얼른 남자의 뒤를 따른다.

정류장에는 대여섯 사람이 버스를 기다리고 서 있다. 마침 들어오는 112번 버스에 두 사람이 빨려 들어가듯이 앞문으로 들어간다. 앞서서 걷던 오십대의 사내도 종종걸음으로 다가가 재빠르게 버스에 오른다. 버스가 떠나고 정류장에는 춘일 말고 세 사람이 남는다. 머리가 하얗게 세고 허리가 옆으로 휜 나이 많은 노파와 키 큰 젊은 남녀가 시월의 시들어가는 한낮의 햇볕 아래 덩그마니 서 있다. 거리에는 가로수 잎이

드문드문, 뒤쳐져 버림받은 패잔병처럼 너부러져 있다. 나뭇 가지에 매달려 있는 잎들도 퇴색의 빛이 역력하다.

어디로 갈까.

춘일은 정류장 노선 안내판을 바라보며 또 생각에 잠긴다. 그의 집 방향으로 가는 119번 버스 말고 112, 419, 516, 610 이 더 있다. 419, 516은 시내 중심부를 경유하는 노선이고 나 머지 버스는 시내 외곽을 도는 노선이다. 노선의 선택에 앞 서 누구와 함께 시간을 보낼 수 있을까를 생각해봐야 할 것 같다. 이 시간에 나와 줄 마음 맞는 사람이 쉽게 떠오르지 않 는다. 춘일은 만만한 사람을 머릿속으로 찾으며 멀거니 거 리 맞은편 건물 쪽으로 시선을 준다. 제일 먼저 시야로 다가 서는 높은 건물은 그가 방금 진료를 받고 나온 7층짜리 병원 건물이다. 시내 중심부에서 벗어난 외곽 지대이고 번화가도 아니라 7층 이상의 고층 건물은 드물다. 속 편한 내과, 쎈텀 정형외과, 부부 산부인과, 새빛 피부과, 치통 없는 치과, 새 롬 성형외과, 성모신경정신과, 경희한의원까지 포함해서 도 심에서 웅지를 펴지 못한 개인 병원은 피난 나온 난민들처럼 층마다 혈거하고 있다. 춘일의 여 제자가 운영하는 성모신경 정신과는 6층에 둥지를 틀고 있다.

"심인성동통장애心因性疼痛障碍 그 증상이시네요."

증상을 다 듣고 난 여 제자는 정신과 의사답게 온화한 미소를 선사하며 조심성 있게 말했다. 학창시절 예쁘고 꿈 많은 문학소녀이기도 했던 여 제자는 이제는 오십대 후반의 의젓한 정신과 의사가 되어 선생님의 정신 상태를 점검하기에 이른 것이다.

"이 증상의 동통 환자들은 거의 모두 심리적인 문제와 관계가 있음을 알지 못할 뿐만 아니라, 또 그러한 점을 지적해 주어도 받아들이려고 하지 않지요. 얼마 전에 내과에서 이런 증상의 환자가 정신과로 진찰의뢰가 왔었어요. 38세 된 남잔데 약 8개월 전부터 선생님과 똑같은 증상이 나타나서 선생님처럼 이 병원 저 병원 내과 병원을 전전하였는데 내과 상으로는 아무 이상 징후를 발견하지 못했다고 해요. 20대 초에도 미군부대에서 무분별한 생활을 하면서 양주를 많이 마셔 상복부 통증이 있었지만, 그때는 위궤양으로 진단받고 몇 달간 치료받고는 아무렇지도 않았다고 해요. 역시 불쾌정서가 수반되는 심리적인 문제와 관련이 있었어요. 1년 전 부인이 춤바람이 나서 재산을 빼가지고 달아나 이혼을 하였는데,

어린애를 돌보는 문제가 급해서 이혼한 경력이 있는 여자와 금방 재혼을 했대요. 그러나 성격 차이가 너무 심해서 얼마 안 살고 다시 이혼을 해버렸는데 그렇지 않아도 성격이 꼼꼼하면서도 급하고 화를 잘 내는 환자로서는 이 일로 정신적인 충격이 큰 편이었다고 해요. 이런 와중에서 8개월 전 음식 먹은 게 체해 위경련이 일어나고부터 이러한 극심한 통증이 계속되었다는 거예요. 선생님을 이 경우와 같은 증례로 볼 수는 없고 혹시 신변에 무슨… 아니면 집안에 어려운 일이라도….”

“없었는데… 없었어!”

춘일은 신문을 받는 피의자이기나 하듯 강하게 부정하고 나서, 어조가 너무 경박하다싶어 겸연쩍게 웃으며 말끝에 토를 달았다.

“애들도 결혼해서 다 들 잘 살고 있고 나도 어느 때보다 글이나 쓰면서 마음 편하게 지내고 있지. 글쎄… 집안에 스트레스 받을 일이라고는….”

“그러시겠죠. 선생님은 어느 선생님보다도 삶에 긍정적이셨고 모범적이셨으니까요. 게다가 소설가신데 어지간한 일에는 꿈쩍이나 하시겠어요. 그래도 신경성 이외는 달리… 좋은 글 쓰시려고 스트레스가 너무 많이 쌓이시는 거 아닌가요? 정년하시고 요즘은 글만 쓰세요? 특별히 다른 사회활동 하시는 일은 없으시고요?"

"뭐 특별히… 작년 봄부터 대안학교에 나가는 일이 있다면 있을까."

"대안학교요?"

여 제자의 눈빛이 순간 달라졌다. 피의자의 말에서 범죄의 실마리를 포착한 취조 형사 같은 눈빛으로 다그치듯이 물었다.

"제가 알기로 대안학교 선생님들, 스트레스 많이 받지 않으시나요? 진료를 하다보면 정규 학교 선생님들도 학생이나 학부모한테 받은 충격 때문에 정신과 치료를 받으러 오시는 분이 가끔 있는데… 저희들이 다닐 때의 학교가 아닌 것 같아요."

"많이 달라졌지! 사랑과 사명감, 그리고 존경과 신뢰가 사라지기 시작한 지가 오래야. 인격을 형성하지 못하는 교육은 교육이 아닌데… 대학은 더 하지! 먹고 살기 위한 지식의 전수에만 골몰하다보니까 교수와 학생은 도제徒弟의 관계로 전락해 버렸고 그래도 오 선생이 졸업한 성모여고는 달랐고, 지금도 다르지. 가톨릭 재단에서 설립한 학교의 이념을 퇴색시키지 않으려고 끝까지 인성교육에 중점을 두고 있지. 그래서 공립에서 사립으로 옮기고도 보람을 느끼며 정년을 할 수 있었어."

춘일은 말을 하는 동안 지난 사십년 가까운 교직생활이 주마등처럼 뇌리를 스쳐갔다. 그가 강단에 첫발을 내디딘 것은 24세 때였다. 첫 근무지는 시골 공립중학교였다. 그때만 해도 교원들의 처우가 좋지 않았으나 사명감과 도덕적 자긍심으로 교직에 보람을 느낄 수 있었다. 인격을 형성하지 못하는 교육은 무익하다는 교육관도 살아 있었다. 불의나 부당한 외압에 분연히 맞서는 양심적인 선생님들도 많이 있었다. 정선남이었던가, 정영남이었던가… 초임지에서 만난 젊은 미술선생님의 이름이 가물가물하다.

유신헌법을 제정하던 때였다. 교육청에서 유신헌법이 국민투표에서 통과되도록 책임지고 홍보를 하라는 지시가 내려왔다. 그러자 교감이 직원회의 석상에서 기발한 아이디어라면서 생활기록부에다 가정방문의 내용을 적당히 쓰고, 그 옆에 괄호를 치고 '아울러 계몽'이라고 기록하라는 지시를 내렸다. 장학시찰 때 확실한 근거로 보여주겠다는 것이다.

그 말을 듣고 그 이름이 가물가물한 미술선생이, 세상이 아무리 그렇더라도 제자들에게 진실을 말하지는 못할망정 선생님들이 스스로 그런 꼴을 보여서야 되겠느냐고 이의를 제기했다. 춘일도 그 선생님 말에 동조하자 교감이 못마땅하면 두 분 선생님은 가정방문을 안 가도 된다고 화를 냈다.

그 일은 그것으로 끝나지 않았다. 수업시간에 학생들이 체육관 대통령 제도가 참으로 미국의 선거제도와 같이 가장 선진화된 민주선거냐고 묻는 질문에 정 선생이 미국의 제도와는 다르다고 양심적으로 대답한 것이 화근이 되었다. 그 반에 마침, 당시 나는 새도 떨어뜨린다는 중앙정보부장과 친척벌이 되는 사람의 아들이 있었는데, 그 학생이 집에 가서 정 선생의 말을 전하자 문제가 생겼다. 그 애 아버지가 학교에 찾아와서 항의를 하고 정 선생이 사과를 하지 않자, 기관에 고발했다. 교감이 나서서 무마할 수도 있었는데 정 선생은 결국 파면이 되고 실형까지 살게 됐다.

춘일도 심리적인 압박을 많이 받으면서, 딴에는 청운의 큰 뜻을 품고 발을 들여 놓은 교직에 환멸을 느꼈다. 하기야 경찰관이 거리에서 미니스커트의 길이를 재서 규격에 맞지 않으면 처벌을 하고, 교통질서를 지키지 않는다고 네거리 한가운데 금을 그어 놓고 그 안에서 시민들을 두 팔을 들고 서 있게 하는 시절이었으니 인권이고 뭐고 더 말할 게 없었다. 그래도 그 시절 사람들은 가슴 속 깊은 곳에 은장도처럼 자신이 지킬 양심과 정의를 은닉할 줄을 알았다. 춘일은 고심 끝에 마침 D시에 있는 가톨릭재단의 여고에서 초빙 제의가 있어서 수락했다.

재단법인 동정성모학원은 1609년에 영국 여성 메리워드가 설립한 천주교 예수수도회가 설립한 학교법인이다. 메리워드는 1609년 어느 날 아침 영적인 체험을 통하여 가르멜수녀회에 들어갈 것이 아니라 하느님께 더 큰 영광이 되는 다른 어떤 것을 해야 한다고 깨닫는다. 바로 그때 하느님을 위해 일하겠다고 찾아온 귀족출신의 젊은 여성들을 만나게 되고, 그들을 수도생활로 이끌어, 봉쇄수도원 생활이 아닌 세상 한 가운데서 봉사하는 수도생활을 같이 시작한다. 병자들을 돌보고 감옥에 갇힌 이들을 방문했으며 임종하는 자들을 도와주었다. 또한 어른과 어린이가 성사를 받을 수 있도록 준비시켰다. 박해받고 있는 가톨릭 사제들과 연락을 주고받았다.

그러나 메리워드가 세우려는 수도회는 새로운 형태라는 이유로 반대자들로부터 심한 박해를 받는다. 여러 번 인준을 받기 위해 로마 교황청을 찾았으나 번번이 거절당한다. 심지어 교회로부터 이단자, 분열시키는 자, 반역자의 혐의를 받고 체포되어 감금되기도 했다.

그러한 뿌리를 가진 예수수도회가 현재 운영하는 '성모'라는 이름의 학교는 지구상에 270여 개에 이르고 메리워드의 뜻에 따라 교육에 임하고 있다. 1969년에 개교한 D성모여고도 유럽의 수녀들의 눈물겨운 헌신으로 세워졌다. 뮌헨관구에 속한 부동산을 팔아 기금을 마련하고 각 분원에서는 식비를 아끼고 옷을 기워 입으며 기금을 모았다고 했다. 우표를 모아서 팔고 보릿대와 밀대로 별을 만들어 성탄바자회에 내놓는가 하면 어린학생들은 사순절(부활절 전 40일간 희생하는 천주교의 전례시기)에 먹던 초콜릿을 남겼다가 부활절 바자회에 내어놓아서 기금에 보태기도 했다. 교장 수녀는 기회 있을 때마다 고결한 설립 정신을 잊지 말 것을 강조했다.

춘일은 처음 초빙 제의를 받았을 때 망설였다. 그것은 매사에 얽매이기를 싫어하는 천성인데다가 청교도적인 엄숙한 학교의 분위기에 잘 적응하지 못해 스트레스를 받지 않을까 하는 우려 때문이었다. 그러나 그런 생각이 기우였다는 것을 깨닫는 데는 오랜 시간이 걸리지 않았다. 수녀들이 선택한 길은 삶의 폐쇄가 아니라, 더 큰 자유로의 출구라는 것을 조금씩 깨닫기 시작했다. 수녀들은 하루의 일과가 끝나면 세상의 환란을 피해 안전한 성으로 도피하듯 히말라야 삼목杉木으로 둘러싸여 있는 교사 동편에 자리 잡은 수녀원으로 총총히 사라지는 것이었는데, 그 모습을 바라보면서 실상 그것은 인간적인 삶에서의 도피가 아니라 가장 인간적인 삶에로의 귀로일는지 모른다는 생각을 하게 된 것이다. 그리고 가장 인간적인 것이 하늘로 통한다는 나름대로의 신앙의 개안도 얻게 되었다. 어쩌면 D시의 교원시니어직능클럽에서 운영하는 대안학교에 참여해 달라는 요청이 왔을 때 망설이지 않고 응한 것도, 오랜 동안 D여고에서 근무하면서 몸에 밴 사랑과 봉사 정신 때문이었을 것이다.

"대안학교도 여러 형태가 있는 거 같던데 어떤 대안학곤가요?"

"학교라고 할 수도 없는 열악한 환경의 학교지. 퇴직한 교원들이 열정 하나로 시작한 학곤데 운영에 어려움이 많지."

춘일이 뜻을 함께 하고 있는 대안학교는 보건복지부와 한국노인인력개발원이 공모한 시니어직능클럽 심사에서 유일한 교직단체로 선정되었다. 좀 더 자세하게 설명하자면, D시의 교원시니어직능클럽에서 운영하는 학교다. '퇴직한 교육자들이 교육공동체를 결성하여 학교 밖의 불우청소년 및 취학희망자들에게 학습의 기회를 주고' '학교에서 수행하기 어려운 교육문제를 해결하여 교육의 위상을 높이면서' '노후의 건강한 삶을 영위하겠다'는 목적에서 설립한 학교다. 설립 취지는 좋은데 운영에는 어려움이 많다. 교실로 사용할 공간을 마련해야 하고, 책상도 의자도 기타 필요한 교구도 직접 마련해야 한다. 교육청이나 후원 기관의 지원만으로는 운영이 어려워 구성원들의 봉사와 헌신이 절대적으로 필요하다.

"대안학교를 찾는 학생들이 많은가요?"

"예전 같으면 세상이 끝나기라도 한 것처럼 절망할 일이 바로 학생이 학교를 떠나는 것인데, 이제는 아무렇지도 않게 받아들여지는 거 같아. 전국적으로 많은 수의 학생들이 학교를 벗어나 나름대로의 삶을 이어가고 있어. 물론 이들이 모두 불량하고 문제를 일으키는 것은 아냐. 나름의 목적이 분명해서 집 또는 다른 대안 학교를 선택하는 경우도 있다고 해. 뚜렷한 목적을 갖고 학교를 등진 학생들이야 스스로 알아서 할 것이니 문제될 것은 없지. 그렇지 못한 애들이 걱정이지. 문제아, 부적응아, 사고뭉치, 왕따 등의 꼬리표를 달고 있는 그 아이들의 기구한 사연조차 우리 사회는 외면하려고 하지. 학교에서도 소외되었어. 이곳에 오는 애들 가운데 심리적 아픔을 가지고 있거나 정신신경계통의 약을 먹는 아이들이 삼, 사십 프로에 달해. 이 학생들 중 잠을 잘 수 없어서 수면제를 먹어야 잠드는 학생도 있고… 열이면 일곱 여덟이 이혼 또는 사별한 홀 부모이고….”

“대안학교는 어디에 있나요? 학생이 많은가요?”

“시내 몇 군데 구에 개설되어 있는데, 내가 속해 있는 대안학교는 K동에 있는 흥사단 D시 지부를 빌려 쓰고 있지. 학교라기에는 건물도 작고, 정원은 삼십 명인데 수용인원이 다 찰 때가 없어.”

“그렇게 규모가 작은데 학교 인가가 나나요?”

“90평 이상의 공간에다 강의실, 행정실, 급식을 할 수 있는 시설만 있으면 되니까. 정규 학교에서 적응하지 못하거나 출결문제로 졸업이 어려운 학생의 구제책으로 교육청에서 대안을 세운 것인데 대안이 없는 대안학교지.”

춘일은 자기도 모르게 쓴웃음이 흘러나왔다.

“정규 학교처럼 수업을 하나요?”

“수업은 무슨… 본적 학교에서도 수업 시간에 책상에 엎어져서 자는 애들인데. 국, 영, 수 같은 과목은 필요로 하는 아이들이나 자습 형태로 개인 지도를 하고, 나머지는 즈이들 취향에 맞춰 생활 미술, 영화 예술, 음악 예술, 두뇌 개발… 대개 그런 취미 생활 같은 수업 내용이거나 외부 교육장 인솔, 체험 학습 등으로 그냥 출석 관리나…"

사실 교육의 질보다도 출석관리가 우선인 상황이다. 밤잠 못 자고 낮잠 자는 아이들이 대부분인데 정상적인 수업을 진행한다는 것은 꿈도 꾸지 못할 일이다. 가장 출결에 걸림돌이 되는 게 알바다. 입교 상담 시 알바를 하지 말라는 말을 분명히 전한다. 학생들은 열이면 열 그럴 것이라고 대답한다. 하지만 막상 입교하면 교차로부터 가지고 등교한다. 알바자리를 구하기 위해서다. 대부분은 비밀리에 하기도 하지만 이내 밝혀진다.

대안학교 학생은 대부분이 홀어머니 또는 홀아버지와 지내거나 때로는 혼자서 지내는 일이 많다. 차상위계층이거나 기초수급자 등등의 가정형편이 뻔한 아이들한테 알바를 끊으라는 지시를 하기도 실상은 어렵다. 그러다보니 업종에 따라 새벽까지 일하게 되는 관계로 지각이 잦아 수탁이 취소되는 경우가 많다. 출석을 해도 바로 주간 취침에 든다. 책상에 엎드려 자면 그나마 양호하다. 심하면 의자를 붙여 놓고 대자로 뻗어 잔다. 강사 선생님들도 어쩌지 못한다. 만약 자는 아이를 깨우려면 세상에서 가장 험악해 보이는 짜증으로, 심하면 상스런 욕을 먹으며 봉변을 당하기 때문이다.

"원적교에서도 지도가 어려운 아이들인데 마음 상할 일이 많으시겠네요."

"선도할 능력이 부족하다는 걸 자책하면서도 원적교로 돌려보낼 수밖에 없는 아이들도 있지."

춘일은 말을 하면서 한 여학생의 얼굴이 떠올랐다. 술이라는 이름의 여학생이다. 아버지와 동행하여 사전면접을 했던 그 아이는 아버지 대신 모범생인 척 온갖 좋은 소리는 다 늘어놓았다. 신장과 체격이 건장한 아버지는 곤혹스런 표정으로 잠자코 듣고 있다가, 자기는 기술자이고 직업상 타지에 나가 있어 딸아이가 할머니하고 지내고 있는데 이곳에 자주 내려올 수가 없어서 생활비를 이따금씩 보내주고 있다면서 딸을 잘 부탁한다는 말을 하고 돌아갔다.

아버지를 닮아 키와 체격이 큰 술이는 아침에 일찍 등교는 하는데 거짓말을 밥 먹듯했다. 왜 일찍 등교하나 했더니 점심식사 때 나누어 줄 간식과 음료를 약삭빠르게 훔쳐 먹기 위해서였다. 선생님의 지적엔 끝까지 오리발이었다. 집에서 할머니에게 밥을 해달라고 해서 아침식사를 하고 오라고 일렀지만 대답뿐이었다. 이곳 학생들은 70%가 담배를 피우는데 술이는 수업 시간에 담배를 책상 위에 올려놓았다가 여러 차례 압수를 당하기도 했다.

이성 관계도 정상적이지 못했다. 인문계 학생들은 강박증, 대인기피증, 결벽증, 정서불안, 신경불안, 우울증 등등 심신허약증을 가진 학생이 대부분으로 이성친구가 거의 없다. 실업계 학생들이 이성친구가 있는데 이곳에서 맺어지는 경우는 거의 없고 학교 밖 또는 타 학교 학생을 친구로 사귄다. 학교에 다니지 않는 이성도 많이 사귀는데 학교에 지각하는 이유 중에 하나가 전날 밤 이성교제가 원인일 경우가 허다하다.

아침에 학교 근처까지 데려다주는 이성 친구도 있다. 상습적으로 늦는 학생이 있어 홀어머니에게 전화해 보니 집에 없단다. 남자친구와 외박한 것이 거의 틀림없다. 남자 친구가 수시로 바뀌기도 한다. 사귀다 헤어지면 기분이 안 좋으니 오늘은 언짢은 일이 있어도 이해해달라고 말하기도 한다. 어떤 때는 노골적인 얘기도 부끄럼 없이 한다. 레슬링 선수

남학생과 사귀다가 바닷가에 놀러가서 잤더니 그 다음부터 연락이 없어 기분이 우울하다고 하기에 "왜 그런 놈을 사귀 었니?" 했더니 "힘이 좋잖아요" 하며 깔깔 웃는다. 그리곤 얼 마 안 가 또 다른 친구를 만난다.

부산에 산다는 술이의 남자 친구는 학교에 다니지 않고 일 을 한다는데 어찌된 영문인지 일주일에 두세 번 꼴로 이곳 학 교로 찾아왔다. 밖에서 만나라고 지시해도 교실에서 같이 꼭 끼고 앉아 교실 분위기를 흐려놓았다. 여러 번 호통을 치고 허락 없이 실내출입을 말라고 하면서 어길 경우 주거침입으 로 경찰에 신고한다고 경고했지만 대답뿐이었다. 남자 친구 가 온 다음날은 밤새 뻔한(?) 짓을 해서 그렇겠지만 으레 지 각을 하고, 와도 누워 자는 것이 일과였다.

복장도 엉망이었다. 여름엔 속 팬티인지 바지인지 구분이 가지 않는, 거의 엉덩이만 가려진 옷을 입고 다닌다. 일과 후 에 집에 가지 않고 그런 복장으로 어디선가 의자를 연결시킨 뒤 대자로 뻗어 잔다. 부끄럼이나 창피를 모르는 아이라, 그 복장에 허연 허벅지를 Y자로 드러내놓고 보란 듯이 잔다. 언 젠가 늦게까지 행정 업무 등 일처리를 마치고 교실 문단속 을 하던 중, 자고 있는 이 여학생을 발견하고 집에 가서 자라고 호통을 쳐서 보냈다. 그리고 3개월 후 원적교로 보냈다.

이곳 대안 학교는 1차 숙려 기간이 3개월이고 그 기간이 끝나면 원적교로 복교하기로 되어 있다. 그러나 대부분은 연기신청을 한다. 일단 여기에 오면 생활이 편하고 원적교에서 받아 보지 못한 인간적 대접을 받기 때문이다. 이론상으로는 이곳 과정을 거치면 원적교 생활에 잘 적응해야 할 텐데 더 적응을 못 하여, 1학년부터 3년 동안 이곳에서 지내다가 졸업하는 학생도 있다.

대안학교의 실상을 대략 전해들은 여 제자가 단정적으로 결론을 지었다.

"말씀을 듣고 보니 아무래도… 선생님의 증상은 심인성동통장애에서 온 게 틀림없는 거 같아요."

"처음에는 다소 스트레스를 받기도 했지만 지금은 평상심을 찾았는데 왜 갑자기 몇 달 전부터…."

"뭐 특별히 마음에 걸리시는 일이 있었던 거 아녜요? 은연중에 문득문득 무의식의 수면 위로 떠오르는…."

"글쎄… 한 아이 일로 마음이 편안하지는 않았지만 궁극적으로는 나 혼자서 해결할 일도 아니었고…."

"어떤 일이었는데요?"

"…."

춘일은 한 학생의 일을 말할까 말까 잠시 망설인다.

위탁생 중에는 법무부 소관의 보호관찰 아이들도 있다. 보호관찰 학생은 처음 학생을 받을 당시에는 모른다. 원적교 담임교사는 알고 있지만 서류상으로나 구두로도 일체 알려 주지 않는다. 개인정보는 보호해 주어야 한단다. 하지만 시간이 지나면서 알게 된다. 이 학생들이 매월 정기적으로 보호관찰 기관에 가서 교육 및 상담을 받게 되기 때문이다. 때로는 정기적(년 1~2회)으로 불시에 보호관찰 담당자가 대안학교를 방문하여 교사들과 의논도 하고 최근의 학생 동태를 파악하는 등 학생을 위해 세심한 배려들을 하고 간다. 보호관찰 학생 중에는 이미 여러 번 법정에 서본 일이 있어 한번만 일탈 행동을 하면 형을 살아야 할 처지에 몰린 아이도 있다.

"말씀 안 하셔도 괜찮아요. 선생님이 의식하지 못하는 사이 스트레스가 축적된 게 분명해요. 체홉의 어떤 소설인가에 정신과 의사가 환자를 치료하다가 자신이 같은 증상의 정신병을 앓는 내용이 나오는데, 제가 종합병원에 근무할 때 정신과 남자 과장님 한 분이 그렇게 되신 분이 있었어요. 제 생각으로는 봉사도 좋으시지만 당분간 생활환경을 바꿔보시라고 권해드리고 싶네요. 특별한 치료법도 없구요. 심리적인 내성 능력이 없기 때문에 고전적인 정신분석요법을 할 수도 없어요. 근래의 보고에 의하면, 만성적인 심인성두통에는 삼환계 항우울제三環系抗憂鬱劑인 아미트리프탈린과 페노티아진의 병용효과가 효과적이라는 보고도 있지만 선생님한테는 그런 약까지 투여할 필요는 없을 것 같네요. 선생님은 얼마든지 자가 치료가 가능한 분예요. 정상을 정상으로 인정하시고 대범하게, 거침없이 생활하세요.”

'대범하게, 거침없이… 정상을 정상으로 인정하고?'

춘일은 제자가 한 말을 마음속으로 되씹는다. 그래, 나는 정상이야. 기분도 풀 겸 술이나 한 잔 하자. 아, 참 김기호가 있지. 김기호.

그 친구라면 특별한 일이 없는 한 거절할 것 같지는 않다. 그도 교직에서 정년을 하고 부인과 함께 어린 손자나 봐주며 하릴없이 시간을 보내고 있다. 큰아들 내외가 직장에 나가고 있어, 따로 살면서도 어린 손자를 아침에 차로 데려왔다가 저녁에 데려다주는 일을 일과처럼 하면서 시간을 죽이고 있다는데, 가끔 볼일이 생기면 그날은 아내에게 전담시키고 집에서 빠져나온다고 한다. 문학청년 시절부터 춘일과 마음을 터놓고 지내는 문우이기도 한 그는 늘그막에도 마음을 터놓고 지내는 몇 안 되는 가까운 친구 중 한 사람이다. 그도 문단에 발을 들여놓은 지 수십 년이 흘렀지만 실력 있는 고등학교 국어선생으로 입시 지도에 혹사당하고 변변한 소설 한편 남겨놓지 못했다. 퇴직 후 작심하고 야심차게 소설 쓰는 일에만 전념하겠다고 마음을 다잡았다지만 잡다한 일상사에 발목이 잡혀 뜻대로 되지 않는 모양이다.

춘일은 손 전화를 주머니에서 꺼낸다. 김기호 선생의 연락처 번호를 누르고 신호가 가는 것을 확인한 다음 손 전화를 귀로 가져간다. 몇 번의 신호음 뒤에 "여보세요" 하는 김 선생의 음성이 들린다. 춘일은 얼른 반가운 감정을 표한다.

"김 선생, 나야 나! 장춘일!"

"아, 장 선생! 오랜 만이야! 요즘 어떻게 지내? 대안학교 일은 계속 맡고 있어?"

"그냥 봉사를 한다고 시작했는데 쉽지 않아. 나름 교단에 처음 섰을 때 품었던 청운이 검은 구름으로 변하듯이…."

"뭔 말인지 알겠네. 걔들 지도한다는 게 수도생활 하는 거나 별반 다름없지. 그래도 우리 나이에 출근할 데가 있다는 건 감사한 일이지. 근데 웬일이야? 지금 학교 아냐?"

"아니. 몸이 좀 불편해서 병원에 나왔다가….."

"병원? 아니, 어디가 아픈데?"

"위통이 좀 있었는데 별거 아니고, 신경성이니까 특별한 처방도 필요 없대."

"다행이네. 우리 나이에 첫째도 건강, 둘째도 건강이지. 건강 잃으면 다 잃는 거 아닌가! 내가 문 닫으면 바로 그것이 우주가 문 닫는 거야! 뭔 일인지는 모르지만 어지간한 일이면 마음을 다 놓아버려! 집안에 뭔 일이 생긴 건 아니지? 아니면 신변에….."

"아냐, 내가 특별히 신경 쓸 일이 뭐 있어."

"하긴 나한테 비교할 건 아니지만, 장 선생은 자식 복, 마누라 복, 다 타고 났는데 뭘 더….."

"무슨 귀신 씨 나락 까먹는 소리를… 오늘 시간 있어? 모처럼 얼굴 좀 보구 쐬주 한 잔 하고 싶은데."

"좋지! 괜찮아! 오늘은 마침 마누라가 아들네 집으로 가서 애를 돌봐 주고 있어. 어디서 만날까? 지금 어디야?"

"행복동."

"오류구에 있는 행복동? 그럼 지하철이나 버스를 타고 시내로 나와야겠네. 나도 지하철을 타고 나가는 게 편하니까 중앙로 역 분수대가 있는 지하상가 쉼터에서 만날까? 어때? 거기서 먼저 도착하는 사람이 기다렸다가 적당한 예배당으로 가는 게?"

"예배당?"

"소주 한잔 하자며? 주님 모시려면 예배당 말구 어디 가서 주님을 모셔?"

"하여튼 입담은… 알았어."

춘일은 손 전화를 주머니에 넣고 잠시 생각한다. 지하철을 타려면 도보로 500미터는 더 걸어가야 한다. 419나 516 버스를 타고 가다가 환승하는 것이 낫겠다 싶다.

춘일이 중앙로 역 지하상가에 도착하는데 걸린 시간은 한 시간이 채 못 되었다. 쉼터는 늘 그렇듯 사방에서 오가는 사람들로 분주하다. 춘일은 오가는 사람들을 살피며 중앙의 분수대 둘레에 설치되어 있는 의자 쪽으로 걸음을 옮긴다. 분수대 앞에 서서 원형으로 배치되어 있는 의자를 둘러본다. 없다. 시간상으로 김 선생이 도착할 시간이 아니라는 것을 알면서도 혹시나 해서 또 의자 주변을 살핀다.

의자에는 하릴없이 시간이나 죽이러 온 노인들이 대부분 죽치고 앉아 있을 뿐이다. 일상에 쫓겨 분주히 흘러가는 사람들 가운데서 노인들은 웅덩이에 고여 있는 물처럼 멍하니 분수대를 바라보거나, 더러 옆에 앉은 사람과 힘없이 대화를 이어가고 있다.

춘일은 마침 중년 여자 둘이 대화를 나누다가 일어서는 자리로 가서 앉는다. 지하철 출입구 쪽이 건너다보이는 자리다. 원형으로 빙 둘러 설치되어 있는 맞은편 의자에는 팔십이 훨씬 넘어 보이는 세 사람의 남자가 이승의 막차를 기다리는 사람들처럼 초라한 몰골로 초점이 없는 시선을 허공에 두고 무슨 생각인가에 잠겨 있는 듯하다. 춘일은 그들을 바라보다가 생뚱맞게도 노벨문학상 수상자이기도 한 '아나돌 프랑스'의 말이 떠오른다.

'내가 신이었다면 청춘을 인생의 끝에 두었을 것이다.'

그 의미가 저 사람들에게 얼마나 감동으로 다가갈 수 있을까. 백세 세대가 저들에게 과연 축복일까. 춘일은 내심 세차게 도리질을 한다. 아니지. 그런 말이 감격으로 받아들여지는 노인들은 여기서 저렇게 궁상을 떨고 앉아 있지 않지. 노후대책도 서 있고 무엇인가 의미 있는 일을 찾아 황혼을 아름답게 갈무리하려는 낙조토홍落照吐紅의 노년들은 어디선가, 이 순간에도, 일초를 전 생애의 시간처럼 쓰고 있겠지. 그렇다면 너는? 나? 저들과는 다르지. 저렇게 노년을 마무리하지 않으려고 '교원시니어직능클럽'에 가입하여 대안학교에서 봉사하고 있지 않은가. 순간, 그런 자부심의 끝에서 슬며시 회의가 고개를 처든다. 참으로 아이들의 고단한 삶의 짐을 나누어서 지겠다는 순수성만으로 이 일에 뛰어든 것인가하는 생각에 이르자, 또 짜르르 위통 같은 것이 가슴으로 치밀어 오르면서 한 남학생의 냉소 짓는 얼굴이 망막을 스친다. 그러면서 뉴스를 전하는 아나운서의 음성이 생생하게 귓속으로 파고든다.

"한 남성이 원룸으로 들어가고 잠시 뒤 다른 4명이 줄지어 같은 원룸으로 들어갑니다. 몇 시간 뒤 나중에 들어갔던 남성 4명만이 엘리베이터를 타고 건물을 빠져나갑니다. 지난 ○일 새벽 ○시쯤 ○시 ○○동의 한 원룸에서 19살 최 모 군 등 4명이 친구 19살 박 모 군을 폭행해 숨지게 한 뒤 도망치는 장면입니다."

조폭의 보복으로 희생당한 박철우는 춘일이 담당했던 대안학교 학생이었다. 대안학교에 오려는 학생은 미리 학부모와 동행하여 사전면접 과정을 거친다. 철우도 노점상을 하는 어머니와 함께 면접을 하였는데 계절에 맞지 않는 긴 소매를 입고 왔다. 하지만 별로 개의치 않고 입교를 시켰는데 계속 그런 복장이었다. 어느 날 그 비밀을 알았다. 온몸에 문신을 하고 있었다. 어머니의 노력과 본인의 의사로 탈 조직하려던 중이었던 것 같았다. 원적교에 등교하는 상황이 조직에서 빠져나오는데 어려움이 많아 일단 피신할 겸 본교에 온 것 같았다. 결국에는 학생들도 상황을 알게 되어, 여학생들이나 특히 감정이 예민하고 여려서 상처받기 쉬운 학생들이 거부감을 갖지나 않을까 염려스러웠다. 그러나 이따금씩 장난삼아 과격한 언성으로 소리를 지르는 행동은 있었으나 철우의 악의 없고 구김살 없는 행동에 오히려 주위 학생들이 즐거워하기도 했다. 심성도 착했다. 불우한 환경에서 어쩌다 조폭에 잘못 휩쓸려들은 것 같았다. 춘일은 철우의 딱한 가정환경과 근본적으로 심성이 좋은 학생이라는 걸 알고부터 어떻게든 그를 도와주고 싶었다. 춘일은 그윽한 눈빛으로 교감하면서 철우에게 말없는 응원을 보냈다.

그렇게 달포를 지날 무렵 일이 났다. 일찍 등교하던 철우가 어디로 갔는지 보이지 않았다. 그때 막 7, 8명의 고교생으로 보이는 녀석들이 교실로 뛰어 들어갔다. 누군가를 찾는 모양이었다. 철우를 잡으러 온 무리들이라는 생각이 드는 순간 춘일은 황급히 뒤따라 들어가며, 어디서 온 놈들이며 왜 허락도 없이 교실에 들어가느냐고 호통을 쳤다. 녀석들은 대꾸도 하지 않고 "어? 없네, 없어" 하면서 다시 교실에서 뒤돌아 나갔다. 춘일이 더 언성을 높이며 어디서 온 누구인지 재차 물었더니 "경찰이요!" 하고는 우르르 사라졌다.

잠시 후 철우한테서 전화가 걸려왔다. 조직원 중에 어느 누가 '잡으러 갈 테니 미리 피하라'고 연락이 왔다고 했다.

"선생님, 놈들 때문에 무서워서 학교에 못 가겠어요."

"경찰에 신고하지 그랬니? 내가 신고할까?"

"아니에요. 그 애들은 경찰도 못 건드려요!"

'무서워서 학교에 못 가겠다'는 철우의 말을 '원적교로 돌아가야겠다'는 뜻으로 잘못 알고 춘일은 즉시 원적교 담임교사에게 방금 일어났던 일을 전해주고 '본인이 무서워서 여기 못 다니겠다'고 하니 바로 복교서류를 작성하여 메일로 보낼 테니 그리 알라고 말했다. 다음날 담임선생님으로부터 연락이 왔다. 이곳에서 더 지도해 주기를 바라는 부탁이었다. 행정 처리가 다 끝나서 좀 어렵다고 말하자 원적교 담임이 알았다며 전화를 끊었다.

철우에 관한 비보를 뉴스로 듣고 나서 춘일은 후회로 가슴을 쳤다. 아, 내가 큰 실수를 했구나! 철우는 내 도움을 받고 싶었던 게 틀림없어! 그날만 무서워서 못 오겠다던 말이었는데….

명치끝이 더 아려온다.

"장 선생, 오래 기다렸어?"

언제 왔는지 김기호 선생이 옆에서 웃고 있다. 머리가 좀 벗겨지기는 했어도 감청색 체크무늬 점퍼 차림의 김 선생의 모습은 언제 보아도 깔끔하고 단정하다. 그러나 눈가의 잔주름과 군데군데 희미하게 드러나기 시작하고 있는 검버섯이 세월의 이끼가 많이 끼어 있음을 말해준다.

"오랜 만이야. 잘 지냈어? 신수가 좋은데!"

춘일은 일어서며 김 선생에게 오른손을 내민다. 김 선생이 손을 마주잡으며 싱긋 웃는다.

"좋기는 뭘. 해바라기나 하는 그날그날이지. 점심은 먹었을 테구, 어디로 갈까?"

"글쎄… 어느 예배당이 좋을까."

"일단 땅굴에서 나가보지 뭐. 나가면 바로 으능정이 먹을 거리구, 조금 더 걸어 내려가면 당신이 좋아하는 중앙시장 음식 골목 아냐."

"맞아. 우선 중앙시장 순대 골목 좌판에 앉아서 불쌍하게 순교한 돼지들 제도부터 시켜주자구. 시들어가는 가을 햇살을 좌판에 깔아 놓구."

"좋지! 글쟁이들 야단법석 펼치는 데로는 제격이지!"

중앙시장은 D시의 경부선이 지나가는 역 앞에 있다. D시의 애환과 함께한 재래시장으로 전국에서도 손꼽히는 큰 시장이다. 드팀전부터 고서점까지 시쳇말로 없는 거 빼놓고 다 있는 시장이다. 다양한 상품과 상인이 모여 드는 중앙시장은 재래 먹을거리 음식점이 모여 있는 음식 골목으로도 유명하다. 각종 토속 음식점의 전시장이다. 특히 시장 통로 한가운데에 길게 좌판을 깔아 놓고 아낙네들이 파는 순대 맛이 일품이다. 좌판 앞에 놓여 있는 의자에 앉아 금방 솥에서 꺼내어 썰어 놓은 김이 무럭무럭 나는 순대에다 술한잔 걸치면 서민들에게는 고급 음식점을 찾는 미식가들이 부러울 게 없다. 오늘도 순대골목에는 여기 저기 좌판 앞에 앉은 단골손님들이 정든 순대와 대면식을 하고 있다.

"장창 순대 아줌씨한테로 갈까? 정든 예쁜이는 장돌뱅이가 보쌈을 해갔다니까."

김 선생이 그윽한 눈빛으로 눈앞에 펼쳐진 순대골목의 풍경을 바라보며 한마디 툭 던진다. 김 선생이 말하는 예쁜이는 통로 중간 쯤 네거리에서 순대를 팔던 단골 아낙이다. 사십대 후반의 여자였는데 인물도 반반하고 노래도 잘 불러 시장 장기자랑에서 준우승도 했다고 했다. 그런데 어느 사내와 정분이 나서 이곳을 떠났다고 한다.

"그러야겠지. 진 다음에는, 선 아니면 미 아닌가?"

"그럼 장창순대가 선이라는 거야, 미라는 거야?"

"물론 선이지. 당신도 아담한 체구에 인도여자처럼 눈도 고혹적이고 어딘지 모르게 인간미가 흐른다고 해서 그리로 잘 가는 거 아냐?"

"역시 입맛은 다르지 않군."

"입맛이야, 사람 맛이야?"

"그래, 사람 맛! 정 맛! 음식이 아무리 맛있으면 정 맛만 하겠어!"

"이 사람, 그 동안 나 몰래 장창순대에 팥 바구니 쥐 드나들듯 한 거 아냐!"

"무슨… 헛물 키다가 사래 들릴 일 있나. 예배 본 지도 오래 돼서 신앙심이 약해졌는데 빨리 가서 주님을 영접하자구!"

춘일은 김 선생과 농을 주고받으며 좌판 몇 곳을 지나치면서 시장 위쪽으로 올라간다. 장창순대 아낙네의 좌판 앞으로 가자 아낙이 반색을 한다.

"어서 오세요, 선생님! 오랜 만에 나오셨네요. 김 선생님께서는 얼마 전에 오셨구."

"으이구, 내 얘기는 하지 말지. 장 선생이 나보고 장창순대에 팥 바구니 쥐 드나들 듯 하는 거 아니냐구 질투를 하는 참인데…."

"어머머… 그래요? 제가 산통을 깼네요!"

"산통을 깰 것까지는 없구… 저 산에 들꽃들도 즈들 끼리 눈 맞아서 아름답게 붉는데, 정분나는 걸 국가에서 관리할 일은 아니지! 장창순대가 너무 절색이라 죄가 된다면 될까!"

"장 선생님은 참 말씀도 이쁘게 하셔! 저는 장 선생님 팬이에요."

"이크, 아줌씨 본 마음이 인제 나오는구먼! 나는 맨날 헛물만 켠다니까!"

"김, 서언쌩니임, 전 펜을 여러 자루 가지고 있거든요! 걱정 마세요! 어서 앉기나 하세요."

아낙이 김 선생에게 곱게 눈을 흘기며 앞자리를 가리킨다. 눈썹이 짙고 큰 눈이 고혹적이다. 가무잡잡한 체구에 숱이 많은 흑발이 두건만 쓰면 인도에서 온 여인 같다.

두 사람은 의자에 앉는다.

"오소리감투하고 순대랑 내장을 섞어 드릴까요?"

"간도 좀 주시고."

"술은요?"

김 선생이 춘일을 바라본다.

"쏘맥으로 기초공사를 하고 소주로 할까?"

"그러지 뭐."

솥에서 순대가 썰어져 좌판에 올라오고 술이 몇 잔 오가자 김 선생이 건물 사이로 뻥 뚫린 하늘을 올려다보며 말한다.

"벌써 가을도 시들고 있어. 저 하늘 좀 봐. 푸르기는 한데 풀기가 없잖아. 햇살도 뼈가 발라져 있고."

"햇살이 뼈가 발라져 있어? 당신, 시 써야 되는 거 아냐?"

춘일도 뻥 뚫린 골목 사이로 비스듬히 내리비치는 햇살을 바라본다. 오후 다섯 시가 지나서 해가 서쪽으로 어지간히 기운 시각이라 건물 사이로 비쳐든 시든 햇살이 여기저기 좌판 옆에 옹송그리고 앉아 있다.

"난 말야, 이런 가을날 이렇게 장바닥에 앉아 마음 맞는 사람과 술 한 잔 하는 게 좋아. 아니, 행복해! 달라이 라마가 말했던가. 무소유는 무욕이 아니라 잠시 머문 것에 만족하는 것이라고. 장 선생도 이곳 좌판에 앉으면 옛날 어릴 적 시골 장날이 생각나고 마음이 푸근해진다면서? 장터… 사람의 정이 모이고 고이는 곳이지. 백화점이나 대형 슈퍼마켓하고는 다르지. 그런데 시골 장날도 예전 같이 흥청거리지도 않고 없어지는 곳도 많은 모양이야. 얼마 안 가면 이런 순대 파는 곳도 찾아보기 힘들 거야. 요즘 순대 좋아하는 애들 드물 걸. 입도 고급들이 돼 가지구."

"그럼. 우리 어릴 때하고는 달라. 아무리 없는 집 애들이라도 제 입맛에 맞지 않거나 싸구려 음식은 입에 대지도 않으려고 해. 가정형편이나 부모 처지를 생각하는 애들은 드문 거 같아."

춘일은 대안학교 아이들을 생각하며 자신의 말이 틀린 말이 아닐 거라고 확신한다. 대안학교 아이들은 거의 모두가 가정형편이 변변치 않아 아무음식이나 잘 먹고 돈도 아껴 쓸 것 같지만 그렇지 않다.

대안학교는 학생들에게 점심을 제공하도록 되어있다. 5,000원짜리 기준으로 절반은 학부모가 제공하고 나머지 절반은 대안학교 경비로 충당한다. 어느 대안학교나 지정되기 전 실사에 대비해 식탁 등등 취사시설을 설치해 놓지만 실제 취사를 하여 급식을 하는 곳은 없다. 도시락회사와 계약하여 배달도시락을 제공하고 있다. 하지만 영업적으로 하는 곳이다 보니 금방 질려서 잘 먹지 않아 수시로 회사를 바꾼다. 춘일이 몸담고 있는 대안학교도 처음에 도시락을 추진하여 급식을 하였으나 얼마 안 되어 폐지하였다. 선생님들은 잘 먹는데 학생들은 잘 먹지 않는다. 학생들은 돈도 내지 않는다. 맛없어 안 먹었기 때문에 돈을 못 내겠단다. 십중팔구 집에서 돈을 타다가 다른 데 썼을 게 뻔하지만 속수무책이다. 그래서 급식을 폐지하는 대신에 라면 다과 음료 등을 제공하며, 교외학습을 나가는 날이면 근처 적당한 식당을 물색하여 식사를 제공한다. 이때 어른을 기준으로 하여 식당을 선택하면 낭패를 보기 쉽다. 학생들 취향이 아닌 식당으로 정하면 조금 먹는 듯하다 남기고 나가버리는 학생이 많다. 아까워서 억지로라도 먹는 일은 아예 생각지도 말아야 한다.

　처음 면담 시 점심도시락을 각자 지참하는 것이 원칙임을 통보하지만 인문계 여학생 이외는 잘 싸오지 않는다. 그것도 밥은 잘 가져오지 않는다. 과일 종류가 아니면 잘해봐야 샌드위치 정도다. 살이 쪄서 다이어트를 해야 한단다. 남학생이나 실업계 남녀학생들은 자기들끼리 짝을 져서 배달 매식을 하는데 시시한 싸구려 음식은 시키지 않는다. 간식으로 근처 동네 빵집에서 구입해서 제공하면 용케도 메이커가 아님을 알아보고 맛이 없느니 상한 것 아니냐는 등 먹지도 않고 불평만 한다. 과연 저 아이들이 기초수급자 자녀들이며 못산다는 아이들인가 의심이 들 정도다. 절약이라는 개념은 아예 기대하지 못할 것 같다.

특별한 아이도 있다. 점심시간에는 집에서 밥을 먹고 오는 아이다. 채린이라는 인문계 2학년 여학생인데 다른 음식은 간식이든 정식이든 일체 먹지 않는다. 집에서 자신의 음식만을 먹어야 한다. 선생님 외에는 동료학생 간에 한마디도 얘기를 나누는 것을 보지 못했다. 서로 눈을 마주치려하지도 않는다. 선생님과 대화를 할 때도 모기소리만한 음성으로 자신감 없이 한다. 대인공포증 같기도 한데 어머니 말로는 집에서 어머니와 때로 격하게 대화가 오간다고 했다. 그래도 출결사항은 좋고 마음이 여리고 순수한 아이다. 춘일이 특별한 관심을 가지고 소통하며 꽉 닫힌 마음 문을 열어주려고 하자, 채린도 그에게만은 조금씩 경계를 허물고 다가왔다. 그리고 채워지지 않은 부성애 같은 대리만족을 그에게서 느끼는 것도 같았다. 알고 보니까, 채린은 불륜의 관계로 태어난 아이였다. 채린의 어머니는 첩으로 살면서 채린이와 동생을 낳았고, 채린은 어린 시절부터 어머니의 존재를 몹시 부끄럽고 수치스럽게 느낀 것 같았다. 간혹 다른 남자와 바람까지 피우는 어머니에 대해 심한 갈등을 겪는 것 같기도 했다.

무슨 일인지 채린이 며칠 째 학교에 나오지 않고 있다. 어머니에게 전화를 했더니 머뭇거리면서 "집안에 좀 일이 있어서 학교에 며칠 못 나갈 것 같네요"라고 어색한 웃음으로 얼버무렸다.

"요즘 애들, 우리 어릴 때하고 달라. 대안학교 애들은 더 다를 테구. 게다가 당신은 수도원 같은 여학교에서만 근무하다 나왔잖아. 공립학교 남학생 문제아들은 상상을 초월해. 당신 위통, 의사 진단대로 대안학교에서 쌓인 스트레스가 원인인 게 맞는 거 같아. 사명감도 좋지만 가볍게 받아들여. 어차피 거기 나가는 퇴물들 거룩한 봉사정신을 폄하하려는 거 아니지만, 밑바탕은 인생의 막다른 골목에서 탈출구를 마련

해보겠다는 욕구에서 시작된 거 아냐? 거기 나오는 사람들 몇이나 돼?"

김 선생이 젓가락으로 간을 집어서 입에 넣으면서 묻는다.

"나 말고 여덟 사람."

"여덟 사람이나 상근을 해?"

"아니. 상근하는 사람은 나 하나지. 교장이라는 명목으로… 말이 교장이지 나 혼자 행정실장 겸 사무요원 겸, 북 치고 장구 치고 다 하지. 나머지 사람들은 일주일에 한두 번, 아니면 세 번 강의만 해."

"강의 수당은 주나?"

"시간 당 삼만 원씩 책정되어 있는데 20%는 자발적으로 운영비로 기탁하지. 건물 임대료도 줘야하고 하니까."

"암튼 쉬운 일은 아니야."

"나름대로 보람을 느낄 때도 있어. 학교 근처에는 가보지도 못한 나이 많은 오륙십 대 사람들을 모아 검정고시반도 운영하는데 경륜이 많은 선생님들의 족집게 강의로 중·고등 과정을 합격하고 대학에 입학하는 사람들도 있고, 작년에는 열네 살 된 아이가 일 년 만에 고등학교 검정고시에 최연소자로 합격한 경사도 있었고."

듣고 있던 장창순대 아낙이 감탄한다.

"어마나! 장 선생님이 그런 좋은 일도 하세요? 이렇게 먹고 사는 일만 아니라면 그 학교에 가고 싶네요. 저도 겨우 초등 학교만 간신히 다녔거든요. 집안이 너무 가난해서요."

"그때는 너나없이 다 가난했지. 차암 우리 집사람이 말야, 당신 얘기를 했더니 감탄을 하더라고. 역시 당신은 정이 많 고 따뜻한 사람이라고."

"뭔 얘기야?"

"당신, 옛날에 수몰지구 노인네들이 채소 같은 농작물들 을 중앙시장에 가지고 나와 팔다가 막차 시간이 다 될 때까 지 팔리지 않아 애태우면 몽땅 떨이를 해가지고 집에 들어가 서 마나님한테 혼구녁이 났다는 일 말야. 집안이 너무 어려 워서 어머님이 찐 고구마를 중앙시장에 내다 파시던 생각을 해서 한두 번도 아니고 습관처럼 그러니 마나님도 처치가 곤 란할 적이 많았겠지."

"에이, 사람두 난 또 뭔 소린가 했더니…."

김 선생의 말이 춘일의 궁핍했던 어린 시절의 기억들을 확 끌어당겨다 놓는다. 아버지는 목수였다. 목수 일을 배워서 남의 집을 지어 주고 근근이 목구멍에 풀칠을 해나가는 형편이다 보니 등 붙이고 누울 누옥 하나 마련하지 못해 여섯 식구는 셋집을 전전해야 했다. 단칸 셋방을 면하게 된 것은 춘일이 중학교 이 학년 때였던가. 그때 산비탈 빈민촌의 세 칸짜리 전셋집을 얻어 가게 되었는데, 동생들은 큰 성을 함락하고 입성하는 짐령군처럼 의기양양해하며 가슴을 설렜다.

그 형편에 자식들을 학교에 보낸다는 건 사치였다. 어머니는 남의 허드렛일을 하며 모진 고생을 하면서도 자식들을 고등학교까지 졸업시켜서 제 앞가림은 하게 만든다고 이를 악물었으나 쉬운 일이 아니었다. 초등학교에 다니는 동생들은 사친회비를 제 날짜에 못 내 월례 행사를 치르듯 울면서 집으로 쫓겨 오곤 했다. 그 와중에서도 어머니는 말잘 듣고 성적이 좋은 장남의 수업료만큼은, 큰 것이 기 죽는다고 어떻게든 제 날짜에 맞춰 주려고 무진 애를 썼다. 춘일은 동생들에게 참으로 안쓰럽고 미안하여 견딜 수가 없었다. 초등학교를 마치고 학업을 포기해야 했던 누이동생에게는 죄책감마저 들었다. 둘째 남동생의 일은 평생의 회한으로 남았다.

둘째 남동생은 머리도 좋았고 특히 운동신경이 남달랐다. 중학교도 춘일이 졸업한 일류에 속하는 전기 중학교에 입학하였다. 그러나 가정형편이 어려워 제대로 뒷바라지를 못 하였다. 어머니는 모든 것이 장남 우선이었다. 동생이 아무리 등록금으로 학교에서 시달림을 받아도 춘일의 것을 먼저 해결해야 신경을 썼다. 시샘이 많은 동생은 춘일을 편애한다고 어머니에 대한 불만이 대단했다. 동생이 탈출구를 찾은 것은 운동이었다. 동생은 체육선생님에게 운동 재능을 인정받아 야구부에 선발되었다. 당시 D시의 H중학교 야구부는 전국대회에서 준우승을 할 정도로 이름이 나 있었고 선수로 선발되면 특기생으로 장학혜택을 받았다. 어머니는 운동을 하게 되면 공부를 제대로 하지 못하여 상급학교 진학이 어렵다고 학교로 체육선생님을 찾아갔다. 체육선생님에게 선발을 취소해 달라고 애소하였지만, 운동도 잘하면 얼마든지 장학생으로 상급학교에 진학할 수 있고 출세할 수 있다는 체육선생님의 말과 동생의 고집 때문에 뜻을 관철시키지 못했다.

어머니의 예상은 적중했다. 평상시는 오전 수업만 하고 대회를 앞두고 합숙훈련을 할 때는 아예 수업을 받지 않는 상황에서 학업성적이 좋을 리 없었다. 체육선생님의 장담대로 운동 특기생으로 고등학교에 진학할 만큼 운동에서 성과를 내지도 못 했다. 동생은 삼류 고등학교 시험에서도 떨어졌다. 독학으로 재수를 하였지만 역시 실패했다. 설상가상으로 같은 처지에 있는 운동선수 친구들과 어울리다가 폭력 조직에 휩쓸려들었다. 어머니와의 불화는 더욱 심해졌다. 장학생으로 대학에 진학하여 어렵게 학업을 계속하고 있는 춘일과도 더 큰 간극이 생겼다. 동생은 뒤늦은 후회로 춘일을 부러워하며 자포자기하듯이 점점 너 성상적인 생활에서 일탈해갔다. 그러다가 스무 살이 되던 봄 일이 터졌다.

동생이 춘일의 학생증에 자신의 사진을 붙여 대학생 행세를 하면서 사귄 여학생에게 임신을 시킨 사실이 들통이 나서 그 여학생 네 집에서 찾아와 난리를 피웠다. 아버지는 먼 산만 바라보며 한숨을 쉬었고, 어머니는 동네사람 창피해서 어떻게 사느냐고 온갖 욕설을 동생에게 퍼부으며 그렇게 몹쓸 짓을 하면서 살려거든 차라리 어서 뒈지라고 가슴을 쥐어뜯었다. 동생은 멱살을 잡고 흔들어대며 구타를 하는 여학생 부모들의 뭇매를 저항하지 않고 고스란히 맞았다. 용서해달라고 빌며 뜯어말리는 춘일에게 동생은 "형은 참견하지 마!"라고 외치며 증오인지 원망인지 모르는 눈빛으로 강렬하게 쏘아보았다. 그 눈빛은 "이렇게 나를 만든 건 너야. 네가 어떻게 좀 해줄 수도 있었잖아"라고 말하는 것 같았다. 동생은 그 후 집을 나가 외항선을 탔고, 수십 년째 생사를 모른다.

'아아, 그래 내가 휴학이라도 하면서 걔를 도와야 했어. 재수 학원에라도 보내고 함께 고뇌했어야 했어. 맏형인 내가 부모님 대신!' 춘일은 또 짜르르 상복부에 통증이 느껴진다. "선생님, 놈들 때문에 무서워서 학교에 못 가겠어요"라고 외치는 박철우의 절박한 목소리도 들리는 듯하다.

김 선생이 춘일의 소주잔에 가벼운 한숨을 얹어 술을 고봉으로 부어준다.

"그래도 마누라한테 바가지 긁힐 때가 좋았지. 부부도 힘 좋고 잘 나갈 때가 부부지. 어떤 마누라가 동창회에 갔다가 와서 성질을 부리더래. 동창 중에 남편 살아서 밥상 차려주는 년은 저밖에 없다구! 인생사 별거 아냐. 누가 그러대. 10대는 성공한 부모를 만나면 성공한 인생이고, 20대는 학벌, 30대는 좋은 직장, 40대는 회식 끝나고 2차 쏠 수 있으면 성공한 인생, 50대는 공부 잘하는 자식 둔 거, 60대는 돈 벌면 성공, 70대는 건강, 80대는 본처가 밥상 차려주면 성공한 인생이래. 그리고 90대는 전화 오는 데가 있으면 성공한 인생이고 100세는 아침에 눈 뜨면 성공한 인생이라나."

"마누라한테 혼나려고 겁도 없이 100세에 아침에 눈을 떠? 마누라가 깨지 말고 계속 자라고 눈꺼풀을 쓸어내린다잖아.

그렇기는 해도 없으니까 좀 허전하기는 해."

"어부인은 언제 돌아와? 한 일 년 됐잖아, 가신 지가?"

"돌아올 생각을 안 해. 거기 미국 생활이 좋은지, 딸네가 편안한지 오겠다는 말을 안 해."

"그래서 부부는 등 돌리면 남남이라고 하는지 모르겠어. 그래도 아직 우리가 가끔은 남의 살이 그리운 땐데… 어떻게 해결해?"

"뭘?"

"이 사람 시침 떼기는. 나는 아직도 한 달에 두어 번은… 우리 모처럼 분 냄새라도 좀 맡아 볼까? 나, 모처럼 원고료를 오십만 원이나 받았거든."

"소설을 써서? 어디? 문예지? 고료를 주는 잡지면 그래도 손꼽히는 잡진가 보네."

"응. 중앙 월간 문예지에서 청탁이 와서 단편 한 편 써 줬거든."

"늙다리 지방 작가한테까지 은전을 베풀다니, 인제서야 당신 진가를 알아보나보네. 축하할 일이네. 독자보다 문인이 더 많은 세상이 돼버렸는데 그래도 그런 잡지나마 몇 있어서 위안이 좀 되지. 내가 독자래도 좋은 글 만나기가 하늘에서 별 따긴데 읽으려고 하겠어. 함량미달의 문예지에서 너도 나도 당원을 길러내듯 문인을 양산하는 세상이잖아. 내가 어느 문학 강연에서 '개도 아름다운 음률로 짖을 줄 알면 시인 행세를 하려고 드는 문단 풍토가 돼버렸다'고 하니까 모두 다 웃데. 소설은 더 안 읽지. 이런 풍토에서 소설을 써야 하나 하는 회의가 들 때가 많아. 피를 말려가면서 써도 제대로 읽어주는 사람이 몇이나 되냐구."

"그래도 나는 소설가라는 이름에 자긍을 가지고 살아. 미셸 푸코가 그런 말을 했지. 문학은 고독한 백조의 마지막 노래라고 했던가. 병들고 썩어가는 세상에서 문인은 마지막 진실을 지키고 말해야 하는 고독한 백조라고… 문학은 진지한 자기구원의 탐색이라고 생각해."

"당신의 그 진지한 자세에는 옷깃을 여미지. 당신의 넘치는 활력이 그런 열정을 마르지 않게 하는지 모르지만… 어디 가서 몰래 분 냄새 맡는 데는 있어? 마나님이 알면 졸도 아니면 사망일 텐데."

"우리 마누라도 샘이 말라 목을 축일 수 없어. 그래도 여자의 본성은 제 수컷이 한눈파는 건 야차가 없지. 우스운 와이담 하나 또 할까? 어떤 부부가 아이들이 있어서 그 짓을 하고 싶을 때는 세탁기 돌리자는 은어로 의사 표시를 하자고 약속했대. 그런데 비 오는 날 남편이 그게 생각이 나서 아이를 시켜 건너 방에 있는 마누라한테 '세탁기 돌리자고 해라'라고 전했대. 그런데 마침 마누라가 달거리를 할 때여서 '세탁기가 고장 났다'고 답했대. 그러니까 남편이 '대상 고쳐서 쓰자'고 했고 마누라는 '그렇게 급하면 손빨래 하라"고 거부했대. 그러자 화가 난 남편이 '그럼 아빠, 빨래방 간다고 해라!'라고 아이에게 전하자, 마누라가 안 된다고 고래고래 소리를 지르면서 방에서 뛰쳐나오더래. 자웅의 천리라는 게 그런 거 아니겠어?"

"아무튼 당신 정력은 대단해. 그래도 조심해. 요새 미투로 세상이 난리라 술집에 가서도 전처럼 마음 놓고 농담도 못 하잖아. 공소시효도 없이, 이건 수십 년 전의 것도 까발려 정죄하는 세상이 아니냐구!"

"해도 좀 지나친 거 아냐? 늙은 것들은 그렇다 치고, 치마만 둘러도 눈이 뒤집히는 젊은 것들은 뭘로 어떻게 해결해. 능력도, 아무것으로도 해결할 방법이 없는데! 개도 나갈 구멍을 보고 쫓으라고 했잖아. 앙드레 지드가 그랬잖아. 공창을 없애는 것은 더럽다고 도시의 하수구를 막는 것과 같다고… 폐단도 없지 않지만, 그 때문에 성 범죄가 더 악랄해지고 더 발생하는 거 아닌가 하는 생각이 들기도 해. 창녀촌이 폐쇄되어 생계가 막막한 창녀들이 내놓고 데모를 하는 것도, 은밀히 주택가로 스며들어 성이 더 안으로 썩어 들어가는 것도 다아… 언제까지나 이대로 넘길 것이 아니라, 진지하게 생각해 봐야 할 사회적 문젠 거 같애. 서양 속담에 그런 말이 있지. 남자는 돈이 떨어지면 주머니를 만져 보고 여자는 거울을 꺼내어 얼굴을 들여다본다는… 내 얘기가 너무 앞서 갔나. 내 얘긴, 그렇다고 분 냄새를 맡자는 게 푼수 없이 육갑이나 떨자는 게 아니야! 그래도 문산데, 왕년의 낭만이 있던 시대의 선배 문인들처럼 멋스럽게, 황진이는 아니더라도 말귀나 제대로 알아듣고 받아줄 줄 아는 년들하고 모처럼 격을 높여 술이나 한잔 더 하자는 것이지. 공돈도 생겼고."

"공돈? 왜 그게 공돈이야? 일용 잡급직도 최저임금을 올려 달라고 난리를 펴는 세상에서 피를 말려 번 돈인데."

"그건 당신이나, 자존을 지키려는 글쟁이들 생각이고… 자, 여기서는 그만 일어서자구. 이 차는 내가 그럴듯하게 살 테니까! 간만에 만났는데…."

"아냐. 당신 생각이 정 그렇다면 차를 타고 어디 풍광이 그럴듯한 교외의 레스토랑 같은 데서 저녁식사를 곁들여 한잔 더 하자구. 이 좋은 가을 날, 황진이도 좋지만 컴컴한 굴속으로 들어가서 노닥거리고 싶지 않아."

"그래? 그럼 어디?"

"옥천이나 어부동 쪽 어때? 가을 풍광도 괜찮구, 만만한 음식점도 있구. 그리로 가는 노선버스도 요오기 앞에서 바로 연결되잖아."

"당신 뜻이 꼭 그래야 한다면야…."

장소는 바로 일치를 보았다. 옥천 쪽으로 정했다. 옥천에는 정지용의 생가 근처에 김 선생과 춘일이 가끔 들르는 단골집이 있다. 토속 묵으로 유명한 집과 이웃하고 있는 전통 한정식집인데, 주인여자가 정지용을 흠모하여 방마다 정지용의 시적 분위기를 살려 놓았고, 넓은 마당에도 수석과 각종 화초들로 민속촌 마당같이 꾸몄다. 맛깔 나는 토속 음식과 직접 담근 솔잎 동동주가 미식가들의 입맛을 사로잡는 집이다. 옥천 근처에서 활동을 하고 있는 예술가들이 사랑하고 애용하는 만남의 장소이기도 하다. 춘일도 옥천에 가면 으레 그 집에서 아는 예술인들을 만나 마음도 부비고 기 빠진 활력을 충전시키기도 한다. 춘일이 그 집을 지목하자, 김 선생도 어쩌면 생각이 그렇게 맞아떨어질 수가 있냐면서 역시 찰떡궁합이라고 반색을 한다.

두 사람은 옥천의 그 집에서, 연배가 비슷한 화가 두 사람을 불러내어 호기를 부리면서 기분 좋게 회포를 풀었다. D시로 되돌아오는 버스에 몸을 실은 것은 열 시가 넘어서였고, 옥천과 D시의 경계를 넘어 시내로 진입한 것은 열한 시가 가까운 시각이었다.

춘일은 김 선생보다 먼저 버스에서 내리기로 한다. 집으로 가는 119번과 610번 노선버스가 연결되는 정류장에서 내리는데 김 선생이 등 뒤에다 대고 큰소리로 외친다.

"오늘 즐거웠어! 아무리 힘들고 바쁘고 귀찮아도 말야! 숨 쉬는 거, 잊지 말어!"

춘일도 돌아다보며 한마디 맞받아 던진다.

"마누라한테 알리바이가 필요할 때는 나한테 연락해!"

정류장은 비어 있다. 도심에서 벗어났고 늦은 시각이라 그런지, 아니면 갯벌의 게처럼 다들 서둘러 제 집을 찾아 들어갔는지 버스를 기다리는 사람은 없다. 행인도 드물다. 드문드문 별이 보이고 군데군데 햇솜을 찢어서 던져놓은 것 같은 하늘에 하현달만 외로이 떠 있다. 춘일은 취기를 털어내려고 심호흡을 한다. 심호흡을 하면서 김 선생이 '아무리 힘들고 바쁘고 귀찮아도 숨 쉬는 거 잊지 말라'는 말이 새삼스러워 입가에 미소가 번진다. 자신이 무심코 김 선생에게 던진 말도 우습다. 마누라한테 알리바이를 추궁당할 일도, 애증으로 갈등을 가질 나이들도 아닌데 왜 무심코 그런 말이 튀어나왔는지 우습다. 하늘을 올려다본다. 아내는 지금 무얼 하고 있을까. 미국은 지금 몇 시쯤 됐을까. 아내와 희로애락을 같이 해온 시간들을 생각하다가, 기형도의 '빈집'이라는 시가 떠올라 흥얼거리며 버스가 올 거리 쪽을 바라본다.

"사랑을 잃고 나는 쓰네 / 잘 있거라, 짧았던 밤들아 / 창밖을 떠돌던 안개들아 / 아무것도 모르던 촛불들아, 잘 있거라 / 공포를 기다리던 흰 종이들아 / 망설임을 대신하던 눈물들아 / 잘 있거라, 더 이상 내 것이 아닌 열망들아 / 장님처럼 이제 더듬거리며 문을 잠그네… 가엾은 내 사랑 빈집에 갇혔네. 그래, 장춘일! 인생도 봄도, 그렇게 긴 것이 아니야."

춘일이 다시 버스가 올 거리 위 쪽을 바라보는데 손 전화의 신호음이 울린다. 상의주머니에서 손 전화를 꺼내 얼른 귀로 가져간다.

"여보세요?"

응답이 없다.

"누구세요?"

응답이 없고 숨 죽여 흐느끼는 소리만 들린다.

춘일이 바짝 긴장하는데 흐느낌을 타고 낯익은 음성이 들린다.

"저… 채, 린…이에요."

"채린이? 웬일이냐, 이 밤에… 학교는 왜 안 나왔어?"

대답 없이 울기만 하다가 채린이 말을 잇는다.

"저… 집을 나왔어요…."

"뭐야? 왜? 어서 집으로 돌아와야지!"

"싫어요. 무서워요! 숨이 막혀서 죽을 것만 같아요…."

채린이 또 흐느낀다. 춘일도 가슴이 먹먹해오고 무슨 말을 해야 할지 몰라 입이 벌어지지 않는다.

"나 어떡해요?"

"…."

"어디로 가야 하나요?"

"…."

"선생님이… 제 출구가… 되어 주실 수 없…나요?"

"추, 출구?"

춘일은 대답을 못 하고 망연히 거리를 본다. 버스는 아직도 오지 않는다. 119번도 610번도.